丢掉那少年

倪一宁 著

还是小时候开心。小时候做事不想那么多,做了就做了,长大了,事事都要体谅别人,觉得谁也不容易,就活得不痛快了。

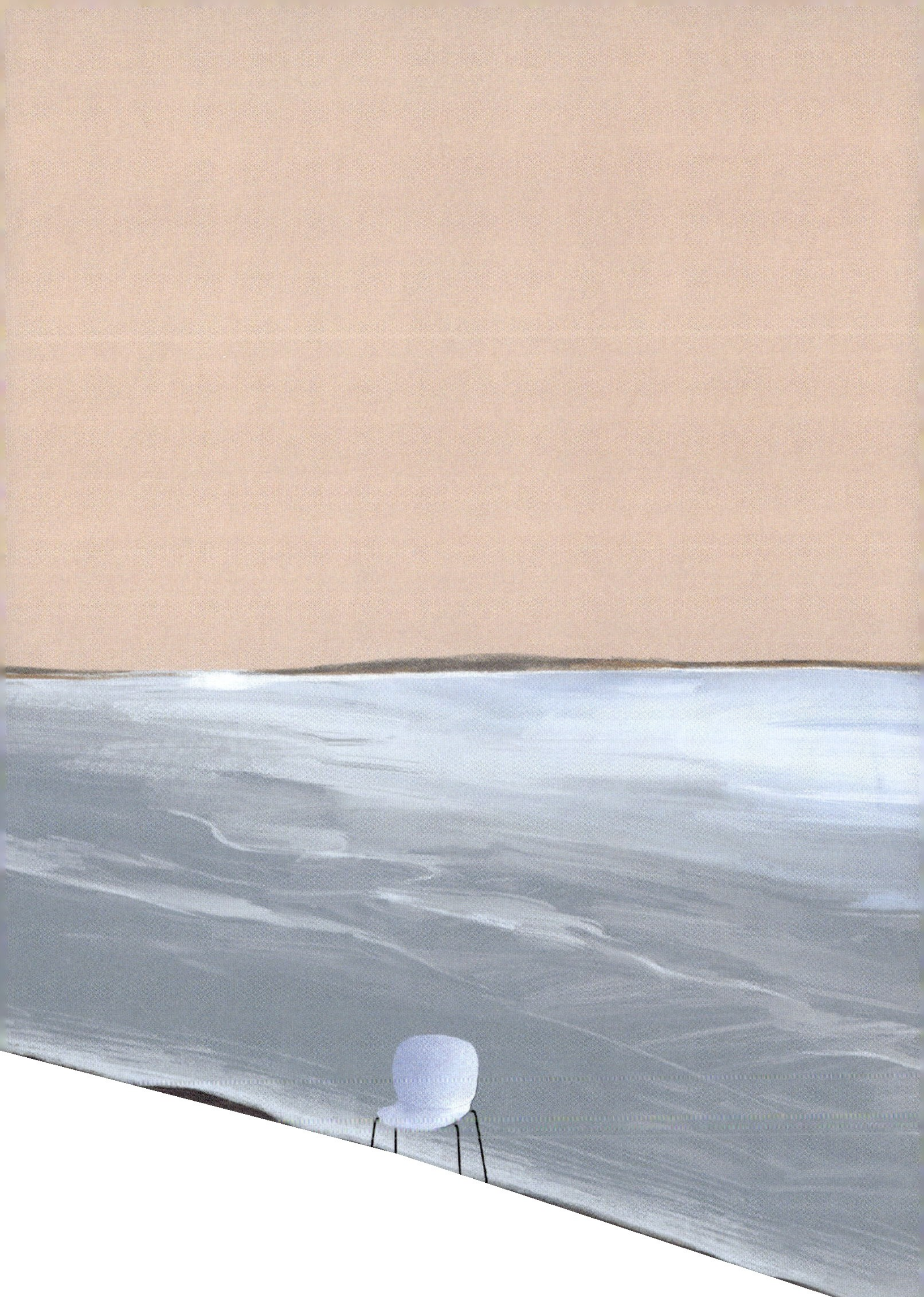

我想，我们应该不会再见面了。所以我敢跟你说这些。我喜欢过你很长一阵子，在你早已经不喜欢我之后，这个事情我认了。

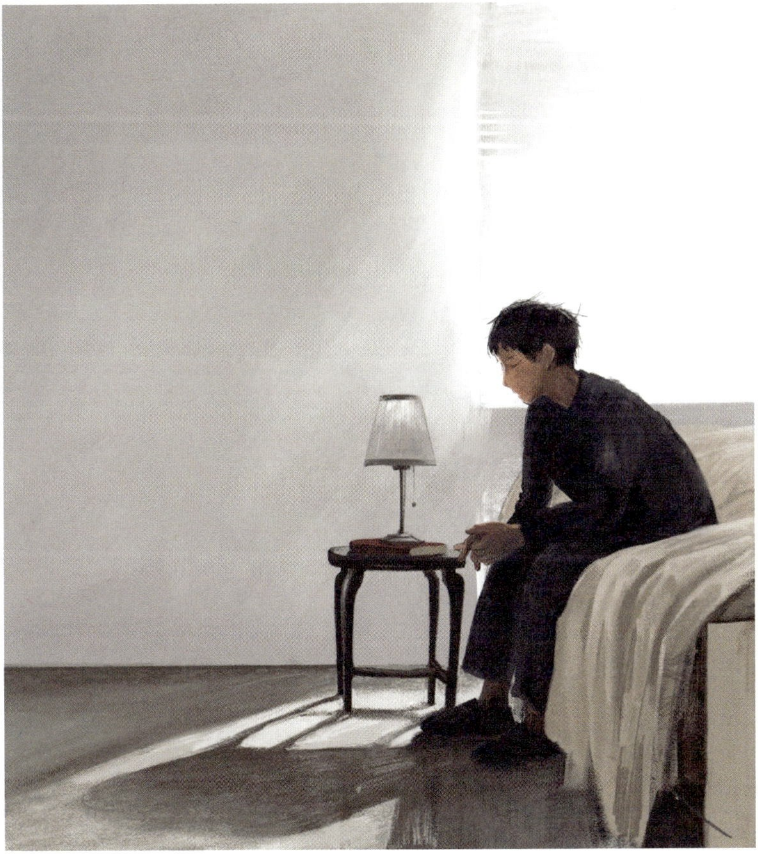

我有时候会想我们当初为什么要结婚呢，一定是因为我们还喜欢对方吧，可是为什么我仍然觉得非常寂寞。我一直不敢跟你说这些，因为我猜得到，你一定会跟我说，觉得寂寞是因为我太闲了。你们男人总是这样子，你们看不到别人心上的窟窿，就说我们是无病呻吟。

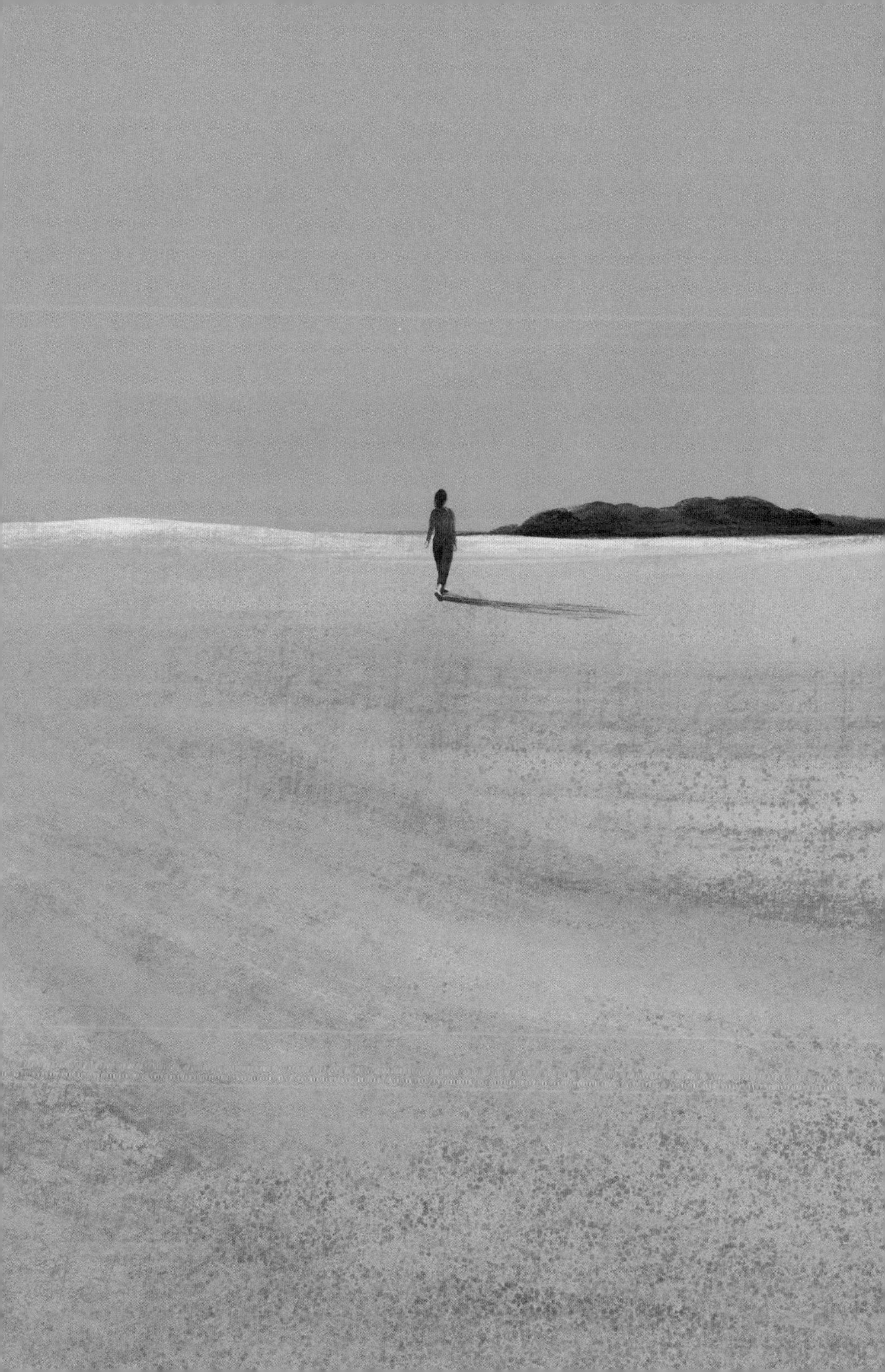

十年前,他们身上的可能性比现在多得多,命运展现在面前的,还是迷人的不确定性,而十年后,他们都被死死拧在了各自的命运齿轮上,动弹不得。

这是个有些漫长的故事,里头有明亮得一塌糊涂的青春,有一会儿在场一会儿不在场的爱情,还有一些说不清楚的人性的明明暗暗。

Contents 目录

少 年

Chapter 1	打金枝	*3*
Chapter 2	当年不远	*22*
Chapter 3	E 字形的青春	*40*
Chapter 4	不要放烟花	*56*
Chapter 5	比亦舒更美	*73*

长 大

Chapter 6	你是回头客	*91*
Chapter 7	但你气势如虹	*108*
Chapter 8	站着做梦	*126*
Chapter 9	你图我什么	*142*
Chapter 10	书生和花妖	*159*

分　别

Chapter 11　骑马倚斜桥	*177*
Chapter 12　醉不成欢惨将别	*194*
Chapter 13　你见过言情小说里写的那种眼睛吗？	*209*
Chapter 14　耳环和少女	*224*
Chapter 15　他诚恳	*239*

尾　声　请君试问东流水	*257*

番外一　落跑伴娘	*261*
番外二　再续夜航	*305*

后　记　添酒回灯重开宴	*346*

少年

打金枝
当年不远
E字形的青春
不要放烟花
比亦舒更美

打金枝

Chapter 1

  陈桔毕业后就进了北京的一个手游公司给周密当助理，一年多了，周密从没差使她办过一件私事。

  公司固定打卡时间是九点半。高管们的作息分两种，有孩子的六点起床八点送完孩子上学就来办公室，没结婚的那一批，时常打着谈业务的幌子，下午一两点才晃进公司。周密是唯一九点半准时到的那一个。

  周密的强迫症还体现在方方面面，刚来的时候同事们就嘱咐陈桔，千万不要在周密眼皮子底下吃零食，周密一听到吃零食的嘎吱声就不高兴。中午有人不去食堂，留在位子上吃麻辣烫外卖，周密远远闻到了味道就皱眉，整个下午，无论谁进出他办公室都得迅速地替他把门关上。

  周密几乎不参与任何同事聚会，年会也是最早开溜的一个，却是公司的一个重要八卦对象。陈桔入职第一天，同事就跟她说，周密老婆是个网红。

"我把她微博发你哦。"

陈桔看到微信上跳出来的链接,是个非常熟悉的名字,叶蓁蓁。

"不过我们都没见过真人,也不知道本人跟照片差距大不大。"

"他朋友圈也不发他老婆照片。不然可以看看男人拍的时尚博主长什么样。"

"哈哈哈哈哈我觉得周老板拍照技术肯定不怎么样。他年假跟他老婆出去玩,我特意去看了叶蓁蓁的微博,一张照片都没发。"

陈桔也跟着笑。

她跟周密其实是有渊源的。

她是他的高中学妹。刚来那天周密问她:"你是杭州人?"

"嗯。"

"你哪个高中的?"

"省立一中。"

周密抬起头来:"那我们是校友。你是哪届的?"

"我比你低三届。"陈桔抢答,"我知道你。"

周密点头,他想可能是哪个任课老师提到过他,追问显得太自恋了,于是他及时总结:"嗯,不过你入学的时候我已经毕业了,哈哈,刚好错过。"

陈桔不作声,只是笑。

其实她见过他。

高三六月毕业,高一要到九月才入学,按理说他们应该全无交集,可陈桔是那一年的保送生,她五月份就过来上课了。

这是陈桔的第一份正式工作,她仔细衡量过,跟老板攀一个学妹的交情已经足够了,再加一句"我见过你"就显得心思太多。所以她勒住了舌头。

陈桔不知道周密算不算一个好老板。显而易见，他一点也不关心她，光是"那你现在住在哪"这个问题就问了足足四次。陈桔每次答完，他都会内疚地问"我是不是问过这个问题"，陈桔说"没有吧，我不记得"。

但他对她挺大方。每次拿到新的 iPhone，他都会顺手分她一台。好几次，周密在办公室里拆快递，边拆边递给她——"这个不知道谁寄的，给你。"

周密不骂人。陈桔甚至没见过他大声嚷嚷。周密打电话的时候尤其小声，她跟他只隔了扇门，却从没听清过他在说什么。

所以周密突然跟陈桔说"你去我家一趟，替我拿个章"的时候，陈桔有一种被委以重任的感觉。"本来想让我太太叫闪送的……但她电话没人接，麻烦你跑一趟。"周密明明不需要解释也还是解释了，他写了地址给她，又把门卡交给她："辛苦你。"

公司在望京，大部分同事都住望京附近，这里小区新，环境好，文明得不太像北京。没想到周密家在三里屯。陈桔寻着地址，开了门进去，刚想赤脚往里走，就看到一个围着浴巾的女人走了出来，在地板上留下一串湿漉漉的足印，她高声问："你怎么回来了？"

即便十来年不见，陈桔还是一眼认出了叶蓁蓁。

裹着浴巾，一身热气腾腾的叶蓁蓁一点也没变，她的脸被浴室的水汽蒸得通红，看到是陌生人，先是一惊，然后围紧了浴巾。

"……周太太你好，我是周老板助理，他让我过来拿个印章。我以为你不在家，抱歉抱歉。"

叶蓁蓁走到客厅，拿起手机看，周密果然给她发过消息，于是她朝陈桔点头，说："我在洗澡没看到，你进来就好。"

陈桔拿了章，却舍不得走。

叶蓁蓁几分钟后换了 T 恤和短裤出来，看到蹲在玄关处慢吞吞系鞋带的陈桔，笑了，她说："你要不喝杯水再走？"

"不用啦。周太太——我其实是想跟你说点话。"

叶蓁蓁涂护手霜的手一僵。

"我跟你一个高中的，我比你低三届，我见过你。你们高三办成人礼，你是学生代表上台发言。学姐，你一点也没变。"

叶蓁蓁脸上笑着，其实满脑子问号——不只是想不起眼前这个女孩子，她也早就不记得自己的成人礼。而且她也怀疑，自己十八岁时有好看到让人印象那么深刻吗？这点自知之明她还是有的。

陈桔看出了她的茫然。成人礼上发言的当然不止叶蓁蓁一个，但她是最特别的——上台前教务主任特意把她叫过去给她梳马尾，陈桔听见叶蓁蓁很自然地嘱咐说："要蓬松点哦，不要扎太紧，显得我脸大。"——语气像是在跟妈妈说话。

她上台前口渴，有人给她递了吸管和水杯过来，让她小心别把口红蹭没了。叶蓁蓁坐在幕布后喝水，对着镜子左顾右盼，说："我这样子好像女明星哦。"

陈桔当时是个极瘦的、动作神态都怯生生的小女孩，所以她几乎是目不转睛地看叶蓁蓁做这些事，十八岁的叶蓁蓁并没有多好看，但她那种娇憨姿态，却让所有人都默认了她是女主角。

结束后学生代表要合影。陈桔站在摄影师后面，看到有个男生悄悄地跟旁边人交换了位置，站到了叶蓁蓁后面，拍照的时候，他把下巴轻轻地抵在了叶蓁蓁头上。

陈桔没有早恋过，却也觉得这一幕太好看，于是拿出自己的诺基亚，对准他们拍下了照片。

"周密你干什么呢？"摄影的老师出言提醒，却并没有发怒，一中的老师对学生间的拉拉扯扯不怎么过问，况且他们都快毕业，这声质问都带了点看热闹的意思。

叫周密的男生笑了下，重新站好。

陈桔穿好鞋子跟叶蓁蓁道别，她决定不告诉她，那张照片被她导到了电脑里，这么多年居然没有遗失。说这些显得她像一个私生饭。

她很开心。十年前她略带崇拜地看着台上的叶蓁蓁，觉得那是被周围人的爱意点亮的一张脸，十年后，叶蓁蓁还是有一张心安理得的脸，被陌生姑娘看到没穿衣服的样子也不慌。陈桔心想，谁说进了社会就会换一张脸，她一点都没变，可真好呀。

周密晚上十点多回家的时候，叶蓁蓁说起这事："吓死我了，一陌生姑娘推开我们家门，我还以为你的情人终于找上门来了。"

周密懒得接这个梗："……明天回上海，你行李收拾好了吗？"

"嗯。给韩统女儿的礼物也放好了。"

周密点头，然后闪进卫生间里洗澡。

出来的时候，他发现叶蓁蓁坐在床上，全神贯注地看手机，就凑过去看了看："看什么？"

叶蓁蓁头也不抬："我在看上海有什么新餐厅。"

周密对吃一向不怎么感兴趣。他还没有结婚的时候，最烦跟女人约会选餐厅，女人们为了显得自己憨态可掬心思单纯，总是强调自己很爱吃。她们会在微信上噌噌噌给他发来七八个餐厅，还会假意民主地问他："你想吃什么？都听你的。"等周密选好了，她们又突然很有主意了，磨磨唧唧说："我们换成另一个好不好呀？"周密满头问号。跟叶蓁蓁结婚后，这个困扰迎刃而解，叶蓁蓁会直接决定吃什么并且定好位子，最后才通知他一声。

在外人看来他们俩是一对互补型夫妻。叶蓁蓁爱吃爱玩爱漂亮，而周密吃得清淡活得更清淡，叶蓁蓁去工体北路蹦迪的时候，周密就在对面茶室等她。周密是北京城里很畅销的那种丈夫，履历体面，话不多但

7

有时还挺有趣，底线挺高，不会做出真正让你难堪的事，因为他比你还要脸。周密其实并没有赚那么多。互联网圈有三大收入来源——工资、期权、灰色收入。周密在一家融到 D 轮的手游公司当副总，主管运营方向，运营这一块并没有太多回扣可以拿，好在他入职早，A 轮就加入，所以几轮稀释后手里股权也还是不少——虽然公司这两年摇摇晃晃不知何时才能上市。然而周密很招那些自诩聪明独立的都市女性喜欢。她们不缺钱，物质上已经能喘过气来，她们喜欢这种令人赏心悦目的男性。举个不恰当的例子，如果把同等收入的其他男性比作普通的沙发，那周密就是一张上面有手绘图案的沙发，因为有这些装饰，这个沙发就比其他沙发贵十倍。有人会觉得沙发能坐就行，不愿意花这个冤枉钱，然而那些自觉不缺钱的，或者因为没怎么缺过钱所以活得特别有安全感的姑娘，她们愿意。

所以众人觉得能嫁给周密是叶蓁蓁的运气。北京有一万个叶蓁蓁这样普通好看的姑娘，但不是所有人都能拥有一个带出去体面又不会让你时时刻刻后院起火的丈夫。

凌晨两点周密醒来，叶蓁蓁还没睡，她把手机亮度调到最低，但荧荧的光还是让他眯起了眼睛，他把手搭在她腰上："睡吧。别看了。我们就在上海待两天，吃不了几顿饭。"

叶蓁蓁嘴上答应了，钻到被子里，随手把手机塞到枕头下，打算一会儿背对着他继续看。

周密脸埋在叶蓁蓁肩胛骨处，闷声说："你把手机放床头柜吧。"

"为什么？放枕头下会有辐射吗？可是床头柜离我的大脑也很近啊，这样就能防辐射吗？"

"不是，因为放在枕头下你就会忍不住玩。"

"……"叶蓁蓁翻了个白眼，但还是把手机扔到了床头柜上，专心跟他聊天。

"真难想象，韩统都会有孩子。"

周密扑哧一笑。韩统是他们俩共同的高中同学。大学毕业后浪荡了两年就接手家里的房地产生意，有钱、好看，符合一切言情小说的男主角特征，除了真的没什么文化。去年春节他问叶蓁蓁在干吗，叶蓁蓁说在父母家承欢膝下。韩统耳朵里只听到"承欢"这个词，说你们在你爸妈家都搞吗？这么有激情吗？

他也没什么小说里的禁欲系气质，整个人像一只活泼的萨摩耶。微信通讯录里有一列的"上戏××级×××"，他给周密解释说："饭局上认识的，人家主动要加你微信，你不能不扫……"周密说："你备注得也太详细了吧？"韩统吐槽说："因为九五后、〇〇后的姑娘们总爱三天两头变换头像、昵称，不得已采取系统化管理。"

但男人在这种事情上总是偏袒男人的，周密也不例外，他说"人家浪子回头嘛"。

"我不喜欢韩统老婆。"叶蓁蓁在他怀里一本正经地说，"我觉得她很虚荣，你知道吗？韩统跟我说，她养的两条狗，一条叫Miumiu，一条叫Chloe。你想，多浮夸的女人才会给狗起这种名字。"

"……是给狗取名字又不是给人。"

"我觉得韩统是被算计了。我觉得她是故意怀孕，然后逼婚的。"

"你是不是八卦看多了，韩统也没豪门到需要女人这么处心积虑。"

叶蓁蓁不满地横了他一眼，似乎是意识到跟他讨论这种话题永远不痛快，于是自作主张地给这次争论一锤定了音："反正我不喜欢她，你怎么说都没用。你喜欢她的话去找她好了。"

叶蓁蓁总是用这种小孩子的语气吵架，这让他们之间的相处变得柔和了很多，她每次像小朋友赌气一样说"我不要理你了"，像是生气，又像是给他台阶下。

"我们这不醒来就要去找她吗？"周密困得口齿都含糊不清，怕叶蓁蓁动手掐他，于是下意识把她抱得更紧："行了睡觉。"

第二天下午三点多，周密和叶蓁蓁抵达上海，是韩统亲自来接的。

"哎呀你真的不用过来的，晚上办酒你现在肯定忙都忙死了。我们俩自己过来很方便呀。"韩统把他们俩的行李放进后备厢，叶蓁蓁跟在他屁股后面说道。

"闭嘴吧你。"韩统替她开了车门，"叶蓁蓁，连你都学会客气了。"

他们仨都笑了。

韩统自己开车，叶蓁蓁在后面问他当爹的感觉如何。

"累。吐奶了，发烧了，隔三岔五要从公司赶回家里去，就这样，老婆还嫌我参与度不够。"

韩统在后视镜里展示自己的黑眼圈："你俩千万别急着要孩子。生孩子的本质就是对抗虚无。因为自己的人生碰到天花板了，才要靠孩子获得新的成就感。每天看一个生命从无到有，一点点长大，好像自己也跟着重新活一遍。但其实她跟你没什么关系，你就是把她生出来，给她提供一些必要的生存辅助。为人父母完全是一场自作多情。"

"……你这段话哪看来的？"

"放屁。我老婆在我女儿房间安了监控，每天晚上我女儿一哭，她就把我一起叫醒，一晚上能醒三四次。所以我现在有的是时间思考人生。"

后排两个人放声大笑。

他们直接去了百日宴现场，韩统结婚的时候，新娘已经怀孕，所以婚礼办得很小。一半为了面子，一半也是弥补，他们决定大办女儿的百日宴。宴席六点十八分才会正式开始，他们刚到，工作人员就把韩统抓走彩排了。叶蓁蓁笑着挥手送他走："快去快去，不用照顾我俩。"

他们也确实不需要韩统照应，坐下没多久，高中同学就陆陆续续到场了。老同学多半在上海或杭州，跟周密叶蓁蓁许久不见，自然要寒暄几句。他们结婚是在北京结的，没请什么高中同学，但因为叶蓁蓁读书的时候人缘极好，所以现在大家聚到一块，也还是真心实意地恭喜她："真是不容易啊。我们班应该就成了你们一对。"

叶蓁蓁笑嘻嘻地回应："是呀是呀，因为两个人都找不到更好的了。"

不少人都结婚生子了，带了孩子和伴侣一起过来，两个人打配合，一个先吃饭，另一个给孩子喂饭，过一会儿轮班。他们发现叶蓁蓁在看，就赧然地笑笑，说："哎呀养孩子就这么麻烦，真羡慕你们俩，生活潇洒，没有负担，看你朋友圈，每个月都在国外玩。"

叶蓁蓁也跟着笑。她不喜欢小孩，结婚前她跟周密说，她青春期的时候突然窜高，在膝盖后面留下了白色的浅浅的生长纹，她查过资料，这种体质的人怀孕也很可能留下妊娠纹，所以她很怕生小孩。

周密没有笑她小题大做，他点点头，说："行，理解，批准了。"

可是她现在看着老同学们手忙脚乱带孩子的样子，突然有些羡慕。他们狼狈却又不得不齐心协力的样子，才像是家庭，而她跟周密太云淡风轻了。轻到她常常不确定，他是不是真的在她身边。

直到韩统夫妇抱着女儿走到这一桌，叶蓁蓁才重新高兴起来。

韩统的女儿比视频里更好看。小孩子其实是看不出什么五官美丑的，叶蓁蓁只觉得她白白胖胖的一团，两只肉乎乎的小腿朝空中乱蹬，可爱得不得了。

韩统妻子把女儿递给她抱，叶蓁蓁犹豫了下，说"还是算了"。于是又递给周密，周密倒是接了过来，还轻轻摇晃手臂逗她。韩统妻子夸他抱孩子有模有样的，比韩统强，韩统是只要女儿一哭，就跟扔炸弹一样把她丢给阿姨。

叶蓁蓁站在一旁，小朋友在跟她咧嘴笑，可是她没有去握她的小手，她把手轻轻搭在了周密的背上。

11

吃完饭,叶蓁蓁说累了,想先回酒店去收拾箱子。周密留下来陪韩统送客。他们俩站在宴会厅门口,有一搭没一搭地说话。

"最近顺吗?"

"不顺。"周密摇头,"大老板挖了个首席技术官过来,挖了半年,挖过来以后又处不好,大老板不肯放权,对人家吆三喝四,才三个月就闹翻。对方走人了,走的时候还带走了几个程序员。大老板说空降兵对公司没什么感情,所以现在要从内部挑选老人做首席技术官,挑的几个人都不怎么样,不能配合我们这边做运营的需求……总之我现在,每天在楼下喝完一整杯咖啡才有勇气走上楼去上班。"

"你做得不高兴就辞职呗。反正你老婆能赚钱,哎,叶蓁蓁到底一年能有多少收入?"

"我不知道。"周密坦白告诉韩统。他们俩的钱是分开的。如果不是听同事抱怨老婆每个月只给两千的零用钱,他以为上缴银行卡只是个段子。叶蓁蓁从不问他要钱,周密也就更不可能去过问她的收入。

周密想了想,补充说:"跟叶蓁蓁提钱就怪怪的,我们俩操心的事情不在一个维度上。"

有时周密连着开一下午的会,头昏脑涨回到家,看到叶蓁蓁坐在沙发上剥着糖炒栗子看小说。她也不是不体贴,会主动问他怎么看起来精神不好,但对着从没有上过一天班的老婆,周密又能说些什么呢?他只能打起精神反问她:"今天开心吗?"

他劝自己要尊重个体生命的多样性。叶蓁蓁从伦敦读研究生回来,稀里糊涂就当了时尚博主,这两年做自媒体钱太好赚,虽然叶蓁蓁并不勤勉,赚的钱也远超普通白领。作为太太,她经济独立还有充裕时间打理家庭,难能可贵,周密不能再要求她还懂得职场的烦恼。

虽然他真的很想找个人聊聊。

但这些话他没有跟韩统说,不是怕丢人,而是觉得韩统理解不了,他一定会嬉皮笑脸地回应说:"不同的话本来就要跟不同的女人说。"

回到他们住的酒店已经是晚上十一点,周密以为叶蓁蓁已经睡了,特意连关门声都很轻,没想到灯一打开,叶蓁蓁一骨碌爬起来,盘着腿坐在床上,目光炯炯地看着他说:"周密我们也要个孩子吧。"

周密一听这个"也"字,就知道算不得数,他很想劝她说,小朋友不是这一季的 Gucci,别人有所以你也想要有,但这话一说出口,叶蓁蓁肯定又要不高兴,于是他沉着地试探:"你怎么突然想到的?"

叶蓁蓁看起来是准备好了台词,说得特别利索,张口就是:"你看,我的博主事业,是真的到了瓶颈期。我每周要出三套照片,我现在看到镜头都快吐了,有时候都觉得我跟淘宝模特似的。除了拍照写穿搭,我也不能聊别的,你不许我提到你,我就只能发自己每天鸡毛蒜皮做了什么,我都觉得没劲透了。有个孩子就好了,我可以每天聊孩子。我跟你说,自媒体里死忠粉最多的就是母婴账号——女人不仅喜欢自己聊孩子,还喜欢看别人聊怎么养孩子,然后在那激动地找认同感。母婴账号带广告可贵了,就因为粉丝转化率高。而且你想,我抱着孩子街拍或者去看秀,多拉风啊。你看米兰达·可儿,靠她儿子圈了多少粉。"

周密一下子不知道该说她脑子不好使,还是太好使。

"而且我在想哦,如果实在是想要个孩子的话,早点生比较容易恢复吧。反正生了以后,我们不用母乳喂养,我觉得胸应该不会太下垂。"

其实还有些事她忍着没有告诉他——她可能真的要老了。跟人说话说到一半会开始走神,一边对生活里的小细节吹毛求疵,一边其实对什么都打不起精神来。她想,有个孩子可能会好一些。

周密差点忍不住笑。这就是他老婆对"生孩子"这个命题的思考,所以他也吊儿郎当地问:"那孩子怎么带呢?"

"我妈过来嘛,在我们小区里再租个两室一厅,一间给我妈住,一

13

间给月嫂,我们仨带个小朋友,还是带得过来的吧。"

周密这下明白了,这是她爸妈的主意。

他不讨厌叶蓁蓁的父母,他们准备结婚买房的时候,周密预备把股市的钱大笔套现,是蓁蓁的父母主动提出分担一半的首付——所以股市跟房市齐头并进高歌猛涨的那两年,他一样都没落下。

叶蓁蓁咋咋呼呼,她父母却是会把事情做得体面漂亮的人,结婚一年多,从没有提出过要来北京住,他们也就叶蓁蓁一个女儿,却任由她远远地待在北京。就连现在,他们想要一个外孙,都想好了要替女儿分担养孩子过程中可能需要的一切。

但周密不是很着急要个孩子。一是他不想牺牲自己本来也没有很多的个人时间,二是他小时候跟父亲的相处时间也很少,他并不知道怎么做个父亲。

他走到床边,捏了捏叶蓁蓁的脸,他觉得她很幸运,父母不动声色地替她筹划,她才能想一出是一出。

叶蓁蓁不懂他的意思,稀里糊涂地看着他。

周密安抚她说:"养孩子烦着呢。你自己也还是小朋友,还要问我借驾照扣分,等真有了小朋友我怕你后悔。"

看叶蓁蓁还想反驳,周密决心嬉皮笑脸地把话岔开,他说:"你至少不急在今天吧?要不你先睡?我去洗个澡,我现在一身烟酒味。"

周密特意磨磨蹭蹭地洗了半个小时,出来发现叶蓁蓁已经背过身去睡着了,只给他留了一盏床头灯。他以为就这么摆平了叶蓁蓁,所以过一会儿也就睡着了,他不知道叶蓁蓁始终睁着眼睛,那是一双跟平日不一样的、过分沉静的眼睛。她在挣扎着,是这么等睡意袭来,还是去酒店冰箱里拿一小瓶 Absolut Vodka①。

---

① 知名伏特加酒品牌。——编者注

房间里的电视之前被她调成静音了，因此忘了关，现在正在播放亚马孙雨林的探险故事。很多年前，她很喜欢看BBC的自然系列，她幻想成为那个拍摄组里的一员，她好喜欢野生动物，梦想着自己能近距离跟踪拍摄它们。

但她现在不跟周密聊这些，她知道周密的态度一定是"好啊我们可以去玩，不就是趟旅行嘛"。环游世界这件事比他们当年想象的容易多了，根本不需要辞职，身边朋友谁的护照上没盖着三四十个章。叶蓁蓁隐约知道自己属于最幸运的那一拨——别听时尚博主们天天喊累喊苦，比起普通上班族他们简直爽翻了，她不用早起，也没有人际斗争；父母都还没有退休，所以她总觉得父母还是中年人，并不需要她的照顾；她离真正的有钱还很远，但怎么也算是这个城市的高消费群体——她看朋友圈一些描写三十岁困境、贩卖焦虑的爆款文，会看出一些侥幸感，她不知道如果摊上那些事她要怎么办。但为什么，她仍然觉得"不对"呢？她甚至没法跟人探讨这种"不对"源自何处，因为即便是周密，都会嫉妒她的自由和清闲。

第二天早上周密睡到十点多才醒，还是叶蓁蓁在卫生间里吹头发的声音把他吵醒的。他起来，走到卫生间门口问她今天怎么安排。

"快点快点，我定了十一点半去吃早茶。过去还得十几分钟呢。"

去吃早茶的路上，叶蓁蓁详详细细地给他讲今天的安排："我们要珍惜在洋气的上海的每分每秒。吃完早茶，去武康路散步喝咖啡，然后去新天地吃甜品，酒店四点退房，我们要在三点半折回来。去虹桥机场的路上会经过振鼎鸡的连锁店，我们可以进去买半只白斩鸡带走。"

周密一阵乱笑，点头说好。

"笑个屁，这可是我精心安排的。"

上午十一点钟上海的高架桥一点也不堵，周密觉得叶蓁蓁连骂脏话都可爱极了，凑过去看她在干吗。

15

没想到叶蓁蓁下意识地用手把屏幕一遮。

"……你在修图啊？没事你修吧，我就默默看，我不说话。"

叶蓁蓁斜了他一眼，把手拿开，周密发现她只不过是在 Instagram（下文简称 Ins）上发照片，就随口说："坐车时别看手机了，对眼睛不好。"

叶蓁蓁把照片发出去，退出 Ins，笑眯眯地看向周密："那看你呢，看你对眼睛好吗？"

她嘴甜起来是能把人甜得发腻的，所以周密挨着她坐过去，亲她的鬓角："那可不，延年益寿。"

可惜这个行程并没能走完。在武康路上，叶蓁蓁被后面骑共享单车的小姑娘狠狠一撞，扑倒在地上，小姑娘怯生生地站在一旁不断道歉。叶蓁蓁的膝盖被地面磕破，手肘被擦伤，但她活动了下脚踝觉得并无大碍，看小姑娘战战兢兢的样子，她心一软，就说"没事，你走吧"。

周密扶着她到附近咖啡馆，叶蓁蓁坐了半小时，慢吞吞喝了两口咖啡之后，跟周密说："我觉得我可能骨折了，我右手臂动不了了。"

疼还是其次，叶蓁蓁小心观察着周密的脸色，她很怕在他脸上看到不耐烦。

半年前，她在一处台阶上一脚踩空，小腿骨折。那时候周密不在北京，在外地出差。她是一个人瘫坐在地上叫车去医院的，周密仍然按照原计划的日子回北京，一天都没有早来，看到打着石膏的她后第一句话是"你肯定又边走路边玩手机了"。

所以在去医院的路上，叶蓁蓁不敢吭声喊疼。她很怕周密骂她，因为一方面确实小姑娘骑车骑得太猛，另一方面，也是她自己没有走人行道——人行道上的石板间有缝隙，叶蓁蓁的鞋跟很容易陷进去拔不出来，所以她走在人行道下边。她怕周密觉得她这次还是活该。

照了 X 光，医生证实了叶蓁蓁的说法："嗯，骨折了。打个石膏吧。"

虽然亲妈就是医生，但叶蓁蓁几乎是最怕医院的人。小时候每次打针都是一项大工程——她妈要假模假样地选出"打针最不疼的阿姨"来给她打,阿姨要先陪她聊天,一边聊一边麻利地装好针筒,然后在叶蓁蓁聊得最眉飞色舞的时候,由另一个护士阿姨一手把她抱住,一手捂着她的眼睛,在叶蓁蓁一片鬼哭狼嚎声中,把针迅速地刺进打完。

上了大学,就是周密陪着叶蓁蓁打针。他第一次看到叶蓁蓁哭得声嘶力竭的样子,吓蒙了,问护士怎么办。

护士面无表情地说:"你不在她就不哭了。"

周密当时被这个回答逗笑了。他也觉得叶蓁蓁的哭声里起码一半是表演,但……演就演吧。

她那些很娇气的小习惯一直让他觉得很可爱。他记得的。他们俩大学不是同一所,而是分别在上海的东边和西边,有次叶蓁蓁体检,抽了点血,然后来找他,她硬是一路都捂着那个棉球,到了他面前才扔掉,就为了给他展示棉球上那点几不可见的血迹。

现在叶蓁蓁骨折,要打石膏,他能预感到接下来会有一场鼻涕眼泪的大戏。

叶蓁蓁坐在门诊的病床上,周密从后面抱着她,他已经感觉到衣角正被叶蓁蓁用力往下拽,他有点想提醒她这件衬衫是她亲自买的,真的挺贵的,但想了想还是算了。拽就拽吧。

"打完石膏还会接着疼吗?"叶蓁蓁可怜巴巴地问。

"回去晚上会疼的。尽量把手臂抬高,可以让血液回流,减轻手指的肿胀感。"

周密的手机突然振动,他连声说"抱歉",走出诊室。

眼看医生要动手,叶蓁蓁连忙喊停:"等等等等,等他回来。"

医生笑了:"是你打石膏,又不是他打。"但还是等了等。

五分钟过去了,周密还没有回来,医生等不及了,跟她商量:"你要么重新排队,要么现在就打,后面有人呢,他们可没空看你俩演琼瑶戏。"

叶蓁蓁看了走廊一眼,终于点点头:"嗯医生你打吧。"

周密回来已经是半小时后的事情了,叶蓁蓁已经打好石膏,安安静静地坐在门诊空余的椅子上等他。她等着他安慰她,问她哭了没,这样她就可以自豪地跟他说,她一个人忍着疼打好了,过程中她左手一直死死攥着床单,但是没有哭。

但周密只是带着她走出诊室,然后停下脚步,让她坐在走廊的凳子上。叶蓁蓁嫌医院的凳子脏,不想坐,周密拍拍她的肩,示意她听话,坐下。然后他自己蹲下来,就像无数个在医院里跟生病的女儿讲道理的父亲一样,仰头跟她说:"蓁蓁,我工作上出了点问题,接下来一段时间会非常忙。你这样子我很不放心,所以我想,既然你在上海了,不如先回杭州住几天,由爸妈照顾你我也比较安心。"

叶蓁蓁脑子里突然闪过一个非常好笑的念头——这是不是就是古代戏文里唱的,打发她回娘家?

"你要是觉得没问题,我一会儿带你回酒店收拾好行李。我们一起出发,我去虹桥机场,刚好也送你去火车站。"

"你工作上碰到什么事了呀?"

事发突然,周密只想跟她商讨她的去处问题,并不想仔仔细细把一件很烦的事再说一遍,再烦一次,于是他说:"我们新出的游戏申请不到版号,不能上线,再耗下去资金链会出问题。"然后他迅速地把话题拉回来:"可以的吧?我一会儿跟妈妈打个电话?"

叶蓁蓁吸吸鼻子,摇头说:"没事,我自己跟我妈说。"

他们一起回酒店取行李,又一起搭车去虹桥枢纽——上海的高铁站跟机场是建在一起的。路上周密不停地回消息,有时发现叶蓁蓁在看他,他猜想叶蓁蓁是讨他注意,就摸一摸她右手臂上的石膏,问她疼不疼。

叶蓁蓁摇头，闭上眼睛靠在车窗上休息。

下午四五点钟，正是上海高架桥开始堵的时候，等他们到了高铁站，叶蓁蓁坐的那一班高铁已经开始检票了。即便如此周密还是短暂地抱了抱她，又亲了亲她的额头，这一套缠绵的告别下来，好几个旅客驻足，叶蓁蓁甚至听到一个姑娘大声说："你看看人家！"

周密总是这样的。有些事做得比谁都柔情，可是叶蓁蓁刚过完安检，再扭头看，周密早没人影了。

叶蓁蓁妈妈把骨折的事看得很大。叶蓁蓁刚上高铁，她就从家里出发来接她了。叶蓁蓁说："急什么，一个小时呢。"妈妈说："没事，我车技差，找停车位要半天，你单手拎箱子不方便，我一会儿就在出站口等你。"

叶蓁蓁鼻子一酸，觉得两边获得的待遇差太多了，所以赌气地没有跟周密报平安。

直到坐进车里，妈妈问她："你告诉周密你到了吗？"她才用左手简洁地发了两个字过去："到了。"

周密回得也很短，说："好的，你安心休养。"

回复完，他立刻给丈母娘打了电话，大意是他这阵子实在忙得不可开交，只能麻烦她，又说等蓁蓁稍稍好些了，他就给她订机票回北京。

妈妈从后视镜里瞟了叶蓁蓁一眼，然后不冷不热地说了声"好"。挂了电话，她妈试探说："你们没吵架吧？"

"没。"

"你怎么脸色灰扑扑的？"

"我这又骨折又坐高铁的，怎么可能不难看？"

做妈妈的于是又心疼起来，一到家，就拿出煲好的鸽子汤催促她喝，叶蓁蓁没胃口，她就说："没事，你吃不下鸽子肉，就喝汤，里面

19

是当归和党参,很滋补的,枸杞是你爸私藏的,我平时要喝,他还不让。你喝点汤吧,我怕你没胃口,特意往清淡里做。"

叶蓁蓁小口小口地喝汤,然后她吸吸鼻子跟她妈说:"你一个医生居然还信什么补不补的。怎么那么土。"

她妈笑着拍了一下她的背,说:"我们又伺候错啦?"

叶蓁蓁喝到一半,抬头问妈妈:"我能不能这次在家待久点?"

"行啊,我接下来三天都请假了,你想吃什么,开个单子,我让你爸明天早上去市场买,超市里的东西不新鲜,要熟人摊位才有好东西。"

"妈。"

"怎么了?"

"没什么,"叶蓁蓁摇摇头,"我就喊你一声。"

叶蓁蓁的妈妈不是很细心的人,所以没有再纠缠这个细节,她忙忙碌碌地跑上跑下,嘴里念念有词:"知道你要回来,你爸特意给你换了个乳胶枕头,你不是说睡不着嘛,换个枕头兴许能好点。哦,对了,你明天早上想吃什么?妈妈买了馄饨皮,给你包馄饨好不好?北京没有馄饨吧,你们是不是都吃饺子?"

叶蓁蓁咬紧下嘴唇,"嗯"了一声,拼命忍住才没有让自己的声音带哭腔:"我明天早上想吃粽子,你记得蒸熟一点,糯米要蒸得很软很糯,肥肉有点融化掉,这样配合里面的瘦肉才好吃。"

"好的,你不如干脆给我们写个食谱。"

叶蓁蓁白了她妈一眼,闷闷地说:"我去睡觉了。"

叶蓁蓁躺在床上,这个房间里保留着她十八岁时的装饰,如果她没有记错,书桌第二格的最底下,还留着那时候的日记,里面密密麻麻,全是她跟周密的琐事。叶蓁蓁那时候怒气冲冲地写"如果他今天晚上十二点前还不发短信来认错,我就再也不理他了",后面紧跟着三个很有决心的感叹号。

　　他到底有没有来道歉，她不记得了。但她记得自己那时的心神不定，她把手机放在书桌上，过三分钟，就要点亮屏幕看一次。

　　现在不会了。她躺着打 Candy Crush[①]，中间周密有好几条消息进来，她等打完了这一局，才切到微信回复他。反正就那么几句：没事；我在爸妈家挺好的；你也注意休息。叶蓁蓁用右手指小幅度地打字，然后突然笑出来了，这算长进吗?

---

① 一款手机游戏。——编者注

当年不远

如果要讲叶蓁蓁跟周密的渊源……这是个有些漫长的故事。里头有明亮得一塌糊涂的青春,有一会儿在场一会儿不在场的爱情,还有一些说不清楚的人性的明明暗暗。

故事要从十几年前,杭州市省立一中高二开学的第一天讲起。

那年薛泽觉得撞了鬼。

他好端端一个数学老师,突然在开学前被教务处喊去谈话,教导主任先是肯定了他的教学成绩,再是肯定了他当班主任的组织能力,最后跟他分享了今年学校提出的新战术——

"小薛啊,你说这个文科班的同学,他们最大的弱项是什么?"

薛泽想"我怎么知道,我当年读的也是理科班",但他凭着对文科班的微弱印象,勉强猜道:"是……数学不好吧。"

"对！"教导主任一拍大腿，然后循循善诱，"所以我们今年，就有个新战术。往年文科班的数学，都是让一些不太教得动理科班的老师去教，今年不一样了，我们决定，找个卓越的数学老师去上课。不仅上课，还要做他们的班主任，从根本上，改善文科班数学弱势的情况。"

薛泽再迟钝，也觉得头顶有阴风刮过。

"小薛，你就是一中毕业的，对一中感情很深厚，领兵还需大将，你看，要不你来担任这个文科班的班主任吧？"

薛泽不自觉地瞪大了眼睛："我没这个经验啊……"

"当班主任嘛，都是一样的。文科班女生多一些，你耐心点就好了。"

然而薛泽在九月一号的早上还是直冒汗，一半是出于对未知的紧张，一半……是因为各个班的数学老师轮流来他面前叮嘱。

"以前我们班的一个男生，现在可到你那去了。他叫韩统，话特别多，你该扔粉笔头的时候就扔，千万别手软。"

薛泽点头说好。

另一个老师过来凑热闹："你们班应该还有个特别难搞的女生……"

她还没说完，薛泽就被常务副校长喊出去了，副校长嘴上说着"看你的了"，还亲切地拍拍他的肩膀，但薛泽怎么都觉得，他脸上的笑容，是看好戏的成分居多。

所以当他走进教室的时候，神奇地感觉自己回到了第一次任教那天。

叶蓁蓁那天早上也觉得运气很背。

学校建在明清两代的杭州府贡院旧址上，修建得早，因此面积很大，在杭州市中心硬生生占据了一百亩。走进校门就是一条长得过分的甬道，两边都是香樟树，非常适合拍小清新电影，但叶蓁蓁只觉得——太、长、了，都是被这条路耽误的，她才常常迟到。

她一路在甬道上狂奔。

跟古代大宅院一样,一中的教学楼,是分成一进二进三进的。一进是行政楼,二进是给高一高二用的教学楼,三进是老师的办公室,四进是高三的教室,五进是音乐美术教室。

其余的楼都是低矮的日式建筑,墙是泥墙,被刷成红色,墙面上还有很清晰的颗粒感,赶上樱花开的时候非常漂亮。唯独他们的教学楼二进,是一座突兀的五层楼高的砖砌楼房,据说是二十世纪八十年代,有人在教学楼里用热水壶烧水,忘了拔掉插头,当时热水壶又不会自己断电,于是烧干了,继而着火,火势很大,把整幢楼都烧毁了,只能全部推倒重建。

叶蓁蓁走到二进底下,看到扇形教室的门口站满了家长——每年刚开学,都会在这里召开家长会,此刻会议还没开始,家长们散落着互相聊天。有个家长的目光在叶蓁蓁身上逡巡了几秒,然后低头跟孩子说:"别以为进了一中,就高枕无忧了,还是什么人都有的。读书嘛,还是要靠自己。"

叶蓁蓁站在二进楼下的大镜子前看自己。她一向对自己的穿衣品位引以为豪,海魂衫T恤、牛仔短裤、匡威的运动鞋,她那时还不懂什么叫"Effortless(毫不费力的)时髦",她只是为了显摆自己那跟腱很长、线条很漂亮的小腿。她有点委屈,这怎么就说明这个学校里"什么人都有了"?

但她来不及再想了,因为听见了上课的铃声。她再次怨恨,为什么每升一级,教室也要往上挪几层呢?老师们为什么不担心,高二学生因为压力太大,一个想不开从五楼跳下去?

叶蓁蓁站到教室门口的时候,薛泽已经完成了自我介绍,他皱着眉看了她一眼,问她:"你是这个班的?"

"啊对。"

"你就穿成这样来上课啊？"

叶蓁蓁心里一声哀号，但嘴上什么也不说，仍然笑眯眯地、带点讨好地看向新班主任。

"你不穿校服啊？"薛泽的声音是有点柔和的，所以当他想要跟你委婉地讲点什么的时候，总是听起来有点……阴阳怪气。

一中没有硬性规定人人要穿校服，但每个班主任会有自己的规矩，叶蓁蓁一听他这个语气，就知道来者不善。

她只能僵笑着点头："衣服拿去洗了，没干，明天一定穿，一定穿。"

薛泽矜持地点点头："那你进来吧。"

位置还是乱坐的，叶蓁蓁猫着腰，迅速溜到最后一排坐下。薛泽在上面讲一些规定，她也没认真听，就四处巡视着，班级里有没有好看的男孩子，以及比她好看的女孩子。

文科班到底是文科班，竞争还是很激烈的，随便一扫，她就看到了一个女孩子，穿着夏季校服，扎了个马尾辫，是最无聊的打扮，然而却让她想起一个词，蓬荜生辉。她皮肤雪白，整张脸老老实实全露出来了，却仍然没什么可挑剔的地方。五官的位置和形状都生得好极了——幸好幸好，叶蓁蓁拍着胸口自我安慰，她戴了眼镜，遮掩了一点艳光。

再看就灭自己志气了。叶蓁蓁决定不再关注女生，转头偷偷观察男孩子。文科班男生少，但仿佛长得都还不错。有个眉眼极像印度人的小正太，还有个鼻子特别挺的——叶蓁蓁一直嫌弃自己鼻梁不够高，经常埋怨爸妈小时候没有拿夹子给她夹一夹。她刚想往前趴一点看清他正面，就发现了斜前方一个瘫坐在椅子上的男生，妈耶，好看得像电视里的人。

叶蓁蓁开始肆无忌惮地打量他。他在转笔，不小心笔掉了，于是弯下腰来捡，捡完回头随便一瞥，就看到了叶蓁蓁，于是朝她随便笑了下。

叶蓁蓁心里悄悄"哎呀"了一声。他是真好看，眼睛内双，眼角轻微上翘，不笑的时候眼里都有粼粼的笑意，笑起来更不得了——少年人的下巴虽然微仰着，眼神却是柔和的、诚恳的，怎么说呢，你觉得你在他那听说的，会一直一直都是好消息。

然而班主任没再给她白日做梦的机会，薛泽在讲台上宣布："我们安排座位吧。"

他咳了咳嗓子，说："我们这一次呢，就按照成绩排。六个人为一个小组，成绩差不多的，刚好可以互相讨论问题，以后就以六个人为单位，前后换位置，懂吗？就是六个人一起搬，前几排坐一坐，后几排也坐一坐，这样呢，你们的爸妈也不会来跟我说，谁谁谁视力不好，要特意坐第一排了。"

全班一片死寂，一中向来没有这个习惯，高一的时候，甚至连成绩单都是单独发到家长手机里，不公开排名的。有的班主任会采取保密的形式，你去问自己的成绩和排名，可以，但问其他人的，就摇头说不知道了。

所以大家都用带点敌意的目光看向薛泽。他了解这个目光的含义，但是仍自顾自说下去："你们啊，就是过得太安逸了。学校搞素质教育，不代表你们高考考的是另一套试卷。要有点狠劲，互相撕咬比分，才能一起进步，懂吗？"

全班继续一片死寂。薛泽挥挥手："好啦，站到走廊上去，一个个喊你们。"

高一期末考是九门课全考的，但是薛泽只采用语数外和政史地的成绩，他看着成绩单，然后饶有兴致地问："叶蓁蓁是谁？历史考了满分啊。"

叶蓁蓁有点拘束地举起了手。

"哎哟是你啊。"

"……"

薛泽追问她："你怎么发挥得这么好？"

正常女生碰到这种问题，都是盯着脚尖应付过去了，但叶蓁蓁毕竟不是正常女孩子，她直愣愣地回应说："就，随便考的。"

这一回换薛泽无语，幸好他很快抓出了一个漏洞："那你数学怎么才七十多分，这也是随便考的？"

叶蓁蓁老老实实地摇头："没有，尽力了。"

队伍里已经有人发出笑声，薛泽决定不再跟她纠缠下去，说："这样，周密是谁？你数学考了九十八，你们俩来做同桌吧，刚好互补。"

很多年后叶蓁蓁都觉得，学生时代排座位，比后来的相亲更为惊心动魄，所以她几乎是忐忑地等着那个"周密"。然后一个男生站了出来，跟薛泽点了点头，她回头一看，哦，就是那个鼻子很挺的男孩子，这一回，她倒是看清了他的正脸，是一张一看就很难相处的脸，叶蓁蓁抱紧了自己的书包。

他们俩先站到了薛泽身边，看他继续一个个"配对"。

"苏青青，哪一个？"

那个漂亮得有点邪气，却戴了一副无框眼镜的姑娘沉稳地往前走了一步，薛泽颇为赞许地看着她，还不忘暗搓搓戳叶蓁蓁一句："同样是女生，这一个就各科都很好、很平均嘛。谁说女生读不好数学呢，还是分人的。"

叶蓁蓁拍了拍胸口，给自己顺气。

"韩统？"因为久仰大名，所以薛泽的口气里都带点好奇，"韩统在哪？你跟苏青青一起坐。"

然后叶蓁蓁就看到那个转笔的男生走了出来，他的书包是拖在地上的，手攥着书包肩带，就这么一路拽了过来。叶蓁蓁心跳都快停了，她觉得他走到哪，哪里就是韩剧的氛围。

薛泽正要念下一个名字，就听见苏青青干脆的声音："老师我不要跟他同桌。"

九月的上午，南方还是炎热，大家站在走廊里十几分钟，已经有点蔫头蔫脑，但苏青青的这句话，成功地让所有人都为之振奋，大家跟看好戏一样，看新班主任做何反应。

"为什么不想呢？"薛泽对苏青青有莫名其妙的耐心。

"他很烦。"

全班哄笑。薛泽也笑着问她："你怎么知道的？"

"我听说过，他太吵了，会影响我学习的。"

薛泽笑得开怀，他那时也不过三十岁，平时假模假样做大人，一跟这帮学生混到一起，也常常会绷不住，他拍着韩统肩膀，说："你看你名声多臭，都没有人愿意跟你做同桌。"

他身后的叶蓁蓁思来想去，举起了手："老师我可以。"

薛泽头疼地回头看了她一眼，不管她，继续问队伍里的人："有人愿意跟韩统做同桌吗？"后面有几个男生阴阳怪气地喊"我愿意"，整个队伍都笑得歪歪扭扭的。

薛泽想，大概是没人自愿跟韩统同桌了，只能强行指定，他循着名单往下念："陈一湛，哪一个？"

一个女生往前跨了两步，叶蓁蓁于是也看清了她的脸。她很圆，一切都很圆，脸是圆脸，扎的丸子头让脸看起来更圆，眼睛不瞪也是圆的，一笑，就有个梨涡，那个梨涡也是小且圆。

薛泽问她："你跟韩统同桌，行吗？管一管他。"

陈一湛不敢拒绝,但脸却是哭丧着的:"老师我也想好好学习的。"

班里继续大笑,薛泽觉得这个事情不能再这么磨叽下去了,于是一锤定音:"就你们俩一起坐吧。"

叶蓁蓁顿觉人生灰暗了。

接下来薛泽报名字的时候,她一直满腹怨念,看身边的男生更不顺眼,真的,差一点,就差那么一点。十七岁的叶蓁蓁言情小说看多了,总觉得一切都是命运"冥冥中注定的安排",她甚至略微有些伤感地想,这是不是也暗示了她跟韩统的缘分,就差那么一点呢?

好巧不巧,整个班是四十七个人,单数。薛泽忙着给后面的人安排,忘了还有个苏青青没有同桌,等到反应过来,座位已经排好了。他正有些懊恼,就听见苏青青用平静的语调说:"没事,老师,我可以一个人坐。"

于是他们那个组就成了奇怪的 E 字形,第一排是周密跟叶蓁蓁,第三排是陈一湛跟韩统,中间,是没有同桌的苏青青。

放好东西以后,苏青青刚想去卫生间,肩膀就被人拍了一下,她转过头,发现是韩统,心想他不会还气她当众不给他面子吧,正想随便道个歉,就听见韩统用愉悦的、不计前嫌的口气对她说:"同学,你成绩那么好,以后我要多跟你请教题目啊。"

苏青青一怔,然后瞥了他一眼:"神经病。"就拿着纸巾出去上厕所了。

韩统倒是不恼,他看新同桌正在刚发下来的课本扉页上写名字,就凑过去看,然后郑重其事地表扬她:"你的字很好看。"

陈一湛扭头,朝韩统甜蜜地笑,然后吐出三个字:"神经病。"

叶蓁蓁对这个座位安排很不满意。

第一排,老师眼皮子底下,同桌又是个死人脸,后排……是个勤奋的死人脸。跟中间排的同学又隔着一条过道,说起话来不方便,她只觉得前后失据,整个人压抑得不行。因此一回家,叶蓁蓁就在饭桌上爆发了。

她爸爸问她:"新同桌是男生女生啊?"

"男的。"叶蓁蓁舀了一勺番茄炒蛋,然后用筷子一点点把番茄拨掉,她喜欢吃沾了番茄汁的蛋,但不吃番茄。

她妈一看她这个做派就火大,督促她说:"一起吃进去。你到外面吃饭也这样?人家也看你把番茄全部挑掉?"

"外面吃饭我就不点这个菜了呀。"叶蓁蓁不服气地还嘴。

爸爸对这件事毫不在意,继续追问她的新同桌:"帅不帅啊?"

妈妈白了爸爸一眼。叶蓁蓁倒是来劲了:"嗯……一般吧,不是一张好人脸。我跟你说,我后排的后排,有个男生,超级帅,真的,爸爸我今天收团员证的时候,拿手机拍了他的证件照,我去拿给你看。"

叶蓁蓁放下碗,激动地往房间里跑,拖鞋都颤颤巍巍地差点掉下来。

这边厢,妈妈翻着白眼训斥爸爸:"你能不能跟她说点正经的啊?上学期数学七十多分,你不着急是吧?还跟她讨论男生帅不帅,你还嫌她分心不够啊?"

叶蓁蓁拿着手机回来的时候,就看到爸爸乐呵呵地反驳:"我高中的时候也很好看啊,小姑娘也都拿了我的照片回家收藏啊。你这个人,就是看不惯我们爷俩比你长得好看。你嫉妒。你成绩为什么这么好?因为没人追你嘛。"

叶蓁蓁在一旁幸灾乐祸地傻笑,然后把手机递给爸爸:"帅吧,帅吧?"

爸爸仔细端详了一会儿,首肯说:"还不错,比我年轻的时候会打扮,但是单凭五官,可能还是我好一点。"

叶蓁蓁笑得更欢，顺便把螃蟹丢给爸爸："是是是。我一直跟人家说，我们家爸爸长得最好看。爸爸你帮我剥一下螃蟹，蟹脚我不要。"

叶蓁蓁的妈妈倒是突然抓住了一个重点——"等下，你刚才说收团员证，你当团支书啊？"

"嗯"，叶蓁蓁满不在乎地点点头，眼巴巴地看着爸爸剥螃蟹。她高一的时候吃蟹，被钳子边缘划破过手，只流了一点血，但她煞有其事地用创可贴绑了三天。自那以后，她爸就承包了帮她剥蟹的任务。幸好她只吃蟹黄，其余部分一概不碰，剥起来倒也不麻烦。

"为什么让你当团支书？"

叶蓁蓁终于皱了皱眉，抬起头来看妈妈："因为我优秀啊。"

妈妈满脸写着不信。

这个不信是很有根据的，叶蓁蓁从小到大，当过的最大的班干部，是轮流当的值日小组长。薛泽点名让她来当团支书，当然是有险恶用心的。团支书每天要检查每个到校学生的仪容仪表——他想，她都要去检查别人了，自己肯定也不好意思不穿校服了吧。

可是叶蓁蓁有自己的应对方法。一中的校服分长袖和短袖两款，一般人都是夏天穿短袖，秋冬穿长袖，叶蓁蓁不。她每天都是在自己的衣服外面罩上长袖校服，薛泽在教室的时候，她就套着校服，不在的时候她就穿着她觉得好看极了的其他衣服到处蹦跶。有事没事就往第三排跑。陈一湛要是去厕所了，她就直接坐到她位子上。文科班刚开学，学业负担很轻，下课也没人做作业，有时候集体跟风，学变魔术，有时候聊热门的电视剧。那一阵子流行的，是掰手腕。

比赛采取轮流赛制，一对一地掰，选出四强选手，四强再轮流掰，最后胜出场次最多的两个，一决胜负。

讲得很正规，其实就是乱来。文科班女生多，男生总共也就那么几个，大家一开始还讲规则，到了后来，就有人把手偷偷从桌子上移到半空，或者更直接的，两只手上阵——一只手抱住另一只手的拳头。

叶萦萦很乐见场面变得混乱，这样她就可以趁机跟韩统掰手腕。

韩统其实觉得这游戏非常没劲，不知道大家哪来的角逐热情，但叶萦萦推他的肩膀，说试试看嘛。

她细胳膊细腿的，看起来就毫无战斗力，韩统只想敷衍一下便过。

两个人手握在一起，身边有三四个同学围观，韩统还没怎么使劲，叶萦萦脸就红了，他于是更不敢用力气，只是稳稳当当地矗在那。然而叶萦萦是个没什么自知之明的人，误以为她有了胜利的希望，于是咬着牙，近乎龇牙咧嘴地，一点点把他的手腕推过去。

韩统心想这姑娘是不是脑子不好使。他让得这么明显，她倒是真的生出胜负心来了。

到底年轻气盛，韩统没忍住使了劲，迅速把叶萦萦的手背压倒在了桌子上。抬头看她，额头上全是细密的汗，韩统有点不忍，拍拍她的肩："不错了，女生里算厉害的。"

"真的吗？"叶萦萦喜滋滋地追问。

"嗯。"

她坐回自己位置上，这一节课有眼保健操，不过老师没来，她也就肆无忌惮地发呆不动。眼看身边的周密也像没听见广播一样，自顾自地在玩手机，她碰了碰他的肩膀："哎，要不我们掰手腕，刚才我跟韩统掰了，他说我在女生里算很厉害的了，虽败犹荣那种。"

周密瞥了眼她的脸，因为出过汗，所以整张脸都是亮晶晶的，周密一向讨厌去碰出汗的人，稍微握一握手都觉得脏，他从抽屉里拿出盒纸巾丢给她——"你先擦脸。"

叶萦萦马马虎虎地一擦，把纸巾扔进他们俩桌子中间系着的塑料袋里——那时候很流行这样，把塑料袋绑在桌子边，随手就可以扔垃圾。

她抬起头，说"好啦"。

周密又看了她一眼，这次忍不住扑哧一下笑了出来。叶蓁蓁是天生黄皮，进高中以来，突然有了审美，发誓要脱胎换骨地变白，所以每天出门前往脸上涂防晒。隔六个小时还得补一次，绝不马虎。但因为出了汗，又用纸巾抹了脸，所以眼睛下方有一小片白色的、凝固后的防晒霜。周密边笑边拉过她的手，让她用自己的手指戳眼睛下面的皮肤："你自己感觉下，是不是有防晒霜没涂开。"

"啊！！！"叶蓁蓁一声尖叫，从桌子里拿出小镜子，开始补救。

周密抱着手臂，在她身后冷言冷语："你怎么想的？想接近韩统就去跟他掰手腕？还这么拼。你是想表现你力大无穷，还是觉得自己一脸汗的样子很好看？"

叶蓁蓁一愣，然后转过头来，哭丧着脸问他："……你为什么之前不提醒我？"

"我干吗提醒你？"

"我们是同桌啊，要互帮互助。"

周密不说话，叶蓁蓁就贼贼地凑过去："我说真的，以后我再去找韩统之前，你提醒一下我。"

周密声音仍然没什么起伏："算了吧，你出错频率太高，提醒不过来。"

叶蓁蓁还是锲而不舍地往第三排跑。一方面是想找韩统聊天，另一方面……周密不太爱说话，后排苏青青跟他讨论数学题，他倒是愿意搭理，她尝试过加入他们的讨论，无奈实在听不懂。叶蓁蓁就是那种，一到数学大题的最后一题，除了行云流水地写个"解"字，就再也束手无策的人。她深知自己的能耐，所以放弃了对他们话题的插嘴权，她宁愿跑到第三排去看韩统打游戏。

有天政治课，政治老师外出去开会，是另一个老师来代课，她觉得这是个机会，就提前跟陈一湛说好，她们那节课换位置。一下课，她就拿着水杯和书，兴冲冲地往第三排跑。

毕竟机会难得。叶蓁蓁那节课像是监狱里突然被放风的犯人，整个人都活络起来了，前后左右，四处聊天，旁边的同学们也爱搭理她，于是几个人转来转去，热闹极了。

他们在玩石头剪刀布，谁输了，就要来一次大冒险。韩统第一个输，大家要求他站起来跟老师说："我要上厕所。"等老师点头许可了，他要再说一句："算了，突然不想了。"

紧接着输的人是叶蓁蓁，韩统想了想，说："这样吧，你拿一支笔，噘着嘴，把笔放在上面，放满一分钟。"叶蓁蓁觉得很好玩，就照做了，还转头给后排同学看，几个人一起监督她。

她噘着嘴、眼睛一直盯着笔的样子实在太好笑，一开始还是窸窸窣窣的笑声，到后来韩统需要握着拳头抵着鼻子，来抑制大笑声。代课老师实在忍不住，说："那两排的人，给我站起来。"

四个人慢吞吞地站起身来，叶蓁蓁倒是不觉得丢脸，她满脑子都是，哇，跟他一起罚站，好像言情小说哦，也太浪漫了吧。

代课老师走过来，看着她皱眉："你怎么回事啊，你一个女生，跟着几个男生罚站，丢不丢脸啊？"

叶蓁蓁委委屈屈地回答："那你还让我站起来。"

"……"代课老师被噎得一口气堵在喉咙口，"你们在干什么？玩得那么高兴，要不给大家说一说？"

好不容易熬到下课，叶蓁蓁灰溜溜地回到第一排，她刚挨了骂，想找点安慰，但看周密戴着厚重的耳机，又不敢多说话，就一个人闷闷地趴在桌子上。

没想到是周密主动摘下耳机，她刚有点高兴，直起身子想跟他诉苦,就听见周密用带点奚落的口气时她说:"回来了?"

叶蓁蓁扁着嘴,点点头,怕他感受不到她内心的苦楚,还要掐着嗓子告状:"那个老师……很凶哦。"

周密看了她一眼,干脆地说:"你活该。"

凭借着这样的学习态度,第一次月考,叶蓁蓁顺利地考出了各科九十分以上的成绩……除了数学这一次再创新低,六十八。

叶蓁蓁看着一片红色的数学试卷,总觉得它应该被撕碎,然后变成一小片一小片的纸钱,从半空中撒下来,扑簌簌掉落在她脸上——这几天她爸出差,家里只有她妈在,带着这种分数回家,她还不如死了算了。

周密想趁课间把作业写完,晚上可以专心看球赛,但叶蓁蓁一会儿整个人趴在桌子上,发出一声沉重的叹息,过一会儿,又改成了背靠在椅子上,脸朝天,把试卷覆盖在脸上,一副绝望的样子。周密实在没办法忽略这么个人,他喊她名字:"叶蓁蓁,你能不能消停会儿?"

"你忍一忍好吧?不要叫我消停了。过了今天晚上,我就永久性消停了。你明天可能就见不到我了。"

周密无语,只能放任她长吁短叹。

过了一会,叶蓁蓁突然有了灵感,拍了一下他的手臂,笑得那叫一个贼眉鼠眼:"周密,你帮我个忙啊。假设你是我妈,我给你报我的各科成绩,你帮我听听看,我按什么顺序报,我妈最容易忽略数学的这个六十八。"

"……嗯。"周密侧过身,面对着她,"来吧。"

"历史九十八,英语九十,语文九十二,政治九十,地理九十五,数学……六十八。"尽管是模拟,叶蓁蓁的声音还是不自觉地低了下去。

"这个不行,你肯定不能放最后压轴,一压轴你妈肯定听进去了。"

"哦哦，那我再来过，放中间怎么样，讲得快一点，她说不定就没注意。"叶蓁蓁重新念了一遍，然后两眼放光，像看救命稻草一样看着周密："怎么样，是不是没那么刺耳了？"

周密为难地看着她，他在想要不要告诉她这个事实，就六十八这个分数，放哪都刺耳。

他没有正面回答这个问题，而是略带怜悯地看着她，说"今天值日我帮你做吧，你早点回家领骂"。

但是那天晚上叶蓁蓁的妈妈临时加了台手术，到家已经十点，洗了把脸就睡了，都没想到过问她的月考成绩。第二天一早薛泽收试卷，看叶蓁蓁的试卷上并没有家长签名，就问怎么回事。

到叶蓁蓁老老实实地答："我妈昨天到家晚了，我没来得及说。"

薛泽对着难得一脸小心翼翼的女孩，也说不出什么重话，回到办公室，他给叶蓁蓁的爸爸打了个电话，说："您现在方便过来一趟吗？"

很巧，她爸刚出差回来，立刻说好，直接从火车站打了车往学校赶。

没想到办公室里叶蓁蓁也在，当时是午休，她来交同学们的入党志愿书，爸爸还没来得及吃午饭，拎着公文包站在薛泽面前。

薛泽也觉得有点尴尬，但转念一想，也好，叶蓁蓁平时嬉皮笑脸的，当着她爸的面，说不定她还能听进去一些。

于是他把数学试卷递给了她爸爸，他说："蓁蓁爸爸，你自己看，她这样的成绩，是不是太不像话了？"

叶蓁蓁的爸爸把试卷大致浏览了一遍，下了结论——就是该错的不该错的、能错的不能错的，都错了一遍。他放下试卷，问另外几科怎么样。

"另外倒是都还好，都九十多。我就想不通了，她其他时候都那么灵光,怎么一碰到数学,就呆掉了呢?"

叶蓁蓁的爸爸其实心里讪讪的,四十多岁,在单位里好歹也是个领导,突然被一个比自己小十多岁的人训,面子上着实有点过不去。可是转头看叶蓁蓁,她咬着嘴唇,满脸通红,眼睛里亮晶晶的,像是要哭了。

于是爸爸按下心里的复杂情绪,"嘿嘿"一笑:"我读书的时候理科也不好,后来才开窍的。我高考考了三次呢,蓁蓁比我强多了,读书吧,它是个厚积薄发的事,慢慢补,可能哪天就见效了。"

"关键是她态度也不行啊。你看她,一身花里胡哨的,哪像是心思放在读书上?"

"爱美之心人皆有之嘛,我年轻时候也很喜欢赶时髦的。薛老师您别着急,孩子长大都有个过程,是吧?"

薛泽突然有点理解叶蓁蓁为什么永远一副浑不吝的样子了,就是因为有这么个爹。

他虚弱地做最后的规劝:"数学对文科生来说很重要的,你们家长一定要引起重视,不要到了高三追悔莫及。你们家长看着这种分数,不着急啊?"

叶蓁蓁的爸爸连连点头,可是一出办公室,他就用欢快的声音跟叶蓁蓁说:"你快去玩吧,没事儿,爸爸没生气。"

叶蓁蓁看了看爸爸的脸色,发现确实一片晴朗,就真的放宽心,啪嗒啪嗒跑回教室了。

晚饭桌上谁也没提这个事,但叶蓁蓁还是小心行事,没敢再把番茄和鸡蛋强行分家,勉强地咽下了番茄炒蛋。她爸做了清蒸鲈鱼,肚子上的肉照例是她的,吃完饭,她妈还招呼说:"你下去走一圈再写作业。"

叶蓁蓁彻底觉得天下太平了。

晚上十一点多，叶蓁蓁本来已经睡下了，又口渴，想起身倒水，刚想推开房门的时候，听到了妈妈恼火的声音："你有病啊，当着薛老师的面这么说话，你让他怎么想？他肯定觉得家长也不负责任。"

"还'我高考考了三次呢'"，妈妈气得恨不得摔杯子，"你光荣啊？叶蓁蓁已经无法无天了，你再这么护着她，这一次六十八，下一次就五十八了你信不信？"

爸爸语气倒仍然是平和的："那你让我怎么办呢？你是没看到蓁蓁当时的脸色，都快哭出来了，你说老师骂她也就算了，我再跟着老师一起训她，她多没面子。小孩子的自尊心需要保护。你别气了，你找一盒茶叶，里面放几张购物卡，我们明天一起去薛老师家拜访一次。你也别当着蓁蓁的面摆脸色，尤其是饭桌上，她本来就成天减肥吃得少，你再一甩脸色，她就更没胃口了。"

叶蓁蓁回到床上，抱着膝盖发呆，她突然觉得很对不起爸爸，原来所有的任性，都是需要别人这么去维护周全的。

第二天早上爸爸送她去上学的路上，她少见地没有叽叽喳喳，快到学校的时候，她鼓起勇气跟爸爸说："对不起，我以后会好好学数学的。"

"没事没事。爸爸没有生气。"

叶蓁蓁仍然低着头，想到昨天晚上偷听到的对话，鼻子又酸了。

"你哭什么呀？我跟你说，爸爸只哭过一次，就是你小学时候八百米长跑，跑完晕倒了，那次爸爸是真的急哭了。爸爸对你没有别的期望，就希望你一直健健康康、开开心心的，能顺便学好数学就更好了。你比我小时候强多了，我高三还逃课呢，你奶奶气得不得了，抓起一把菜刀，在后面追着要砍我，你看你比我让人省心多了吧。

"蓁蓁没事的，你看你其他科目都那么好，数学稍微用点心，也能学好的。你妈这个人吧，急功近利，你别理她，你安心学，安心玩。哦对了，最近零花钱还够用吗？"

叶蓁蓁从初中起，每周的零花钱，就是爸爸主动塞到她钱包里的，他从来不会等她开口问他要钱，每个周末晚上，叶蓁蓁整理书包的时候，总会发现钱夹里多了两三百。她要是看上了什么妈妈不肯买的东西，也是偷偷跟爸爸说，爸爸总会答应的。

叶蓁蓁抽了抽鼻子，说："不要了，我这个礼拜不出去吃中饭了。"

"嗯，也行，食堂的饭卫生，别哭了，高高兴兴上学去，好吧？"怕她继续抽鼻子，爸爸还主动问起韩统："那个很帅很帅的男孩子，你们还在一起玩吗？"

叶蓁蓁摇头："不玩了。爸爸我会专心念书的。"

到学校了，爸爸停车，他只是觉得今天的女儿懂事得有点反常，但还是看着她拎起书包，慢吞吞地走进了校门。

叶蓁蓁一路抱着愧疚和决心往二进教学楼走，但走到楼下，路过巨大的镜子，她还是忍不住停下来，看了看自己今天长什么样才上楼。

她那时候只觉得爸爸对她真好，然而要到很多年后，她一动不动地凝视着头顶上的天花板，睡又睡不着，逃又逃不开这无边黑夜的时候，她才会真的想起这一幕，然后不出声地凶猛地流泪。

她是被爸爸这样细心爱过的女儿。

Chapter 3

E 字形的青春

那一年的秋天发生了这么几件事情。

一是叶蓁蓁终于知耻后勇,决定开始补数学,她爸妈推掉了晚上的一切应酬,她妈甚至搬了椅子坐到她房间里,以防她作业写着写着,又开始看小说。

双休日是彻底沦陷了。周六一大早,她就被拉起来去补课,叶蓁蓁困得眼睛都睁不开,每次写大题步骤,被老师一问"你确定是这样吗",就开始发蒙,等到问第二遍"你确定是这样吗",她就泪眼汪汪想扔掉笔开始哭了。

十七岁的叶蓁蓁想,还有比数学更恐怖的东西吗?没有吧。

想快点长大啊,想高中毕业,再也不用碰数学。

周密倒是难得地伸出了援手,说"你要是不会就问我吧"。他还善解人意地说:"你觉得你哪个知识点薄弱?"

看叶蓁蓁一脸为难，于是他换了个问法："你哪一块掌握得比较好？"

这一回她倒是答得干脆："集合！"

周密无语了："……因为这是高中第一节课教的吧？"

叶蓁蓁毫无自尊心地乱笑。

他戳了她一句："你这个情况，就像是背单词书，只背会一个 Abandon（抛弃）。"

"什么？"

"没什么，太高级的笑话，你听不懂的。"

叶蓁蓁撇撇嘴。她那时候读书是真的敷衍，早自修要听写单词，她永远是临时抱佛脚，急匆匆赶到教室来背。背着背着，她被周密手上的蛋饼吸引——"好香啊。"

周密只管自己写作业，不理她。

于是叶蓁蓁狗腿地凑过去："你的蛋饼好香啊。"

他终于瞥了她一眼："你要吃吗？"

叶蓁蓁一个劲地大幅度点头。

周密把蛋饼递过去。

"你换一边啊，你咬过的我怎么吃啊。"

"……不是你要吃的吗，还这么多事。"

"换一边换一边。"叶蓁蓁全然没有吃人嘴软的自觉，仍然理直气壮地催促。

周密把蛋饼换了一边给她。叶蓁蓁咬了一口，这下，整个人都眼睛放光了。"好吃！你在哪买的啊？"

"……我们家门口的小摊。"

"哦哦，"叶蓁蓁点了点头，继续埋头吃，她胃口是真的好，在家吃了早饭，仍然能把周密的蛋饼吃掉大半，剩下一点边沿给他，还假装不好意思地说："哎呀，不小心就吃多了。"

周密懒得理她。

英语老师进教室了，叶蓁蓁又贼贼地凑过去，小声问："你以后……能不能每天帮我带个蛋饼啊？"

周密忍不住皱了皱眉，看向她。

"好不好嘛？"叶蓁蓁一脸央求，"我可以包月给你钱。"

周密嗤笑一声："不带。太麻烦了。"

"带嘛带嘛，"叶蓁蓁只要有求于人的时候，讲话永远自带无穷多个波浪号，"你就当日行一善。"

"再说吧。"周密把目光收了回来。

叶蓁蓁对周密没抱任何指望，因此第二天早上，仍然在家吃饱了才来学校，等她到教室的时候，发现了桌子上的蛋饼袋子，以及一脸面无表情的周密。

"你人也太好了吧！"叶蓁蓁惊叹说，一边迫不及待地打开塑料袋。

"闭嘴。你声音很大。"

但是这个事件的影响并没有到此为止。韩统有天早上也没忍住，跑过来咬了一口，从此也赖着周密带蛋饼，韩统又分给了陈一湛，于是……陈一湛也拜托他带早饭了。

周密觉得自己像个卖蛋饼的二道贩子。每天早上拎着四个蛋饼进学校，穿得再拉风，都像送外卖的。

只有苏青青没有让他带过。叶蓁蓁曾经热情地跟她分享过这人间美味，她咬了一小口，说太油了。

叶蓁蓁惊呼："怎么会？明明很好吃。"

苏青青说了跟周密一模一样的话："闭嘴，你声音很大。"

叶蓁蓁只有数学课的时候盯着黑板，奋笔疾书，其他的课对她来说都是自由活动，她最常见的安排就是看小说。

那时她在看一部很流行的青春文学，周密看了腰封上的推荐文字——"带你直抵青春疼痛的最深处"——就开始笑得一脸龌龊意味不明，叶蓁蓁踩了他一脚："干吗啦，很感人的好不好？"

他那天很闲，于是有心逗她："怎么个感人法？"

"男主角跟女主角是邻居，他每天都把他妈塞进书包的牛奶给女主角喝，就是青梅竹马，你懂吗？很温暖啊。"

周密嗤之以鼻："那我还每天给你带蛋饼呢，也没见你感激涕零啊。"

叶蓁蓁瞪大了眼睛："蛋饼跟牛奶能一样吗？你自己感觉下，两个意象，能一样吗？"

"那你有本事别吃啊。行，我明天不带了。"

"……"叶蓁蓁被气得说不出话，晚上回家，她想了想还是跟妈妈说，明天也不用做她的早饭。但临出门前，又谨慎地带了一盒饼干，一路上忐忑地想，周密那个没良心的，不会真的不给她带了吧，就这么纠结了一早上，直到看见课桌上熟悉的白色塑料袋才觉得安心。

叶蓁蓁那时候的一个副业，是写小说。

她整节课整节课地进行文学创作，周密想凑近看，她紧张地捂住纸张说不行，周密被她搞得真有点好奇了，趁她去卫生间，想翻开抽屉找出来，结果不仅没找到，还被刚回来的叶蓁蓁逮个正着，她于是保密手段更好，上厕所都要随身带着那几张纸。

周密觉得她有病，搞得跟谁稀罕看一样。

但是她的小说内容还是很快被揭晓了。有天中午，陈一湛坐在苏青青的位置上，听她绘声绘色地讲小说梗概，叶蓁蓁转过身坐着，挥舞着纸开读书会，讲得太入神，没注意到周密已经站在了她身后。

"这个男主角呢，因为跟女主角暗生情愫，为帮派所不容，忠义难两全，于是遁入空门了。这个男二号呢，为了救女主，就委身于女二号，但他心里还是想着女主角的。男三号跟女主角结拜了兄妹,就为了能跟她一直在一起……"

她说在兴头上,就听见身后周密用不可置信的口气说:"女主角叫叶蓁蓁,你要不要脸啊?"

叶蓁蓁整个人一僵,然后转过身来,把整一沓稿纸摔在他头上:"周密!"

周密笑得话都说不完整,指着她说:"你也太自恋了吧,这也写得出来?"

"周密你去死吧。"叶蓁蓁顺手拿起桌子上的书,往他身上砸。

周密本来很少叫她名字的,总是左一个"喂",右一个"哎",但自那以后,他开始热衷于喊她"叶蓁蓁",而且每次喊都笑容堪称诡秘。

他还时不时关心下她的小说动向:"怎么样,男四号出现了吗?"

叶蓁蓁横眉冷对,但他毫不介意,继续笑眯眯地追问:"所以这书里就一个女的吗?"

"当然不是啊……"

"哦哦。"他装作思考了一阵子,然后很严肃地问她,"那为什么一帮男的会喜欢女一啊?他们有病吗?"

叶蓁蓁忍无可忍,终于下手掐了他的手臂。

但也就是凭借这个小说,陈一湛跟叶蓁蓁的关系好得突飞猛进,叶蓁蓁不进行自恋的文学创作的时候,就跟陈一湛交换言情小说看,一边看还要一边讨论剧情。

周密有天手臂撑着椅子,扭头看向苏青青:"是不是觉得前后两个傻子?"

苏青青点了点头。

"也就你一个正常人了。"

苏青青继续写作业,周密就转过头去忙自己的了,他不知道,在他转回身以后，苏青青重新抬头，盯着他的脑袋发呆——"也就你一个正常人了"，这么一句无论如何都很难算夸奖的话，被她咀嚼出了一万种旖旎滋味。

她曾经以为他对她，到底是跟对别人不一样的。

周密总是花样吐槽叶蓁蓁，嫌她事多，一会儿要关窗户拉窗帘挡太阳，一会儿要开窗户通风，一会儿问他这道题怎么做，一会儿要问他借纸巾——十七岁的叶蓁蓁，毛手毛脚到经常忘了备纸巾在教室。

但他对苏青青的态度永远很好。每次跟他讨论题目，无论他在做什么，都会停下手里的事情跟她说话。他从家里带零食，永远是先分给她，再给后排的韩统和陈一湛，如果还有剩下，再扔给叶蓁蓁。

叶蓁蓁有时会抗议："凭什么最后才给我。"

周密一脸光明正大地答："因为你最会吃啊，先给你的话，别人什么都没了。"

她以为他也懂，她对他是不一样的。

有次考试完上传试卷，传到苏青青这儿，她抬头看了一眼，周密还在飞快地写，她猜他还没做完，就把试卷扣在她自己那。老师看他们那一排死活传不上来，走过来看，苏青青装作自己刚停笔的样子，说："不好意思啊老师，我想把这个步骤写完。"

说完她偷看了一眼周密，看他也停笔了，才觉得安心。

她以为他懂的。

所以若干年后，叶蓁蓁跟她谈心，晃着酒杯跟她说："你知道你为什么搞不定周密吗？"

苏青青表示愿闻其详。

"因为你把他看得太高了。周密就是个很普通的男生，过去普通，现在更普通，他压根不值得你用太复杂的心思去对待。你把他当偶像，我把他当正常人，所以我赢了。"话说得那么直白，她脸上却没有一点讥诮的意思，表情清清淡淡的，语气也很平常。

她放下酒杯，跟苏青青对视："我活到快三十岁，想得最明白的一个道理是，你太把什么当回事，就越是得不到。"

苏青青不得不承认她是对的。然而她竟然奇异地没有觉得被羞辱。可能是因为叶蓁蓁的口气太坦诚，也可能是，懂这个道理的人，大概都交够了一箩筐的学费。

但那是好久以后的事情了。在故事结局掀开之前，每个人都以为自己有机会呢，苏青青对着周密的背影，都可以发一阵子甜蜜的傻。

第二件事情是，学校宣布要学农一周。

按理说学农是高二开学前的事情，但那年夏天因为流感疫情的缘故，学校紧急取消了学农活动，如今秋高气爽，领导们又产生了把学生集体拉出去遛遛的念头。

叶蓁蓁最崩溃。别的倒也算了——她好不容易捂白点，眼看又要晒黑了。

学农地址选在了余杭的郊区，第一天是允许家长把孩子送过去的，但通知上写得很清楚——"接下来一周，如无意外，家长不得探视，同时手机也会被没收，只能每天回寝室了再用。"

叶蓁蓁、陈一湛、苏青青，还有另一个女生管彤被分在了同一个寝室。叶蓁蓁是爸爸妈妈一起送过去的，床铺桌子都收拾好了以后，她爸还是一遍遍叮嘱她，晚上要早睡，记得叠被子，要是感冒了，药就在床底下的盒子里。

这告别仪式太琐碎，以至于她妈都不耐烦了，小声嘀咕说她就在这待一个礼拜，能出什么事。

不耐烦归不耐烦，真正要走的时候，叶蓁蓁的妈妈还是拿出了两个乐扣盒子："里面是蒜泥牛肉、辣萝卜，还有藤椒鸡，妈妈特意去排队买的，我跟楼下阿姨说好了，放在她冰箱里，你要吃的时候自己去拿，太凉的话微波炉里转一下。你要分给同学一起吃啊，不然每天吃这边的食堂，营养肯定跟不上。"

叶蓁蓁眼神瞬间发光："妈妈你也太棒了！"

做妈妈的最后又抱了抱她："自己当心。"

叶蓁蓁松开妈妈，又抱爸爸，她爸显然已经快哭了，嘴上说的还是"接受磨砺"，却忍不住一遍遍叮嘱："每天回到宿舍能用手机了，就跟我们报平安。"

陈一湛在一旁看，突然有点理解叶蓁蓁一身的胡搅蛮缠气质是怎么来的了。

她是一个人坐大巴过来的，自己把床铺收拾好，就百无聊赖地看叶蓁蓁家这一出亲情大戏。

等叶蓁蓁的爸妈走了，来的是苏青青跟她妈。她妈好像有点惊讶于这么早宿舍里的人就全到齐了，跟大家打了个招呼，就开始爬上床给苏青青铺被子、挂蚊帐。

几个小姑娘没事做，就围着看。苏青青的妈妈在床上把一切都收拾好，才姿势别别扭扭地摸着扶梯爬下来，然后迅速穿上鞋子。

叶蓁蓁边看边说："阿姨你也不会爬扶梯是吧，我也是，我老觉得自己抓不稳要摔下来了。"

苏青青的妈妈冲她笑笑。

下来以后她简单嘱咐了两句，就跟其他人打了个招呼，准备走了，她说："我只请了半天的假，还得赶回去上班呢。"

苏青青说："我送你下楼吧。"

她妈连连摆手，说："不用，你用功念书。"又意识到这话太老土，可能会让女儿觉得丢脸，后悔地用手指盖住嘴巴，说："我又唠叨了。"

苏青青坚持说："我送你下去吧。"

"那也行……"她妈妈再次跟大家道别，跟在苏青青身后，一前一后地往楼梯口走。

苏青青一直忍住没回头，也不说话，她怕她一张口，就会忍不住带出哭腔。

她看得很清楚，她妈原以为宿舍里还没人，就穿了双破了个洞的袜子来，后来女孩子们都聚到床下，妈妈是为了遮住那块破洞，不让她觉得丢脸，才用那么别扭的姿势下来。她哪是不会爬扶梯呢，她只是怕露了窘迫。

苏青青一直挺嫌弃爸妈的。她觉得他们没用，什么事都指望不上。叶蓁蓁为了一门数学，一个月就要砸好几千的补课费，还要跟周密诉苦，说周末都睡不饱。苏青青从来不敢想，她要是有天到了需要补课的地步，家里会给她找老师吗？她不敢懈怠，是因为知道自己身后没有退路。

到了楼下，苏青青跟她妈说："我这边都安顿好了，你快回去吧。"

"嗯，"女儿太聪明懂事了，当妈的也不知道该说什么，只能说，"你钱够用吧？"

"这里没什么地方能花钱的。"

"哦哦……那我走了。"

苏青青往回走了两步，又折回去，追上她妈，把一百块钱塞到她手里："你打车回去吧，折腾一上午也累了，这钱我奖学金里拿的，当我请你。"

妈妈没有拒绝，苏青青也心知肚明，她妈是死活舍不得花钱从郊区打车的。就算她给了钱，妈妈也不会打车。但她这样能心里好受点。

她嘴上不说，心里对爸妈是有怨的。英语课上老师让同学们聊自己最喜欢的城市，有人站起来就说"Paris"（巴黎）或者"Tokyo"（东京），最不济也是"Shanghai"（上海），只有她，因为从没出过远门，只能说杭州。

心里有怨,却又觉得因为家里条件不好而怨恨父母是不应该的,所以苏青青在家总是忽冷忽热。有时不耐烦听父母说那些鸡毛蒜皮的烂账,冷着脸迅速吃完晚饭就把门甩上,回过神来又觉得内疚,妈妈来给她送橘子的时候,苏青青便放下笔给她剥个橘子吃,陪她说两句话。她活在这矛盾的心态里,所以苏青青对所有考试的态度,都是"喜迎",她喜欢考试,只有当她把试卷或者奖学金交给爸妈的时候,她才觉得清除了一部分的负疚感。

一中每年学农都是玩真的。学生被放在了郊区的农场里,每天由部队里的人带领管理,五点半起床,六点就要集合,先是被集体训话,还有人去检查他们的被子折叠情况,如果发现不合格,就要被喊回去,一板一眼地重新叠,过关的人才能去食堂吃早饭。

陈一湛每天晚上都能听到叶蓁蓁打电话跟爸妈诉苦,开场白永远是"我不活了"。

陈一湛早早地梳洗完了,躺在床上没事干,就索性听叶蓁蓁带着哭腔的讲话声:"今天是去翻土……我摔了一跤,衣服全脏了,还不让我回宿舍换……"

"妈妈我被蚊子咬了,这边的蚊子特别毒,我涂了驱蚊水也没用……一直消不下去,妈妈我会不会毁容啊?"

"妈妈我明天要早起走很多路去采茶。我每天脚都很疼……没法泡脚啊,我每天只有时间冲个澡,我觉得我不香香了。"

苏青青只管自己看书,陈一湛真佩服她,不戴耳机,听着这种哀哀戚戚的对话,居然也能看得进去。而她斜对角的管彤,在对着镜子撕掉脸上的面膜,陈一湛看到镜子里的她朝叶蓁蓁翻了个巨大的白眼。

第二天他们一起走路去山上采茶。因为是到了农场外面,纪律就一下子涣散了，大家不再列队前进，而是三三两两地走在路上，不时爆发出一阵笑声。教官呵斥两句，但过不了多久，就又响起窸窸窣窣的谈话声。

男生们走在前面。经过一个池塘的时候，是韩统先看到一群小孩在池边蹲着，不知道在做什么。他走近点看，发现他们是在虐杀癞蛤蟆。乡间池塘里有许许多多的癞蛤蟆，小孩子没事做，就把它们逮住，折了树枝当武器，把癞蛤蟆的肚子戳开。一个人用树枝死死抵住癞蛤蟆的肚子，其他人或踩或剥，集体分尸。

饶是韩统都觉得一阵恶心。再往前一点看，池塘边一路上，都是癞蛤蟆被肢解掉的肢体。他忍不住说了句，别玩这个了，小孩子们哄笑起来，指着他说："他怕了哈哈哈。"韩统意识到这一套对他们来说没用，于是直起身子，把头转开。

周密也看到了。他想了想，停下来重新系了一遍鞋带，跟韩统说："你先走吧，我一会儿跟上来。"

韩统点头走了，周密一边缓慢地系鞋带，一边回头看后面的女生走到哪了。

叶蓁蓁走在队伍最后，她脚疼，走得慢，又不时要跟人聊天，周密等她等得发急。中间已经有女生看到了路上的惨状，几个人抱在一块，尖叫一声，不断往路的另一边靠，而叶蓁蓁还无知无觉。

其实当她在扭头给人科普"为什么梁朝伟没有跟张曼玉在一起"的时候，周密就看到，她已经踩上了半只死去的癞蛤蟆的头，赶在她低头查看之前，他把她拉到身边，伸手捂住了她的眼睛。

他知道叶蓁蓁胆子特别小。历史课上，老师为了让他们具体了解俄国革命的情况，就放了末代沙皇的纪录片。一看到砍头流血的部分，她整个人就开始瑟瑟发抖，用书挡住眼睛。他一开始以为她是装的，还揶揄说："这么怕血，你每个月来大姨妈的时候怎么办啊？"后来他看到她一只手死死地抓着自己的衣袖，指节发白，才意识到她是真的害怕。

所以他停下来等她，不想她看到一路的癞蛤蟆被分尸惨状。

后面的女生们接二连三地尖叫起来，叶蓁蓁挣扎着问他："怎么了？"

周密说："没事，你闭着眼睛跟我走。"

叶蓁蓁于是不说话了，周密感觉到她很乖地闭上了眼睛，被他手掌覆盖着的睫毛轻轻颤抖，同时，她抓紧了他的外套衣角。

"你放心走，前面没东西。"

"嗯。"

叶蓁蓁就真的这么闭着眼睛走过了池塘边的一段路，周密感觉手心被她鼻子呼出的热气弄得有些发痒，他不太喜欢跟人有肢体接触，但觉得这一段路倒不难熬，直到确认地面彻底干净了，他才松开手。

"刚才是什么啊？"叶蓁蓁刚睁开眼睛，语气也迷迷糊糊的。

"狗屎。"

叶蓁蓁做了个恶心的表情，一副劫后余生的样子："太可怕了，要是看到我肯定吃不下中饭了。"

周密不置可否。他发现自己已经到了队尾，前面三三两两结伴而行的都是女孩子，他想着要是叶蓁蓁跑去找陈一湛她们，他就一个人走过去吧，他实在懒得去找韩统了。

但是她没有。她松开了攥着他衣角的手，走在他身边，有一搭没一搭地跟他聊天："你说，早年的知识青年上山下乡，是不是也这样啊？"

"那惨多了吧。"

"好可怜哦。你看过一部叫《孽债》的电视剧吗？我小时候跟爸妈一起看的，说一群上海知青，去了云南西双版纳，然后回城了，他们留在那里的小孩，就自己扒火车，来上海找爸妈。"

"没看过。"周密边说话边拉了她一把，这路上确实时不时会踩到狗屎。

"很惨的。我还记得那首歌呢,'美丽的西双版纳,却留不下我的爸爸',我那时候哭死了。"

"你反正看什么都能哭。"

叶蓁蓁不服气地掐了他一把:"那个真的很感人好不好?谁也没做错什么,但小孩子就是白白遭罪了。所以你说啊,人在命运洪流里,还真是身不由己。"

周密低头看了她一眼,刚想表示赞同,就听见叶蓁蓁用自怜自艾的口气说了下去:"就像我来学农。"

周密深吸一口气,心想算了吧,这就是个一目了然的傻子。

十月份的太阳仍然是毒辣的,他们到了茶园里,阳光直射下来,照得人脸疼。叶蓁蓁想了想,把外套脱下披在了头顶,两个袖子打了个结。周密在旁边看,觉得她特别像个村姑,叶蓁蓁脸小,衣服这么一披,就更显小了。他挨她很近,稍微偏过头,就能看到她脸上一层细小的金色绒毛。他忍不住想,其实只要她不说话,整个人看起来还是很机灵的,尤其是笑起来,眼眉弯弯的样子,让他很想捏一下她的鼻子。

当然很快周密就打消了这个念头,叶蓁蓁听完教官的话,一阵哀号:"要采满一筐才能下山啊?"

采完茶大家都很饿,叶蓁蓁跑到宿舍楼下,把妈妈放在阿姨那的乐扣盒子带到食堂里,当着同宿舍女生的面打开,不断招呼她们:"一湛你吃啊,这家店很有名的,我妈排了很久的队才买到的。我最喜欢吃他们家蒜泥牛肉了,很下饭的。"

大家象征性地夹了几筷,确实好吃,叶蓁蓁看她们满意点头的样子,就继续喜滋滋地说:"等我们回学校了,其实也可以每天从家里带点吃的,然后分着吃。我妈做菜很好的。"

陈一湛只夹了一次,就再也没动过筷子,叶蓁蓁还坚持问她说:

"你是不是来大姨妈还在疼啊？我那边有日本的止痛药，我妈给我的，你要不回去吃两颗？我妈说很灵的。"

陈一湛已经被她每天晚上的电话烦得够呛，终于发作了："你有完没完啊？就你有妈是吧？就你妈贴心是吧？大小姐你有人宠，这些我们都知道了，不用每天强调一遍。"

叶蓁蓁不说话，直勾勾看着她。陈一湛痛快地想，爆发吧，一次性爆发吧，她再也不想做表面和气的朋友了，她实在是受够叶蓁蓁每天晚上黏黏腻腻的电话，还有动不动的"我妈说"，来吧，吵起来啊。

然而叶蓁蓁愣了三分钟，憋出的话是："对不起啊，我不知道你不喜欢听这些。你如果不喜欢吃的话，我也不吃了。我去倒掉吧。"

这一回换陈一湛发傻了。

在陈一湛没反应过来之前，叶蓁蓁就拿起餐盒往泔水桶边走，眼看就要把菜倒进去，陈一湛快走两步，按住她的手："你干吗啊？你浪费食物干吗？"

叶蓁蓁快哭出来了，她说："我怕我再吃，你们就不跟我玩了。"

"神经病。"话虽这么说，陈一湛却把餐盒从她手里抢了过来，"回去坐好。"

叶蓁蓁再也没动过乐扣盒里的菜，乖乖地坐在那儿扒白饭吃，陈一湛一看她那委屈模样，又火大了，把菜往她面前一推："吃，别搞得一副我欺负你的样子。晚上又要跟你妈诉苦了是不是？"

叶蓁蓁摇摇头，眼泪眼看就要滴下来了。

陈一湛这下是彻底没脾气了，她说："你吃不吃？你不吃我们就都分掉了啊。"

她很热切地点点头，说："你们分掉吧。"陈一湛无可奈何，拿筷子打了一下她的头。

那天傍晚，集体走完正步以后，陈一湛跟叶蓁蓁没有去食堂吃饭，

53

两个人坐在旗杆下的台阶上边，安静地聊天。

陈一湛倒是没有道歉，她只是平静地给叶蓁蓁讲她的故事：

"我爸妈离婚了。我跟爸爸住一块。我爸妈感情不好，很早就开始不好了——在我出生之前，他们就讨论过离婚。可是那阵子我妈怀孕了，所以他们俩抱着侥幸心理，想万一我生出来以后，关系能有所改善呢？当然了，并没有。

"我三岁的时候，他们俩终于离婚，我妈去了珠海。我爸一个人照顾不过来，就把我放在奶奶家。我一年见我爸三四次，再也没有见过我妈妈。

"我七岁的时候得了肺炎，在医院里哭着喊妈妈，我爸就给我妈打电话，说你能不能来一趟，机票钱他出。但我妈没来。她是真的，当作没生过我这个女儿。

"初中的时候我爸再婚了。我没有妈妈嘛，所以我一开始，对那个女的很热情，跟在她屁股后面叫妈妈，直到有一天她跟我说：'陈一湛，你叫我阿姨就可以了。'我那时候才知道，其实她肚子里已经有个弟弟了。我每天回家，都觉得自己是多余的。你妈会去给你排队买熟食，可是我家每天的菜都不是按照我的口味烧的，要不是我家离学校太近，没有住校资格，他们应该想让我住学校的吧。

"叶蓁蓁，我有时候真嫉妒你，你怎么能心安理得地那么蠢呢？凭什么你就能这么蠢啊？"

叶蓁蓁哑口无言，她很想反驳说"我不蠢啊"，可是却伸手，摸了摸陈一湛的头，让她把脑袋靠在自己肩上，她没有说"别难过了"，也没有说"没事的"，她声音很轻很轻地讲："我倒是很想有个姐妹的，家里就我一个小孩很孤单。哎，你生日几号来着，我们俩谁大？"

陈一湛嘴上骂她神经病，头却没有移开，她抽了抽鼻子，说："我比你大两个月呢。"

"那你就是我姐姐了。我小时候最想要个姐姐了,这样我做不出题目的时候,她就能教我。"

"……想得美。"

可是叶蓁蓁替她把眼泪擦掉,她说:"陈一湛,我以后什么都会分你一半的。"

陈一湛采了一天茶,又走完正步,累得半死,头靠在叶蓁蓁肩上,虽然她肩膀很薄,却也没有挪开,她想休息一会儿。而叶蓁蓁满脑子都是,我一定要对陈一湛好,她那时见过的和亲身经历的苦楚都太少了,任何故事都能让她泪眼婆娑。

她们俩都沉浸在各自的心思里,没注意到旗杆后面还坐了个人,是因为讲话被罚跑完步,坐在那喘气休息的韩统。他把这番话,一字不落地听进去了。

第二天早上大家排队喝粥,韩统就排在陈一湛前面,他舀完粥以后,没有把勺子递给陈一湛,而是问她拿碗,陈一湛虽觉得莫名其妙,但也把碗给他递过去了。

韩统替她舀粥的时候,没头没脑地来了句:"我们住校生早饭天天喝粥。其实我家离学校不远,我爸妈就是因为懒得管我,才把我丢在学校的。"

陈一湛没有接话,只是拿回了自己的碗。接的时候手一抖,有一点粥漏出来,落在了裤子上,韩统走过来,递给她一包纸巾。

陈一湛低头擦裤子的时候,韩统没有走开,他蹲下来,像是要替她看有没有擦干净,然后自言自语般地来了句:"不过没关系,长大了,可以自己寻找新的家人的。"

Chapter 4

不要放烟花

学农到第三天的时候,周密跟韩统出事了。

因为俩人在宿舍里看色情片。

电脑是韩统藏在衣柜里的。可惜他的耳机突然坏了,只能公放。

他们做了充分的准备,韩统许诺把他私藏的泡椒凤爪全部送给一个室友作为封口费,但怎么也找不到另一个室友,就决定先算了。

熄灯后,韩统悄悄地摸上周密的床,两个人凑在电脑前,把音量调得很轻,开始观摩。

十一点多的时候,另一个一直没露面的室友回来了。周密暂停了片子,让韩统钻到被子里别动,还轻轻问了他一句:"你干吗去了?"

室友小郑挥了挥手里的教辅书:"我在厕所里做了两小时听力。"

"你怎么那么用功,白天这么累晚上还学习。"

"我妈跟我说,要学会弯道超车。"

周密想小郑平时也是个书呆子，在班里八棍子打不出一个屁来，应该没事，就跟他说："我今天想看个片子，声音会很轻的，你不介意吧？"

"哦，没事，但你别太迟啊。"

"嗯嗯，"周密满口答应，"你早点睡，我会注意的。"

看着他躺下，周密才重新开始播放，并且拍了拍韩统，示意他钻出来。韩统一钻出被子，就透了口大气，抱怨说："闷死我了。"

周密踹他一脚。

周密以为这会是风平浪静的一夜，直到片子开始进入高潮部分……周密听到小郑爬下扶梯的声音，他用手肘碰了碰韩统，示意他静音。

"没事，他就是去撒尿。"

周密被剧情吸引，也就不再多想，也没注意到小郑十几分钟了还没回来。

等到教官突然推开门，把日光灯打开的时候，周密跟韩统都差不多跳着把片子看完了，门开启的那一刻，周密下意识合上了电脑，但到底来不及了——韩统还在他床上。

"什么情况你们？"

韩统先是蒙了下，很快反应过来，装出一副睡眼惺忪的样子："教官，我一个人睡不着，所以来找他一起睡。"

周密也迅速点头，补充说："不行的话我立马让他回自己铺上去，不好意思不好意思。"

韩统永远不忘给自己加戏，这时候还斜了他一眼，哀怨道："你怎么那么狠心……"

小郑从教官身后闪了出来，用有点发怵的，却足以让人听清的音量说："教官，他们俩在看……那种片子，我跟他们说了好几次，太吵了，他们不听。我神经衰弱，睡不好，他们再这样我白天没法训练了。"

用目眦尽裂来形容此时的韩统并不过分。

57

周密却是迅速冷下脸:"郑云松,你怎么嘴巴那么碎啊。"

教官朝他们伸出手:"把电脑给我。"

周密动也不动:"这是我们俩的东西。况且,没有密码你也打不开。"

教官一下子被噎住了,转头寻找宿舍里另一个男生:"你说,他们刚才在干吗?"

那个男生用被子捂住了自己的头,声音听起来闷闷的:"我睡着了,我什么都不知道,我要睡觉。"

教官接连吃瘪,火气也上来了,直接拽着周密的手臂,要他下来,他不知道周密最讨厌跟别人拉拉扯扯,情急之下,周密呵斥了一声:"你把手给我放开。"

现在,问题彻底从熄灯后不守纪律,变成了对抗教官。

宿舍里来了三四个教官,又当夜通知了他们的班主任,薛泽大晚上从市区打车赶来。韩统跟周密磨磨蹭蹭地下床,穿衣服,系鞋带,等到薛泽赶到的时候,他们俩也就是刚穿戴好。

教官跟薛泽大致讲了事情的经过,薛泽刚赶来的时候,是憋着一股火气的,在车上待了四十多分钟,反倒冷静下来,他觉得这是学生间的事,大事化小最好。他先是安抚了教官,然后吩咐韩统和周密说:"你们俩,给我一起去操场跑十圈,既然是好兄弟,那互相监督着跑,谁都不许落下。"

他万万没想到,跑完十圈的两个人,大汗淋漓地回到宿舍,关上门,一言不发地揍了郑云松。

这回郑云松没再找教官,他直接把身上的淤青、伤口、血迹发给了自己的妈妈。第二天,小郑妈妈就找到农场里来了。

事情开始变得棘手。家长不依不饶,薛泽眼看自己不能再调和,决定把三个男生的父母都喊过来,让他们协商解决。

那是陈一湛第一次见到韩统的妈妈。

女生们都知道了事情的来龙去脉，憋着笑，在教官办公室门口溜达，集体看戏。周密他妈倒没怎么生气，只是很无奈地跟他说："以后别惹这种事了，你爸不方便出面，每次都是我来替你擦屁股。"而韩统他妈，当着教官的面，直接甩了他一个耳光。

韩统还是一副吊儿郎当的样子，手叉在背后，整个人都没站直，他垂着眼睛看向他妈，说："耽误你打麻将了是吧。"

他妈反手又是一个耳光。

薛泽有点看不下去了，他制止说："不要动手，跟孩子讲道理嘛。"

韩统的妈妈转过身，对着薛泽客气地说："不好意思啊薛老师，给你添麻烦了。"

然后看向郑云松的家长，语气矜持，她说："你们验个伤吧，医药费营养费我们家来出。"

"我们不是要钱。孩子被打成这样，不是钱的问题。"

"那你想怎么办嘛，"韩统的妈妈手上叠戴了好几串珠子，语气里有一种和蔼可亲的恐怖，"你要真心疼你儿子，就早点带他去医院。我们家出钱，给他补一补。我儿子要是真的被记了过，以后大家还怎么做同学？小……小郑对吧？小郑总不能转学吧。"

陈一湛是站在玻璃窗前偷看的，最下层是毛边玻璃，恰好挡住了她的脸，只有中间一层是清晰的，她就眼睛贴着那一层看。她心里暗暗觉得韩统的妈妈仗势欺人，但又不想韩统真的被处分，正纠结着，就看到韩统朝她这个方向望过来，还扬起一边眉毛，朝她笑了笑。

陈一湛暗骂韩统不要脸。

最后事情还是私下解决了。韩统家出了一笔钱，周密妈妈安排了病房和医生。小郑当然是不用学农了，但韩统跟周密因为这事，也没再露过面，陈一湛跟韩统再见面，是他们重新回学校上课的时候了。

她故意手劲很重地收拾书本，在书本跟课桌沉闷的碰撞声间隙，轻声问他："你脸还疼吗？"

她说这话时没看他，只是直视桌子。

教室里太吵，韩统一开始是真没听到，凑过去问："什么？"

陈一湛还是不肯直视他的脸，只是稍微加大了一点音量，说："你还疼吗？"

韩统苦着脸，直凑到她眼前去："你自己看。"

陈一湛偏过脸，不想理他。

但这不妨碍韩统委委屈屈地嘟囔："都肿了。你说我妈下手也没轻没重的，这么好的一张脸，她居然也打得出手。"

沉默了好一会儿，陈一湛说："你妈挺凶的。"

"她就是怕麻烦。她只要坐上麻将桌，天塌下来也不管，我爸去年在局子里蹲了两个月，也没见她着急，每天照样稳当当地搓麻将。薛泽找她过来没啥用，她除了给钱，什么都不会。"

然后是更长的沉默，韩统都以为陈一湛不打算再说话了，没想到她再度开口："你觉得……你做得对吗？"

"嗯？"

"这么说吧，"陈一湛终于转身看向他，神情严肃，"你觉得你妈妈这样处理好吗？"

"她那哪算处理啊，她就是觉得什么事都能用钱解决呗，觉得其他人都没见过钱，都能被她用钱搞定。当然，郑云松也是真怂，居然真的收了钱就好了。"

陈一湛忽略掉他的轻浮口气，问他："那你既然看不惯她的这些做派，为什么要打人呢？你明明知道把人打成那样，肯定会把事情闹大，肯定会让你妈知道，最后你爸妈肯定会介入，你为什么还要打呢？你是不是一边看不上你爸妈，一边又不自觉地倚仗着他们，或者他们的钱？"

韩统用一种复杂的眼神在陈一湛脸上逡巡了一周，勉强一笑："你是真的在骂我啊？"

"我不是在骂你。我是觉得，如果你真的想跟你爸妈划清界限，不想变成你爸妈那样的人，就要从心里真正摆脱你爸妈灌输给你的那些东西。不然，有恃无恐地跟教官吵架、打小郑的你，跟你爸妈又有什么实质区别呢？"

韩统轻轻地"嗯"了一声。

陈一湛觉得自己可能话说得太重了，有点后悔，看着他脸上的伤，她也有点心疼，却不知道怎么找台阶下。

——这是多虑，韩统很快就把台阶给她铺好了："可是我真的好疼哦。"

陈一湛憋住笑，捏了把他的脸："疼才能记住教训。"

十七岁的韩统让薛泽感到头疼的事情远不止这些。文科班在高二的时候也是有生物课的，当然，课堂纪律一向不好，老师常常要吼着才能上完一节课。韩统素来是埋头自己玩，但那天他猛一抬头看老师，像发现了什么新大陆一样，激动地扯了扯陈一湛的校服袖子："喂，看老师。"

陈一湛正在写历史试卷，抬头看了一眼，没觉得有什么异样，就小声问他怎么了。

"看他脖子。"

韩统看陈一湛还是一脸茫然，忍不住鄙视她的观察力，他凑到她旁边说："他脖子上有吻痕，啧啧。"

"……"陈一湛对他翻了一个白眼，用不耐烦来遮掩害羞，说："你无不无聊啊。"

但韩统还是饶有兴趣地拉着她一起观察，还用手指在空中指点，给老师计数："一个，两个……他老婆怎么这么狠。"

陈一湛忍不住伸手掐了一下他的腰。

那节课真的特别吵，韩统个子高，又坐在第三排，于是格外扎眼，生物老师杀鸡儆猴，直接把粉笔头往韩统那个方向丢过去——不偏不倚，砸中他额头。

韩统愣了下，然后在陈一湛都没来得及阻拦之前，把粉笔重新丢回了讲台上。

于是这课没法上了，生物老师直接去找薛泽，说："你们班这种学生，我是教不好了。"

薛泽不敢再劳动韩统的妈妈，只能自己上阵。午休时间，他把韩统找来，韩统当然知道他是要找他谈什么的，貌虽恭谨，细看却全是"死猪不怕开水烫"的懒洋洋。他都想好说辞了，上周回家的时候，爸妈跟他谈过让他考托福、出国的事。他们说按照他的成绩，在国内想考个特别好的大学是有点难的，他的性格如此不驯，也不怎么适合国内高校。他们给他找个好点的机构，再给他找找家教，在美国读个像模像样的大学不是难事。

韩统打算在薛泽问他"你生物课这样子，会考成绩怎么办"的时候回答说，没事的，反正他可以出国。

出乎意料，薛泽说的是另一回事。

他说："韩统，我知道你不止高考这一条路，所以我不跟你谈学习，我跟你谈尊重。我们可以调换角色试试看。你跟我说话，你喋喋不休地讲，我一会儿玩这个，一会儿跟别人说说话，但就是不理你，你什么感觉，你是不是想冲过来打人？"

韩统脸色稍微有点变了。

"听不听课是你自己的事，没人勉强你，但至少不要让人觉得受到了羞辱。"

韩统以非常轻微的幅度点了点头，薛泽知道这也差不多是他的极限了，不能要求他形式上全面服软，于是示意他可以回去了。韩统走开两步，薛泽又喊住了他："对了，你爸妈跟我说过想安排你出国留学的事情，我知道你家有这个实力，但其实跟大家一起准备高考也是挺有意思的经历，你再想想。"

他们是在办公室外的走廊上谈话的，所以韩统一扭头，就可以从开着的窗户里看到路上三三两两、吃完饭正从食堂往回走的同学。陈一湛跟叶蓁蓁就这么走在路上，陈一湛的头发长长了，刚好可以扎一个小揪揪，风大，叶蓁蓁很黏糊地把手插在陈一湛的校服口袋里，两个人一前一后贴着走。陈一湛不知道为什么开始狂笑，笑到蹲在地上，把身后的叶蓁蓁也撞翻了，两个人索性一屁股坐在地上笑个够。

韩统莫名其妙也觉得很好笑。薛泽注意到了他的目光，事实上，生物老师来告状的时候说的是："你们班那个陈一湛，以前挺好的啊，现在也跟着韩统一起嘀嘀咕咕，你要让她脑子清醒点，韩统有别的出路，她可是要扎扎实实高考的。"

但薛泽打算把这些话都埋在心里。十多年前他在这所高中里也有过初恋，所以他只是说："韩统你要不真的用功一阵子试试看，我不觉得你高考会拖我们班后腿。"

但该骂的还是得骂。

下午班会课上，薛泽苦口婆心再次强调了纪律。他在讲台上借韩统杀鸡儆猴说纪律，叶蓁蓁在下面不知道全神贯注地写些什么。他点了周密的名字，问他："你看看你同桌在干吗？"

周密瞥了眼叶蓁蓁桌上的纸，她立刻用手臂把纸全挡住了。周密一看这动作就知道肯定是在创作她的小说，就回应薛泽说："她乱涂呢。"

"是不是觉得我在骂其他同学，跟你没关系啊？行，我说点跟大家都有关系的事情。"

他边说边走下讲台,在叶蓁蓁桌子旁边站定:"下周就期中考了,考完要召开家长会,所以每个人都拿出百分百的心思来。"最后,他弯下腰,敲了敲叶蓁蓁的桌子:"家长会让你妈来。"

"让你妈来"四个字对叶蓁蓁来说是致命的。

那之后的一个礼拜,叶蓁蓁每天中午都安安分分地在学校食堂里吃饭,周密也吃食堂,但他怕挤,一向是等人少了再去。

叶蓁蓁吃完饭刚回到教室,周密就拍了拍她肩膀,露出少见的羞涩表情:"你饭卡借我下,我卡里没钱了。"

他们那阵子关系别扭扭的。早上听写的时候,叶蓁蓁遇到不会的单词,轻轻敲一下桌子,周密就会把本子移过来给她抄,上课的时候,叶蓁蓁偷偷在桌子底下染手指甲,一抬头发现周密盯着她看,她以为是指甲油的味道呛着他了,正想狗腿地保证不染了,周密却只是一言不发地收回了目光。

叶蓁蓁每天带水果到教室,她从小在吃这件事上极为刁蛮,不肯吃橘子苹果一类方便的水果,带到学校的都是桃子猕猴桃,吃的时候一不小心就会把汁水滴到衣服上。不知道是哪一天,周密把她手里的猕猴桃抢过来,用刀给她切成了两半,然后把一包湿巾纸丢在她桌子上——"吃水果都吃得一塌糊涂,笨。"

再之后,他们好像就默认,周密给她切好水果她再吃这件事了。

但还有好多事情,他不解释,她就不能默认。

比如他对苏青青总是那么耐心,苏青青说什么他都会回答"好的",可是他对叶蓁蓁就没那么好脾气,他上课趴着睡觉的时候,叶蓁蓁戳戳他背,又捏一下他手臂,想跟他说话,周密有时会不理她继续睡过去,有时就会直起背反问她:"你烦不烦啊?"

所以周密问她借饭卡的一刹那,叶蓁蓁是想脱口而出"你问后排去啊"。

她不说苏青青的名字,她总是喊她后排。

周密一连问叶蓁蓁借了三天饭卡,她终于没忍住问了句:"你自己的呢?"

"卡里没钱了,懒得充。下周还你。"

叶蓁蓁对数字很麻木,连带着对钱也麻木,于是没往心里去,挥挥手说"你走吧"。但周四中午,她自己买饭的时候,阿姨提醒她说已经余额不足,叶蓁蓁打开钱包来看,发现现金也没多少了。

于是那天晚上,她只能灰溜溜地问她爸妈要钱。

"不是给了你两百吗?光吃个中饭,还不够啊?"

叶蓁蓁不说话,只讨好地朝她妈笑。

"你又买什么乱七八糟的东西了?还是每天中午在外面吃?"

"没,我最近都在食堂吃的。"

"那怎么花得那么快?"叶蓁蓁她妈一脸狐疑地盯着她。

叶蓁蓁也不能说她一张饭卡要供两个人吃,只能继续谄媚地笑。

最终还是爸爸解了围,他瞪了妈妈一眼,说:"你这个人真是的,孩子在长身体,吃多点怎么了?女人就是这样,小事抓得太紧,大事又不管。"

"大事我怎么不管了?叶蓁蓁每周补课都是我接送的,你除了鼓励我说加油之外,你做什么了?"

眼看爸妈就要吵起来了,叶蓁蓁迅速吃完饭先行撤退。

因为薛泽事先点明了要她妈去参加家长会,所以期中考那天,叶蓁蓁紧张到觉得屁股下面扎了针,在座位上不断地小幅度扭动。她这阵子是真的老老实实在补数学,无奈基础太差,又心猿意马的,从第六道选择题起,她就看每个答案都觉得挺有道理。

这个时候就要祭出神器——橡皮。

这块橡皮是叶蓁蓁自己加工而成的，把原来长方体的橡皮，做成了四四方方的立方体，为求概率精准，每条边的误差都不超过 0.5 厘米。她在四个面上分别写了"A""B""C""D"，如果投掷到另外两个空白的面，就重新来过。

叶蓁蓁悄悄举起橡皮，放到手心里，默念"各路神仙一定要帮我找出正确答案啊"，一边使劲晃了晃手，把橡皮扔到桌子上，是个"B"。

叶蓁蓁毫不犹豫地把"B"写了上去。

跟她隔了一个过道的周密，看得目瞪口呆。

叶蓁蓁像是觉察到了有人在看她，一歪头，正巧撞上周密匪夷所思的目光，她用力地回瞪了他一眼，用嘴型说："要你管。"

那场数学考试周密不停地分神，他无法自控地去观察那女生又在干什么。客观地讲，叶蓁蓁在蒙答案这个事情上是有一套的，比如填空题，所有不会的都写 0 和 1，再比如大题要求边长，她就直接拿尺子量，前面步骤乱写，但最后把一个十拿九稳的数字填上去。而且叶蓁蓁很多公式都会记混，试卷一发下来，她就在试卷上誊写那些公式，过一会儿要用到了，再翻到第一面找。

周密就看着她，一会儿尺子一会儿橡皮，试卷纸翻来翻去，忙得眼花缭乱。

很多年后周密跟时任女友方顾珊谈起叶蓁蓁，脑子里冒出的片段，居然就是这一场数学考试，他不知道自己的眉眼都柔和起来了，只顾着用嫌弃的语气说："你知道吧？就那种弱智儿童很努力的样子，特别好笑。"

皇天不负有心人。叶蓁蓁居然考出了八字开头的分数，她拿着试卷，跟挥舞旗帜一样，一遍遍在周密面前显摆："我今天回家总算不用挨骂了！"

周密点点头，很真诚地跟她说："我真羡慕你。起点这么低，随便怎么走，都是进步。"

叶蓁蓁直接把书砸在他脸上。

家长会，叶蓁蓁的妈妈坐在她位置上，看着后排苏青青的妈妈一次次站起来，矜持地接受家长的集体鼓掌，她连续鼓了几次，再看叶蓁蓁八十几分的数学试卷，也没了一开始的欣慰感。她没话找话地跟旁边家长聊天："人家孩子教育得真是好。我们家叶蓁蓁，那几乎是要按着头才肯读几句阿弥陀佛的书，我一眼没看到，又不知道溜哪去了。"

周密的妈妈是听说过叶蓁蓁的，听这话，就宽慰她说："小孩子嘛，都这样的。周密他爸爸这个月都不在家，我妈要开刀，我去医院陪了一个礼拜，周密也是随便应付，这次还往下跌了几位。"

"哦，家里老人没事吧？"

"挺好的，手术很顺利。也怪不得孩子，我们做家长的有时候也不够细心，我走了一个礼拜，都忘了给周密零花钱，都不知道他这几天怎么吃饭的。"

叶蓁蓁的妈妈看着她，突然觉得有什么线索被串起来了。

一回家，她就跟叶蓁蓁的爸爸说："我知道你女儿为什么一个礼拜饭钱不够了。"然后详详细细地复述了周密妈妈的话。

叶蓁蓁的爸爸用一副不可理喻的神情看着她："你这个人是不是有点问题？蓁蓁请同学吃几顿饭，你还要跟破案一样查？你心胸能不能宽广一点？"

"是男同学啊，还是同桌。"

"男同学怎么啦？多交朋友有什么不好，你也太封建了。要我说，就多给点零花钱。"

叶蓁蓁第二天总觉得周围都不对劲。

她去上学前,她妈把她喊到餐桌旁,说:"把早饭吃了再走。"叶蓁蓁反抗说:"我同学给我带了蛋饼。"妈妈就立马打断她:"外面的东西很脏,以后吃家里的。"

她很勉强地吃了几口馄饨,路上满脸都挂着不高兴,可是爸爸又无缘无故地塞给了她两百元,还不断拍着她的肩膀说:"多请朋友吃饭,多交朋友,是好事。"

周密则因为重新拿到了零花钱,又意气风发起来,上午第四节课上,他邀请叶蓁蓁说:"我们一会儿出去吃。"

一中那时候治学非常宽松,学生午休时间可以随意出校门,只要在下午第一节课之前赶回来就行。他们俩走挺远的路,去吃神田川拉面。

周密要了一份豚骨拉面,叶蓁蓁点了肥牛泡菜拉面,等面的时候,叶蓁蓁觉得有些尴尬——这还是她第一次跟一个男生在外面单独吃饭呢。

她不知道这个时候要说些什么,只能一个劲地喝水。

"我还挺喜欢吃拉面的。"十七岁的周密说出的开头实在不算精彩。

"哦哦。"叶蓁蓁干巴巴地回答。

"日本人吃东西还挺奇怪。会把煎饺放到拉面里一起吃,主食配主食,你要试试看吗?"

"好呀。"叶蓁蓁点头。

于是他们又喊服务生上了盘煎饺,但这以后,是真的想不出说些什么了。

把他们俩从尴尬中解救出来的,是两个推门进来的年轻女人,看起来像附近的白领,穿风衣,拎了袋糖炒栗子进来,等餐的时候就在那剥栗子吃。

"哇,你看。"叶蓁蓁在桌底下踢周密的脚,示意他偷看那一桌。

"嗯?"周密是背对着她们的,所以只是回头望了一眼。

"你看她们吃栗子,口红都不会花。"

"……"周密不懂这事有什么值得看的。

"我好想快点长大,就可以每天化妆。你有没有觉得她们二十七八岁的大人,跟我们好像不是一个物种?我每次看到那种可以轻松踩着十厘米高跟鞋、随身带湿巾纸的大人,就会有点自卑,就好像毛毛虫看蝴蝶……怎么说呢,人家已经进化完全了,我还是肥虫子。"

叶蓁蓁滔滔不绝地说下去——

"真的,我特别想把头发烫成那种大波浪。可是我现在头发半长不短的,还多,每天醒来跟狮子王一样。我想快点毕业,毕业了我就去烫头。"

叶蓁蓁其实希望周密嘲讽她。她觉得他们俩这么相对坐着吃饭有点奇怪。她等着周密像往常那样损她两句,她就会觉得气氛恢复正常了。

可是周密伸出手,揉了揉她的头:"挺好看的。"

"……你不觉得很像《西游记》里的金毛狮王吗?"

"挺好看的。"

两个人的面都上了,他们先是静静地吃了会面,叶蓁蓁又挑起了话头,但这一次,她单刀直入了:"哎,你是不是喜欢苏青青?"

"什么?"周密吃面的手一抖。

"我觉得你对她特别好。"

"……哪有?"

"你跟她说话比跟我说话耐心好多。你翻我白眼干吗?你有本事也对着苏青青翻白眼去。"

周密犹豫了一会儿,还是决定跟她实话实说:"她妈妈跟我妈妈是好朋友,我俩从小就认识……我妈关照我说要多照顾她。"

其实最后一句话,又没气质,又多余,按照周密平时的习惯是不会说的,他也不知道为什么他要把界限划得那么清楚。

"哇!"叶蓁蓁一脸八卦:"你们俩不会是娃娃亲吧?"

"你活在清朝吗?"周密不屑地看向她,"苏青青是挺好一人啊,况且我也没对她多好,我就是跟她聊聊题目什么的,不然跟她聊啊?"

"……"叶蓁蓁吃了瘪,又不知道怎么还嘴,低头闷闷地吃面。

"苏青青真挺好的,你之前值日忘了做,不都是她替你做的。她最多平时骂你烦,那你是烦……"

叶蓁蓁打断他:"……那你真的不喜欢她?"

周密一愣,他知道这句话非常没有风度,但他还是说了:"不喜欢。"

这事是个分水岭,自那以后,叶蓁蓁就再也不怕周密的死人脸了。她上课要睡觉,怕被老师看到,就掩耳盗铃地在桌子上堆许多书,又觉得自己的书不够多,就问周密借,跟砌城墙一样,把书一摞摞堆好。

她也不跟陈一湛一起吐槽周密为什么对苏青青那么好了,她一副很是通情达理的样子,跟陈一湛说:"周密说苏青青因为家里经济状况不是太好,有点自卑,她性格又强……所以念书特别拼,她就是那么个性格,也不是真的孤僻。哎,下次我们可以带她一起玩。"

陈一湛撇撇嘴:"你现在真的很像一心讨好小姑子的新媳妇。"

薛泽特别强调同学之间要相互关爱,所以一旦有人过生日,叶蓁蓁就要在黑板报上写,祝×××生日快乐。

轮到陈一湛的那天,叶蓁蓁把字写得格外好看,说给陈一湛准备了一份独家厚礼——她为陈一湛量身定做了一部小说送给她。

周密对她的厚脸皮叹为观止:"明明是你逼着人家看。"

陈一湛觉得很好玩,周密送给她一个 Moleskine 的本子。陈一湛查了以后才知道一个笔记本居然那么贵,叶蓁蓁扁着嘴说:"这个装×之王。"

一切都很好玩。她收了一堆贺卡和小礼物,除了一件小事——韩统没有跟她说"生日快乐"。

晚上回家，家里人还是照常吃饭，阿姨当然不记得她的生日，可是就连她爸爸，也没有给她过生日的习惯。

陈一湛吃完饭躲进房间里，开始一张张拆贺卡看。她对爸爸和阿姨的态度并不意外，但她还是隐约期盼着，这个生日再发生点什么。

八点多的时候，手机突然震动，是韩统的短信。他说："你到窗边看。"

陈一湛走到窗边，下意识往下看，没发现什么人，正觉得是恶作剧，就看到韩统的第二条短信，他说："你往天上看。"

突然地，夜幕中炸开了烟花。

密集的、一小束一小束的、像信号弹一样的烟花。殷红翠绿照亮了半边天空。陈一湛忍不住伸出手去，她觉得这些烟花落在她手掌心上就会变成永恒的星星。

陈一湛哭了出来。这确实是她人生中，第一个郑重的生日，她很想跟韩统说，不要放烟花啊，太快了，她怕一不小心就忘记了哪一帧画面，最好是给她一点能被长久保存下来的东西。

她不信任自己的记性，可是她想记住。

可韩统给她打电话了，那一端的声音听起来气喘吁吁的，他边跑边说："你们家小区楼间距太窄了，找个空地太难了。这什么小区啊？"

这话很欠扁。换平时，陈一湛一定觉得他又在俯瞰众生，可是她能从他的刻薄里听出一些紧张。

她说："谢谢你呀。"

电话那一头的男生还不知道怎么跟女孩子好好说话。他还在喋喋不休地说："生日放烟花确实也有点怪，把你十八岁生日搞得跟八十大寿一样，这烟花太土了，感觉是新店开业放的那种……"

71

他很烦。可是陈一湛哭了。

韩统一个人唱独角戏也没意思,就嘱咐她说:"你好好看哦。"然后便挂了电话。

过了会儿手机又有震动,是一条短信。他说:"是十八筒烟花。陈一湛,十八岁生日快乐。"

Chapter 5　比亦舒更美

高三的时候，他们正式从二进那座丑丑的教学楼，搬到了五进。

五进的环境很安静，高一高二的学生一般不会路过那里，叶蓁蓁觉得古代的冷宫差不多也就这样。

植物倒是长得很繁茂，拉开窗帘，就能看到一片深色的绿。

叶蓁蓁为了提神，每天去小卖部买一盒薄荷糖。周密第一次手一摊问叶蓁蓁要糖吃的时候，叶蓁蓁一边给他倒，一边神秘兮兮地说："你省着点吃啊，这个大力神仙丸是我们下山前师傅给的，师傅叮嘱过了，只有身陷绝境时才能吃。已经剩得不多了，你可要省着点。"

周密被她唬住了，过了好一会儿才想起来骂"神经病"。

第二次周密问她要的时候，叶蓁蓁笑眯眯地问他："你是要吃大力神仙丸吗？"

周密不说话，她就笑眯眯地耐心看着他，她知道周密最终会屈辱地点点头，说"是的"。

这一年，学校开始建议高三生集体在校晚自修。

老师们很少再在课上开玩笑。历史老师是爱新觉罗家族的后裔，长得跟历史书上的康熙帝一模一样，以前会给大家讲一些清廷野史解闷，谁也不怀疑这些故事的真假——"他家里的事情嘛。"现在他不讲了，因为高考知识点不考。

苏青青在自己的桌子旁边放了两个巨大的麻袋。一个袋子里是参考书，一个袋子里是零食，叶蓁蓁简直觉得她身后像有一支大军在安营扎寨。

韩统打算好了要出国。薛泽委婉地表达了"既然要出国就安心考托福，不必来学校了"的想法，韩统不，他仍然每天来，不仅来，还积极地承担了替大家叫外卖拿外卖的工作。

但教室毕竟还是太嘈杂了，所以韩统决定加入陈一湛所在的天文社。

一中的天文社很有名。

学校里有个观星台，在顶楼，空空旷旷，特别安静。陈一湛是骨干会员，有观测台的钥匙，她时不时会跑到那里去写作业。一加入天文社，韩统就死皮赖脸地要求陈一湛也带着他去观星台。

"你又不会看星星。你知道望远镜怎么用吗？"

"没事，你教我。"

"我没空，我要写作业。"

"那我也写。"

"你没作业。"

"那……我看你写，你有不懂的题目可以问我。"

"算了吧你。你要是成绩足够好，你爸妈还用送你出国吗？"

"……"韩统突然凑到陈一湛面前,眼巴巴地问她:"陈一湛,你是不是有点舍不得我?"

她不回答没关系,韩统可以一遍遍地、毫不羞愧地问下去:"你舍不得我对吧?我出国你很难受吧?没事,我可以每个假期回来的。每个月回来也行。"

"……谁舍不得你啊。大家高考完不就散了吗?"

"怎么会散,我们又不是普通的同学关系……"

陈一湛没有反问他那是什么,她把卷子一卷,敲了敲韩统的头:"我去观星台了,你要来的话快点跟上,走慢了我不等你啊。"

韩统直接从抽屉里拿过书包甩到肩上。

陈一湛写作业的时候,韩统不敢跟她说话,但他又实在没事干,索性趴在桌子上,眼巴巴地看着她。他的眼神让陈一湛想起外婆家的小土狗。

韩统发现陈一湛在看他,立马端正地坐好,问她:"你是不是饿了?我溜出去给你买杯奶茶?"

陈一湛叹了口气,合上书,语气诚恳:"我给你讲个故事吧。"

"有个天文学家,叫爱丁顿,是恒星燃烧机制的发现者。他带女朋友去看星星,他女朋友赞叹说,天上的群星真亮啊。爱丁顿这时候说了句非常牛的话,他说'是啊,不过这世界上只有我一个人知道它们为什么这么亮'。"

然后她看向对面一脸迷惘的男生:"韩统,泡妞也要有点文化啊。"

韩统不以为耻,反而开始神情愉悦地大笑:"你知道呀,你知道我喜欢你呀,那就好,那就好。"

苏青青回想起她的高三,都不知道日子是怎么过下来的。

倒计时一百天的时候,他们到体育馆里开动员大会,年级组长拍拍话筒，说出来的却是"我希望你们在复习之余，多跟同学们相处，努力搞懂知识点的同时，也努力记住你的同学们"。苏青青在队伍里看着他，心里冒出的念头是，难怪一中这两年在"前三所"里掉队了，就因为老师们一个个都太文艺吧。

她很想快点毕业。所有的知识点她都已经翻来覆去烂熟于心，高中对她来说，太小了，她急切地想去更大的世界历练。一中其实有很多稀奇古怪的活动——春天会组织跳蚤市场，让各个班自己做果酱三明治出来售卖；夏天有运动会，一中自己的操场不够大，还要把学生拉到市体育馆去开，开运动会前要选举班牌的女同学，这差不多就是隐晦版的选班花，大家嘴上很矜持地互相推举，心里都在想："最好看的难道不是我?！"

薛泽当然觉得苏青青最合适，但苏青青摇头了，举班牌的女生那天都要穿自己的漂亮衣服，苏青青没什么好看的衣服，她也不想为这么点事特意买，所以最后这个任务落在了叶蓁蓁头上。叶蓁蓁满脸兴奋，一下课就跟陈一湛说："周末你来我家陪我挑衣服哦。"苏青青抬头看了她一眼，觉得她俗气，又有些羡慕她的俗气。

班里的活动没有随着高三喊停，薛泽提议以后每节班会课都做成辩论赛，辩题大家自己选定。

有一次的辩题是"婚前性行为是利大于弊还是弊大于利"。韩统随手采访了一下五十岁的英语女老师，女老师一下子瞪大眼睛，仿佛被耍了流氓，嚷嚷着要去找薛泽谈谈。然而最后辩论赛还是正常进行，韩统站"利大于弊"的一方，他站起来，拿起一个文件夹，里面是他整理的资料和准备的台词，裁判是叶蓁蓁，她吐槽说："韩统这辈子做作业从来没这么认真过。"

全班狂笑，讲到一半，叶蓁蓁又插嘴说："陈一湛你别写作业了，你尤其要听仔细啊。"

陈一湛拿起作业本往叶蓁蓁那个方向扔，全班继续大笑。而苏青青冷静地分析着政治大题里的考点，她到后期已经不动笔写作业，只是对着论述题找出考点，然后对着答案看有没有遗漏的地方，叶蓁蓁暗搓搓跟陈一湛说苏青青默念答案的样子像在念咒。

苏青青没什么朋友，也不大瞧得上女同学间的友谊——要好起来呢，连厕所都要一起去，你等我我等你；等到闹翻了，她在厕所里还能听到其中一个跟别人说另一个的小秘密。她也不太懂陈一湛为什么每天放任韩统在她写作业的时候骚扰她，韩统不高考了，她还要考的呀。她也不懂叶蓁蓁为什么还用 MP4 一本接一本地看亦舒的小说，考完了再看不行吗？

很多年后苏青青想，她当年那些想法都是对的，他们真是愚蠢。但她的"正确"或许让她更成功，却没有让她更快乐。

其实苏青青有过提早结束高中生活的机会。

新加坡国立大学过来招生，要从文理科各挑一名学生过去，学费全免，专业任选，但有个条件，毕业后要在新加坡待满八年。

文科班的这个名额是落在苏青青头上的。薛泽跟她谈话的时候，特意强调了学费全免，还有生活费补贴。

苏青青心动过。尤其是她回家看到阳台上晾晒着父母的衣物，因为穿太久了，父亲的背心上全是黑点——她知道那是洗不掉的汗渍，还有母亲因为洗了太多遍已经变成软塌塌两块布料的文胸。

可是吃晚饭的时候跟父母说起这件事，她妈一下子红了眼睛："那我们岂不是等于没养过这个女儿？"

她停下了筷子。她妈这个人，小市民气是真的，为了给高三的她补身体，她妈每天去菜市场买半斤河虾，时间掐得很准，总是在午休时候去，最活蹦乱跳的一批已经被挑走了，她就可以跟摊主讲价，讲定了价格，她再细细地用虾篓筛选，非要选到摊主不耐烦了，说"你这样让我怎么卖"才罢休。

可是再小市民气的妈妈,也是妈妈。

苏青青夹了一筷子虾放到她妈妈的碗里:"你别哭了。我不去。我凭自己考,也能考上很好的学校。"

空出来一个名额后,叶蓁蓁倒是很心动。她喜欢热带岛屿,喜欢整齐精巧的城市文明,当然她最喜欢的,是不用高考了。

周密还为此紧张过,但很快就释然了——凭叶蓁蓁的成绩,谁都不去也轮不到她。

周密还紧张别的。

别人送了他爸爸一只金毛,才一两个月,站起来还不及他膝盖高,据说这只金毛刚生出来的时候就被预定了要送给他爸爸,所以送的人养得格外用心,它还没学会定点撒尿,但没有臭味,是一只有奶味的小狗。周密拍过几张照片给叶蓁蓁看,叶蓁蓁喜欢得不得了,问他能不能把照片传给她,她用来做手机屏保。周密在想,他是不是能挑个周末,邀请叶蓁蓁来家里看小狗。

他先是旁敲侧击地问他爸妈下个周末在不在家。

他自以为问得很小心,可是,在听弦外之音这件事上,没有人比他爸妈更懂了,他们问他:"你周末想做什么呢?"

周密一直是个磊落的人,他的磊落是基于他觉得没什么事情值得撒谎。他于是说:"我想请同学来家里看小狗。"

"谁呀……男生女生?还非要挑我们不在的时候。"他妈倒不是很在意这个答案,孩子还那么小,跟谁好都是暂时的,她只是想逗逗周密。

周密脑子里想的却是,既然说了,就要全说,而且要说得非常坦荡,一次性说完,以后爸妈就不会问东问西,所以他开口就是:"叶蓁蓁啊。我同桌,你知道的。"

这下换他妈发愣了。她听过几次这个名字。一次是丈夫在饭桌上说，去一个老同事家喝茶，对方的父亲居然跟张伯驹有过通信，一时高兴还把那些信笺都拿出来显摆给他们看，他顺势看向周密："你那个狗爬字还是得改一改。等高考完了，跟着老师去练。小时候就是没押着你下功夫。"没想到周密蹦出一句："我知道张伯驹。"当父亲的略略高兴些，说："你现在也知道看书啦？"周密边吃饭边语气平淡地讲："哦，是我同桌跟我说的，她字很好看。"

还有一次，丈夫说起小时候下河游泳的事，周密突然接话说："我同桌小时候看到脸盆漂在井上，就想，脸盆不会沉下去，她也不会，所以悄悄跳到了井里，幸好有大人路过才救起来。"丈夫沉默了一会儿，他本来是想怀旧的，却被儿子带偏了。

但因为父亲工作的关系，父母都很少去周密的学校，所以实在想不起这个同桌长什么样。只能问他："有没有照片呀？"

周密"嗯"了一声，他手机里有一张叶蓁蓁上台演讲时的照片，他叮嘱他妈："别乱翻啊。"

他妈妈接过手机看了，觉得……也就一般，依长辈的眼光看，瘦巴巴的，肤色偏暗，眼睛长长的，眼尾微翘，微笑的样子像只棕色的狐狸。头发茂密浓厚，披散下来的时候简直像一朵蓬松的云，这说明气血旺盛。但看来看去，最多也就算个小美女。

他妈不敢把这些看法说出来，只是说："那你要不叫上苏青青他们一起来？"

周密手摊开，示意妈妈把手机还给他，同时回答妈妈的问题，他说："嗯下次吧。"

跟父母报备之后，周密还得确定叶蓁蓁愿不愿意来。虽然连薛泽都会开他们玩笑，说："叶蓁蓁你能不能在每天缠着周密说废话的间隙问他两道题？"但当时叶蓁蓁的反应让周密不太满意——她在那"嘿嘿"

79

傻笑，没有一丁点的羞涩。叶蓁蓁跟他很亲近，但周密怀疑任何人跟她做同桌她都会跟人家很好的，她会很大方地跟你分享她的一切，不管是零食还是别致的礼物；她会给你讲一些奇奇怪怪的知识，老虎跟狮子到底谁比较厉害，怎么区分海狮和海豹，和传说中的美人鱼最接近的动物应该是海牛……她每天早上来到教室，一边吃蛋饼一边给他讲昨天晚上到今天早上碰到的新鲜事。周密从来不知道一个晚上竟能发生那么多有意思的事，又或者，其实她说的都是小事，但是什么事情经叶蓁蓁的嘴一说，就变得很有意思。

任何人都会喜欢叶蓁蓁的，可是她喜欢他什么呢？

有次周密在韩统家打游戏、吃外卖，话题蔓延到了叶蓁蓁身上，周密不自觉地嚼得很慢，仔细听韩统对她的态度，毕竟叶蓁蓁对韩统有过疯狂的单箭头示好。

"叶蓁蓁就是个傻瓜。"韩统嘴里都是饭，含糊不清地说。

但周密还是不放心，"傻瓜"这个词吧，既可以是骂人，也可以是亲昵的表达，他想再确认下韩统的意思，于是开口说："还行吧，除了数学课，其他时候倒是蛮灵光的。"

韩统当时心心念念都是陈一湛，提起别人都是不屑一顾的语气。周密越是说叶蓁蓁好话，他就越觉得叶蓁蓁这个人——不行，哪像他家陈一湛，聪明得像是在脑子里装了个小灯泡。他观察过陈一湛写数学卷子的样子，选择填空部分几乎都不用打草稿，左手撑着下巴，右手飞快地在试卷上填答案，脸上有种不耐烦的冷酷。韩统整个人都折服了。

跟陈一湛一比，做个选择题都要跟命运豪赌的叶蓁蓁就太没劲了，韩统再次斩钉截铁地下结论："算了吧，她就是个傻瓜。"

周密顿时放心了。确定这个"傻瓜"，就是"傻瓜"本身的意思。

于是他兴高采烈地跟着评价："对，叶蓁蓁是个傻瓜。"

第二天早上，周密装作不经意地问"傻瓜"："你周末什么安排呀？"

"上课呀。"叶蓁蓁眼睛一瞪,好像他在说什么傻话,然后她又很快反应过来,笑眯眯地问他:"你这是要约我出去玩的意思吗?"

周密噎了下,然后认命地点点头:"你不是说想看我们家小狗吗?"

"好呀。还有别人吗?"

周密说"暂时还没想好再喊谁"的时候,是有点担忧的,高中时候的女生仿佛没有独立行走能力,去哪里都要叫上小姐妹,他怕叶蓁蓁还要喊上陈一湛,陈一湛再叫上韩统,那他们不如组局打双扣算了。

周密的计划里当然不止邀请叶蓁蓁过来看小狗。

他打探过叶蓁蓁写的那些小说,虽然他觉得里面充满了自恋和对男性群体的误解,但这次他决定迁就叶蓁蓁。他已经上网搜索了"女生心目中的浪漫约会",他的想法是,他喊叶蓁蓁到家里,亲手做菜给她吃,陪她一起玩小狗,然后带她看一部她一定会喜欢的片子。

然而叶蓁蓁没有纠缠于"×××去了我才去"这种逻辑,她说:"好呀,我们周六上午十点见。"

到了那个星期六,周密六点就醒了,他不想让爸妈发觉他如此激动,但又左看右看都觉得自己的房间不够整洁,所以他翻身下床,轻手轻脚地收拾东西。八点多的时候,他妈来敲他的门,周密连忙跳进被窝里,装作睡眼惺忪地喊"进来",他妈进门,说"那我们今天出去会朋友,晚上再回来",然后又催促他说:"你也起来吧,一会儿人家女孩子到了,你还睡着,多不像样子。"周密懒洋洋地翻个身说:"嗯,再睡一会儿就起。"等听到爸妈关门的时候,他已经精神抖擞地冲下了床。

周密在卫生间里看到了他妈的洗面奶,犹豫了下,还是决定用一次。就在他满脸泡沫的时候,他又听到了门打开的声音,他走出来看,发现是他妈去而复返。她妈看到他的精彩形象,倒比他还尴尬,她连声解释说"忘了拿手机",然后拿过餐桌上的手机立马关上门,用身体堵住了想进门的周密爸爸。

十点多的时候，叶蓁蓁发短信说"到啦"，周密小跑着去小区门口接她。叶蓁蓁看到他，朝他挥挥手，然后又转身对着小区外面的一辆车子挥手，她跟周密解释说，那是她爸爸。周密于是也学着叶蓁蓁的样子摆手，直到车子掉头离开。

两人一前一后地走着，这时候叶蓁蓁倒是露出了一点该有的羞涩，他慢下脚步来等她，好不容易两个人并肩走一会儿，她又落在了后面。到了他家楼下，周密开单元门，他想把门往外推开，好让叶蓁蓁进去，没想到叶蓁蓁也伸手推了门，他不小心碰到了她的手，略一思索，便索性牵住了。

两个人在电梯里静默地拉着手是件很尴尬的事，尤其是他们能从镜子里看到自己。但是周密牢牢地攥着叶蓁蓁的手，没有松开。

到了家，周密终于把手松开，他学着他父母平时的样子，说"我带你参观下吧"。走到周密父母的卧室门口，叶蓁蓁非常乖巧地摇头说"不进去啦"，事实上，其他房间她也都只是站在门口观望了下，直到进了周密房间，她才活泼起来，她一屁股坐到房里的懒人沙发上，问他："小狗呢？"

小狗被关在阳台的笼子里。叶蓁蓁其实是第一次离小狗那么近，是害怕的，但她隔着笼子，哆哆嗦嗦地把两只手指伸进去让小狗舔，同时质问周密说："为什么要关它呀？"

周密说送狗的人说它还没打完疫苗，乱跑乱啃怕会生病，另外，早期关笼子里也适合立规矩。

叶蓁蓁被小狗舔了一会儿，她问周密："能把笼子打开吗？"

"当然。"

其实小狗也怕，笼子开了，它却不敢出来，仍然跟笼子外的两个人对峙着。还是周密伸手把它捞过来，抱在怀里，他问叶蓁蓁："你要抱吗？"

叶蓁蓁一边怕得要命，一边想得要死，她颤颤巍巍地张开手臂，可是人又不自觉地往后退，她不知道该怎么抱一只小狗，它扭来扭去的，万一挣脱她的怀抱摔在地上怎么办？

周密说没事的，然后给她示范抱狗的动作，叶蓁蓁围着他，模仿他的手势的时候，心里升腾起一种奇妙的感觉，他们好像在玩过家家。

"那我把它给你了哦？"

周密话音刚落，小狗就被放到了叶蓁蓁的手上，她一边紧张得尖叫，一边拥紧了它。

她熟悉了小狗之后，叶蓁蓁再也不舍得把它放到地上。她问周密："它叫什么名字呀？"

"还没取呢。"小狗在他家似乎是用不着名字的，所有人都喊它"小狗"，他爸爸对这个朴素的唯物主义称呼很满意。

可是叶蓁蓁不满意，她抱着它，低头亲亲它的耳朵，小狗也伸出舌头舔舔她的下巴，周密平时是不会跟小狗有这种互动的，他妈说了，狗就是狗，喜欢也有个度，毕竟脏。但他不打算提醒叶蓁蓁注意卫生，他知道她此刻不在乎，她跟小狗亲热地头抵头，然后说："我们叫你蛋黄吧。"

然后她委屈巴巴地看着周密，说："我饿了。"

周密说外卖已经叫了，但没那么快，他犹豫了会儿，问她："你要吃凉拌莴苣吗？我只会做那个。"

把莴苣切成条，同时准备好一碗调料——醋、麻油、盐适度搅拌，再撒上一勺糖，把切好的莴苣倒进调料碗里，彻底拌匀，就可以吃了。

他把凉拌莴苣端到叶蓁蓁面前，心里已经给自己选好了退路，他打算对她说，这是他第一次做。可是叶蓁蓁用筷子挑了一口吃，然后很惊喜地说："哇，也太好吃了！"

周密笑了，他用假装谦逊的口气说："还可以哦。"

吃完莴苣，周密让叶蓁蓁和蛋黄一起端坐在沙发上，他自己去调试电视，一边折腾遥控器上的按钮，一边跟叶蓁蓁保证说："这部片子你一定超喜欢。"十八岁的叶蓁蓁矜持地抚摸着蛋黄脑袋上柔软的毛，心想这也太像约会了，周密一会儿要陪她看爱情电影吗？那电影里的男女主角如果开始接吻，他们俩会不会很尴尬……还是他打算顺势亲她？不对不对，顺序不对，他也许会在电影最感人的时候按暂停键，然后跟她表白？叶蓁蓁脑子里乱糟糟的，然后就听到周密用大功告成的口气说"好啦"，叶蓁蓁抬头，看到电视上缓缓出现清晰、巨大的标题：《BBC地球》。

……

她确实也不能说她不喜欢。

他们俩就坐在沙发上，边吃必胜客外卖，边看地球纪录片，北极熊、大象、鲸鱼，这些都是令叶蓁蓁着迷的动物，她一边吃着油汪汪的鸡翅，一边跟周密说，她以后想去非洲、南美、南极，就看动物。她说人没劲，那些几百年的宏伟建筑也没劲，只有动物，这些动物的历史远比人类久远，可是它们一点前辈的架子都没有，仍然是生机勃勃，日复一日地狩猎、迁徙、生存。她眉飞色舞地寻找餐巾纸，周密拿过三两张纸巾，却没有递给她，而是替她把手擦干净了。叶蓁蓁有点脸红地擦完手，她问周密说："你以后想干什么呢？"

下午三点多的时候，叶蓁蓁的妈妈打电话来，催她回家，周密没有留她，只是从冰箱里拿出一盒冰激凌，说："你一会儿路上可以吃。"叶蓁蓁吃那种球状冰激凌或者棒冰的时候，总是吃得非常狼狈，她吃东西慢，还爱说话，经常吃到一半冰激凌就滴滴答答融化了，搞得她一手甜腻的污渍。所以她看到盒装的冰激凌，很是高兴。她让周密帮她拿着冰激凌，她先穿鞋，周密答应了，当她穿完鞋想要重新站直的时候，她得到了人生中第一个来自男孩子的拥抱。

周密手里还拿着冰激凌，冷冰冰的冰激凌此刻抵在她后腰上，可是叶蓁蓁完全顾不上这个。她僵在原地，任由周密的下巴搁在她头发上，也任由他嗅着她的头发嫌弃地说："你是不是昨天吃火锅了？你闻起来像个方便面的调料包。"

直到叶蓁蓁打车回家，坐在车上慢吞吞开始吃那盒冰激凌，她仍然有点恍惚，车窗被她摇下来了，五月初夏的风吹过去，她觉得她还停留在那个拥抱里。

这是约会吗？这是爱吗？他爱她吗？他们以后会结婚吗？一万个问题在叶蓁蓁脑海里炸开。她回到家，先是回自己房间写了会儿卷子，其实全是发呆，她在草稿纸上无意识地写周密的名字，又怕爸妈收拾桌子的时候看到，于是写完就把草稿纸撕成一块块小碎片。她拿出 MP4 来看亦舒的小说，但其实一个字也看不进去，师太笔下那些传奇的五光十色的爱情故事，不及她此刻亲历的半分动人。

她妈喊她吃饭，叶蓁蓁说她下午吃了太多零食，不想再吃晚饭，她妈就只给她一个空碗让她夹菜吃，晚饭是基围虾、清炒南瓜藤、茄子肉末煲，老家的亲戚晒了一些霉干菜给他们，所以妈妈拿来做霉干菜蒸扣肉，霉干菜是要多蒸几次才会香的，要蒸得发黑了，蒸得烂烂的，然后撒点糖，裹着米饭才好吃，现在霉干菜还太硬了，叶蓁蓁尝了一口就吐了出来。

"那我放到厨房去，蒸两天再吃。"妈妈急急地把菜端回厨房，然后状似无心地问她："你今天在周密家干吗呀？"

"看小狗呀。我还给它取名字了，叫蛋黄。"

"别人家的小狗你起什么名字，真是乱凑热闹。"

叶蓁蓁不说话，也不生气，要是她妈知道她此刻在想什么，大约能气死——她想，周密家也不算"别人家"吧。

"你们就玩小狗玩一整天啊？"

"没有，后来还一起看了纪录片，关于北极熊的。"

妈妈还想再问个究竟，叶蓁蓁的爸爸打断了她："你别跟审犯人似的，我今天送她过去的时候看到周密了，很有礼貌，主动跟我打招呼。"

"谁审她啦……那我不得问啊？怎么总是你唱红脸我唱白脸的？"

叶蓁蓁不理他们，她只管自己吃南瓜藤，这种并不那么常见的蔬菜多年后也是她的至爱。餐厅里明亮的橘黄色灯光洒在他们脸上，叶蓁蓁只是觉得很安心，她那时还不知道她有多幸运，她不知道她拥有的生活其实是多么小概率的事件，她被那么多人爱着，那么多爱托举着她，让她跟真实生活脱离开来。

五月底，他们办成人礼，顺便拍毕业照。因为是他们高考前最后的大日子，也希望所有人尽可能拥有一段漂漂亮亮的回忆，薛泽说女同学可以适度化一点妆。因为大家都不懂怎么化，所以都拿着仅有的几样化妆品来到教室，女同学们互相参谋，男同学在旁边上窜下跳地起哄，一边说好像女鬼画皮，一边又偷偷看。

叶蓁蓁看到其他女生带了 BB 霜，很羡慕，问人家讨。她挤多了，脸上像艺伎一样白。周密那时就表现出男人的秉性，批评说化妆反而让她失去了自己的特色。叶蓁蓁气得半死，说："难道我的特点就是黑？"隔壁班女老师喊住她，给她用了自己的雅诗兰黛口红，然后端详了下她的脸，说够好看了。

叶蓁蓁看着镜子里的自己，也觉得当得上"顾盼生辉"四个字，少女脸颊鼓鼓的，发际线上还长了很多毛茸茸的短毛，让人忍不住想摸摸她的头。只是不能回头看——一瞧见素颜却英气又精致的苏青青，她就泄了气。叶蓁蓁觉得人跟人的差距实在是太大了，但她没意识到，她之所以能那么迅速、那么心平气和地承认差距，是因为她从心里不嫉妒她。

校长在台上致辞，叶蓁蓁偷偷在队伍里转向身后的陈一湛，她说："我们十年后会怎么样啊？"

陈一湛说："不知道，十年呢。"

叶蓁蓁说："其实也没有很久，读三遍高中，再复读一年高三，那就是十年了。"

陈一湛说："那听起来更久了。"

她们都笑了。

周密在另一队里踢了踢韩统的脚后跟，问他怎么这礼拜没来上课。

"学车呢。我爸让我现在去学，省得暑假被晒死，还人多。"

"哦。"

"我上论坛看了，我的那个学校荒凉得很，在一大片玉米地里。简直就是流放。"

"你什么时候走？"

"八月底吧。"

"哦。"

"你得来看我啊。"

"嗯，来。"

一中建在杭州市中心，从前是科举省试的地方，所以古时候叫贡院。学校后头据说有乾隆题字的井，前面有鲁迅亲手种的樱花树，学校的练习册上有徐志摩当年在这里写下的诗："不狂不放不少年。"据说因为位置太好，市政府屡次想让他们搬，却碍于有一连串名字说出来都吓人的校友，最终也没有实现。

但现在他们站在这个操场上，不管身后的建筑是几十年还是几百年历史，操场都是年轻的。操场上的脸庞也那么年轻，虽然各有心事——

韩统在忧心跟陈一湛的异国恋怎么办,论坛上形容美国是一片异常开放的土地:去大城市吧,喝酒开趴最后肯定会忍不住乱搞,去大农村吧,太无聊了到最后也只能乱搞。韩统一边有点兴奋,一边又想,他可不能做对不起陈一湛的事。周密有点担心高考,他最近几次统考一直在退步。叶蓁蓁偷偷用镜子照自己的脸,她一想到明天她就变回了素颜就有些舍不得,什么时候她才能像杂志上的人那么漂亮呢?陈一湛在烦心钱的事,韩统说考完了他们一起出去玩,陈一湛想答应,又担心家里不肯给她这么大一笔旅游资金。苏青青抬头看天上缓慢移动的白云,这个操场太小了,跑八百米的话要绕两圈多,学校其实也很小,但很快,她就要去一个真正开阔的世界了。她要考到北京去,听说北方的天空都比南方更高,一想到这,她就激动地用鞋子摩擦地面。

只有薛泽悄悄地拿掉眼镜,用手背拭掉眼角的一点眼泪。

他们毕业了。

长大

你是回头客
但你气势如虹
站着做梦
你图我什么
书生和花妖

你是回头客

Chapter 6

叶蓁蓁在爸妈家养伤,起先觉得伤了右手臂什么都做不了,闷得慌,幸好她本来也不是勤奋型人格,很快就适应了这种饱食终日无所事事的状态。

她妈在厨房里烧菜,叶蓁蓁自告奋勇帮她剥毛豆,她坐在小板凳上,面前放着篮子和盘子,篮子用来放豆壳,盘子用来放剥好的毛豆——这场景跟她小时候一模一样。叶蓁蓁慢吞吞地剥着毛豆,跟妈妈说闲话。

"韩统女儿好看吗?"

"好看的。他跟他老婆都挺好看,小孩像谁都不会丑吧。"

"他老婆长什么样啊?你是不是给我看过照片?我总记不住。"

"对,给你看再多也没用。就是那种好看又记不住的脸。"

妈妈在炒菜的间隙,扭过头问她:"那一湛知道吗?他有女儿了

91

这事。"

"当然啦。韩统结婚的事她就知道。"

"你们俩现在还要好吗？怎么你回杭州也不见见她？高中时她每个礼拜都来我们家吃饭呢，现在也不来了。"

"妈——"叶蓁蓁拖长声音抱怨，"人家每天上班有正事的。而且我这打着石膏，我见谁呀我。"

"你声音那么响干什么？毛豆剥得怎么样了？"她妈看了看盘子里一小勺可怜的毛豆，踢了叶蓁蓁一脚，"你起开，我来。"

叶蓁蓁起身把板凳让给妈妈的时候，听见她一声叹息："哎，陈一湛这小孩，就总是运气差一点。"

这不是什么让人舒服的话，但叶蓁蓁没法反驳。

那年高考，数学卷空前地简单，叶蓁蓁这种常年不及格的人都考到了一百三以上，知道全省名次的时候薛泽连声感叹"傻人有傻福"；周密正常发挥；苏青青则一骑绝尘，考了市文科状元，一整个夏天都在被培训机构邀请演讲。只有陈一湛考砸了。

分数出来后，韩统想过帮她张罗出国，可是陈一湛拒绝了，她说："我就按照这个分数填学校吧，挺好的，你别瞎操心了，我们家也负担不起我出国的费用。"

韩统当时年轻气盛，张口就是"我让我爸妈供我们俩的学费"，可是陈一湛虚弱地笑笑，说："你别逼他们。"

她不说，韩统也知道自己说的是大话。在学校里虎虎生风的人，出了校门，也就是只能依赖父母存活的小男孩，他父母怎么肯真的给陈一湛一笔教育基金。

暑假过后，苏青青北上念书，叶蓁蓁跟周密当然都选的上海，韩统出国，只有陈一湛一个人留在了杭州。

叶蓁蓁跟周密的关系，是大四的时候恶化的。

他们俩坐一起吃饭的时候，周密收到微信，显示是来自"王伟"的，一连好几条，他却毫无点开的意思，叶蓁蓁说："你不怕有急事吗？这人是谁？你同事吗？"

周密说："嗯，同事，但我现在不想聊工作。"

叶蓁蓁说："王伟是男的女的？"

周密说："这名字了，还有可能是女的吗？"

叶蓁蓁说："如果是男的，为什么不能点开呢？还是为了不引起我怀疑，故意给人家改这么一个名字？"

周密说："你把你当福尔摩斯的这股劲拿来写你的论文行吗？"

叶蓁蓁给他打电话，怎么打都没人接，她心惊肉跳以为是出了什么事，打给他室友，问能不能帮忙找一下周密。室友很快给她回音："嫂子，周密电话打通了啊，他说他在跟朋友吃饭，之前没看到你的来电。"

叶蓁蓁再傻也知道，他不是没看到，就是存心不想接，但对着他的室友，她还是撑着面子说："好的，他也回电我了，谢谢你。"

其实哪有什么回电，手机上显示的周密的消息是："？"

可是二十二岁的叶蓁蓁只敢找碴，不敢真的提分手。

她满脑子都是，她都大四了，学校里都是熟面孔，她挑挑拣拣觉得再没什么合适的人。她预想的是她在本校读个研，然后毕业就跟周密结婚，婚后找个闲职，算半个职业女性，同时又有空兼顾家庭。至于赚钱的事，所有人都跟她说不必担心，她也觉得没什么好担心的，她自己家不算优渥，但也算宽裕，周密家里更是能替他们安置好一切。她父母也衷心支持这种活法——当初给她取名字的时候就想好了——桃之夭夭，其叶蓁蓁。之子于归，宜其家人。她觉得这就该是她的命运。

所以有天坐在副驾驶上，叶蓁蓁装作不经意地问周密："我爸妈这个春节想约你爸妈一起吃个饭，你觉得怎么样？"

周密把车开得很平稳，只有语气里有点波澜："蓁蓁，我这些日子一直在想我们俩的事情……"

叶蓁蓁嬉皮笑脸地打断他:"你怎么一天到晚想我呀,那你想想什么时候两家人一起吃个饭?"

周密扭头看她,她是笑着的,笑得整张脸绷紧了,像是一松懈就会哭出来。他心里不忍,他其实一直不是什么杀伐决断的人,所以他稀里糊涂地讲:"那我回头问问我爸妈吧。"

叶蓁蓁笑着扳手指给他讲心里的计划——"我三月份论文答辩结束,然后就可以出去玩啦,你想想看我们去哪。哦对了,我六月份毕业典礼,你一定要来哦。记得给我订花。我想要很拉风地毕业……"

她忽略掉心头越来越沉的预感,喜滋滋地设想着"大学毕业订婚,男友学业双圆满"的人生赢家画卷。

但怕什么就会来什么。那年寒假,周密临时翘掉了两家人的见面,他爸妈和她爸妈都在,叶蓁蓁左等右等他都不来,只收到他一条微信,他说:"蓁蓁,我真的没想好,再缓缓吧。"

叶蓁蓁都忘了那次见面是怎么结束的。只知道后来一切进度都变得飞快——

她仓促决定出国。幸好她大学期间因为没事干考过雅思,所以赶上了申请季的尾巴。毕业典礼那天她压根没去,高中同学聚会她也不去,陈一湛告诉她周密大学毕业去了北京,跟朋友一起创业,做一款手游,叶蓁蓁只木讷地说"哦"。八月份,她在浦东机场告别父母,一个人拖着三个巨大的行李箱飞去了伦敦。

她从来没告诉过周密,那是她第一次单独出远门。坐在经济舱里十二个小时,旁边是一个鼾声如雷的白人大爷,叶蓁蓁一分钟都没有睡着过,所幸整个机舱里一片漆黑,可以供她尽情流泪。到了希斯罗机场,她直奔卫生间洗了个脸,然后用一口不怎么样的英语拿行李、买火车票、上车,再跌跌撞撞地找到中介替她租的公寓。公寓里没有床,所有家具都要她自己去买、去装，可是叶蓁蓁没力气了，她一进门就坐在地板上，靠着墙想歇一会儿，结果一睡就是十个小时，醒来后发现是第二天的早晨。高纬度的阳光均匀地洒在地板上，叶蓁蓁意识到她已经到了一个截然不同的世界。

她没有告诉周密，在那之后，她其实就已经什么都不怕了。

但还是有很多事情她没想到。

她没想到周密家里会出事。陈一湛告诉她"周密爸爸因为经济问题进去了，他妈去了澳大利亚，大概那边有个亲戚"的时候，她心情复杂。幸灾乐祸有，毕竟他就是仗着父亲节节高升不肯轻易地结婚；伤感也有，她喜欢的就是周密身上那股举重若轻的劲，她怕随着他父亲的垮台，他那些小清高小散漫都不见了。

她也没想到自己会在伦敦再次遭遇爱情。虽然这段爱情影影绰绰，旁人统统不知道。

她更没想到，几年以后，她跟周密居然真的结婚了。

叶蓁蓁想，换作十八岁的她，一定会大跌眼镜——"这样也能结婚？"

二十九岁的她只能笑着点点头："做人，不就是太阳底下无新事。"

叶蓁蓁在杭州家里混吃等死的时候，周密正在同时应对老板和下属的焦灼。批号下不来，新游戏上线不了，就意味着收入全靠之前那几个能赚钱的游戏。在重新开始审批之前，他们要靠存货过冬。几个创始人现在都对运营数据格外敏感，他们每天开会，恨不得让周密每天都准备一个增加日流量的策划案。晚上他终于回到家，看到空着的枕头，一边想幸好叶蓁蓁不在，不然她在家当独臂大侠，不知道能闹出多少事；一边又忍不住觉得，她要是在就好了，他会觉得安慰很多的。

他以前加班回到家，叶蓁蓁睡了，他做什么都得轻手轻脚不大自在。但到了卧室，看到她整个人蜷在被子里——叶蓁蓁不肯穿厚衣服，所以他们家到了三四月还开空调，加湿器呼呼运转着，她脸上一片红晕，睫毛很乖巧地贴在眼睛下的皮肤上——他有时会忍不住俯身亲她一下。

就连叶蓁蓁偶尔累了，有很轻微的鼾声，他也觉得非常可爱，他喜欢拍她睡觉的视频，被她发现过一次，叶蓁蓁嚷着要他删，周密不肯，只说"你怎么那么像小猪"。叶蓁蓁白他一眼，恨他只会说这种土味情话，周密于是补上一句，玫瑰色的。

谁也不知道玫瑰色的小猪长什么样，但叶蓁蓁在他心目中，就是"玫瑰色的"。

所以这个凌晨，周密在厨房里想找一瓶油醋汁蘸鸡蛋吃，却发现厨房的柜子里藏着一包烟的时候，愣住了。

他不抽烟，那烟是谁的，不言而喻，尤其是还要藏在那么隐蔽的地方。

她有时睡不着会爬起来喝一杯这事他是知道的，但一想到她还背着他抽烟——他真的费解了，她有什么事情好不开心的呢？

他回想她的日常——

看杂志、看资讯、刷 Ins、买衣买鞋买包买首饰、出门拍照、回家写两篇稿子，就是她全部的工作内容。

有次他看她愁眉苦脸的，问她怎么了。叶蓁蓁靠在沙发上，用生无可恋的语气给他讲：贵妇A跟贵妇B翻脸了，因为贵妇A的孩子生日宴，请了贵妇B的孩子，而贵妇B没有回请她。现在贵妇B喊叶蓁蓁去参加一个茶室的活动，她不想去，因为去了就得发朋友圈，发朋友圈就会被贵妇A看到，贵妇A看到就会责怪她没有同仇敌忾，觉得她是B那边的人。

"那你别发朋友圈不就行了？"

"不行啊——"叶蓁蓁一声哀号,"那样贵妇B就会觉得我不想让别人知道我跟她一起玩,把她也得罪了。"

"那你分个组?"

叶蓁蓁苦笑:"我都多大人了,我还得干这么无聊的事情吗?"

"整个事情都够无聊了,也不在乎更无聊一点吧?"

"哎,"叶蓁蓁重重地叹了口气,"做人太辛苦了。"

周密调侃她:"做人做成你这样……也没有很辛苦吧?"

叶蓁蓁把他扑倒在沙发上,用靠枕闷住他的脸,但自己也忍不住笑了。

是跟他结婚不开心吗?他以为他已经做得很好了呢。

在他们的大学时代,两个人都算不得模范情侣。周密那时还有架子,买花让人送到叶蓁蓁宿舍可以,但情人节要他捧着一大束玫瑰在大街上走,那不可能。陪她逛街可以,但叶蓁蓁有次让他在宿舍楼下等了半小时,下来的时候,周密早就没人影了。

那几年周密的父亲又提了一级,退休年龄延长到六十五岁,周密也有些心痒,觉得父亲的能量起码还能再庇护他二十年,对这段关系的态度也游移起来。可是叶蓁蓁不懂得"事缓则圆"的道理,他越是举棋不定,她逼得越紧。周密开始实习,叶蓁蓁还是成天晃悠,而且专挑周一下午的例会时间跟他找碴。他猫着腰躲出去接了四五次电话后,真的觉得够了。

当然他最受不了她的蓄意挑衅。有天叶蓁蓁兴冲冲地说要来陆家嘴接他下班,他本来是挺开心的——他知道她不喜欢陆家嘴,说"没有活人气",不巧那天整个项目组加班,周密不好早走,于是不断发消息给她,让她先在附近餐厅点菜。他赶过去已经是九点,可是他心急火燎推开门,看到的却是叶蓁蓁跟另一个男生朋友吃剩的满桌残羹,她用那种存心看戏的语气招呼他:"一起吃吧,我叫服务员再加两个菜。"

97

周密把门摔得震天响。

再到后来,他失去了很多东西,又收复了一些,还是觉得屋里空荡荡的,于是又把叶蓁蓁捡了回来——他知道这个词她不爱听,可他真的觉得,她是被他捡回来的。

那是两年前的事情了。

叶蓁蓁从伦敦毕业回国,住在杭州家里,她妈看她横竖不顺眼,说:"又没正经工作,又没男朋友的,你活得跟个二流子一样。"

她本意是想勉励叶蓁蓁去考公务员的。但叶蓁蓁开始了地毯式搜捕的相亲。她问韩统手头有没有合适的人,想了想又补充说:"最好你认识,又跟你不太熟的那种,听起来比较靠谱。"

韩统为了证明自己也是有靠谱的朋友的,积极给她输送过一些人选。其中一个是一线基金的合伙人,三十九岁,刚离婚。叶蓁蓁很上心。他约她在上海吃饭,她就特意定了那晚上海的酒店,当然不是为了吃完饭开房,她是奔着结婚去的,得做足端庄的姿态。她是为了能聊得晚一点,如果要赶晚上九点半回杭州的最后一班高铁,这饭就吃得太仓促了。

那天周密也在上海,他刚好被一个合作方放鸽子,就想约韩统吃饭。韩统在电话那头窸窸窣窣地笑,说:"你想看个热闹吗?叶蓁蓁晚上相亲,你要不要一起去看?"

韩统后来无数次扪心自问——他真的只是恶作剧。但之后的剧情完全超乎他预料。

餐厅人很少,是叶蓁蓁喜欢的那种"冷冷清清一身随时要倒闭气质"的餐厅,桌子跟桌子之间隔得很远。周密跟韩统坐在他们那桌的斜后方,听不清说话的内容,只能看到他们的动作神态。

叶蓁蓁那时候是真的想快点把自己交代掉。冷菜上了一盘素鲍鱼,相亲对象拿筷子去夹，怎么也夹不起来，她一点也没有流露出不耐烦，反而用小叉子叉了一块，放到他盘子里。

"他说你是时尚博主？"

叶蓁蓁平时最烦她妈喊她去考公务员。但这时她一阵心虚，生怕对方觉得时尚博主前途不明确、收入不稳定，她连忙说："我刚从伦敦回来，之前边读书边在社交平台上写点东西玩，有一点小名气。爸妈朋友给介绍了一些去处，最近在看，但确实没有很着急——反正爸妈也养得起我。"

说完叶蓁蓁就想给自己点赞，这话真是集各种方位的装 × 于一体。

相亲对象倒没有纠结于她有没有工作这个话题。他问她："那你平时喜欢干什么呢？"

叶蓁蓁努力想说点有趣的答案，但讲出来总是这些：旅行、看小说、看电影……

她内心一阵绝望，他见过的每个女的，大概都是这些爱好。她们像一个池子里的鱼，其实没什么分别。她有时也疑惑那些男人挑挑拣拣个什么劲。

他问她："那你去过几个国家啊？"

叶蓁蓁傻掉了，她想谁会没事扳着手指头数自己去过几个国家啊。她觉得对方这话问得很没见识，像个三线城市刚出过两趟国的人问的。在伦敦，留学生之间装 × 的时候都会说，"我是不去南欧的，脏乱差，讨厌"，他们只去物价奇高还性冷淡的北欧。但是叶蓁蓁仍然耐心回答："三十几个吧，我没数过。"

相亲对象点点头。他没有不喜欢她，他挺喜欢这种一看就是娇生惯养长大，如果十几年前他没发迹时遇到她，大约都不会正眼瞧他一下的女孩。他说："那你是文艺女青年吗？"

叶蓁蓁有种被刁难的感觉。她说："我不算吧，我只是文艺爱好者，

99

我喜欢电影小说里那些复杂的情感，但我不会想着要体验一遍。对我来说那些是佐料，不是正餐。"

"很好。"相亲对象笑了出来，"不是文艺青年就好，你们这些吃穿不愁的女青年，很容易被一些情节或者句子拐入歧途，那人生就毁了。你们只要踏踏实实地享受现有的一切，你们的人生是毁不掉的，但你要是整天想着灵魂、真爱、自由……那你就完了。"

叶蓁蓁也笑。她低头看了看自己的脚尖，今天她穿的鞋子是RV方根，鞋跟三四厘米高，据说RV这款鞋子叫好嫁鞋，因为显得又白富美又不像高跟鞋那么盛气凌人。她觉得自己蠢透了。她是自己送上门来被教训的。她想她平日喊的女权平权口号都是假的，就为了一个看起来体面的归宿，她可以随便把自己捏成"成功人士"们喜欢的样子。她蠢透了。

相亲对象还没来得及再开口，就被突然闪现的人影吓了一跳，是周密。

这是他们睽违三年后的第一次碰面，叶蓁蓁惊得连起身都忘了。周密却自来熟地让服务员搬来两张椅子，坐到她身边，说"哎呀好久不见"，还招招手，让愣在座位上的韩统也一起过来。

周密突然出现，叶蓁蓁短暂地失神过后，在短短几秒里，迅速温习完了他们之间的仇恨，是他呀，就是他把她逼到坐在这里相亲的，他还要来看笑话。他还要看她为了嫁出去多么努力。所以她悄悄地把椅子搬到了相亲对象的这一侧。

周密并没有搅局的意思，他跟她的相亲对象握手，相亲对象把他的名片给周密，周密收下，又道歉说："不好意思，我出来吃便饭就没有带名片夹。"相亲对象宽容地说没什么，又问他现在在做什么行业，周密答了公司的名字，男人说："我知道这一家，你们是融到……"

周密抢答说："C轮了。"

于是这彻底变成了一个工作局。韩统负责穿针引线，同时吹捧他们两个人，叶蓁蓁只有给他们添茶水的份。

吃到九点多，服务员过来提醒餐厅将要关门，韩统主动买了两桌的单，相亲对象拉着周密的手，说："不如我们续下一摊？"

周密说："不了，我们仨是同学，好久不见，今天刚好叙个旧。"

相亲对象说"那当然"，于是跟叶蓁蓁打了个招呼就打算走，临走前还加了周密微信。

剩下他们仨站在餐厅门口。周密拍了拍她的肩膀，说："走吧，我们聊聊。"

叶蓁蓁一肚子的气，只觉得今天的酒店算是白订了。她想跟韩统兴师问罪，她觉得韩统有病，拿她的终身大事当猴戏看，可韩统早就溜了，周密半哄半拉的，把她带上了出租车。

上了车，周密狡猾地坐到副驾驶上，留她一个人坐在后排，叶蓁蓁想掐人都找不到机会，只好看着窗外生闷气。

周密沉默了半路，突然乐了，说："哎你那相亲对象给我发消息了，说明天要约我谈谈，怎么那么拼？搞得跟真的一样。"

叶蓁蓁更生气，她意识到自己在相亲对象眼里远没有周密有价值，她于是恨恨地说："一个土包子，搞不明白都这么有钱了，为什么还张口就问我去过多少个国家。"

周密笑，笑完了施施然说："你不要对人家那么刻薄嘛，人家跟你找个话题也不容易。"

他看叶蓁蓁不说话，也不着急，慢悠悠地问她："你在上海住哪？"

叶蓁蓁直接拍了拍司机的后座："师傅，你帮我送到璞丽酒店就行。"

周密彻底大笑出声："你真舍得花钱啊，为了相亲跑来上海住酒店，这是多恨嫁啊叶蓁蓁？"

叶蓁蓁正要动怒反驳，就听见他笑嘻嘻地说："你要真那么急，不如咱俩,再凑一块吧。"

然而在周密的版本里,这个故事要更复杂些。

在叶蓁蓁之前,周密有一个谈了一年多的女朋友,叫方颀珊,是他老板给介绍的。方颀珊的爸爸是某央企高层,就冲这一点,周密妈妈就无限满意。

他们那时候在闹分手。方颀珊嫌周密不够殷勤,周密又觉得她太喜欢上纲上线。但他们分得很客气,导致周密的妈妈总觉得还有转圜余地,她有许多次在电话里说:"你看,我们帮不了你什么了,你岳父那边有能力的话,能帮你省去很多麻烦,结婚其实是两家人的事情。人家女孩子都不计较我们家的情况,你更应该珍惜。"

周密不是乐意给自己添麻烦的人,可是他思前想后,到底还是把叶蓁蓁带回了北京。

周密觉得这是因为他跟叶蓁蓁相处更舒服。比如她跟他那天早上在酒店醒来,发现十点了,酒店供应早饭是到上午十点半,周密就问她:"你要吃早饭吗?你买了早饭对吧?"可是叶蓁蓁在他怀里蹭来蹭去,说:"不吃了,谁爱吃谁去吃。"最后他们彻底醒来是十一点,叶蓁蓁问他:"你想吃耳光馄饨吗?我叫一份外卖到酒店里来。"

周密喜欢这股任性、不把钱当钱、金钗沽酒的劲。他跟方颀珊在一起吧,感觉时刻都在被考察是不是一个好丈夫。没有人喜欢被考察,更何况周密脑子里还时不时冒出"为了这么点好处至于这么夹着尾巴做人吗"的牢骚。他跟方颀珊一起去日本玩,方颀珊非要买那些很便宜的化妆品,周密心想:"这国内买不到吗,这一大袋跟国内买差价也不过一两百吧?"可是方颀珊执意要买,周密就只好帮她拎袋子,手指被塑料袋勒出红痕,心里叫苦不迭。

他跟叶蓁蓁在一起就感觉回到了少年时代。在外滩,叶蓁蓁看到了一家卖白糖糕的小摊，她兴奋地说"要买"，周密说"那你买"，叶蓁蓁说"你请我啊"，于是他请她吃四块钱的白糖糕，买了四个。叶蓁蓁拉着他一起坐在马路边上吃，每一个都是她咬一口，然后塞到他嘴里让他吃完。周密心想为什么男人都喜欢干这种事情呢。他老板也很喜欢送小女友爱马仕，然后带她去大食代吃麻辣香锅。

周密也不是没有左右摇摆过。刚把叶蓁蓁带回北京那阵子，他人在曹营，但也隔三岔五地给方顾珊发个消息送个花示好，大家都是成年人，这点多线程工作，周密还是摆得平。

最后在这段三人关系里一锤定音的，是一件很小的事情。

那天晚上快十点，他跟叶蓁蓁从商场里走出来，商场前面是一排台阶，台阶旁边是一段用石头砌成的有坡度的路，平时只有小孩子会不走台阶，从上面俯冲下去，但那天叶蓁蓁喝了一点酒，死活要走那一段坡。

她穿着细高跟，周密没办法，攥着她的手不断往后使劲，以防她冲得过快摔下去。

等到了那一段坡度的尽头，离地面大概有一米的高度，叶蓁蓁突然说，她要直接跳下去。

周密毫不客气地说："别发疯，你穿着高跟鞋呢，一会儿脚崴了又要哭。"

叶蓁蓁摇头，坚持说："我要跳。"看周密脸色不悦，她改用小声说："你接住我嘛。"

晚上有风，商场门口有灯，叶蓁蓁的下半张脸藏在阴影里，他只能看清她鼻子以上的部分。那个场景很微妙，她用耍赖的语气说着一个很幼稚的请求，尾音拖得老长，听起来像是喝醉了，可她的眼睛很清明，他知道她在试探他的态度。姑娘这是跟他较上劲了，她就是想装醉探个底，看他能对她纵容到什么程度，别看她一副浑不在意的醉态，他看出来了，她连手指都不安地绞在一起呢。

他可以一走了之，退到三米外，看她怎么一个人收场。但周密叹了口气，还是张开了怀抱，说"跳吧跳吧"。

叶蓁蓁其实压根就不敢跳，作为贪生怕死第一人，她一听周密说完，就立刻抱住了他的脖子，整个人挂在了他身上。

周密嘴上还在装模作样地训她，心里想的却是，算了。人生短短几十年，算了。图点高兴吧。

叶蓁蓁在前面踢踢踏踏地走，不断抱怨高跟鞋磨脚，周密故意落在后面，一面敷衍着她，一面拿出手机给方顾珊发消息，说："咱们还是好朋友，有空多聚聚。"

周密有时候想，可能人跟人的脚踝之间，真的连着一根线。有的连的是蜘蛛丝，轻轻一扯就断，有的却是粗麻绳，很经得起磨炼。这个想法他跟叶蓁蓁说过一次，她一脸期待地问："那我们俩之间是什么？"

周密想了想，说："镣铐吧。"

叶蓁蓁撇嘴，说："那你干吗还跟我结婚？"

周密长叹一声，说："认命了。"

他对着叶蓁蓁，很难说出什么好听的，这不能怪他，叶蓁蓁是给三分颜色，登时就能给你开一家染坊的人，她特别高兴的时候，笑起来眼睛眯成一条线，鼻子两边会有很细小的褶皱，挺可爱，但也真的挺欠揍的。

叶蓁蓁是知道方顾珊的存在的。有次他们散步路过方顾珊的单位楼下，好死不死，狭路相逢，方顾珊盯着叶蓁蓁看了好一会儿才走过去，叶蓁蓁也报之以好奇的目光。方顾珊都走好远了，叶蓁蓁还在频频回望，周密扯了扯她的手臂："别看了。她们都是过客。"

叶蓁蓁倒是没生气，但这种时候，面子上总要计较一番，于是她问他:"那我是什么?"

周密就是周密,他没有给出她预想的"你是未来呀你是永恒呀"这种肉麻但标准的答案。他淡淡地说:"你是回头客。"

成年人复合这件事并没有想象中的浪漫,但百般算计,还是敌不过恻隐。当他看她坐在相亲的餐厅里,把自己的自尊心敲碎,去努力接住每一句话,周密觉得难受。他已经适应了当一个很正常的成年人,但他总觉得,叶蓁蓁不该是这样的。人人都会老,都会滑向平庸,但其中不该有她。

他晚上跟同事聚餐的时候又想起她来。他给她发消息,问她:"你什么时候回来?"

叶蓁蓁许久没回他,坐在他旁边的陈桔看他心神不定,就把自己面前的威士忌推给他:"老板,喝酒。"

周密看向她:"你有男朋友吗?"

"没。"陈桔不好意思地笑笑,"我大学时候谈过一个男朋友,后来我要出国,他要工作,就分了。"

"哦。"周密喝完杯子里的酒,没有了追问的兴致。

"不过我要是想找,还挺想找你这样的。"

周密笑了。

"真的,"餐厅里人声鼎沸,同事们也没有注意到他们俩在聊什么,陈桔很认真地说下去,"就是,活得特别有条理,工作和家庭分得特别开,也各自都不耽误。又有责任心,把太太照顾得特别好。"

"你又没见过我太太……哦你见过。"

"嗯。她好少女哦,看起来比我还年轻。"

周密手抵在鼻子上,默默地想,他对叶蓁蓁,是真的有一点责任心在,这个责任心甚至跟婚礼上说的那些盟誓无关。很多年前,高考结

105

束后，他们几个想结伴去台湾玩，其他人的家长都爽快同意了，只有叶蓁蓁爸妈一万个不放心。最后周密急了，直接打电话给叶蓁蓁的爸爸，详详细细地说了旅行计划，末了添了一句："我会照顾好她的，一定会的。"

那么多年过去了，他还是觉得，他就应该照顾好她。周密其实不太懂爱情到底是什么，早先跟叶蓁蓁在一起糊里糊涂的，更像玩伴，跟叶蓁蓁分手后也贪玩过一阵子，但他在女人身上没有太强的胜负欲，人家要是喜欢他，那就喜欢，不喜欢他，他也懒得花钱和精力去追。

后来他爸爸出事，他忙于收复从前的人生，更不会去想"爱情"这种命题了。可是他对蓁蓁的那点责任心，无论如何，都跟爱情沾边吧。

"我觉得她能嫁给你，很有福气。"陈桔说这话时语气真诚，她是真觉得周密什么都好。她虽然初入职场，却也听说了合伙人们的不少破事。比如有一个号称每周末要回上海陪太太和孩子的男人，其实让助理订的除了回上海的机票，还有四季酒店两天的房间。

只有周密，她刚来的第一天进到周密的办公室，清清爽爽，只在墙壁上挂了一幅字，写着"十有九输天下事，百无一可意中人"。字她认得，可是没有盖章也没有落款。周密看她在打量字幅，就解释说："哦，我太太写的。"

那是他跟她说的第一句话。

周密觉得眼前的小姑娘眼里的崇拜不像是装的，所以他只是扑哧一笑，他不打算告诉她，自己大学毕业刚来北京时的荒唐生活。他现在不爱跟同事们一块玩，说到底，是看不上——他们如今玩的，都是他当年玩剩下的。他们连娱乐都是穷兵黩武式的，熬出头来的人生，连玩乐都带有苦涩的补偿性质。没劲。

周密有一点醉了，他酒量一直不好，喝多的时候他会允许从前的自己跑出来一会儿。人学会了一件本事总是很难忍住不用，周密也是，他有时也会顺手撩拨个小姑娘，跟喜不喜欢没关系，纯粹就是技痒。所以此刻，他的手规规矩矩地放在桌上，眼神却温柔得让人不禁往一切龌龊处想，他对陈桔说："你以后见的人多了，就知道都是假的。"

他一点也不惊讶陈桔会固执地摇摇头，但他也就是笑，他说"你还小呢"。

Chapter 7　但你气势如虹

叶蓁蓁在家养了小半个月，才终于决定回北京。

走之前她打着石膏见了陈一湛一面。

关于陈一湛，叶蓁蓁一直觉得有些心虚，这些年她们的联系慢慢变少。不在一个城市的旧同窗，关系变淡是件很容易的事情。打车去见陈一湛的路上，叶蓁蓁想，其实陈一湛对她一直很好，叶蓁蓁婚礼是在北京办的，陈一湛还飞过来出席了。她在北京的新朋友多半是"下午茶之交"，聚在一起不过是逛街打球吃饭，也很容易因为屁大点事不再往来，她时常觉得孤单，可是对陈一湛这样的真朋友，她又关心得很不够——陈一湛的工作、婚后生活，她都很少过问。

没有人愿意承认自己是个势利的人，可叶蓁蓁扪心自问，她每天混迹在所谓的博主圈、时尚圈，听多了"宣称破产的×××的老婆仍然轻松买下七千万钻戒"的八卦，她确实对陈一湛平凡的生活缺少了解的兴趣。

她在车里想，人生就是这样越走越孤单的，新朋友提不起真感情，旧朋友又逐一被她搞丢。

到餐厅的时候陈一湛已经坐那了，她怀孕了，体态没什么太大变化，脸还是胖了些。为了驱散一路上的愧疚，一见面，叶蓁蓁就雀跃着问："男孩女孩啊？我要给他买衣服！"

"要四个月的时候才能做B超呢，你别瞎起劲。"

"那你知道了要第一时间跟我说啊。现在小孩衣服都超好看的。"

陈一湛微笑着阻止她："你别买什么大牌衣服，小孩子长得太快，很快就不能穿了，都是浪费。"

"好看呀。好看就行。"叶蓁蓁不想让陈一湛觉得她在变相地同情她，可就因为真心快要拿不出来了，才更想拿钱来弥补。她迅速切换了话题："你什么时候开始休产假呀？"

"说到这个，其实我还挺担心的。我们公司有个女高层，因为休产假被开除了，打官司闹得很大，最后也就拿了三万赔偿金。像我们这种普通打工的，就更没保障了。我是真怕生完孩子，就回不去现在的公司了。"陈一湛看了叶蓁蓁一眼，决定结束这个话题，"算了，跟你说你也不懂。"

"别呀，我懂啊。你不用怕啊，大不了你也打官司，你肯定能打赢。你忘了吗？高中的时候，你就带我们写集体信给校长了。"

这是高三刚开学时候的事情。那年学校换了个新校长，新校长来到一中算是"提拔"，所以格外想做出一番成绩来，对升学率、一本率格外在意。教他们班语文的，是一个非常有艺术家气质的男老师，说话低沉缓慢，嗓音迷人极了，他带着他们读里尔克的诗："谁此时没有房子，就不必建造，谁此时孤独，就永远孤独。"他跟他们说，这是北岛翻译

109

的版本，冯至、绿原等人也翻译过，好多人都翻译过这首美妙的诗。他说："原文并不难读，你们也可以自己着手翻译一下。"

叶蓁蓁一手撑着脸，痴迷地看着他，连韩统都被他的讲解迷住了。很多年后同学都说，听他讲话能起一身的鸡皮疙瘩。

可是学生的爱戴跟成绩是两码事，他们班的语文平均分是全年级最低。于是教务处把他换掉了。

所有人都觉得不公平，可是只有陈一湛，写了抗议信，一式两份，打算一份交给教务处，一份给校长信箱。她组织了全班同学签名，两封信，就一排排地传递下去，每个人都署上了自己的名字。

传到周密那儿的时候，是一个漫长的二十分钟的课间，陈一湛就站在过道上等他签字。

周密看完了信，抬头跟陈一湛说，"蓁蓁去上厕所了，我等她回来一起写"，他还流露出一点羞涩的笑容，说："我想跟她把名字签在一块。"

陈一湛当时只觉得周密真是浪漫得傻气，就痛快地说："好，你们签好传给后排啊。"

但最终陈一湛拿到手的签名信上，并没有周密和叶蓁蓁的名字。

即便才十八岁，陈一湛也觉得这个事情很微妙，她不能当面质问叶蓁蓁，她把信交上去三四天后，终于在开水房里，假装漫不经心地提起，说签名信还没等到回复，不知道老师们会怎么处理。

叶蓁蓁睁大眼睛问她："你怎么没让我签？"

她惊讶的表情不像是假的，于是陈一湛突然明白过来，是周密拖延时间，然后直接把信传给了下一排，可对着叶蓁蓁，她也不知道该怎么说这话，只能说"哎呀可能你去厕所漏了吧"。

信交上去后石沉大海，于是陈一湛又组织大家说："明天我们不上语文课了，都去校长室门口静坐抗议。"前一天傍晚，所有人都在窸窸窣窣地讨论这个事,周密突然跟叶蓁蓁说:"你明天要不请个假吧,别来上课了。"

叶蓁蓁直截了当地拒绝:"不行啊,大家都说好去静坐示威了,再说,这个事一开始是陈一湛挑头的,就算为了她,我也不能临阵退缩。"

周密很少跟叶蓁蓁大声说话,但他那天却有了真实的怒容,他说:"你有病啊,哪里热闹往哪里凑,一个数学一天到晚不及格的人,到底在瞎起什么哄?"

最后叶蓁蓁还是硬着脖子去了。

这番抗议当然没有结果。学校给每个家长都发了短信,表示这是为大家的高考成绩着想,希望家长能安抚好孩子的情绪,对老师有感情当然是好事,但前途为重。

家长们迅速地收拾了家里的小兔崽子。

薛泽在这件事上态度暧昧。他关心成绩,可是打从心里,也认同这帮学生的热血和情义。他左右为难,索性就当这事没发生。可是自那以后,陈一湛就不太跟周密打交道了。

叶蓁蓁在食堂里拨着饭跟陈一湛说:"你有没有觉得,周密是个挺自私的人?"

陈一湛想了想,点点头,说:"不过聪明的人很难不自私。"

"韩统也聪明啊……可是韩统挺仗义的。"

陈一湛也不知道能说什么,只能把饭盒里的干煸四季豆分给她,说:"你不是爱吃这个吗?我跟你换"。

现在她们二十九岁,一阵乱笑后,陈一湛说:"当时觉得自己是代表正义,现在想想,还挺过分的,我们闹那么大,新的语文老师其实很尴尬吧。"

"对啊。"叶蓁蓁点头,"后来听说她也从来不参加同学聚会。"

111

"嗯，我们班级群聊里她也从来不说话。"

叶蓁蓁下了结论："还是小时候开心。小时候做事不想那么多，做了就做了，长大了，事事都要体谅别人，觉得谁也不容易，就活得不痛快了。"

"你活得还不痛快？"

叶蓁蓁一愣，然后把打了石膏的右手拿到桌子上展示："看到没？一骨折，周密立刻打发我回家休养了。"

叶蓁蓁在陈一湛面前没什么包袱，所以倒豆子一样说出来："我觉得北京的气氛有问题。加班成瘾，没有任何个人的时间。周末，大半夜，随时都会有人给他发消息打电话。周密平均每周出差一次，满世界飞，他答应不出差的时候尽量回家吃饭，可是回家也是吃完饭就进书房加班，我有时候在家跟他说话都要靠微信。我真的觉得婚姻才是单身的终极形式。"

"周密的公司怎么样了？"

"又不是他一个人的。"叶蓁蓁撇撇嘴，"不过应该还行。他们大老板在外面养的女朋友都够组个女团了，那应该不错。"

陈一湛又是一阵乱笑，然后指着她说："那你这就是悔教夫婿觅封侯。"

"……"叶蓁蓁突然意识到，她如果再说下去就显得太矫情了。陈一湛会不会觉得，她是为了让她心理平衡点，才有的没的抱怨一通。但她看着陈一湛的笑脸，又怀疑她并没有想那么多，是自己不够磊落。

吃完饭，她打车先把陈一湛送回家，目送她上楼后，叶蓁蓁才打电话给周密，说："我要不明天回来。"

"好，要我来接你吗？"周密讲完这句话就有点懊悔了，这话一说，就好像逼着叶蓁蓁懂事，但他这次其实是愿意去接她的。

果然叶蓁蓁说不用。

"也行,你订好票跟我说,我在家等你,哪也不去。"

本来电话就可以到此为止了,但叶蓁蓁喊了他的名字:"周密。"

"嗯?"

"我今天见了陈一湛,我有点难受……"虽然有点不知道怎么说,但叶蓁蓁还是努力地给周密复原了她们见面的情形:"我觉得好朋友越来越少了。有的是我自己弄丢的。"

周密站在他们家的落地窗前,这个房子是叶蓁蓁挑的,朝西的一面全是巨大的落地窗,叶蓁蓁说他家是北京最好的晚霞观景位。

他大四毕业刚来北京的时候,住在银泰楼上的柏悦居,那是他爸爸朋友的新房子,却招待了他这个客人。那时他很喜欢晚上站在窗前俯瞰。后来他父亲因为受贿被查,母亲寄住在她远嫁到澳大利亚的妹妹家。从前的朋友都风流云散,父亲的朋友没有赶他,但周密还是把房子和车的钥匙还了回去,他知道他接下来将不再属于这里。也是运气好,误打误撞,进入到一个红海行业,赚了波快钱,柏悦居是回不去了,但叶蓁蓁第一次过来看房子的时候,就说喜欢这边的落地窗,他们就选了这里。

周密对着窗玻璃呵出一口气,然后看热气又慢慢淡掉。他说:"蓁蓁,我永远是你的好朋友。"

第二天叶蓁蓁的爸爸送她去机场,路上不断叮嘱:"你拎箱子的时候千万当心些,手还没好全呢,实在不行就让别人帮忙。"

叶蓁蓁点点头,然后意识到爸爸开车看不到她的动作,就"嗯"了一声。

于是他又开始重复那一套大道理,无非是要她照顾好身体,不要减肥,每天三餐定时吃,跟周密和气些,不要闹小性子。叶蓁蓁心里七上八下,她跟自己说,你已经结婚了,跟周密的那个家才是你的家,可是

113

她潜意识里觉得，爸妈家才是家。

她把手伸到驾驶座上，戳了戳爸爸："爸爸你会一直对我好的，对吧？"

爸爸跟看傻子一样看她："你是我女儿，我不对你好，还能对谁好？还有，你坐好。"

可是叶蓁蓁问得执拗："你会一直爱我的对吧？不管我做什么。"

"爸妈只要还活着，就永远护着你。只要你好好的，爸爸什么也不怕。"

叶蓁蓁坐回座位上，抽抽鼻子忍住眼泪。

她爸爸的同事都说，老叶平时不苟言笑的，只要看到蓁蓁，远远地，隔着五十米，就开始笑成一朵花。她从小到大，家里搬来搬去，就为了让她上学近一点，学校到家从来都步行不过十五分钟，就只因为她读小学的时候，有天她爸被单位里的事情绊住了，没能及时去接她，叶蓁蓁趴在传达室的窗口等，她爸一看到她那个样子，内疚得不得了。

她结婚的时候，她妈还勉强忍得住，她爸哭得连致辞都说不完整。把她交到周密手里的时候，叶蓁蓁记得很清楚，爸爸说，蓁蓁小时候很皮，她妈有时候会忍不住揍她屁股，可是他从来没有忍心打过她一次，她是这样长大的。所以请周密，务必务必，护她周全。

在机场口，叶蓁蓁抱着爸爸，很小声地说："那我走了。"

她走出五十米回头看，爸爸果然还在那张望，看到她回头，对她挥挥手，示意她走吧。

叶蓁蓁到家是晚上七点。周密提前下班，猜想她风尘仆仆的肯定不想出门吃饭，就点了大董的外卖，又怕外卖显得心不诚，所以自己买了些莴苣，想着凉拌莴苣也算是给她做饭吃了。

小别胜新婚这话总归是没错的，吃完饭两人一起用投影仪看综艺。

叶蓁蓁缩在周密怀里。周密对最近刚红的明星都不太认得,叶蓁蓁给他分别指认这是谁。周密很有求知欲,过一会儿就指着一个人说:"所以这个是鹿晗?跟关晓彤谈恋爱的那个?"叶蓁蓁乱笑,说:"是的,周老板进步飞速,再这么了解下去,很快就能泡〇〇后了。"

放在茶几上的手机振动,周密凑过去一看,是陈桔的电话。他跟叶蓁蓁之间此刻气氛太好,好到他不忍心走到阳台去接,所以他招呼叶蓁蓁暂停,然后直接公放了电话。

"老板,我得跟你请个假。"陈桔的声音听起来跟平时不大一样,"我在洗澡,浴室里的瓷砖突然掉下来了,我伸手去接,把手划伤了,伤口有点深,现在去医院处理,伤的是右手,可能需要恢复一两天。"

"哦哦。"周密心想最近怎么回事,他身边的人一个两个手都不好了。

电话那边突然出现了沉默,周密"喂"了一声,陈桔才重新开始说话:"那其他没什么事了,不好意思给您添麻烦了。"

"哦没事。"

那边就说了再见。

挂了电话,叶蓁蓁问他:"你助理?"

"嗯。"

"瓷砖怎么会突然掉下来?"

"房子质量不好吧。"

"哦。"叶蓁蓁重新开始播放综艺。

周密的手机还握在手里,有新消息进来,他点开看,是陈桔把受伤的照片发给了他。

周密觉得陈桔越界了,她好像在等待他的关心或安慰,所以他把手机放回茶几,没有回。

这时候是叶蓁蓁的手机开始震了,她助理跟她对接一个品牌活动的现场流程。叶蓁蓁边看综艺,一边有一搭没一搭地回。

"哎，"叶蓁蓁用手肘碰了碰他的肚子，指着综艺里的女明星说，"你有没有觉得她老了，刚出道的时候她眼睛很有灵气，现在眼皮都耷拉下来了，特写里特别明显。"

"……还好吧，人总要老的。"

"你觉得我老了吗？"叶蓁蓁撑起身子看着他。

周密仔细打量她，客厅只开了盏落地灯，一片昏黄，其实什么也看不出来，他只觉得她真是好看。是那种他平时打交道的女人里很少见的，毛茸茸的好看。他嘴上说着"你怎么会老，就你这个辛苦程度很难老啊"，手已经从她的毛衣里伸了进去。他也不是真的那么想认识鹿晗。

但是叶蓁蓁的手机又震动了，她"嗷"地叹了口气，拿过来看，仍然是她助理的消息。可是周密离她太近了，他看到她退出对话框后，微信首页上还有另一个人给她发了消息，只是被她设置了消息不提醒。

他戳戳屏幕："这人谁啊？干吗设置他消息不提醒？"

叶蓁蓁只能点开对话框，是一个周密不认识的男人，他跟她说："好烦啊，今天要去参加年度活动，要求穿正装，我又得打领带。"过了会儿，估计是看叶蓁蓁没回，他接着说："每次打扮成这样都会想起一个成语，沐猴而冠。"

最后发来的，是活动上的正装照片。

他们当然不是第一次聊天，但显示的只有这些，前面的都被删掉了。

不是什么出格的内容，出格的是删除历史对话和消息不提醒。

周密不说话，等着叶蓁蓁的反应。

她一边手忙脚乱地回复，一边给他解释，是个朋友，话痨，太烦了，就把他设成不提醒了，反正也没什么正事，晚点回复也没事。

周密听见自己的声音略带讥诮——"既然嫌烦，干吗还理他？"

与此同时，陈桔用左手给朋友艰难地发消息："我觉得我好像有点喜欢我老板。"

"哈？他不是结婚了吗？你俩发生了什么？"

什么也没有发生，一桩爱情的发生往往起源于女孩希望被引诱。

有次周五下班前没事做，有同事提议说打德扑，他们就来到小会议室里，迅速分好筹码开始洗牌。陈桔不会打，就站在一个女同事边上看。周密跟她隔着三四个人。那天手气最好的是大老板的助理，大波浪卷发，神似温碧霞，她牌好，胆子又大，不断加注，周密总是跟着加一两轮的注，就弃了，同事们起哄说周密看人家漂亮就给人家送钱。陈桔也跟着笑。

周密往她这边看了一眼，说："你也打嘛。你上场的话，我就都输给你，不给她了。"

陈桔慌乱地笑。她不是怕输钱，而是怕自己显得笨笨的。

可惜她还在那左右顾虑的时候，周密就把手里的筹码全部输完了，他站起来，说："行了，你们继续玩，一会儿打完牌去吃火锅，我请大家。"

陈桔看了看墙上的钟，才傍晚六点四十，周密就要准备回家了。

这个逻辑说起来怪怪的，因为他对其他女人忠贞的爱情，她更爱他了。

第二天陈桔没有来上班，所以她不知道，周密罕见地下班后没有回家，他并没有什么紧急的事情要处理，就拿起手机刷微博。

先刷出来的是叶蓁蓁的。她穿了白色衬衣和黑色短裤，衬衣上绣了一对黄鹂鸟，短裤上还扎了腰带，腰带很宽，显得整个人看起来更是只有薄薄一层。照片里她清清爽爽地拿着一瓶排毒果汁。评论里有人问她："这个真的有效果吗？"她回复说："我会一周挑一天尝试轻断食，只喝果汁，真的对身材皮肤有帮助哦。"

周密忍不住笑了下。叶蓁蓁明明痛恨一切健康食品，连蔬菜都不肯吃。至于果汁——她确实会在一周里挑个日子，信誓旦旦说要只喝果汁减肥，但一到晚上十点，就馋得坐立不安，又不好意思自己打脸，就坐在床上一个劲怂恿，"周密你点个外卖吧"。

周密被缠得没办法，只能点，点的时候她就可怜兮兮地凑在他旁边看。他问她："这个要吗？"她一脸肃穆："是你吃，又不是我吃，你随便点。"

可是等外卖到了，只要他一动筷，她就咬着嘴唇，紧盯着他的筷子看。他实在不忍心，就夹给她："你要不吃一点？"

"我不吃。"

周密早先还不懂这个路数，听了这话，就真的自顾自吃起来了。直到有天，他一个人扫荡完一份辛拉面后，叶蓁蓁突然大怒，掀开被子站起来，说"你不爱我"。

周密一脸不解地看着她，不知这怒气从何而来。哄了好一会儿，叶蓁蓁终于讲明了要求："我说我不吃，但是你要劝我吃。我不想吃，但是如果你一个劲地希望我吃，那我也可以勉为其难地吃一点的。"

周密背靠在枕垫上，双手叉在脑后，换了个舒服的坐姿问她："所以你到底吃不吃？"

叶蓁蓁面无表情地看着他。

"知道了，我再点一份。我待会儿吃不完，拜托你帮我吃一点。"

他再往下刷，看到了苏青青发的微博。

苏青青很少在社交网络上发东西，一年也就发几条朋友圈，微博就更少，他仔细看了下，发现是一条许愿微博，里面写着："转发这一条，你想见的人二十四小时内会来找你。"

周密第一反应是，她是不是被盗号了？

但点开来看，跟以往一样来自 iPhone 客户端，他就更惊讶了。

鬼使神差地，他给苏青青发了个消息，说："你晚上有事吗？我来你家吃饭吧。"

其实在去苏青青家的路上，周密就隐约开始有些后悔了。他们俩在他结婚前关系密切，周密父亲贪污被查后，周密在北京的待遇一落千丈，就是苏青青大包大揽地介绍他认识新朋友。她那时自己在北京也是个新人，也得很努力地去够一些资源，但那些资源苏青青全都塞给了周密。

苏青青本来还要在他婚礼上当伴娘，最后没当成，在婚礼前突然走了，给周密的婚礼造成了一点麻烦。狼人杀有种玩法，叫明牌局，就是所有人都把自己的身份亮出来，明着打。他们仨就是个明牌局，周密知道苏青青突然反悔，不肯在他婚礼上出现是为什么，苏青青也知道周密完完全全知道自己的心意，叶蓁蓁更知道，所以她会拿方顾珊开玩笑，却从来都闭口不提苏青青。她知道她不能乱吃这种醋，苏青青是扎扎实实对周密有恩的人，周密对苏青青怀有深刻的愧疚感，她越提，他的愧疚感越深。

周密到了她家，外卖也刚到，两人一起拿袋子进门。

周密帮她一起剪开外卖袋子，她点的是莆田餐厅的外卖。周密有次随口夸奖过它家的扁肉汤好吃，所以有一个塑料袋里，整整齐齐地码着四碗扁肉汤。她一边拆袋子一边主动找话题："我想换个工作。"

周密抬头看她。

"我想换个行业，有猎头在挖我。在投行我这个年纪做到 VP 不算差了，但那么多个 VP 摆着呢，又都是男的，老板更喜欢用他们。哪怕你一个外行都知道，我们这两年行情一般，我想换去互联网行业看看，独角兽还是认我们这种投行出身的正规军的。"

"互联网公司现在日子也不好过。"

119

"那怎么办呢……要不你收留我算了？"苏青青把扁肉汤端出来，顺便把手搭在了周密肩上。

"行啊。我们公司缺个前台呢，你形象好气质佳还能说英文，正合适。一个月五千，怎么样？来不来？"周密说话的时候一直在拆外卖，假装没注意到她的手。

苏青青走到桌子另一侧，拉开椅子坐下，语气轻松："算了，工资给太高了，我怕会被潜规则。"

周密大笑。

他去厨房拿汤勺的时候，突然想到了什么，回来问苏青青："你抽烟吗？"

苏青青一愣，反问他："怎么，我看起来就那么风尘？"

"不是不是……我不是这个意思。"周密一连串否认。

"谁抽烟啊？叶蓁蓁？"

赶在周密说话之前，苏青青说了下去："抽就抽呗，多大事，她都这么大人了。我觉得你才不正常，你这样子，活像个生怕女儿学坏的老父亲。"

周密被她一讲，也讪讪地笑了，坐下开始吃饭。

他重新捡起话头："所以你想去的公司叫什么？我也帮你打听下。"

苏青青说了个公司的名字，然后又皱了皱眉，说其实也还没想好，总部在上海呢。

"挺好啊。上海也适合你们女孩子住。"

周密这话接得太爽快，苏青青忍不住觉得其中有诈。她从来北京念大学开始，一晃十年，她的朋友、同学、同行、人脉……一切都扎根在这里，虽然是南方人，但对她来说上海才是陌生的地方，喜欢上海情调的是叶蓁蓁，不是她。

苏青青慢吞吞开口："这要真去了，感觉跟前半生挥手作别似的。"

"还好吧，你本来在北京也就是加班，没什么朋友，也没什么回忆，不用搞那么伤感。"

苏青青作势发怒，于是周密笑了，是那种很亲切的笑容——他们在他结婚后很少见面，她更少见到他这样的笑，他就像一个真正的好朋友一样规劝她，他说："这些都是很虚的东西，哪能绊住你，要是有真正的好机会出现，你当然该走，没什么人值得你瞻前顾后的。"

他没有把"包括我"那三个字说出来，但他想，苏青青懂的。

他是真希望她能听懂。小时候看电视剧，记住了里面的一句台词，叫"站在岸上观船翻"，他看苏青青也是这个心态。他其实一直想对她说，看着她一个人在河里扑腾，又不能真的伸出手去，他站在岸上，也不好过的。

韩统嘲笑他想坐享齐人之福，但周密并不想让苏青青越界。这些年他能坐下来聊聊的朋友越来越少，她算是其中一个，还是特别聪明体贴的一个，他是真不想失去她。

苏青青深吸口气，然后耸耸肩，说不聊这个，我们喝一杯吧。

她从冰箱里拿出一瓶还剩一小半的威士忌，扭头问周密："我们今天晚上解决了它？"

苏青青也不知道自己今天是怎么了。她下午在办公室玩手机，看到了一条许愿微博，说转发后想见的人会来找你，她当然不信这些，叶蓁蓁才是搞封建迷信的一把好手——她还跟周密讽刺过，说叶蓁蓁这一辈子全靠命，当然什么锦鲤都信。但她还是转了，转了没半小时，觉得丢脸，正想删，周密就给她发了消息。

她无法不觉得这是天意。

就当这时间是偷来的吧，不计入他们日常的人生。

周密象征性地喝了两口，她自己倒是不断地喝完又添。

121

她问他:"你那时候为什么跟方颀珊分手啊?"

周密皱眉,说:"我跟你说个事啊,我觉得我可能有问题,可能就适合跟日本人一样,孤独终老。我讨厌房间里有人走来走去,那时候方颀珊每周末过来,她可能是想展示自己的贤惠,所以每次来都替我打扫房间,但我一听到她收拾东西的声音,甚至听到她走路的声音,我就特别烦,我没法安心做自己的事情,我只能陪着她一起收拾。她后来知道我有这毛病,就每次都特别蹑手蹑脚——那个字念'niè'是吧?但她越是轻手轻脚的,我就越烦躁,她那种小心翼翼的样子搞得我更火大。所以我就想,这样不行,两个人要是一辈子这样,我得疯。"

苏青青忍不住扑哧笑出来:"然后你娶了个更烦的叶蓁蓁?这什么逻辑?"

"那不一样。可能因为我跟叶蓁蓁相处年份更久吧,我比较习惯她。"

"你放屁——我跟你认识年份更多久呢。我幼儿园就认识你是不是?你怎么不习惯我呢?"苏青青横了周密一眼,但这一眼跟她的"你放屁"一样,都软绵绵的,毫无威慑力。

客厅里明明有沙发,可是他们俩却坐在沙发前面的地毯上,苏青青穿的连衣裙是高开衩,一旦坐下来,就会露出一大片滑腻的大腿肌肤,周密想帮她用裙子盖好腿,却还是一不小心碰到了她的皮肤。苏青青顺势用自己手,覆盖住了周密的手。

她懒得跟他讲这些年里她过分漫长和沉重的等待,讲了只会吓死他,苏青青不是不知道男人有多怕麻烦,周密也一样。但今天是个惊喜,她不想虎头蛇尾地结束它。她侧身去亲周密,周密吓得一骨碌站了起来,他真的怕,说句难听的,他就算要散德行,也不会找她。苏青青的感情太沉了,沉到他要真有什么把柄在她手里,她一定会逼他离婚的。

他站起来以后,又觉得这么居高临下地跟苏青青说话不好,索性跪坐在地毯上,仿佛一个赎罪者——"青青,你自己也说了,我们俩认识那么多年，我真的把你当家里人的。"

苏青青心里一万个白眼，家里人？我跟你都不回同一扇家门，你跟我说我们是家里人？但她也知道大势已去，只能爬起来，说："你要喝茶吗？我烧壶热水，泡壶香片吧。"

周密看了看手机，九点半，他撑起身子站起来，说："不用，我回家了。"

他在她家门口，说："我走了，我帮你把垃圾带下去了啊。"

苏青青笑着朝他扬了扬酒杯，说"谢谢"。门关上的那一刻，她整个人才垮下来。

她见过叶蓁蓁喝多了拎着酒瓶子，把脸晃到周密面前，笑得一脸无赖的样子："我那么可爱，你是不是特别喜欢我？"

周密有时候会配合，有时假装嫌恶地推开她，说："你一身酒气，去漱个口再说话。"

苏青青想要的不多。她只是想也这样摇摇晃晃地问他一次。

苏青青突然想通了，她到底在嫉妒叶蓁蓁什么。她敢问一切她都不敢细想的问题，而且永远不怕答案落空。她是皮实的小孩，不管周密在她背后怎么翻白眼，她都能对着镜子高高兴兴地自我赞叹："我怎么会这么好看啊！"

苏青青真的试过对着镜子说这句话，明明房间里就她一个人，她都撑不住笑场。

她嫉妒她活得气势如虹。

周密让代驾司机把车开到家里楼下，司机下车前，周密喊住他，他犹豫了下还是把问题问出来了："你帮我闻下，我身上有没有香水味道？"

司机用那种很懂的眼光看周密，然后趴他身上嗅了好一会儿，摇头说:"不太闻得出来。"

周密点点头让他走了,但心里还是发虚,他觉得司机的嗅觉太迟钝了,而叶蓁蓁的鼻子能分辨香水前调和后调,他不自信能瞒过她。

但他还是推开了家门。他想要抱抱她。这漫长的一天结束后他很想抱抱她。昨天他看到聊天记录后沉着脸回到书房回了几封邮件就睡了,今天他想一想,又觉得这些……毕竟是小事,他当然希望她能把那个反复骚扰她的人删掉,但不删的话他似乎也理解,他的微信里也有一些烦不胜烦、设置了消息不提醒却不好意思删除的人,可能是同行,也可能是朋友的朋友。这么点体谅,他应该给她。

回到家看到叶蓁蓁坐在长沙发上对着电脑打字。她不喜欢规规矩矩地坐在椅子上工作,总是坐在沙发上,冬天会披一块巨大的羊绒毯子,夏天她会在茶几上洗一盆杨梅边写边吃。她今天写得格外聚精会神,像个在赶作业的小孩,她这副样子提醒了周密她的弱小。她就是个跟世界接触不多的小孩啊。

周密轻轻把门带上,叶蓁蓁抬头看他,周密走过去,蹲在她脚边。他亲了亲她的小腿,然后把下巴枕在了她膝盖上。他一遍遍喊她的名字,蓁蓁,蓁蓁。

晚上十二点多,周密突然喊饿,本来想问叶蓁蓁有没有什么想吃的外卖,她却一下子跳下床,从厨房里端出一盘凉拌莴苣放到床头,叶蓁蓁自己也夹了两筷,解释说:"这是我晚上吃剩的。"

但周密此刻浑不介意。

周密以前只要一想到在床上吃东西就头皮发麻,叶蓁蓁有次躲在被窝里吃了块曲奇饼干,被周密发现了,他都等不到阿姨第二天来,当晚就自力更生把床单被套都换了,然后洗澡,他说他觉得自己浑身沾满了饼干渣。而现在,他歪在床上,吃叶蓁蓁的剩菜……觉得还挺好的。

叶蓁蓁戳了戳他的腰,小声跟他说:"我把那个人删了,你不要生气了。"

  周密知道这个想法没出息，可他突然真的觉得，时间停在这一刻也挺好的，前面或许有更好的前程，但好东西他这辈子见过的、失去的都很多，他想停在这儿，不愿离去。

Chapter 8 站着做梦

周密总觉得陈桔最近怪怪的。她跟他说话时老不看他,周密喜欢跟人用眼神确认,这下他必须得一遍遍问她:"明白了吗?"但不用她看他的时候,她又老在看他,开周会的时候,周密一转头,就看到她过分炽烈的目光。他大约知道是怎么回事,但他这个年纪,觉得小助理暗恋自己这事吧,显得有点油腻,他决定不去深想。

与此同时叶蓁蓁也在健身房里见到了陈桔。

她刚恢复训练,练深蹲的时候教练不敢给她加重量,只让她拿个最轻的杆子在那练。叶蓁蓁放下杆子站在一旁休息的时候,从镜子里看到了陈桔。但她又不确定,就在那努力辨认,教练以为她是看到了哪个明星,叶蓁蓁摇头,说:"没事我瞎看呢。"她私心里觉得那不会是陈桔,周密他们公司在望京,那么陈桔也应该住在望京附近,没理由来三里屯的健身房跑步。

走回休息室的路上要经过跑步机，她终于看清楚了，那正是陈桔。她觉得有必要打个招呼，怕吓着她，还特意绕到跑步机前跟她说嗨。陈桔一看是她，手忙脚乱地按暂停然后问好，神情局促。叶蓁蓁问："你怎么在这健身呀？你住这附近？"

陈桔赧然笑了："我有个朋友在这当教练，她在这上课的时候能放我进来，免费用器材，所以我就过来了。我住得离这也不远，骑车二十分钟就到了。"

叶蓁蓁连声说"哦"，心里想健身房教练怎么乱来，但还是叮嘱了她一句："都十一月了，你骑车回家路上多穿点，刚出完汗，吹风容易着凉。"

陈桔点头，然后从跑步机上下来，跟着叶蓁蓁回到休息室里换衣服。休息室并没有隔间，叶蓁蓁直接在运动背心外面罩上了外套，而陈桔因为回家路远，所以在一层一层穿衣服。叶蓁蓁有些尴尬，就背过身去玩手机。

陈桔突然问她："学姐，我能加你微信吗？"

"哦哦，行。"

她答得茫然，是因为她根本没在听陈桔说什么，她助理发消息给她，说一个英国的鞋靴品牌邀请时尚博主前去参观和直播，行程比较急，要找有英国两年内多次往返签证的博主，就找上了她，她要是乐意，助理就开始对接了。

叶蓁蓁说"好"。然后她想，她要回伦敦了呀，都三年了。然后她就想起了"那个人"。

他们互相删了所有的联系方式，只有 Ins 上还留有互相关注。她点开 Ins，给他发私信说，"我要来伦敦一趟"。

她一抬头，发现陈桔拿着手机站在自己面前，她这才如梦初醒，她说"哦哦我加你"，却点开了自己的二维码。

叶蓁蓁准备行程的日子里，陈桔每天都会看她的朋友圈。其实内容大多搬运自微博，但陈桔还是看了又看，都能全文背诵了。因为周密的朋友圈实在是没东西可看，一共五条，三条是工作，两条是关于电竞的。她只能退而求其次看叶蓁蓁的。

周密跟叶蓁蓁互动不多，也是，一个屋檐下的两个人，为什么还要在朋友圈里说话。

叶蓁蓁没有给周密点赞留言过，但周密有时会吐槽两句叶蓁蓁。在叶蓁蓁一张家里落地镜前的自拍下面，周密回复说："为了拍照，你总算把沙发收拾干净了……"

叶蓁蓁回复他一个发怒的表情。

陈桔不停地看这些，像是自虐。

十一月底，叶蓁蓁跟助理一起飞往伦敦。助理是第一次长途旅行、坐商务舱，兴奋得很，叶蓁蓁本来想喝两杯香槟然后睡一觉的，却被她截住，问东问西。

"老板所以你在英国待了五年？"

"五年多，我在这念了硕士和博士。"

助理差点把嘴里的香槟喷出来："博士？"

叶蓁蓁笑笑："嗯。那时候就是不想回国上班，所以一年接一年地念书。"

"我觉得你可能是时尚博主里唯一的博士。你读什么专业的呀？"

"我以前学东亚史方向的。"

助理惊讶地张开嘴："我以为你读的是传播学这种……"

叶蓁蓁继续笑。

安静不过三分钟，助理又追问："老板，所以你如果不做时尚博主的话，你会想干吗？不考虑赚不赚钱的话。"

"去拍纪录片吧，我很爱看 BBC 的纪录片，尤其是有关两极探险、丛林、非洲草原这种。满世界撒丫子乱跑。"

"那你现在也差不多。也是满世界飞。"

叶蓁蓁不说话。她心想怎么会一样呢，她已经很难想象长途旅行不坐商务舱，出门不住昂贵舒适的酒店的生活了，她这两年就不怎么爱飞欧洲，欧洲的酒店大堂都看起来不错，可是房间都太小了。她也不能想象自己在恶劣的环境里不洗脸就睡觉。所有人都夸她没有老，是，但这些年在脸上身体上花的钱，也差不多够买北京的一个厨房了。

她早就被现在的生活绑住了，动弹不得。

遮光板都拉下来了，机舱里一片昏暗，叶蓁蓁觉得飞机像是一个巨大的摇篮，载着一群沉睡的巨婴，又或者像一艘宇宙飞船。她又想起多年前她坐经济舱飞往伦敦的时候，她觉得自己很像黑奴，挤在狭小的船舱里，被带往未知的新大陆。记忆里十一月份的伦敦很可怕，十二月份好歹还有新年、有圣诞、有聚会，有点盼头，十一月份就是冷，早上醒来去上课的时候天还是黑的，傍晚下了课走回家去天也是黑的，她一整天都照不见什么光。她就是在这样的情形下，认识"那个人"的。

她给他 Ins 发私信，他回了，他说"欢迎回来呀，要是有空，我们可以见个面聊一聊"。

他没说是看谁有空。他们默认这是指"他有空"的意思。

但其实整个在英国的行程叶蓁蓁都很忙。工厂在兰开夏郡，属于外伦敦的范围，因为要直播参观拍照，所以她们住在郊区。结束工作后距离回程还剩两天，品牌方很大气，专门开车把她们送到她们自己定的市区酒店，酒店在游客最多的摄政街上。助理是第一次来伦敦，所以见到摄政街和牛津街的路口，就被足以称之为宏伟的建筑惊到了。

"酒店旁边就是 Liberty（利伯提百货），有很多小众品牌。离

Harrods（哈洛德百货）也近，就是 Harrods 人太挤了，全是中东贵妇在扫货……"

"老板你以前是不是经常来这？"

"第一年不怎么来。后来开始当时尚博主，就会过来买衣服什么的。我那时候不住这。"

"你们住哪？我听说伦敦是东区比较贵，西区便宜，是吧？"

"第一年的时候拿家里的钱，就住一个很普通的楼，我记得是四十平方米的房子，一个月租金要八千。没有空调，伦敦大部分房子都没有空调，夏天热得要死，只能待在图书馆里。刚做时尚博主的时候其实也没几套衣服，纯粹靠搭配。当时很喜欢莫奈的画，就学着用他画里的颜色搭配衣服，也幸亏那时候没那么多网红，所以容易红。花家里的钱，也舍不得买特别贵的，都是高街牌子。偶尔一两件好衣服，也是趁打折季，大早上起来排队，进去抢的那种一二折的大牌。好在当时国内自媒体兴起了，我开始接推广，然后搬去了一个有空调的房子。里面住的全是 Ins 网红，别人都叫那里网红楼。我和那些邻居，大都是在 Ins 上互相点赞的交情。"

助理看着她："我第一次听你说这些，还觉得挺有意思的……我以前觉得，你就是莫名其妙红起来的。"

"怎么会没吃过苦呢。刚做这行的时候要找摄影师，可是伦敦这边找摄影师特别贵，一套照片两百英镑，我就只能每次出去吃饭的时候，问朋友能不能帮忙拍两张。拍成什么样都不能挑三拣四，其实也挺尴尬的。不过还好，跟别人吃过的苦比起来，我这个真的不算什么。"

叶蓁蓁自己都没发现她其实有个巨大的优点，就是遇苦不喊苦，只是所有人都觉得她也没什么好苦的，连她自己都信了，所以她也不把这当成什么优点。结婚后她也从来没有跟周密说过这些，周密有次跟人介绍她的职业，说她"在伦敦花钱花成网红"，她也就是笑。在他眼里她大约是活得很轻松的人，什么都不懂，什么都要仰赖他。有次他们俩去南锣鼓巷附近散步，在一个小胡同里，路过僧格林沁府，叶蓁蓁随口说："这是清朝末年很有名的一个蒙古王爷，原来他家在这呀。"

周密说："你认识？"

"嗯，一个蒙古王爷，晚清的重臣大部分都是汉人，左宗棠、曾国藩这些。僧格林沁呢，是最后一个蒙古重臣，最后去镇压农民起义军的时候死了，自那以后清朝就真的只能倚重汉臣了。"

"……你怎么这些都知道？"

"看书的时候就记住了。"她心里想：你忘了吗？我读书时候就历史经常拿满分，你们都搞不懂的五代十国，我能随手画出一张政权更迭地图来。

叶蓁蓁笑眯眯地跟助理说："我带你去喝个好东西。"

助理以为要带她喝下午茶，没想到叶蓁蓁直接拉着她钻进了一个小小的茶叶店，她说："就是这，这家店会一直供应免费的热巧克力，你就拿着纸杯接，可好喝了，你快尝。"

助理呆呆地跟着她，用一次性纸杯接了一点，然后露出信服的表情："是好喝。"

"是吧，"叶蓁蓁又带着她接了一杯，"我以前每次来摄政街，一定会来喝这个，有时候他们还没开门，或者喝完了要重新做，我就站在旁边等。"

她看到助理还是不可置信的样子，就得意地说："你回去以后可以讲，我老板带我在伦敦喝免费的热巧克力哈哈哈。"

"那你为什么要回国呀？"

"我妈催我回去啊。总不能一辈子在这没完没了读书吧。"叶蓁蓁轻轻巧巧打发了她，然后说："你自己去逛街吧，伦敦特别好逛，我去见一个老朋友。"

见的是她的室友,Echo。

在伦敦的第三年,叶蓁蓁已经付得起一个人住网红楼的租金了,但她怕一个人呆着,伦敦的冬天啰里啰唆总不过去,她需要找个室友陪着她。所以她找到了 Echo。

这是个香港姑娘,比她小两岁。本科是在洛杉矶读的,所以在穿衣风格上继承了洛杉矶风情,英国的夏天短暂,但她永远把大露背的裙子穿到所有人都哆哆嗦嗦换上羽绒服为止。Echo 学的是国际政治,却总是不去上课,每天都在家给她烧饭吃,一开始 Echo 只做粤菜,到叶蓁蓁要回国的时候,她已经连红烧肉都会烧了。

Echo 在 Ins 上看到叶蓁蓁定位在伦敦,立刻在评论里跟她说,"宝贝我们一定要见面啊!!!"。

她们约在 SOHO 中国城附近的一家越南河粉店里。这是她们当年当食堂吃的地方,便宜、好吃、热气腾腾,给过她们很多很多的安慰。叶蓁蓁先到,店里坐满了人,没有地方给她放包,叶蓁蓁想了想,把包扔在了地上。

Echo 看到她,夸张地抱着她亲了又亲,她说:"Cathy,你瘦了。"

然后又补充:"你变得更白了。"

叶蓁蓁狂笑,她当年在伦敦的防晒方式很夸张,伦敦地处高纬度,夏天紫外线特别强,这里又没人打伞,所以她在家涂防晒不够,出门还要带。她们俩一起出门,Echo 就看着她一路走一路喷。

Echo 晒得更黑,大冬天的,她里面穿一件低胸的吊带裙,外面罩着羽绒服,头发胡乱盘成一团,像个吉卜赛女郎。

"你还没回香港?你现在在做什么?你还没毕业吗?"

"我早退学了,不是你夸我做菜有天分嘛。我后来就去蓝带学法餐了。现在在实习。"

叶蓁蓁目瞪口呆。

"拜托，小姐，你也是见过世面的人，不要那么大惊小怪。"

"没没……你爸妈知道吗？"

"知道啊，做料理又不是什么丢人的事，有什么好隐瞒。你不要用误入歧途的眼神看我啦，我们的大厨赚超多的，我做自己擅长又能赚钱的事，有什么不好的。"

"那是。"叶蓁蓁点头，她在伦敦那几年，在米其林花的钱确实相当可观。而且有的厨师还很傲娇，看食客不顺眼就说人满了不让进去。

"你呢？你当时尚博主开心吗？我看你结婚了。"

叶蓁蓁点头。她还在 Ins 上晒过钻戒，其实是为了让"那个人"看到，她想让他看到，离了他，她过得好到不能再好。

他们在一起的那阵子，路过 Tiffany（蒂芙尼）的圣诞橱窗，温馨得不得了，叶蓁蓁想买个戒指，就是素戒，很便宜，她就是想要一点物证，但他无论如何不肯进店。所以她跟周密结婚的时候，钻戒硬是要买 Harry Winston（海瑞·温斯顿）的，就为了能一雪当年的 Tiffany 之耻。周密倒是没有多想，他觉得女人嘛，平日都怕撞衫，结婚当然更怕撞戒指，大家克拉数都差不多，她想买个更好的牌子去压一压小姐妹，也不是什么事。

"你这次在伦敦待多久？你要没事的话，我喊他们出来玩，大家都想你——男生们尤其挂念你。"

"算了吧，我后天就走。品牌方给订的机票。"

"这么快呀。"

"嗯。"叶蓁蓁用勺子舀了口汤，"我可能会见一下 Leon。"

"Leon？哪个 Leon？"

叶蓁蓁很赧然地朝她笑，像是为自己的耿耿于怀感到不好意思，这笑容让 Echo 想起来了:"哦,那个男的呀——"

Echo 是唯一一个知道他们俩交往过的人,虽然她都没见过他。

是叶蓁蓁憋不住自己说的。

有次他们俩坐在他的公寓喝酒,她头发上沾了啤酒泡沫,他俯身过来帮她擦掉,她突然闻到 Leon 身上很好闻的味道,于是开口问:"你用什么香水啊?"

Leon 说:"我不用香水。"

她回到自己的公寓,Echo 一只脚跷在茶几上,正在小心翼翼地涂红色亮甲油,她问 Echo:"男生的沐浴露也会带香味吗?"

Echo 一听这话就觉得有八卦可循,逼问她晚上做什么去了。叶蓁蓁说完,Echo 很同情地说:"沐浴露就算有香味……也很淡,但你要是觉得一个人身上味道很好闻,那你就是喜欢上他了。"

叶蓁蓁还要辩解,Echo 涂完甲油,卷起一本杂志给脚扇风,然后招呼叶蓁蓁坐到她身边。她怜爱地摸着她的头,说:"你要是不信,可以哪天去超市挨个闻一下男士沐浴露,看哪一款是你闻到的恋爱的气息。"

Echo 不是个喜欢追根问底的人,她把自己当叶蓁蓁的室友,而不是小姐妹。是叶蓁蓁自己憋不住了,这段感情里她的困惑太多,她需要倒一点出来才能呼吸。

她跟 Echo 说他们是怎么认识的——

"我有次买了杯咖啡,然后边走边喝,咖啡溅到我手臂和披肩上了,可是我手边没有纸,我就随便走进了一家店,问能不能给我餐巾纸。然后……就看到了他。我本来想把咖啡放在桌子上自己擦的,结果他让我把手抬起来,帮我把咖啡渍擦掉了。"

当时他很规矩地用纸巾替她擦小臂、手指,甚至都没有碰到她的皮肤,可是叶蓁蓁的脸腾地一下红了。

当时以为就只是萍水相逢,她连他店里什么样都没看清。但过了一个礼拜,叶蓁蓁看到一个橱窗里摆着一对陶瓷小人,她走进店里,发现这是个画廊,她刚想找店主在哪,就看到他站在了面前。

"是不是很巧?!"叶蓁蓁摇晃着 Echo 的手臂说。

Echo 说"也还行吧,你不就逛那么几条街嘛"。

他告诉她这家店是他父亲传给他的,画廊的最里头挂着他爷爷的画。他爷爷那一代就来到伦敦,但一生没有画出任何名气,他父亲是个牙医,一心希望儿子能往英国主流社会靠拢。然而他没有读书的天分,高中毕业后索性全职经营这家店,没有客人的时候,他就自己画东西。

叶蓁蓁跟人聊了老半天,觉得不花钱不好意思了,所以随便选了幅画买走。他问她要电话、姓名和地址,说:"你手上拎着不方便,我明天给你送到府上。"

叶蓁蓁当时做时尚博主做得有些起色了,很嘚瑟地给自己印了名片。她把名片掏出来给他,听到他用中文念:"叶——蓁——蓁,这个字念'zhen'对吗?第一声?"

叶蓁蓁在国外待久了,看到亚洲面孔也都是说英文,这一下她很惊喜,她说:"你是中国人呀。"

"是呀。"

"那你中文真好。很少有人念得对这个字。你叫什么?"

他拿过一张报纸,在空白处给她写,她的目光也紧紧盯着他的手——Leon。

她想要他的联系方式,但又不好意思,转头想他明天肯定要联系她的,才放下心来。结账的时候,她是老老实实按照标价付钱的,叶蓁蓁有点小失落,倒不是抠门,而是觉得,原来她不是特别的客人呀。可是第二天,他上门送画的时候,还带来了一个小盒子,她在他微笑示意的目光下拆开,是那对她一眼相中,最后却被他迷得都忘了买的瓷器小人。他说:"这个送你。"

Echo 打断她:"所以他来过家里?"

"就来过一次啦,你不在。"

"……那个画呢?哪一幅?"

"我放我卧室了。怕你不喜欢,没摆客厅。"

"画得好吗?"

"不知道。我也不太懂这种。"

"所以你买人家的画,就为了跟人家留个联系方式?"

"……"

Echo 一针见血地指出,那他这就是变相卖身:"我跟你说哦,文艺青年,你玩一下就好了,跟他耗,是耗不出什么结果来的。而且就算有结果也没什么意思,性价比太低了,你付出的精力时间成本,跟你能在他身上获得的收益不成正比。"

"我知道我知道。"叶蓁蓁胡乱点头:"没事啦,反正我肯定要回国的,我爸妈又不像你爸妈那么放养你,我无论如何明年也要走了吧。所以他有没有钱,有没有前途……对我来说都无所谓。"

"你不要嘴上拎得很清,行动上又犯糊涂。我们这个楼里,大约有一百个姑娘跟你一样,出身不错,长得不错,也有点小情小调,一百个人想嫁的对象也都差不多。你们都喜欢那种家庭、学校、将来职业都挺体面的男孩子,最好对方还能懂你们的小情小调。你们觉得这不算势利,因为你拿同等条件去要求对方嘛。但是最后能嫁成的人很少,你知道为什么吗?"

这是第一次有人这样子跟叶蓁蓁说话,她完全被震住了,傻乎乎摇头。

"因为你们立场不坚定。你们嘴上说我要那个,我想过体面舒适的正常的生活,但是呢,一旦有个很好看的男人出现,你们又心痒痒了,一旦有个神叨叨的文艺青年戳中了你不知道哪一个心理 G 点,你又把你的择偶原则都放弃了。因为你们没有吃过真正的苦，所以你们不够慕强，也没有真正的决心。你们忍不住在一些好看好玩但是没用的东西上花时间，最终浪费的是你们自己。"

Echo 一语成谶。

他们俩打过无数暧昧的擦边球。他给她发消息，他说在餐馆发现邻桌的客人吃虾跟她一样，不剥壳，直接扔到嘴里，过一会儿吐出虾壳来。他顿时想起了她。

他说："我老记得你走进我店里时的样子，明明拿着咖啡拎着包，像个 Lady（女士），但又跟孩子一样问我借餐巾纸。你让我不知道应该像对待女人还是对待孩子一样对你。"

他的一个朋友带他们俩一起去伦敦东边吃烧烤。路很远，朋友一直在放粤语老歌，那种浓郁的宝丽金风格的老歌，哪怕唱的是失恋仍然曲风铿锵有力。经过一个漫长的隧道的时候，车里放的是一首快歌，女歌手的声音很有弹性，每个吐字都是砸到地上还能蹦起来的那种。叶蓁蓁粤语讲得不好，却听懂了副歌部分："在午夜在雨夜痴心更虚空，却知道我跟你，绝对绝对绝对绝对绝对是个梦。"她忍不住随着旋律扭动身子，这时她抬头看他，发现他也扬起了手在轻轻摇晃。她说"这首歌真好听"，他说"是啊"，她说"我搜下这首歌叫什么"，他说"等等再搜"，然后他们在晦暗的隧道里接吻。那一刻叶蓁蓁觉得她不是在伦敦，而是在更潮湿腥气的香港，在一部香港电影里，她的头抵着他的额头，耳畔是黄金时代粤语歌的伴奏。

Echo 跟她说："你不能跟他这么拖下去，你俩这么约会什么时候是个头，你要的是确定关系！确定关系！！！"

Echo 让她问他，"所以你是单身是吧"。

那边答复一个"是"。

137

"你就问他，我觉得你很好呀，为什么还单身呢？"

叶蓁蓁照做了。

等待答案的那几分钟，她整个人坐立不安，像是在被蚂蚁噬咬，她死死地攥着 Echo 的手。Echo 安慰她说："他肯定会说，之前没有碰到特别喜欢的。你就卖萌，反问说，咦，不是有我出现了吗？"

"这不就水到渠成了吗？"Echo 拍拍她的肩膀。

可是叶蓁蓁还是浑身冰凉。不知道为什么她有种不太好的预感，她觉得答案不会是这个。

过了足足十分钟，手机才再次振动，叶蓁蓁说她不敢看，推给 Echo 让她看，Echo 就分出一只手打开对话框，然后她沉默了。

叶蓁蓁不敢拿过手机，只是凑到 Echo 身边一起看，那边回复的是："可能是我不太擅长恋爱，我没办法从亲密关系里获得特别大的满足感，也就不想耽误别人。尤其是你那么好的人。"

Echo 揉揉叶蓁蓁的头发，说"算了"。

叶蓁蓁安静了很久很久，然后抬起头看向 Echo，她说："但他也没说不喜欢我，我有机会对吧。"

他带给她的失望远不止这些。他放她鸽子，他在她问"我们现在是在什么位置"的时候不说话，他看到她脖子上戴了新的项链，问她"新买的吗"，叶蓁蓁故意跟他说"别人送的"，他说"真好看啊"。

到后来她就不怎么跟 Echo 说他们的事了。她也有自尊心，她的自尊心仅容许她一次次对他妥协，不允许别人知道。

她自我辩解说，她这么纵容他装傻，是因为她总要回去的。现在等于站着做做梦，所以对梦里的一切细节都不较真。Echo 有时问起："你们还有联系吗？"她点头，然后赶在 Echo 发飙之前说："没事，我也没打算跟他怎么着。"

可是有些事情还是没法不较真的，比如生日。

她跟他说过好多次，她生日是十一月七号，还是怕他忘记，每次聊天都会跟他提一次，她说那天我要开大趴，你有空来玩啊——她怕他觉得两个人一起过太尴尬，她就体贴地想："那我把你划入朋友的阵营，你就没那么大压力吧。"

十一月五日，他跟她说："我陪你过生日吧。"但他没说什么时候来——于是叶蓁蓁六号就跟朋友聚餐，把他们早早打发了，七号一大早梳洗完毕等他电话。等到晚上八点还是没有人影，叶蓁蓁给他发了消息，他迟迟不回，等消息的时候她还在幻想，他是不是故意不说话，为了十二点的时候破门而入，给她一个惊喜。

她就这么带着妆睡着了，第二天醒来，看到他凌晨发来的消息，他说："对不起啊Cathy，我昨天坐火车去利物浦了，走得匆忙，忘了跟你说。不过我看到你Ins上的照片了，你们玩得好吗？"

叶蓁蓁那时奉行输人不输阵的原则，她咬牙切齿地发过去微笑表情，说"特、别、好"。

在那之后叶蓁蓁就不过生日了。周密问过一次，叶蓁蓁解释说不想被提醒又老了一岁。周密觉得这理由很叶蓁蓁，也就这么算了。

他们最后一次见面，是伦敦的夏天。

叶蓁蓁穿着一条非常BlingBling的短裙，米白色的裙子上面缀满了小小的圆圆的金色亮片，活像《了不起的盖茨比》里的Daisy。Leon还是老样子，穿着T恤和牛仔裤。幸好他们是吃火锅，没什么着装要求。

她毕业了，她爸妈在催她回国，所以她要找他见面聊聊。

Leon看着她坐下，她当然知道别人在看她，却满不在乎地把头发扎起，招呼服务员过来点餐，她迅速勾选好自己要吃的菜，他拿过菜单来看，看到她选了脑花，忍不住笑了笑。

他倒是也没有不喜欢她。叶蓁蓁是矛盾体的集合，就像此刻，她穿着一条一看就很贵的跟火锅店格格不入的裙子，嚷着饿死了，让服务员快点上锅。他夸裙子好看，她说："嗯，这上面的小亮片感觉就是义乌小商品市场批发过来的，五块钱一袋的那种，串起来以后就要卖我一千多英镑。哦，可惜你不知道义乌。"

他喜欢听她说一些小时候的事。有次他们俩走在路上，满地都是落叶，鞋子踩在上面沙沙作响，很好听，她突然跟他说，她小时候，也是踩在这样一条满是落叶的路上，没有月光，路灯也很暗，走着走着，她突然觉得鞋底的落叶特别厚，她就没有踩，而是轻轻地迈过去了，结果她回头看，发现那片"落叶"居然会动，凭借着昏暗的灯光，她认出来了，那是一只蹦走了的、癞、蛤、蟆。

她刻意压低声音想要吓他，最后却是自己被吓着了，尖叫起来。

他抱着尖叫的她，觉得这女孩憨态可掬到像一只浑身沾满蜜糖的熊。

她跟他说她在构思一本小说，写一个来自亚马孙河、没有受过任何教育的女人，被一个白人男性看中，带到伦敦的故事，他听着听着说："等等，这剧情我好像在哪听过，是不是就是'帕丁顿熊'里的故事？只不过熊换成了女人？"

她大笑，然后跟他说："Leon，我觉得我写东西其实很有灵气的，现在每天只教大家穿衣服真是可惜了。"

他喜欢她那些适度的戏剧化，像个小孩，想一出是一出，但她并不是永远都像个孩子，她有另外的一面。

她告诉他，伦敦冬天的夜晚，她觉得自己跟死亡挨得很近，她只要一看到天色暗下来就会怕，因为没有人跟她分担接下来的夜晚。他被这小女孩一样的口气打动，跟她说"不怕"。

可是从她的 Ins 看，她有很多个夜晚，是跟她的留学生同学们一起厮混的。她跟他们在一起，喝酒、摇骰子、吸笑气。她说要花钱续命，所以买一条两万多的毯子，他问她："这条毯子有什么特别的吗？"叶蓁蓁指了指毯子上的字母 H 说："这就是特别的地方。"Leon 说："我花这个价格的零头就可以买一条质地更好的毯子，我还可以定制，在上面写我的名字，写四个字母哦，L-E-O-N。"

他们都笑了，可他们也都知道，这个分歧并不是那么容易抹平的。

所以在火锅店里，她破釜沉舟地问他"你希望我留下来吗，或者你愿意跟我回国吗"的时候，他想了想，回答她："你记得有次问我，为什么单身吗？我跟一个女人同居了整整两年，然后分手了。原因是我发现我没办法像别人一样享受这种稳定的亲密关系。我很努力地去扮演一个务实、可靠的男友，但我失败了。我不是那样的人。Cathy，如果你留下来，你希望我许诺给你什么呢？结婚？生个孩子？把我们的孩子培养成一个跟你一样骄纵又善良的小姑娘吗？我的意思是——你觉得两个人的关系，到底终点是什么呢？ Cathy，我不信任婚姻。我不相信人跟人之间的关系真的能像一辆车行驶在一条笔直的马路上那样。"

他不知道，那番对话以后，她像个侦探一样找出了那个跟他在一起两年的女人的一切社交账号，逐条查看。她嫉妒她。凭什么她可以跟他试试，而她不能。

那家火锅店离她们现在坐着的这家越南河粉餐厅并不远，叶蓁蓁收回思绪，听面前的 Echo 说："他啊，我以为你早忘了这事了。这都多少年前的事了啊。"

"这不是故地重游，突然想起来了吗？"叶蓁蓁四两拨千斤。

怎么会忘记呢？她没有一天忘掉过，以至于当她跟周密结婚前夕，知道他本来有个要谈婚论嫁的女朋友方颀珊的时候，她没有一丁点的醋意，只有一种近乎变态的报复欲望——嘿，我也是别人阴魂不散的前女友。

Chapter 9

你图我什么

叶蓁蓁最终也没在伦敦见到 Leon。

叶蓁蓁每天检查他有没有登陆 Ins，事实证明他每天都会刷起码三到四次，但他就是没有约她见面。她也可以贸贸然去找他，但叶蓁蓁不愿意，她想营造的是"我过得很好，并没有怎么把你放在心上，只不过是来了伦敦顺便想起见你一面"的形象，闯到人家店里或者公寓里去，都会显得很蠢。

倒是周密，在叶蓁蓁不在的这阵子，频繁地见到旧人。

父亲从前的老领导给他牵线，认识了文化部的许冠臣先生，老领导勉励他说："快三十了，也该出来单干了，你既然做游戏，认识一些相关部门的人没有坏处。"老领导说，许冠臣本来是喊他去吃饭的，周密替他去吧，他打过招呼，也跟许冠臣说过周密父亲是谁——"老许二〇〇一到二〇〇三年的时候在浙江待过，还是讲人情的。"

这种饭局的座次安排当然都很有讲究。

许先生当然是坐最上方的，剩下的人站着笑劝对方入席，嘴上说着"坐哪都无所谓，不要搞封建社会那套"，但都不肯轻易入座。等到服务员都开始上冷盘了，唐秘书眼尖，直接坐到了上菜的位置，说："我在这为同志们服务，菜都上了，各位就入座吧。"

周密其实很早就认识这个唐秘书，他当年是他父亲一个同僚的秘书，来他家取过几次文件。当时周密还在上初中，暑假一个人被锁在家里，对着墙壁打乒乓球。唐秘书来拿东西，看到只有他一个小孩在，就站定看他打了一会儿。周密抱怨爸妈不让他出门，只能对着墙打，唐秘书答得很巧妙，他说："对着墙打更能提升手感细腻度，你可以走近走远换着练，也会越来越有感觉的。"

这话说得很妙，既避开了周密的抱怨，又不把他当小孩，即便周密才上初中，也觉得这人说话很顺耳。

还有一次是在他父亲的车上。唐秘书要陪他父亲去开会，顺路先来学校接周密，周密喊饿，他父亲就让司机停车去买了三袋生煎包，每袋两个。唐秘书吃得很快，周密却吃吃停停，眼看到家还没吃完，他父亲不满地说："刚才喊饿，现在又吃得那么慢，你看人家吃得多干净。"

周密正想反驳，就看到坐在副驾驶上的唐秘书回头，笑得脸上褶子也像生煎包一样皱在一起，他说："吃东西慢的人有福气。"

周密看着唐秘书，料想他早已经认不出自己了。他跟对了人，父亲的同事后来升迁，也带着他调离了省里，再后来，那个同事离休前，把他举荐给了他的上级，也就是主位的许先生。

而他也不再是连吃东西慢都有人为他辩解的少年，他跟其余的人一起，踌躇着该坐哪一个位置。

终于所有人都坐下了，政府的人坐上边，生意人坐下边，唯独许先生身边空了个位置。周密正疑惑着是哪位二把手要来，就看到服务员再一次拉开了门，进来的人是苏青青。

在这个场合看到她，周密觉得既惊讶又在情理之中，坊间是有传闻说苏青青最近跟某官员走得很近，只是没想到是许先生。

这个饭局不需要周密说话，他只用听和笑就行，尤其是许先生一边打官腔，一边乱用"风口""社群""区块链"这些互联网名词的时候，他要笑得尤其诚恳，还要站起来敬一杯，说"您的理解就是比我们到位"。周密喝酒的时候想，难怪他父亲当年那么想往上走，权力真是好东西，无论说多蠢的话，在座的都是一副"受教了"的表情。

苏青青也在笑。她其实今天忙得只吃了两块苏打饼干，但许先生喊她来饭局，她不能不来。桌上只上了凉菜，她趁他们说话的时候一个劲吃糖藕垫肚子。

她旁边四十多岁的副厅级，被恭维了两句"好模样"之后，端着一小盏白酒，站定，挥舞着手讲当年盛况："不是我自夸——鄙人读书的时候，班花就是我同桌，人家都说她好看，鄙人倒是觉得一般，还总欺负她。结果诸位猜怎么着，有天啊，这班花的小姐妹跑来跟我说，'你知道有多少人喜欢她吗？你可别身在福中不知福'。"

众人哄笑，然后纷纷起身，说着"您这模样，别说当年，现在也轻松拿下校花啊"，然后一个个走过去敬酒。周密也是其中一个，他把酒杯不断下移，力求姿态谦卑，心里想的却是，人真是缺什么就贪什么，长得磕碜，少年时期没有得到过注意的人，得势后原来最爱听这个。

当然想这些也怪酸的，他少年时代是真得意，现在还不是敬酒敬到手臂酸。

许先生不知道哪来的灵光一现，指着周密说："我看这帮人里，还是小周长得最端正。"

大家瞥了一眼周密，然后转向许先生，连声说："哎呀那是，许先生审美眼光那是一流的。"然而他们虽然只想拍许先生的马屁，却不得不跟周密聊几句，有人问周密："你们做这个手机游戏，有没有这个，青少年的防沉迷系统啊？你们还是要对小朋友们负责的啊。少年强则国强。"

周密说"是是是"。然后起身，说："我敬各位前辈一杯，我以前做游戏，想的都是一些'术'上的东西，想着怎么增加日活量，这一顿饭吃完，就对这个'道'有了解了。做这个行业，更要有所为有所不为。这也是我跟各位兄长交流下来最大的体会。"

周密此刻庆幸他小时候跟父亲耳濡目染了解这一套话术，讲这些手到擒来，过嘴不过脑。

反倒是苏青青鼻子一酸。她受不了周密说这种话。她丝毫不觉得周密说这些贬损了他在她心里的形象，不，她只恨饭桌上的这些人，恨他们不成全周密的清高。

幸好话题又岔了开去，他们说起最近首都机场延误频繁，许先生咳了一声，开口说："中国人还是素质低，一旦延误，就聚集到柜台闹事骂脏话，外国人都不抗议的，就蜷着睡觉。"

苏青青接话说："他们骂什么呢？"

许先生摆摆手，皱眉说他们骂的可超乎你的想象。然后凑近了，声音不高不低，看起来像是跟苏青青说话，却让全桌人都听清了内容："你轻声跟我说一句，你能想象的最脏的脏话？"

整一桌都安静了。苏青青抬头看向周密，他在埋头看手机。

苏青青觉得四肢百骸都有点麻木了，她定定看了周密一会儿，但周密如此专注地看着手机，仿佛里头有几百亿的大生意。苏青青知道自己沉默太久了，已经不妥，她笑起来，四两拨千斤地，贴着许先生的耳朵说："你有病啊。"

许先生大笑,其他人没有听见内容,却也跟着笑,周密也笑,把手机搁下,跟旁边人碰了一杯。

一群人拥上去朝苏青青敬酒,她一连喝了几盏白酒,用纸巾擦擦手,说:"我去上个洗手间。"洗手间很大,镜子上还安了灯,灯光劈头盖脸照下来,显得人气色很不好。苏青青趴近镜子看,看到了自己不笑的时候也牢牢地粘在了脸上的法令纹。她索性靠在洗手台上,给医美中心的前台发语音:"亲爱的,我周末过来做个超声刀,具体时间我现在不能确认,但你先帮我排着呗。"

走出卫生间的时候,苏青青拿纸巾蘸水抹了把脸,脸上湿漉漉的,一出门就看到有个男人靠在墙上,他问她:"你还好吗?"

她认出这是饭局里的一个人。但她来得晚了,也没记住他姓甚名谁,料想不是什么厉害角色,长得又年轻,于是她也靠着墙反问:"你是谁的人啊?"

"我叫吴歌川。"男人把纸巾递给她,"你擦把脸吧,一会儿别再喝多了。"

席散后许先生当然没有让苏青青上他的车。苏青青跟所有人一起,目送许先生的车离开,然后她叫了代驾。

等车的时候,好几个人过来交换名片,苏青青望了周密一眼,他躲得远远的,在打电话。

她绕过去,碰了碰他的肩膀,他没料到她会在众人面前跟他说话,一副惊诧的表情,她只能随口问:"我看叶蓁蓁去英国啦?"

"嗯,"周密答得简洁,"刚落地,本来想去接她的。"

"她还要求每次落地你都得去接机啊?"

周密一副无可奈何的表情:"叶蓁蓁有多变态你也不是不知道。她有要求不跟你当面提,就发微博,说每次飞机落地看到别人都有人接,她没有，她就觉得特别丢脸，只能灰溜溜弓着背走路。你还不能说她，她那帮粉丝也都是矫情的小姑娘，只会火上浇油说'是啊爱一个人怎么舍得让她一个人在机场打车'。所以我本来想今天去接她的，让她以后别在微博上当怨妇了。"

苏青青笑得发苦："她也就是不上班，我们出差哪有人接，有时候去三四线城市，黑灯瞎火的，没有滴滴，就打黑车。"

周密打了个哈欠："算了。有时候也是觉得，自己辛苦过，就不想别人再那么辛苦了。"

苏青青无话可说。他的"别人"里，不包括她。

这些年关于她的传闻，她自己也听说过不少。她一个女孩子，没背景没资源的，赤手空拳走到今天的位置，旁人对她的揣测自然少不了——有些她认，有些她不认但也无法解释。故事总是最离奇的那个版本流传最广。她知道好多人都拿她当戏看，没有人会得罪她——因为大家都知道跟她有瓜葛的那些男人既然有家室不能给她名分，那么出于补偿也愿意大把大把给她好处；可是所有人又都暗暗盼望她的陨落，他们乐见她在争夺男人或权力的战斗中落败，然后被磨平心气，无可奈何地过那种她二十来岁时瞧不上的人生。

她不知道周密有没有信那些。当年他父亲出事入狱后，周密躲在家里不出门，是苏青青央求小区保安给她按电梯，一遍遍拍门说"周密你别一个人闷着"。他不肯见她，她就把外卖放在门口，给他发短信说"我走了，你记得吃饭"。

后来周密折腾创业，当时苏青青也还是无名小卒一个，她求过那时的男友朱先生，说"你帮帮他"。她那阵子跟谁吃饭聊天，最后都会把话题拐到周密身上，她说"我有个高中同学现在在做手游，你看有没有可以合作的点"。

朱先生把她种种简直有失分寸的行为都尽收眼底，他倒没有吃醋，只是说:"你这么帮他,将来要后悔的。"

苏青青跟着代驾一起坐进车里的时候,脑中闪过这句话。

但她还来不及细想自己到底有没有后悔,车里又钻进来一个人,是吴歌川,他苦着脸说:"打不到车,你带我一程吧。"

苏青青不好拒绝。

但其实真在车上两个人又没什么好说的,她头抵着车窗休息,吴歌川又不是什么重要人物,她不觉得自己有热络的义务。她也不想他开口,左不过是问:"你跟许先生很熟吗?"这些攀交情的人她见得多了,每一个都觉得能通过她捡到大人物的边角料。其实没用,她自己都是虎口分食,每一点好处,都拿得战战兢兢。

没想到吴歌川问的是:"你认识周密?"

苏青青潦草地点了点头,她说:"这是我高中同学。"

"哦哦,我跟他喝过两次酒,我认识他太太。"

苏青青把头从玻璃上移开,第一次直视他,她之前连他长相都懒得记:"你见过叶蓁蓁?"

"嗯。"吴歌川大概也没想到她会对这个人物感兴趣,"没什么印象,不太说话。可能是对我们的话题不感兴趣,一直在玩手机。"

苏青青挑了挑眉毛,看向他:"那你们男的不应该觉得很好吗?又漂亮又蠢,最适合结婚。"

"没意思。我觉得人还是要聊得来。我喜欢聪明人,针锋相对的那种。"

苏青青想诱导他再多说点叶蓁蓁的坏话。她明明可以很看不上叶蓁蓁,可因为周密的偏心太过一目了然,这些年她的自信心都被摧毁得差不多了,逼得她都想发个公共问卷,调查下她跟叶蓁蓁,到底谁更好一点。

所以此刻她充满暗示地问吴歌川:"叶蓁蓁不聪明吗?"

吴歌川显然没有背后说女人坏话的经验，他斟酌着说："看不出来……但怎么都不算让人印象深刻。"实在是无话可说，他只能反问："你为什么会对叶蓁蓁感兴趣啊？她……各方面都不及你啊。"

老实人说别人坏话的样子是很有趣的，苏青青忍不住笑了，这笑声替他解了围。她借由前面车灯看出他涨红了脸，她看着他窘迫的神情，觉得够了，有人觉得她赢叶蓁蓁很多，这就够了。

苏青青施施然回答他的疑问："我们仨都是高中同班同学。叶蓁蓁那时候很出风头，我老想跟她争，这么多年过去了，还是习惯性地比一比。"

送完吴歌川以后她回家。她妈这阵子要来北京治腰椎，所以住在她家。苏青青其实不怎么喜欢跟别人一起住，但她觉得如果她给妈妈另外租一个房子，她妈一定会觉得浪费钱，会不安，还会觉得苏青青翅膀硬了嫌弃她。所以苏青青咬咬牙跟她同住了。她妈这个点应该在家，但窗口还是一团漆黑。苏青青开了门，发现妈妈坐在黑暗里看电视剧，她"啪"地打开客厅里的灯，问："你怎么不开灯啊？"

她妈妈笑得有点局促："我这不没事嘛，看电视开什么灯啊。"

"一天到晚省这么点电费，将来眼睛坏掉治起来你才心疼呢。"

"电视有光。怎么会眼睛坏掉呢？"

苏青青拐进卫生间准备卸妆，她妈跟到了卫生间门口，她硬生生停住了关门的手，不理她，只管自己倒卸妆水。

"我是觉得你也不容易，虽说赚得多，但开销也大。你这个房子每个月的房贷就是好几万，你还有油钱、水电费要付。我们帮是帮不了你，但我们自己的退休工资也够我们俩吃饭的，你放心，你给我们的钱，我们都给你存着的。"

苏青青一听这话更来气："谁要你们存啦？你放在银行里每天都是

在贬值的,我要做投资的钱我自己另外有数,给你们的钱就是让你们花的。你不要自以为很懂事。"

"那你不还得结婚吗?我们也想给你存点嫁妆。"

"我能不能结婚还不知道呢。你们想得倒是很远。"

"你一个女孩子怎么能不结婚啦?你不要觉得现在每天上班,结不结婚没什么,等过几年,你三十多,那人家都聊孩子的时候你聊什么?你生病了谁照顾你?"

"我的事不要你管。"

"我其实也在帮你留心。"

苏青青一惊,看向她:"你帮我留心什么?"

"你不要看不上我们的圈子。也有那种大老板的小孩过来打听你的,人家其实对你赚多少不感兴趣,人家每天一睁开眼睛,就哗啦啦几百万的利润。我是不敢答应,我说我做不了你的主,但你仔细想想,这种人家嫁进去哪里不好啦?比你一个人在北京强多了。"

苏青青暴怒,直接把她妈推到门外:"我要洗澡了。你自己看电视去,你不要管我的事情。"

门已经关了,苏青青故意把花洒开到最大,但还是能听到她妈在门口嚷嚷:"你年纪一点点大起来,你要自己心里有数的哦。再好看,你好看得过二十岁的大姑娘啊?……"

苏青青其实没急着洗澡,她坐在马桶上,只觉得五脏六腑难受成一团。

她看到手机屏幕上有消息弹出,是吴歌川,他问她,明天有没有空吃个饭,他可以去她公司楼下接她。

苏青青只觉得这人真的有点毛病,一个在饭局上坐那么远的人,真以为能追到她?她又联想到她妈的话,想自己是不是真的老了,让别人都觉得跃跃欲试很有机会?她更气了,直截了当地回复:"你要不要先去打听下我的八卦,再来约我。"

她以为他会就此消停的,没想到过一会儿,又一条消息弹了出来:"我对八卦不感兴趣,我想认识你,但没想通过别的方式。"

周密没有去接叶蓁蓁。他回家的时候叶蓁蓁已经在家了。他晚上吃了辣的,闹肚子,一进家门就往厕所跑,过了半个小时,叶蓁蓁去敲门问他没事吧,周密说:"你要不帮我重新拿一卷手纸进来?"

"……行。"

叶蓁蓁捏着鼻子把手纸给他送进去,周密的态度相当坦然,全程只有她一个人心情复杂。

他们刚结婚的时候,有天叶蓁蓁靠在周密身上看书,顺手摸到了他肚子上的赘肉,周密报复性地捏她的肚子,却什么都没捏到,他拍拍她的肚子,说:"你不要吸气好吧。"

还有一次,他们俩一起吃火锅,然后两个人轮流拉肚子,叶蓁蓁不想被周密闻到厕所里的味道,就要求他用卧室外面的主厕,周密觉得好麻烦,不想跑来跑去,叶蓁蓁哀求他说:"就让我们保留各自最后的尊严吧。"

叶蓁蓁忍不住想,如果她跟Leon结婚了,他们的生活也是这样子吗?一个人爱另一个人,爱到胜利的标志,就是在他拉肚子的时候给他送手纸进去吗?苏青青做这些事情会比她更开心吗?还是说,假如让苏青青跟周密试住一个月,一个月后,也许苏青青就不会再对周密耿耿于怀了?打消一个人执念的最好办法,是送他一套试用装吗?

她站在卫生间外跟周密聊天:"喂,你有没有想过,如果我们俩后来再也没有见过面,你会跟谁结婚啊?"

"方颀珊吧。"

"……"叶蓁蓁没想到能得到那么干脆的答案,顿时语塞。

有声音从卫生间里传来:"哦,我前两天刚碰到方顾珊。"

"……"叶蓁蓁只能扯着嗓子质问他:"你见她干吗?"

"不是存心见的。你也知道我们俩公司就隔五百米,中午大家吃饭就那么几个选择,一不小心就遇上了呗。她主动过来拼桌了,我总不能躲。"

"……那你们聊什么啊?"

"没聊什么,"卫生间里冲水声响起,周密走了出来,"我同事在呢,我们能聊什么。当然,走之前她肯定要讽刺一下我点的菜难吃,眼光有问题什么的,那说就说呗,还能怎么样。"

叶蓁蓁一只手捂着鼻子,另一只手驱散臭味:"那你就任由她这么说我……啊不,说你啊?"

周密故意摊开手,做出一副为难的神情:"那人家说的也是实话嘛。"

叶蓁蓁踹了他一脚。

周密走到沙发上坐下,跟她商量:"今天别人给我介绍了个部里的人。说下周要请我去他家吃饭,你一起去吧,然后你想想看送点什么。你觉得送画怎么样?但那种印象派抽象派的又怕他欣赏不来,我觉得他可能就只能看懂万马奔腾图……这事你想想。"

"送大卫·霍克尼的画册吧,这两年很红。那个画册超大,两万多,摆在家里特别有面子,摸那个画册还需要戴手套的,特别有腔调。新光天地就有卖的。"叶蓁蓁一边说一边把画册图片找给周密看。

周密也觉得不错。阳春白雪,又明码标价,许先生随便一搜就能知道画册的价格。正好。

他表扬叶蓁蓁说:"不错啊,三百六十行,行行出状元,花钱也能花出用场。"

——叶蓁蓁在许先生家宴上的表现也比周密想象得更好。

周密之前就觉得,叶蓁蓁其实很适合混社交圈——她能拿捏好天真和世故的平衡,同样是奉承话,她能用那种小女孩的、弱弱的、似乎也不知道自己这么说对不对的口气说出来,听得人心软。他甚至觉得叶蓁蓁会比苏青青更混得开,打个不恰当的比方,鹦鹉学舌,你不会太惊喜,但黄鹂鸟突然说出了你的口头禅,你是不是会高兴百倍?

再说,他想重返这个名利圈,就得显出过得很好的样子,他需要身边有叶蓁蓁这样保养得宜,天真里带着三分不伤人的矫饰的太太为自己做背书。

叶蓁蓁很配合。甚至不仅是配合了。当天许先生家的阿姨端上来一条鲈鱼,叶蓁蓁尝了一口,然后赞叹说:"这个做法跟外面不一样。"许夫人很惊喜有人慧眼识珠,她连忙解释说,这是他们家阿姨的独门手艺,就是凭借这条鲈鱼,阿姨在她家一待就是十六年。她说:"小叶啊,我给你讲这个做法。"叶蓁蓁频频点头听着,然后打断她说:"您等下,我记到手机上,周密最爱吃鱼了,我回去就按照您的法子烧。"许夫人喜得不断摩挲着她的手,说:"哎呀真是好孩子。"

将要散的时候,叶蓁蓁又做了一个惊人之举,她摇着许夫人的手臂,说:"我什么时候才能再来蹭饭呀。"

周密在旁边暗暗叹服,她真是有本事,把一句攀交情的话说得像小女儿撒娇,老太太明显吃这一套,捏了把她的脸,说:"你有空就来,这次人太多了,下一回,我亲自烧给你吃。"

周密本以为到此为止了,没想到叶蓁蓁紧跟了句:"那我来给您打下手。小时候我妈做饭,我都是去厨房添乱的。哦对啦,我最近买到了一箱特好吃的醋,用来蘸饺子都能多吃好几个。我下次就带来,咱们俩偷偷尝。"

这一句"咱们俩",等于是无意间划了阵营,看着她们俩手挽手一

153

副伪"天伦之乐"的图景,周密在自豪的间隙又有些慌神……也许她比他想象的,还要更聪明些?或者说,她的天真,近乎一种自卫手段?

但他到底还是高兴为主。回去的路上,周密喝了酒,叶榛榛开车,叶榛榛小姨给她打电话,手机蓝牙连了车载系统,于是打进来的电话变成了公放。随着她小姨激烈的语气,那一端的声音很清晰地在车厢里撞来撞去——

"我要被气死了。你弟弟交的那个女朋友,你记得伐?父母离婚,爸爸还滥赌。之前骗我说分手了,结果这次被我抓到,你弟弟又去见她了,还跟我顶嘴,说他是娶她,又不是娶她爸爸。榛榛,我要被气死了,你说他有什么?吃我们的用我们的,结果跑到别人家去逞英雄。"

叶榛榛瞟了周密一眼,确认他在憋笑。

她没办法,只能跟小姨说:"那……他那个女朋友怎么说?"

"她倒是很懂事。我们家傻小子送去的项链和花,原封不动退回来了,她也跟他说了,两个人不会有结果的。"

"哦……那麻烦解决了呀,小姨你还愁什么?"

"那他成天在家长吁短叹,我心里不好受呀。"

叶榛榛手指在方向盘上胡乱敲打,不知道该说些什么。

"我跟你姨父反思过了,是我们教育有问题。我们家的孩子啊,一个个都被保护得太好了,吃喝不愁的,没什么进取心,所以在找对象的问题上都太任性,把麻烦都揽回家来了。所以我那天跟你妈妈说呀,这男孩子要穷养,女孩子也要穷养,将来再培养下一代,就要让他们吃够苦,才知道赚钱有多不容易,以后找对象就会擦亮眼睛。"

叶榛榛听这话有些尴尬,就不动声色地提醒小姨说:"那,弟弟的事情也得从长计议,我现在跟周密在车上,到家了我跟你细细说?"

小姨立刻反应过来了,替自己追补上半场——

"好呀好呀。我们家这些孩子里,就你最听话,周密多好呀,又能干又体贴,你弟弟要是有你一半运气,我也就不瞎着急了。"

叶蓁蓁不出声地笑,跟小姨说了再见。

挂了电话,她主动跟周密说话化解尴尬:"听到了吧,中老年妇女没事干有多可怕,手伸那么长。"

周密也笑,两个人在各自维持的笑意里,都记起了一些事。

有的事情永远也不会提,但不代表不记得了。

比如大学时候,叶蓁蓁无意间瞥到周密妈妈发来的短信:"你有空问一下叶蓁蓁的生辰八字,看跟你的合不合,我们找个大师去算下。"

她当时隐隐觉得被冒犯了,可是回家跟父母说了,她妈说:"你懂什么,这说明对方是好人家,越是好的家庭,越是看重这些,随小孩子把恋爱乱谈一气的家庭,我们还不敢让你嫁。"

直到他们大四,两家人拟定见面的前夕,双方也有些互相看不惯。周密父母总希望他能找个门当户对的,好上加好,觉得叶蓁蓁一看就不够精明,做不了周密的左膀右臂。叶蓁蓁家对这门婚事也不积极,出国前,叶蓁蓁连碗都没洗过一只,爸妈都怕她高攀了反而受委屈。

就这么僵持到了两个人分手。谁能想到,剧情峰回路转,周密家居然会出事,周密大四那年,他父亲被举报收受贿赂上千万,群众要求公开执法的呼声很高,所以周密父亲的庭审过程在当地报纸上被连篇报道。房子存款都被冻结不说,周密本人也被扒了个底朝天。有人质疑周密的升学过程也是暗箱操作,说一中每年都有那么多领导的小孩入学,老师都已经很上道,给周密随便评个奖就能加二十分,上名校易如反掌。

那阵子只要在百度里搜周密的名字,后面跟着的联想词都是"周密高考""周密父亲""周密加分"。好在这个名字挺大众的,周密人在北京,就假装那个在杭州人人喊打的周密不是他。

等到他们再次谈婚论嫁的时候，已经轮到叶蓁蓁家来扮演挑剔的角色了。这一次，叶蓁蓁的父母对周密家里的事表现出了充分的体谅，但这刻意展示的体谅里，到底有"风水轮流转"的自豪感，每一次欲言又止，都是在提醒周密，"你看我们明明可以让你不舒服的，但还是饶过了你"。每到这时，周密就会扭头看向叶蓁蓁，她回他以甜蜜而舒展的笑容，甚至会朝他邀功"你看我爸爸妈妈真的很喜欢你呢"，周密就只能笑笑，并说服自己不要多想。

他相信叶蓁蓁本质是个善良的人，但他也无法笃定，她嫁给他图的是什么。毕竟他们读大学的时候，有天在校门外吃了顿沙县小吃，叶蓁蓁半真半假地感叹说："贫贱夫妻百事哀。"

第二天早上，周密一到办公室，就发现桌子上有一个粢饭团和一杯豆浆，他问陈桔这是谁放的，陈桔垂着眼睛说："是我。"

"因为你好像一直不吃早饭……这样对胃不好。我以前也不吃早饭，后来就得了结石。你不喜欢办公室里有气味，所以我特意买了这个……"陈桔讲话轻声细语的，明明是关心他，却还一副担心给他添麻烦的口吻。

周密不吃早饭这事是真的。叶蓁蓁总是睡到十点多才起床，周密就直接来公司楼下买咖啡喝，被陈桔撞见过几次。

当着陈桔的面，他不吃似乎也不好，所以他咬了一口，然后说："好的谢谢你，一会有事我再跟你说。"

"不要，我就在这看着你吃完。"

周密觉得被人看着吃东西很不自在，可是陈桔平时对他那么恭谨，突然这么强势——这种强势又只是出于关心他的身体，周密被年轻女孩这种蓬勃的母性吓住了，就真的老老实实的，把饭团一口一口吃完了。

他以为这只是一次心血来潮，没想到接连几天，桌子上都放着饭团。他跟陈桔说不用带了,陈桔说"没事呀,就是顺便"。周密想了个办法,有天早上,他故意在星巴克买了个面包,带到办公室里吃。

然而陈桔就当没看到似的,第二天早上,桌子上照样摆了饭团。

那天晚上,周密状似无心地问叶蓁蓁:"你明天要不早点起床,我们一起吃个早饭?"

叶蓁蓁随口说好,可是第二天早上八点多,她仍在昏睡,周密靠在枕头上看了她好一会儿,捏她的脸,她索性翻了个身,用被子捂住脑袋。周密自己也觉得没趣了,就爬起来走了。

他刷牙的时候突然想起,高考结束后他们一起去台湾玩,其中一天的安排是去阿里山看日出。当时他们羞涩又纯良,去的时候是叶蓁蓁跟陈一湛订一间房,韩统跟周密睡一间房,到了台湾的第二天,大家就心照不宣地换了房间。但两人还是裹了两条被子各自睡觉。去看日出要四点钟起床,然后坐小火车上山,周密睡前设了个闹钟,又怕只自己一个闹钟闹不醒,让叶蓁蓁也设一个,她说:"不用不用,我会准时起来的。"

周密当然不信。叶蓁蓁说:"真的,我心里记着事的时候,我身体里的闹钟就会自动提醒我。"

第二天四点钟,周密被闹钟吵醒的时候,发现叶蓁蓁已经不见了,他喊她名字,发现她已经穿好了衣服精神抖擞地准备出发,她笑眯眯地说:"你看我没骗你吧。"

即便是七月,阿里山上也很冷。凌晨四点多,山上的景色其实很黯淡,叶蓁蓁穿了个巨大的红色棉服,土不拉几。可是她一边蹦蹦跳跳地走路,一边紧紧地攥着周密的手,他回想起来只觉得她整个人颜色特别鲜亮。阿里山的日出完全不值得早起,后来他看过无数更壮阔的日出,天空像燃烧起来了,那些超越人类文明尺度的景象确实安抚过他,但记

157

忆里最温暖的,还是阿里山的那一轮小小的太阳。当时的叶蓁蓁怕他觉得失望,一直强打着精神说"你看好漂亮"。太阳跃出地平线的那一刹,他望向她,她眼睛里甚至还有没擦掉的眼屎,但他没再笑话她。

叶蓁蓁彻底清醒过来已经是十点。她是被渴醒的。哪怕开着两个空气加湿器,她还是觉得干得不行,她靠在床上喝水的时候想起昨天似乎跟周密说好了要一起吃早饭。她有点内疚,又觉得也没多大事。她早上不跟周密同步醒来,一是她晚上很难睡着,二是不想周密看到她早上浮肿的、蓬头垢面的样子。

所有人都说她保养得宜,朋友们会开玩笑问她:"你是不是不打算老了?"

怎么会不老呢?早上起来越来越肿就是一桩变化。

周末早上她可以偷偷溜进卫生间,用美容仪推半天脸再回被窝,然后等周密醒了亲她的头发的时候,她再假装睡眼惺忪醒过来。

可是每天这么干,她真的受不了。

所以她索性睡过去,避免被他看到肿肿的眼泡。

当然了,她错过的早饭,会有人替她陪周密吃的。周密到办公室的时候刚好看到陈桔在给他桌上放饭团,他跟她打招呼,然后说:"你吃了吗?要是没吃就拿进来一起吧。我刚好边吃边跟你说点事。"

"好呀。"

书生和花妖

Chapter 10

陈桔今天几次走进办公室，都撞见周密在发呆。

她没法控制自己不去看他，她想他在苦恼什么呢？他是发现她暗恋他这个事了吗？她突然有点不忍让他知道，但又暗暗兴奋，暗恋像是谋杀，肇事者一边小心隐藏、一边期盼被捉到。

当然周密完全没在想这个事。

他澳洲的小姨打电话给他，说他妈妈在澳大利亚，跟一个男的走得挺近的，俩人有重组家庭的打算，但得先征求周密的意见。

周密挂掉电话，很认真地蒙了一会儿。

他想过的，母亲一直住在小姨家，确实不是回事。小姨移民很早，他父亲得意的时候小姨家也没受过什么好处，能让母亲住那么些年，纯粹是姐妹情深。小姨这个电话肯定是在母亲的授意下打的，没有人会贸贸然给别人儿子打这种电话，母亲安排小姨打电话，意在提醒周密，她寄人篱下的滋味并不那么好。而且小姨来说，这个事情就可进可退，周密同意的话，最好，不同意，母亲也可以说是小姨"自作主张打了这个电话"，并不影响他们母子的感情。周密觉得这事上他妈跟小姨才是一伙的，一起来对付他这个儿子。

哦，还有他父亲。

父亲刚出事那阵子，母亲跟周密完全断联。等到她终于接周密电话的时候，他父亲已经在走庭审流程了。他母亲身为一介家庭妇女，显现出惊人的政治敏锐性，她不许周密在任何通信工具里提到父亲，偶尔给周密传递父亲的状况，也总是发完就迅速撤回。

他再见到母亲，就是在机场送她去澳洲了，跟他相比母亲显得有点过分振作，她穿着Burberry（博柏利）的风衣，脊背仍然笔直，她吩咐周密帮她一起清点行李箱，周密发现一个箱子特别轻，问她里面装的是什么，母亲说什么都没有装，就是个空箱子，但这是LV（路易威登）的，现在很难买到了，所以要带走。周密一时无语。他不知道要不要提醒她，澳大利亚土得不像个资本主义国家，小姨家在一个小镇上，她在那边估计不会有出风头的机会了。

她出国后就极少再提到周密父亲。周密说不清楚自己是什么样的感觉，他一直觉得父母感情并不差，他都读高中了，母亲弯腰穿鞋的时候父亲还会亲昵地拍拍她的屁股。

他有些迷惑：父亲对母亲来说应该是有"恩情"的，她本来就是个供销社里卖电风扇的，因为漂亮被介绍给他父亲，由此逃出了她本来的命运，在他的成长过程中，母亲始终是柔和而无用的。比起妻子，她的身份更像是一个秘书，周密父亲不方便去他学校开家长会，那么母亲去，周密父亲在外地挂职锻炼那几年，每周给家里打一个电话，电话里会提几点对周密的要求，他母亲就拿笔记本记下来，然后根据这几个要点展开论述,跟周密谈心。

所以父亲出事后,母亲展露出的蓬勃生命力简直让他觉得陌生,他连他亲生母亲其实都看不懂。

人很烦的时候更烦的事情就会主动缠上来。周密本来计划中午跟同事一起在楼下轻食店吃份沙拉,吃完就开车回家睡觉,没想到碰上了苏青青。

他的同事是第一次见苏青青,在游戏公司这种男人混迹之地待久了,看到个穿裙子的女人都不容易,更何况是苏青青。周密本想打个招呼就算,但几个人挤眉弄眼,非要他招呼她过来拼桌吃饭。

苏青青跟他们边吃边聊。她吃饭都吃得很干净,这一点周密很欣赏,不像叶蓁蓁,永远点一大堆然后吃两口就说饱了,以至于他半辈子都在吃她的剩饭。同事问他俩怎么认识的,苏青青说是高中同学。

同事们顿时起了一波哄。

苏青青很会抛梗,同事们起哄声还没消停,她又紧接着说:"他老婆是他同桌,我是他后桌。"

同事们更来劲了。

周密知道面对一切八卦心的最好姿态就是自嘲,所以他笑得一副死猪不怕开水烫的样子。

苏青青今天话特别多。她说高中时候,他们简直是道明寺和杉菜,有天她做值日,不小心撞翻了他的水杯,是个星巴克的塑料杯子,摔到地上立马碎了。

周密当然说没事,但苏青青还是坚持要赔他个一模一样的。

苏青青把最后一口沙拉塞到嘴里,似笑非笑地看着他,说:"你知道那个杯子要八十多块,我当时一个礼拜的饭钱,也就三十,我是吃了多少顿青菜豆腐,才凑满了你的杯子钱。"

周密只觉得这多少年前的破事为什么要挑这个时候说呢,所以他干笑,说:"你就是太较真了,一个杯子,多大点事呢。"

"你不要我赔的话,我自尊心过不去。"

周密不说话。他也不懂苏青青那种时刻警惕被人看轻的自尊心是哪来的。他一直很想跟她说,她家境虽然一般,但绝不是这社会上最惨的那一拨,更何况她现在赚得只会比他多,不会少,这都多少年前的事了,真的就她一个人还在耿耿于怀。

可是同事都盯着,他只能四两拨千斤地说:"真的不需要的。"

"要不是凭借这股没必要的自尊心,我怎么走得到今天。"苏青青像是想起了什么,放下筷子朝周密微笑:"哦,可能叶蓁蓁不需要。"

周密从来没有对她说过一句重话,但那一刻,他脱口而出的是:"她不是没有自尊心,她只是很多事情不计较。"

开车回家的路上,周密想起了一件很小很小的事情。

他跟叶蓁蓁在上海念大学的时候,有次吃完晚饭,周密提议走一段路再打车。叶蓁蓁是不记路的,跟在他屁股后面,踢踢踏踏地乱走。在一个小十字路口,周密拉了她一把,说:"这边,我们往南走。"

叶蓁蓁瞪大了眼睛,说:"你怎么知道哪边是南?白天可以用太阳来判断东西,可是现在是晚上呀。"

周密那天大约是心情好,把她拽到身边,用玄妙的口气说:"因为南边是海,我能闻到海的味道,沿着海的气味往前走,就是南。"

这当然是鬼话,可是看着叶蓁蓁一脸认真地嗅来嗅去,他觉得很好玩,一点也不为自己的谎言感到愧疚。

直到好多年后,也就是今年,周密跟叶蓁蓁做东请几个熟人吃饭,吃完大家都说要散步。周密走在前面,边走边打电话,他突然听见叶蓁蓁用很自豪的语气说:"周密可以靠闻海的气味来辨别南北!"

所有人都笑了。半是笑叶蓁蓁的蠢，半是笑周密居然拿这种谎话哄她。

周密也笑，也觉得不好意思，可是他勾过了叶蓁蓁的手臂，忍不住捏了捏她的鼻子："你怎么还记得啊。"

真的。她怎么还记得啊。

苏青青说叶蓁蓁蠢，说她没有自尊心，周密不觉得。她们差异太大了，他没办法跟她说——叶蓁蓁那种柔软的信任感有多动人。就像小时候，下过雨后，他抓到一只蜗牛，他正想强行揭开蜗牛背上的壳，却发现蜗牛用小小的、软软的触角，碰了碰他的食指。

就是那种感觉。

可是苏青青不是这么想的。

周密总是对她说，不必为自己的出身感到自卑，可是这话由他说来就显得很滑稽。周密没有真的在底层摸爬滚打过，他不知道哪怕同样是做保安，小区保安跟银行保卫处，待遇就完全不一样，苏青青的爸爸以前做小区保安的时候，半夜打瞌睡，有车要开进来，车灯直接往他脸上照。后来周密爸爸帮她爸爸调到银行保卫科以后，她爸这辈子第一次有人给他敬烟了，他回家告诉苏青青这个事的时候，像是打了场什么了不得的翻身仗。苏青青想骂他没出息，却又觉得，算了，他这辈子就这样了，要出息也没有用，他自我感觉好点就好点吧。

但是她爸那天晚上说的话，苏青青倒是深表认同——人是不能差一点点的，差一点，感觉到的天地就截然不同。

周密不能理解她的野心和自尊心。他本来就不是多么有侵略性的人，这半年他事业一直处于停滞阶段，游戏版号批不下来，公司上不了新三板，换成苏青青早就辞职了。但周密似乎也不着急。他没有那么看重工作，对他来说工作仅仅意味着——能消耗掉他一部分的时间，能提供维持他这种生活方式的收入，如果工作环境和内容是他喜欢的，那就更好了。她意识到他们是两种人——她跟这个世界相处的方式就是掠夺，她是由她抢来的东西定义的，而周密不，他自带资源来到这世上，别人很难拿名利诱惑他、拿成就感哄骗他，因为周密会想一想，这些东西到底值不值得他去换。

贫穷女生打翻有钱男孩子的水杯，然后自己挨饿攒钱赔他一个，这样的戏码在偶像剧里层出不穷。按照偶像剧的逻辑，他应该爱上她，心疼她。然而周密不是偶像剧里的人，他只是觉得她这个劲较得莫名其妙。

他不理解，如果不是凭着一股莫名其妙的对这个势利世界的报复欲，她哪能走到今天。

周密一到家就睡着了。

他的睡眠质量比同龄人好许多，他父亲出事那一年，他总是在睡觉。他从柏悦居搬出来以后，卡里就剩下几万块钱。他不想跟人合租，忍受不了跟人合用一个卫生间，就租了个四十平方米的开间。周密的东西很多，把整个开间填得满满的，他一看到房子里堆得满满当当无处下脚的样子就暴躁，所以拉上窗帘没日没夜地睡觉。

叶蓁蓁是傍晚五点多回家的。她今天给一个香水牌子拍照，穿了条吊带的真丝裙子，真丝裙子最显赘肉，她需要一直提着气，一天下来几乎累岔气。她以为家里没人，就一边走一边脱裙子，等到了卧室，刚想进卧室卫生间卸妆，就看到床上露出的周密的脑袋。她忍不住叫了一声。因为裙子是吊带的，所以叶蓁蓁连内衣都没穿，只贴了胸贴，周密一睁开眼睛，就看到叶蓁蓁在撕胸贴，也觉得有点……意料之外的香艳。

他拍拍枕头："一起过来睡一会儿。"

叶蓁蓁把头发拢到一边，在他身侧坐下，摸了摸周密的额头，说："你是生病了吗？下午就睡觉。"

周密摇头。然后继续拍拍枕头:"你一起睡一会儿。"

"我要卸妆。"她眼睛上还有亮晶晶的闪粉。

周密抓着她的手:"你陪我睡一会儿。"

"等会儿。我先卸妆。"叶蓁蓁在这件事上异常执拗,她带妆一整天,觉得脸上每个毛孔都被堵住了,也怕脸上的粉蹭脏了白色真丝枕套。她急着摆脱周密的手,没注意到周密脸色微微变了。

她开着浴室的门卸妆。然后听到周密在床上跟她说:"我妈要跟我爸离婚,然后在澳大利亚重新结婚。"

叶蓁蓁拿卸妆棉的手一抖。

她不知道要怎么回应这句话,就看向镜子里的自己,镜子里的叶蓁蓁也是一脸的茫然。

谁也不知道婆婆要改嫁这种事情应该怎么反应才得体。

她只能磨磨蹭蹭地把妆卸完,然后探出头去,跟周密说:"我觉得……挺好的?你想也有人能照顾你妈妈了,而且说实在的,爸爸妈妈现在这样,离不离婚……也没什么差别。"她费劲地组织语言,卧室里很暗,然而浴室的灯光漏出来,叶蓁蓁还是能看到周密脸色难看。

她以为是自己不小心说出了"你妈妈"这样的词惹恼了周密,于是关掉浴室灯,钻进被子里,贴着周密胸口柔声说:"你想,妈妈年纪越来越大,有个人能陪她,也是好事,对吧?"

叶蓁蓁平时声音是哑的,像是一个长期咳嗽的病人,所以当她刻意把声音调得很轻柔的时候,配合上她软软糯糯的南方口音,就显得非常假。周密觉得她对付他就像幼儿园老师对付摔玩具的小朋友。所以他翻了个身,甩开她,说:"你要不出去吧,我想一个人再睡会儿。"

叶蓁蓁盯着他的后背愣了一会,确认他是真的不想她了。她能理解他此刻的易怒,但她真的有点哄不动了,所以掀开被子,下床找了件浴袍穿上，替周密轻轻关上了门。

等叶蓁蓁走出房间后，周密摸过床头的手机，他跳过很多未读消息，看到陈桔发过来的"老板你怎么了"，看他没回，她又说："我能做点什么事情让你开心点吗？"

周密支起身子，给她发了个摸头的表情。

陈桔回过来的是语音，这是她第一次给他发语音。一些公司上下级规矩特别多，下级是不可以给上级发语音的，他们互联网公司没那么矫情，但是陈桔看见过周密点开语音时那副赴汤蹈火的神情，所以很懂事地从来只用文字沟通。

周密点开语音公放。

年轻女孩声音清冽，她说："老板，今天公司里有人说你要辞职，我不知道你心烦的是不是这个事，我就想告诉你，我永远跟你共进退。你对我来说意义远超过一个老板，你是爸爸，是哥哥。"

周密心想，公司最近真是节节败退，现金流玩不转，同事们都有辞职的心，无奈市场不景气怕找不到工作，所以每天盯着高管们，他的每个小动作都被无限放大。他想他真的要给自己找新出路了。但他回复陈桔说："没有的事，我不会不管你的。"

叶蓁蓁一个人坐在客厅里。她饿了，想点外卖的时候想起冰箱里有螃蟹，就抓出三只来想煮了，她其实想抓六只出来，但她不敢喊醒周密。

她就一个人静静地坐在客厅里啃大闸蟹。半小时后，叶蓁蓁发现自己面前有一小堆蟹腿。她不吃蟹腿只吃蟹黄，因为这从小被父母批评，说连吃东西都看得出她没有耐心。跟周密结婚后，俩人第一次回父母家，她很自然地把蟹腿都推到周密面前，叶蓁蓁记得父母交换了一下眼神。周密在她爸妈面前很会做样子，叶蓁蓁早上吃红枣银耳粥，吐红枣

166

核的时候，周密会把手伸过去，让她吐在他手心里。让她妈觉得既恶心又放心。

叶蓁蓁慢吞吞地咬开蟹腿，觉得心里一阵堵得慌，大约是螃蟹吃多了噎着了。

叶蓁蓁不喜欢周密他妈。大学时，有一年国庆节，周密他妈接周密回家，顺便捎上叶蓁蓁。叶蓁蓁听见周密他妈小声点评说："她怎么黑黑的？看起来有点土。"叶蓁蓁当时气得直想挠人。她愤怒的点不是周密他妈用那种市场里买菜的口气对她挑挑拣拣，而是她说她土。她简直想跟周密当面对质——她哪土了？周密的爷爷奶奶外公外婆那一辈都是农民，他妈都没读过大学，初中毕业后就在供销社里卖电风扇，她的外公外婆可是扎扎实实的杭大毕业生。真要挽起裤脚来看出身，她的小腿比他的还干净。

当然她不会发疯这么干。

她一直觉得她跟周密是绝配。好多人也都这么说，他们说周密和叶蓁蓁在生活细节上高度一致，他们家的洗手液是一个小众家居品牌的，他们喜欢的那种味道还常常在海淘网站上缺货，叶蓁蓁最后是找卖衣服的代购给她一口气直邮了十瓶过来。算了下，运费加代购费，差不多价格翻了一倍。朋友们都说周密真是好丈夫，允许叶蓁蓁这么作，可是叶蓁蓁心里知道，不是这样的，周密就喜欢她这股并不伤筋动骨的矫情劲。叶蓁蓁可能比周密自己都更清楚，他到底喜欢她什么。

她就是他少年时代的象征。她身上凝结着他人生最得意、最轻松的日子，他默许她为了一瓶洗手液大费周章，或者因为北京找的家政工不会烧正宗的响油鳝丝一个月换四个阿姨，这些并不是因为他宽容，而是因为周密本质上也是这样的人，她替他出面做恶人替他矫情，他有什么好不乐意的。叶蓁蓁一周要打两次网球，为了提升水平只跟教练打，这个事被周密的朋友们取笑过好一阵子，说这是要当运动员啊，但周密从

167

不说什么，因为这恰恰符合他的价值观。叶蓁蓁就是没有真正吃过苦头、没有经历过落差的周密。他宽纵她的作，就像是怜惜少年时代的自己。

所以叶蓁蓁从来没懊悔过跟周密结婚。这世界上存在两种感情，一种叫我只能喜欢你，另一种没那么忠贞，却很经得起推敲，叫作除了你，我也实在想不出，还能跟谁在一起。

她其实感激周密的求婚之恩。她博士毕业回国后那段日子是很难过的，她就是对人生既没有想象力又没有开拓欲的那种人。她大学时候的计划就是毕业跟周密结婚，没结成，她只能到国外念书再拖延几年。拖不下去了回国，她妈那时候总喊她去考个公务员或者去大学里当个行政，她妈说赚得少无所谓，男方喜欢这种职业的，你骗到个男人以后再辞职也行。叶蓁蓁是很怂的人，她一边觉得多无聊的男人才会喜欢公务员或者大学行政老师啊，一边又觉得她妈说得也不是没有道理。她差点就要去考大学里的行政教师了，这时候周密杀了回来，她躲过了考试不说，还一气呵成地把婚结了。周密有时候惹她生气，叶蓁蓁就宽慰自己说，嫁给他总比嫁给别人好。

但就是不能提他家里的事。

分手三四年不见，他们俩其实算是知根知底的陌生人了，但又比陌生人多了一些禁忌。叶蓁蓁从不翻旧账说当年分手的事，更不会问——如果周密父亲没有落马，他是不是早就忘了她是谁了，是不是尝了些人情冷暖，发现自己很难再从头去相信一个陌生人了，这才想起了她。她毕竟无害。当年被那么毫无防备地甩开，也就是嗷嗷哭了一阵子，自己乖乖走开去伦敦了。她想周密后来应该是没有碰到过那么好打发的女人吧，现在市面上他父亲那个级别的二代分手，分手费起码要七位数了。她不去想这些，就好像一个人绕开一支高压水枪，如果不小心拧开，那些怨恨、气愤、失望，都会一股脑地喷出来，会把他们俩都弄伤的。

周密在黑黢黢的房间里也没睡觉。他给母亲发了个微信。他说这些年身为儿子很惭愧，很不孝，其实他已经大了，他也非常乐见母亲开启新的人生。他发完就乐了，他觉得自己好像在批同事的辞职信。

周密从床上坐起来，拉开床头柜找一枚玉佩。那玉佩他三岁开始戴，是一头象。据说是某某庙里某某大师开过光的，高中学校不允许戴首饰，再加上周密当时正值叛逆期，觉得男生戴这么个玩意算怎么回事，便回家后拿下，他母亲收好放在一个红色的小袋子里，说你不戴也行，你把它每天随身放书包里。

后来这个玉佩又跟随他上大学，放在他的钱夹内层。也许玉佩真的是有灵性的，他父亲出事那年，周密搬家，给师傅工钱的时候突然发现，钱包里的玉佩少了一角，象鼻子没了。他翻遍了钱包想找那一角，却怎么也找不到。再后来满街都是移动支付了，他不再带钱包，就把这枚玉佩关到了抽屉里。

周密找那块玉佩的时候还发现了自己的结婚戒指。他不戴戒指，为这事被不少损友笑过，都说他"家教宽松"。这事周密是真的冤。不想戴婚戒的人是叶蓁蓁。她有次打网球，打完洗手的时候，把戒指落在了洗手台上，忘了拿回家，还是睡前涂眼霜的时候才想起来。急急忙忙打电话给教练，戒指居然还在，被人交到前台了，可是自那以后，她再也不肯戴婚戒——那周密一个人戴也显得很傻，索性两个人的戒指都放在了床头柜里。

他打开婚戒盒子，他的就是很普通的素戒，但内侧刻了两个人的姓氏，不是他们俩有心，是品牌送的服务，刻着"YZ forever"。

周密把戒指盒子合上，双手继续在柜子里瞎摸，希望能摸出那枚玉佩来。未果，他把卧室里的吊灯床头灯全部按亮，翻身下床，把抽屉里的东西全搬出来撒在地上一个个找。还是没有。叶蓁蓁被卧室里的动静吓到，敲门来看，她站在房门口问："你在找什么？"周密说："一块玉。"

叶蓁蓁并不知道是什么玉,也不知道什么来头,她以为周密就是心情不好没事找事。她问他说:"明天晚上我一个朋友组织家宴,就嫁给大使的那个,你跟我一起去吗?"

周密干脆地说"不去"。

"你为什么不去呀?我都陪你去那些老头子老太太的无聊应酬了,我朋友那么好玩,你干吗不陪我去?"叶蓁蓁发出轻微的抗议。她不知道她挑错时候了。

周密停下手里翻找的动作,仰头看她,语气轻佻:"我记得她。有次你跟她说,我爸被关起来了,我妈长年在国外。她说:'那真好呀,真羡慕你没有公公婆婆需要应付。'就那个朋友,对吧?"

叶蓁蓁脸色一白,她其实不记得这一段对话了。但这确实像她朋友说的话。

周密冷淡地替她解围,说:"我没生气,你出去吧。"

那一刻叶蓁蓁其实很想上前抱住他。因为周密很少情绪失控,换平时他一定觉得她朋友说这些也不是什么大事,他比任何人都更知道,绝大部分朋友都不值得较真或者生气,不然人为什么要结婚呢?不就是因为大家的朋友都不怎么样吗?他那么暴躁,是因为他真的难受了。她意识到此刻他就是个被父母依次放弃的小孩。她突然生出了罕见的柔情和母性,她想走过去抱着周密的头说没事的,他们是一家人。可是周密抬头剜了她一眼,说:"你真的不能出去吗?"

叶蓁蓁灰溜溜走回客厅时候,苏青青正在应付她人生中最顽固的追求者。

吴歌川最近老缠着她,打听到她妈妈腰椎不好,在北京看病的消息后,还发了几个协和医院医生的名片给她。苏青青喜欢知己知彼,所以她打电话给远在深圳的朱先生,说"你帮我查下这么个人"。朱先生和她松松散散地交往过一年多，他离婚了且显然再无结婚的打算，因为很忙所以也不爱限制苏青青的自由，苏青青甚至没法把他们俩的关系归结为情侣。但是双方都没有太较真的关系就有一个好处，分开后，倒是真的能维持一种别样的友谊。

她还是感激他的，他教会她很多事，二十岁出头的时候，苏青青刚察觉到自己的美貌，和大多数漂亮姑娘一样，会抱怨吃胖了、担心变老了。直到有天朱先生跟她说："这是没有底气的小美女的做法，真正的大美人是把自己的美貌忘掉，她们压根不提。"

苏青青后来遇到吃不准的人或事，还是会跟朱先生请教，可关于吴歌川，他查了很久也没发现什么了不得的来历。

苏青青没有交代他对她的穷追猛打，也没有撒谎说是工作伙伴，她说"那我知道了"。

她实在不懂他怎么就老缠着她。她知道自己长了一张一看就挺贵的脸，所以这两年主要应付的，都是已婚的、离婚的或者笃定不结婚的新贵们，以及纯粹被她美貌捕获的远不急着定下来的年轻公子哥，吴歌川显然不属于这个范畴。他追她的路数老套得像个大学生，下班了来接她，给她送新鲜水果，甚至问她上班有什么好玩的事情。

苏青青简直觉得好笑了，她反问他："你每天上班能有什么好玩的事？"

今天他当然还是来接她。苏青青坐在副驾驶座上，正在酝酿怎么劝他放弃——或者说，停止骚扰，吴歌川就从后排拿过来一个垫子。

"给你的，你妈妈不是腰椎不好嘛，我给她挂了一个专家门诊的号。你周六带她过去吧。还有，我看你每天也是趴在电脑前面，对腰不好，我不想你老了也要看医生，就给你买了这个靠垫，你开车或者上班的时候都能垫在腰后面。"

看苏青青不说话，吴歌川就自顾自把话说下去："我其实应该再给你买个颈枕，开车的时候可以用。"

苏青青捏着那个枕头，手机突然震动了下，是朱先生的消息，他说下周来北京办事，有空不妨聚聚。

她没有回复，而是转头看向吴歌川。他心情很好，边开车边哼歌，她出声打断了他。她说："你有没有听过一个故事。说的是一个渔夫，外出打渔捞起一个瓶子。打开来，里面是一个魔鬼，魔鬼要杀了他。他说我明明是你的救命恩人，你为什么还要杀我呢？你猜魔鬼怎么说？他说我被封在这个瓶子里一百年的时候，我允诺谁救出我，我就让他长生不老，到两百年的时候，我说我会让我的恩人有花不完的金山银山。可是等到第三百年，我发誓，我要杀了那个救出我的人。"

苏青青在心底叹息，太晚了。他出现得太晚了。她从前觉得刚出社会就碰到朱先生，是一件幸事，现在想想，如果那时候碰到的是身边这个人就好了。

真的太晚了。就算他有心搭救，她都不好意思，把自己和自己压抑的人生交给他。

吴歌川听懂了。大家都是聪明人，话不必点破，所以接下来他都是沉默地开着车。

快到她的小区的时候，吴歌川语气轻松地说："那你有没有听过一个故事。"

苏青青料想这是他们最后一次见面了，于是愿闻其详。

"唐代有个穷书生，教了一辈子书，好不容易到了长安买房子，但长安居大不易嘛，就他那点银两，实在买不到什么好地段。他快要绝望的时候，听说有一处地段很好的房子，以一个超低价格在抛售。"

苏青青觉得怪怪的："他为什么要去长安买房子啊？一个穷书生干吗非要去中央商务区住？"

"你听下去嘛——"吴歌川拖长声音，"他就去问，这个房子为什么这么便宜呢，邻居跟他说，这是凶宅，闹鬼，好多人都住进去过，半夜被凄厉的鬼哭声吓走了。这个书生呢，心灰意冷，觉得大不了就被鬼索命嘛，总得有个落脚处。他就买了，搬进去了。他住进去的第一晚，彻夜不眠，准备好被鬼吓死，但你猜怎么着，是有窸窸窣窣的声音响起，书生拿起蜡烛一照，是一群袅袅婷婷的美女。"

苏青青没忍住翻了一个巨大的白眼。也不知道怎么回事，对着这个人，她倒是能无所顾忌地做一些鬼表情，她安慰自己说，那是因为她不用在他手下讨好处。

"书生就很诧异，他说：'你们是鬼吗？'那些美女说：'不，我们是花妖。''那你们会害我吗？'她们说'不，我们从前吓走那些房客，是因为我们白天是花，而那些人呢，一看就不会侍弄花草，我们为了活命，就把他们吓跑了。但你不一样，你一看就很懂怜香惜玉，所以我们就不吓你了'。"

吴歌川朝她看了一眼，说："你看，妖魔鬼怪吧，有那种不分青红皂白杀人的，可也有会识人的，看你想做哪种了。"

苏青青笑了会儿，没说话，下车前她弯下腰，把靠垫在他面前晃了晃，说"谢啦"。

上楼后，苏青青左思右想，还是打了个电话给吴歌川："你说的那个故事，是出自哪里啊？《聊斋》吗？"

那一端憋着笑回答她："我编的。你没发现我前面都没说话吗？我就在想这个。"

"神经病啊。"苏青青气得挂断电话，她走到卫生间想卸妆，却在镜子里看见了自己怎么也弯不下去的嘴角。

分别

骑马倚斜桥
醉不成欢惨将别
你见过言情小说里写的那种眼睛吗？
耳环和少女
他诚恳

骑马倚斜桥

Chapter 11

苏青青没想到过年前还能再见到周密一次。

更没有想到……周密对面坐着的女生，不是叶蓁蓁。

她跟吴歌川约会，地点都是她挑的。她其实不知道现在年轻人的热门约会地，又不能去问手下的小朋友。所以吴歌川问她去哪吃饭的时候，她总是报出一些她平时约人谈事情的地方。比如柏悦六十六层的北京亮。苏青青对这个地方印象很深，她第一次来这里吃饭就是跟朱先生一起的，他们坐在靠窗的位置。朱先生去洗手间的时候，苏青青忍不住拿起手机想拍东三环夜景，然而落地窗脏兮兮的，怎么也拍不出想要的效果。她喊服务员过来说："你们怎么不擦窗子呢？"服务员说："小姐，冬天有霾把窗户弄脏了，我们也没办法。"

她无可奈何地让服务员走开，然后一扭头看到了朱先生，他笑眯眯地，垂着手，站在她身后，不知道站了多久，又看了她多久，苏青青脸腾一下红了,为了摆脱这种尴尬,她正襟危坐说:"北京雾霾天怎么那么多,好烦。"

朱先生落座,笑了笑,他说:"没事,下次来也许能赶上好天气。"

后来她果然在北京亮遇到过很多很多的好天气。多到她吃饭的时候再也不会举起手机拍照。无论是拍菜,还是拍窗外的夜景。

今天苏青青随口报的是四季的 MIO。她自以为是很贴心的,因为她有四季会员卡,买单时可以打五折。

吴歌川在楼下等她下班,她七点多才下来,因为晚上要见他,所以里面穿了红色短袖的连体阔腿裤,外面披了件黑色大衣,坐进车里的时候,苏青青没忍住打了个喷嚏。

吴歌川看了她一眼,说:"你穿得太少了。"

苏青青不想让他觉得自己为了在他面前好看而受冻,所以她摇摇头,说:"保不准是下属在骂我。"

"怎么会骂你?谁敢骂你。"

苏青青冷哼一声,说现在的九〇后真是不分轻重。小朋友忙着去约会,下班前急匆匆把会议记录发给她,她一看差点没气死,居然把周会材料复制到文档里当记录,气得她连打三个电话,把她喊回来加班。

吴歌川大笑,顺手给她捏了捏脖子,说你也体恤下人家谈恋爱的心情。

苏青青把脑袋转开,然后一脸诚恳地望向他,说:"我其实……真的没谈过什么正常恋爱,忙起来一整天不回消息也是常事,我劝你还是再想想。"

吴歌川往后一倒,装作受不了的样子说:"你又来了。你已经让我想了两个礼拜了。你说你忙得经常不回微信……这个属于不可调和矛盾吗?说不定你将来爱我爱得死去活来,每天缠着给我发消息呢。还有你之前说的那些,什么你家里很普通啊,你没什么娱乐生活所以无趣……青青,你要是有个白血病什么的,那我是得想想,但上升不到这个规格的话,就别提了行吗?"

苏青青还是试图跟他讲道理:"你那天带我妈去看门诊,你也看到了是吧?我们家……是真的毫无背景,我爸妈都得指望我。"

"那你可以指望我啊。"吴歌川摆出一副百思不得其解的表情,问她:"你到底是哪来的观念,觉得两个快三十岁的人谈恋爱还得先考察家境?我跟你,不是两个高中生在谈恋爱,每个礼拜拿爹妈给的零花钱去吃必胜客,你强调这些干吗呢?"

"……你这话不客观。可能你没有被人挑选过吧,所以你不理解。"

他再次打断她:"如果有人用这些条件挑选过你,那是他的问题,不是你的错。我还扁平足呢,你会因此对我扣分吗?"

苏青青咬了下嘴唇,她其实很想笑,但还是故意挑衅:"真的啊?那我可得好好想想。"

吴歌川翻了个巨大的白眼,苏青青在旁边难掩得意地笑。她以前都不知道,她讲话其实是可以带点贱贱的气息的。

他们俩在MIO落座后,苏青青下意识扫了遍餐厅里的人,行情好的那几年,这几乎是苏青青他们公司的食堂。然后吴歌川发现她的脊背突然挺直了。

"怎么了?"他问她,然后抬头一看,也愣了下,他说:"那是不是周密?"

苏青青点点头。对面的女孩她不认识。但看得出来很年轻,扎马尾辫,穿了件羽绒服,很少有人会在这样的餐厅里穿羽绒服的,他们应该也是刚到,服务生过去替她拿外套,女孩脱外套的过程磕磕绊绊的,看出来很紧张。

不知道为什么，苏青青很怕他看到她。她问吴歌川："我想换一家餐厅，行吗？"

吴歌川不知道她跟周密的渊源，但他也认出来对面不是周密的太太。他以为苏青青是撞到熟人偷情尴尬，刚好他也不爱吃意大利菜，于是从善如流地起身，两人悄悄往外走。服务生是认识苏青青的，看到她落座又起身，觉得疑惑，领班亲自上前问："是哪里不舒服吗？"苏青青边走边摇头，说："我想起有点事还没处理，下次再来。"

近乎落荒而逃地走进电梯后，苏青青才松了口气，她靠在电梯镜子上，问吴歌川："你有什么想吃的吗？你定吧。"

吴歌川没有立刻回答她，她此刻没有了平时那种随时要给人上课的气场，从一个美艳的符号变成了一个有点困惑的女人。他说："如果不是因为很快要到一楼的话，我就亲你了。"

他们最后去了吴歌川家里包饺子吃。当然是吴歌川包。苏青青连最起码的和面都不会，她帮不上忙，就坐在客厅里看电视，但她心思不在电视上。想了好久，还是拿过手机，给叶蓁蓁发了微信。只有一句话：今天晚上我看到周密跟一个女生吃饭了，我觉得你知道这事比较好。

然后她就设了消息不提醒。一码归一码，她不想跟叶蓁蓁多说话。

叶蓁蓁是在健身房的更衣室里收到这个消息的。她看完消息，脑子一下子都不知道要怎么反应，她不知道她怎么反应才是对的。她把手机放下，然后在运动背心外面裹上了大衣。她走得很快，三里屯晚上八点人很多，都是吃完饭的情侣在慢吞吞地散步，她非常迅速地穿过他们，一心要回家。

到了家里。周密理所当然不在家。她脱下外套扔到沙发上，然后一屁股坐进沙发里，她其实坐在了自己的外套上，但她懒得挪。她拿出手机想给周密打电话，混乱中手又点到微信，她决定先刷一会儿朋友圈，缓和下情绪。

然后她就看到了陈桔的朋友圈。配文超简单，就是两个字，"开心"。画面里是一只手在帮她叉火腿。她很小心，拍的是周密的右手，右手上什么东西都没有戴，不像左手，有手表会被同事认出来——当然也许她只是发给她看的。叶蓁蓁知道女人间的这点把戏。但无论如何，她认出来了那是周密的右手，她认识他十年，她就是莫名其妙地能认出这是他的手。

她坐在沙发上，她甚至又看了那张照片好几次。她都能猜到是在 MIO。北京的餐厅他们吃来吃去也就那么几个。她甚至有点怨恨周密的不周全。她再也不能去那个餐厅了。服务员都会默不作声看她笑话的。

她本来还挺喜欢 MIO 的火腿的。

她也觉得自己此刻想这种事情很滑稽，但她是真的恨他毁掉了一家她喜欢的餐厅。

她发微信问他："你在哪？"

周密跟人吃饭的时候修养很好，手机静音，扣反面。他自觉跟陈桔这顿饭吃得坦坦荡荡。年后他有辞职的打算，既然陈桔都表明要跟他同进退了，他就得帮她一起想出路，况且，这是她第一份正式工作，他也是她第一个正儿八经的上司，男人只要一摊上别人的第一次，就觉得对人家有了莫名其妙的责任。

带她去哪吃饭，这事周密是深思熟虑过的。首先 MIO 远离了同事们活动的区域，不在望京，也不是公司程序员没事会吃饭的地方；其次他觉得越贵的餐厅越像是上司请下属吃饭；最后，周密自己突然想吃这家的意式宽面。他想，就当带个人吃饭咯。

他看到消息的时候已经快吃完饭了。他回："怎么了？我跟同事在吃饭。很快回家。"

这是晚上九点三十二分，叶蓁蓁已经彻彻底底地冷静下来了。周密这个答案油光水滑无懈可击,她都没有了跟他吵架的力气。她非常想睡觉。她收到消息将手机关机,把衣服急匆匆地褪成一团,扔在地板上,脸都不洗就钻进了被子里。她要睡觉,她要在周密回来之前睡着。就像是学生时代拿到了一张不及格的数学试卷,她决定趁妈妈回家之前睡着,睡着了就好像不用面对这些。叶蓁蓁从抽屉里拿出褪黑素,她一直讳疾忌医,怕褪黑素吃多了对身体不好,所以睡不着的时候也硬挺着,实在不行就偷偷去厨房灌几口烈酒或者抽几支烟。她这些年活得像个中学生。她赶在被父母担心嫁不出去之前结婚,她害怕生孩子却又觉得如果总归要生的话,是不是早点生更容易恢复,她连安眠药都不敢吞,抽个烟都有负罪感,她那么乖,可是她发现自己并没有得到什么。

周密吃完饭当然是要送陈桔回家的,他看了看手机,然后问她:"你急着回去吗?"

陈桔当然表示不着急。

他喝了点酒,他们一起上车的时候,周密想坐副驾驶,然而陈桔拉了拉他的大衣角,她说:"你坐前面我跟你说话好费劲。"于是周密就跟她一起坐在后排。陈桔在心里决定,一会儿她要亲他。

得到"不着急"的答案后,周密点头,然后报了个洗衣房的名字,他跟师傅说:"麻烦您开快点,十点钟要关门的。"

然后他跟陈桔解释说:"我的衣服干洗好了,我太太前两天把取件码发给我让我去拿,我总没空,今天刚好顺路。"

其实从地图上看一点也不顺路。陈桔心知肚明,周密这时候装居家好男人是想劝退她,但她哪是那么容易后退的。所以她平视前方、气定神闲地微笑着,像一个决意要发动战争的将军。

到了洗衣房门口,因为人家是真的要打烊了,所以周密跑了几步,窜进店里去取。两件叶蓁蓁的外套,一件他的大衣,他钻回车子里,说:

"好啦，现在我们先送你吧。"

陈桔伸出右手，摩挲着周密抱在怀里的大衣，夸赞他说："老板，我一直想夸你穿衣品位特别好，好到不像是我们公司的。"

这话周密实在是很受用。手游公司的程序员们夏天穿 T 恤，春秋冬三季穿套头衫，穿格子衬衫的已经算是程序员里的文艺派。周密说："其实我也不讲究这些，都是我太太给我准备的。"这是实话。叶蓁蓁替他买衣服、替他搭配，同时又不许他多问，她的说法是"男生很喜欢打扮就显得有点那啥了，但是呢，还是要穿得那啥点，所以你只管穿别研究，这样显得最得体"。

陈桔又笑。她这次是露齿笑了。她觉得他真好。她看他像看一件锁在别人的保险柜里的珠宝。她觉得周密此刻提叶蓁蓁，是还想负隅顽抗，提醒彼此他不是自由身，可是她不在乎。她迷恋他身上的教养和秩序感。她大学念的是信息安全专业，一个班里四十个男生两个女生。班级聚餐，在校外的土菜馆吃饭，每次菜一上来，还没转到陈桔这儿，就已经被男生们分完了。女生总是早熟的，陈桔跟大学时候的男朋友分手，是因为她已经长大，开始向往那种都市爱情，圣诞节希望收到香水而不是苹果。后来她出国读研，学校在美国中部的玉米地里，身边情侣的约会模式就是周末开车去超市大采购。他们每次回国给家人带的都是巧克力，或者 Coach（蔻驰）的小包。陈桔不喜欢这种生活。她不愿意承认自己是不甘心，不甘心这个词显得她太虚荣，她觉得自己是不喜欢。她不喜欢她只会聊代码的师兄们，所以她没有读博而是选择了回国。她见到周密的第一眼，就觉得他符合她对伴侣的一切想象，她觉得跟周密相比，她的同学们就像进化到一半的猴子。

她纠结过周密已婚这件事，但她很快就释怀了，周密还没有孩子，没有孩子的话他跟叶蓁蓁的绑定就没有那么深刻。婚姻对男人的约束力并没有那么高，孩子才是关键，有了孩子才是一切都完了，从此他们就真的是一家人了。她要抢在他们有孩子之前下手。

所以她在快到家的时候，坚决地牵住了周密的手，她亲他的脸颊，她知道那儿有时候会笑出一个酒窝来，她说："你晚上喝酒了，我闻到你嘴里还有酒气，你去我家漱口喝杯茶吧。"

周密被这突如其来的艳遇搞蒙了。但他很快意识到局面的危险。搞办公室恋情无论如何都是负面的事，更何况是上级对下级，更带有一种微妙的胁迫性质。显得他恃强凌弱人品不好。他计划要离职了，这个事情处理不好就会变成他职业生涯的黑点，他不可以因为这么个普普通通除了年轻一无所有的小女孩惹上麻烦。看得出来她是真的决心要跟他共进退了，可是他并不想，他今天晚上婉转表明的立场是如果她想辞职，他可以帮她介绍几个去处，仅此而已。

所以他制住了她乱摸的手。他说"你可能喝多了"。然后他敲敲司机的座位，说："这位小姐喝多了，你替我把她扶上去好吗？慢慢来，不着急，我就在下面等。"

司机带着不得已装醉的陈桔上楼的时候，周密坐在车里，有点开心。陈桔不是周密喜欢的那一型，所以拒绝陈桔带来的对自己人品、定力的自豪感，远远超过了真做点什么带来的快感。他觉得自己真的挺像个人的，跟身边那帮在感情上鸡鸣狗盗的人不一样。

周密回到家时已经十一点了，他没想到叶蓁蓁睡着了。他其实想跟她聊聊的。

他想跟她说，他今天看到母亲要再婚的男人的照片了，一个普通的挺着啤酒肚的澳洲老头，听他小姨说，是母亲英文授课班的老师，那男人还为他母亲离了婚。他听完简直要笑了，想夸母亲一句宝刀未老。

他还想跟叶蓁蓁说，母亲四月份就要回国来办离婚手续。届时他会跟她一起去探视父亲。

但他看叶蓁蓁像是真的睡着了，就想算了。他一想到前两天对叶蓁蓁冷嘲热讽，就觉得惭愧，叶蓁蓁太像小孩了，他跟她置气有种高中生欺负小学生的感觉，可他也想告诉她，他能别别扭扭置气的人也只有她了。

想到这，他刷牙的时候叹了口气，他想明天，明天两个人一定要和解。

很快就到了农历大年二十九。

周密跟叶蓁蓁前两年的过年安排都很二十四孝。先回叶蓁蓁家过大年三十，然后飞澳大利亚，见周密母亲顺便度个假。今年周密母亲的意思是，反正她四月份就要回国，他们俩不必过来了，春节飞澳大利亚的机票向来不便宜，他们俩可以拿这笔钱去别的地方玩。母亲给周密发微信说这些，说完还俏皮地发了几个表情包，周密无言以对，只能祝她"玩得开心"。

叶蓁蓁是在整理行李的时候说出那句话的。

她坐在沙发上收拾衣服，周密正在煮黄鱼面。他尝了口，咸淡正好，鲜味都融进面汤里了。他把两碗面依次端到茶几上，正要去冰箱里拿气泡水的时候，叶蓁蓁说了那句话，当时周密一只脚已经走进厨房了，他以为他听错了，他问她："什么？"

"我们要不离婚吧。"

他觉得她脑子坏掉了。他们俩明天早上就要一起回杭州的。

他又想是不是她还在生气，他那天不该跟她发脾气。但年底忙得四脚朝天的，他总忘了要找她道歉。她是不是为了获得他的注意力，才想出这一出？

所以他好气又好笑地质问她："前不久不是还说想要个孩子吗？现在又要离婚。你能不能消停两天？"

叶蓁蓁坐在沙发上，面不改色地看着他："我在上海骨折的时候，你直接把我送回我妈家，我什么都没说对吧。你妈妈要再婚，你们家的事我实在不知道要怎么点评，但我尽力安慰你了。你要我滚出房间我也安安静静滚了。我还不够消停吗？"

周密打断她："我那天确实态度不好……我想跟你道歉来着，但我最近是真忙。"

叶蓁蓁毫无波澜地说下去："您总是很忙。筹备婚礼的时候，我给您打电话，您十有八九是按掉的。您知道吗？因为您总是不露面，婚庆公司总是要我预付账单，因为担心我是耍他们的，怕婚礼随时取消。"

"您每天跟我说话有超过二十句吗？您说您忙，但您也知道您并没有那么忙。您宁愿在微信群里跟您想搞好关系的那些人无休止地扯淡聊天，也不跟我说话。他们知道您在家里那么安静吗？

"我去年生日的时候跟您说，我的愿望是在家拉上窗帘，把《魔戒》三部曲一口气看完，但我不敢一个人看，我希望您陪我。这个愿望是真的。我真的许了这个。可是每周末，您不是要跟这位打球，就是要跟那位打牌，人人都排在我前面。我排队排得很厌倦。"

周密一动不动地看着她，这样的叶蓁蓁是陌生的。她一口一个您字，搞得他很蒙。周密一度觉得叶蓁蓁有个巨大的优点，就是软。他工作场合里碰到的女孩子都太硬气了，总是一会儿警惕被男人歧视了，一会儿警惕是不是被男人占便宜了，一会又警惕是不是其他同性占到了男人的便宜而自己没占到吃亏了。周密不怎么喜欢那些都市新女性，她们嘴上喊独立讲灵魂，其实还是想用独立和灵魂包装自己，觊觎的仍然是位置比她们更上游的男性。叶蓁蓁这点好，赚得多但也不声不响不讲独立，偶尔作一作，也是奔着和好去的，从不说重话。她就像她身上的羊绒大衣一样暖和舒适。

所以他几乎是迷惑地盯着她。

叶蓁蓁却颓然地注视着空气,她说:"周密,我感受不到爱了。"

周密想这是要从伦理剧跳到言情剧了吗?她到底是想干吗?

"你爱我吗?"叶蓁蓁突然恳切地看着他,"你爱我吗?我怎么就找不出一件事情来说服自己,让我相信你爱我呢。"

周密不知道怎么答,所以反问她:"你为什么觉得我不爱你呢?"

"你把我当人吗,还是把我当猫猫狗狗在爱?心情好的时候摸我的头,不高兴了一脚踹开,客人来的时候我要握手鞠躬才艺表演。你并不关心我的生活,你觉得我肤浅,当我想关心你的时候你又把我推开,因为你觉得我幼稚、我理解不了。我有时候会想我们当初为什么要结婚呢?一定是因为我们还喜欢对方吧,可是为什么我仍然觉得非常寂寞。我一直不敢跟你说这些,因为我猜得到,你一定会跟我说,觉得寂寞是因为我太闲了。你们男人总是这样子,你们看不到别人心上的窟窿,就说我们是无病呻吟。"

周密气极反笑:"叶蓁蓁。那不然你告诉我,我要怎么做,你才觉得自己被当成人看呢?我觉得可能是你对感情要求的剂量太多了。那种浓度的感情它无法持续的。"

"又或者是你给得太吝啬了。你跟你身边的朋友都觉得,结婚已经是给一个女人最大的施舍。接下来我们就应该老老实实少给你们添乱。"

楼下突然很吵,叶蓁蓁拉开阳台门往下看,一个人举着喇叭一遍遍地在喊"四幢三单元1702的×××欠债还钱",保安很快就来了,架住他把他带走。周密也走出来看,他边看边说:"你看人家,年关难过,我们就不要再为这么虚的事情吵架了。"

叶蓁蓁说:"你现在觉得我在寻衅滋事,是吗?"

周密被冷风一吹,脾气也上来了,他说:"叶蓁蓁我不想指责你,但你真的就是太把自己当回事了,觉得全世界就你的情绪是重要的。让你当个正常人就觉得是难为自己了。我要是真的不把你当人,为什么现在还站在这里跟你聊这些?"

叶蓁蓁冷笑,说:"那可能是因为我毕竟也不靠你养我吧。你并没有碾压我,所以你得跟我对话。"

讲完这句话,他们俩都安静了。周密嘴角慢慢浮起一个笑容,还跟她点点头,那笑容像是在嘉奖她的勇气和刻薄,然后他快步走到门口,摔门走人。而叶蓁蓁想的是,为什么她没有把他跟陈桔吃饭的事情说出来呢?是她觉得这事说出来就真的图穷匕见,只剩闹翻一条路,还是她明白问题是他俩的问题,跟那个苍白着脸的小姑娘没什么关系?

周密那天晚上随便找了个酒店睡了。好在临近春节,北京各大酒店都降价了,周密在酒店里泡澡,把自己的手指皮肤泡得皱巴巴的。他躺在浴缸里看电视的时候,还是觉得整件事情很荒谬,他衷心希望快速睡一觉,然后明天醒来发现叶蓁蓁给他发消息了,跟他说她是大姨妈来了或者存心想吵个架什么的。那他应该会原谅她的。虽然她话讲得难听,但他看叶蓁蓁吧,莫名其妙带着滤镜,她再张牙舞爪他都觉得……哎还是个小孩。他跟自己说,算了算了,原谅她。

与此同时叶蓁蓁在家里盯着手机,盘算着要怎么跟爸妈交代。她替周密找的理由是重感冒不能坐飞机。但她自己都觉得这理由太瞎了。但她觉得瞎也有瞎的好,这样她要是真离婚,父母也算提前有了心理准备。

室内暖气太热,搞得她上火。她摸了摸自己的嘴唇,干燥、发烫。她索性一跃而起,走到厨房里,想把藏好的烟拿出来,没找到,她怀疑是阿姨扔的,然而三更半夜又不能找阿姨问。她可以下楼重新买一包,却不想动。莫名其妙的,她给韩统发了微信,她问他:"你睡了吗?"

没等他回复,她就说:"我给你打个电话。"

电话一接通,叶蓁蓁就直截了当地问:"周密有跟你提到过他的助理吗？叫陈桔，韩统，说实话。"

怕他隐瞒，叶蓁蓁继续加码："你不用替他遮掩了，我们俩已经在谈离婚了。"

韩统大半夜的只觉得锅从天降，他什么都不知道。

叶蓁蓁强撑了一个礼拜的镇定，现在终于爆发了，她详详细细地跟韩统说了，周密在餐厅约会女助理，被苏青青逮了个正着，本来她还不知道约会对象就是女助理，结果女助理直接发朋友圈挑衅她的经过。

可能是因为韩统也没什么大人样，所以叶蓁蓁对着韩统反而更放松，她对着电话咆哮："被苏青青看到！你能想出更丢脸的方式吗？被苏青青看到！"

然后她把陈桔的微信头像给韩统发过去："长这样。真的就……清汤寡水的一张脸，我都不知道周密图什么。我他妈宁愿他跟苏青青搞一起去，我好歹死个明明白白。这……什么玩意。"

韩统把电话设了免提，然后仔细看了下陈桔的照片，是那种生活中已经算挺好看只是不像叶蓁蓁照片那么网里网气所以略显朴素的脸。但他没勇气进一步激怒她，只是说："哎，就是吃个饭。你别想太多。反正周密在我这，是没提过这个人的。"

"你们不是好兄弟吗？"叶蓁蓁语带讥诮。

"……我的意思是这事可能是假的，或者你误会了。我不是让你质疑我们俩兄弟情。"

叶蓁蓁沉默。韩统问她："就为了这事离婚？"

"还有别的。"叶蓁蓁语气瘫软了下来，"我们很难沟通了。他妈要跟他爸离婚，改嫁一个澳大利亚人，周密很难受，我挺想安慰他的，可是我又不知道该怎么谈论这种事。韩统你知道的，我家里太正常了，所以我没法感同身受那些。我不知道哪一句话可能激怒他。我那几天真的有伴君如伴虎的感觉。当然周密也压根不关心我在干什么。他不知道我每天都在烦写不出东西。我公众号微博什么都写不出来。我每天坐在沙发上一坐就是七八个小时可我什么也写不出来。可是周密不会关心这些，他觉得我的事业就是买东西和拍照。不对，他觉得我没有事业。"

韩统叹了口气，打断她："叶蓁蓁。你其实也不关心周密，他年后要离职了。"

韩统其实想说，周密他妈要离婚改嫁这个事不算什么，大家都是快三十的人了，难道真的没有心理素质来应对这么点事吗？他们只不过是不相爱了。因为感情捉襟见肘，所以埋怨对方的人生怎么有那么多事情需要体谅。在世俗的评价体系里周密大约比他靠谱一百倍，可是韩统觉得，他远比他们俩更懂爱情是怎么回事。

那是高三，也是冬天，学校快放假的一个晚上。他们俩在天文台。韩统手机突然响了，他爸在那一端通知他，奶奶去世了。

教室空旷又安静，陈一湛当然听见了电话里的内容，他接电话的当口，她已经替他收拾好了摊在桌上的试卷。没想到韩统挂了电话，若无其事地说："我不回去。"

陈一湛惊诧地看向他。

韩统别别扭扭地解释："我跟我奶奶感情不深，既然人都去了，我迟两天回家也无所谓。"

陈一湛轻声呵斥他："怎么说话呢，再怎么样也是奶奶，快理好书包回家。"

韩统没有收拾东西，也没有再看她。他那时太年轻，真正悲伤的时刻也还记得拗造型，所以他翻上靠窗的课桌，坐在桌子上，头抵着玻璃说话。虽然脖子并不舒服。

"我奶奶的爸爸很有钱，新中国成立前他们全家去了香港，她那时候已经跟我爷爷好上了，所以留在了内地。我爷爷是研究原子弹的，二十世纪五十年代末,就去了甘肃,可能是青海——我们猜的,他的行踪全部保密,谁也不知道。那时候我奶奶已经生了我爸和我叔叔。十多年,我爷爷都没回来,就每个月寄一笔钱,那个钱差不多是他的全部工资了。我奶奶拿这笔钱养两个儿子。自然灾害那三年,实在养不活两个孩子了,我奶奶就坐车,把我爸丢在了一个很远的地方,没想到我爸机灵,走了三个多小时的路,硬是自己找回家来了。没办法,只能接着养。就这么过了十几年,我爷爷回来了。那时候提倡无私奉献,所以我爷爷也没拿什么钱,就领了张奖状,算是对这十几年的交代。他在上海上班,一个礼拜回家一趟,走之前把一周的饭都烧好,我奶奶是一辈子都不会烧饭的。她恨了我爷爷一辈子。我小时候住爷爷奶奶家,任何一点小事情,她都能歇斯底里地骂两个小时。我爷爷人特别好,教我下围棋,教我画画,可是这些优点我奶奶都看不到。她就恨他没用,家里没钱,又凭空消失了十年,让她一个人带大了两个孩子。"

韩统停顿了一会儿。他看到陈一湛也跳上了另一张桌子,跟他面对面坐着。外面下雨,雨声像玻璃珠滚在瓷碗里,雨下得密集,于是他们俩凭空有了相依为命的感觉。

韩统的口气柔和起来,他把故事讲下去——

"我爷爷六十多岁的时候,半夜醒来,听见我奶奶在跟一个男人打电话,笑嘻嘻的,打到凌晨一点啊。他说了她两句,她声音比他还响,我爷爷一激动,脑子里一根血管爆掉,从此就中风了。临终的时候,我爷爷在病床上看着我奶奶,那个眼神,又伤心又怨恨,我一辈子也忘不了。所以我奶奶现在走了,我实在难过不起来。她为什么永远都看不到我爷爷的好呢?就老惦记着她在香港的亲戚发了多人财,她却要守着我爷爷的死工资过日子。真的,我当时才多大啊,天天当着我的面骂我爷爷没出息,耽误她一辈子。"

韩统抱着陈一湛的小腿,把下巴抵在她的膝盖上,轻声说:"我知道那是我奶奶，我要孝顺她，可是从感情上说，我没办法原谅她。"

陈一湛伸出手，很轻很轻地抚摸韩统的头顶："我理解你的感受。可是你万一过几年又想起奶奶的好来，很想她怎么办？我不想你留遗憾，就像我，我都不知道我妈妈长什么样了。我爸爸把她的照片全剪了，你让我想我妈，我都不知道我要怎么想。"

韩统闷声"嗯"了一下。

陈一湛从头顶摸到他的脖子。两个人挨得很近很近，她说："换个角度想，奶奶也很难熬对不对，你要是一走十年没有消息，我一准得疯。"

韩统沉默良久，然后抬起头，他眼眶里干干净净的，没有一滴眼泪，但声音却哑了，他说："我不会走的。"

陈一湛摩挲着他的头发，像是要哄他，但说出来的话偏偏带有诺言的质地，她说："我觉得没钱没什么，人在眼前就好了。"

"——那时年轻啊。真觉得钱不重要，你在我面前就好了。"陈一湛笑着跟实习生自嘲。她带着实习生加班，实习生困了，想听故事解乏，逼着她讲初恋。陈一湛想来想去，只能说了这个片段。

"那你们后来就没见过面？"

"同学会见过一次。"

"能让我看看他的照片吗？你还留着他的照片吗？"

陈一湛从微信通讯录里翻找韩统，点进他的朋友圈里去看。她没有从通讯录里删掉他。拉黑是小孩子做的事，成年人只是不再说话。但她到底也没有成熟透，还是设置了不看他的朋友圈，她衷心希望他过得好，但具体好成什么样，她不想知道。

好久没有点进韩统的主页，刷出来的都是新照片。最新的是别人给他庆祝生日的大合照，照片里济济一堂，粗略一数，有三十来个人。

实习生惊诧说："这是你们班同学会吗？"

陈一湛摇头苦笑："不，都是他的朋友——仅仅在上海的一部分。"

"这些人他都认识？"

"嗯。"

"全部？"实习生还是不可置信。

"全部。"

实习生很同情地看着她，像是理解了他们为什么会分手。照片里的男生，真的让她想起一句很酸的诗，"骑马倚斜桥，满楼红袖招"……要是就这么栽在陈一湛手上，确实可惜。

陈一湛不回避她的目光，坦荡荡地看向她。小实习生可能都觉得这故事是她编的吧，怀孕了还要每天挤地铁上下班的人，跟照片里被围在中间闪闪发光的人，居然也有过一段。她也觉得，韩统跟她在一起的那几年，像是从他一帆风顺的人生里撬出来的。后来他身边的人太多了，她挤不进去。在她仅有的回忆里，韩统是个寂寞、跟父母不亲密、双休日一个人在家打游戏叫外卖的男孩子，她只拥有过这样的他。

"你初恋长得真好看。"

陈一湛不置可否。叶蓁蓁无数次感叹过这一句。她实在是看不出来。太亲近的人，你不会用"好看"或者"不好看"来定义他每一天的脸，你只会觉得，哦，是他啊。

"姐姐，"赶在陈一湛赶她回去干活前，实习生还是鬼鬼祟祟地追问，"你现在，最想见的应该还是他吧？"

陈一湛停下手边的事，认真地想了想，继而摇头："不。我最想见的是我妈妈。我想知道她长什么样子。"

193

醉不成欢惨将别

第二天周密就收到了叶蓁蓁父母的消息，他们说："你重感冒啦？蓁蓁说你发烧烧到上不了飞机。这么严重啊，是流感吗？要不让蓁蓁留在北京陪你吧。"

周密深呼吸一口气，心里想叶蓁蓁怎么那么幼稚。她读高中的时候，有一阵子跟生物老师不对付，所以有生物课的日子总请病假，她又不敢报一些很严重的病生怕一语成谶，所以翻来覆去就是感冒。现在那么大人了，能想出来的借口还是毫无诚意的"流感"。但他只能回复说："爸爸妈妈不好意思，今年只能让蓁蓁一个人回来了。"

回完他就丢开手机，整个人直直地往床上躺。

说来没人信，他还蛮喜欢去叶蓁蓁家过年的。

浙江人在过年这件事上把"繁文缛节"四个字推到了极致，叶蓁蓁家是个中翘楚。每年年三十,他们都要在家里拜完菩萨再请祖宗。饭菜做好以后,先不吃,摆在桌子上,请祖宗们享用,还要放十多双碗筷,依次给他们斟酒盛饭。然后要烧锡箔纸做的银子,还要烧纸钱,房间里全是烟,得打开阳台上的门散味。然后他们要一遍遍鞠躬,讲吉利话。

叶蓁蓁第一年带他回家过年,临到祭祖的时候,别扭极了。时尚博主一想到要在他面前干这么土的事情,就想死。周密浑然不介意。叶蓁蓁的妈妈一次次喊他过来团着手鞠躬,还跟祖宗们介绍这是谁的时候,周密格外配合,这一切俗得让他很有安全感。他只在很小的时候家里吃过年夜饭,后来他爸年三十都跟着上级一起去访问困难群众,阿姨回家了,他妈懒得烧,就让饭店送几个菜到家里。家里很安静,周密跟母亲面对面吃饭,母亲说:"你一会儿给你爸爸发个微信,说新年快乐,爸爸早点回家。"周密答应,但经常忘了发。他跟他爸并不亲,两人很少沟通,做父亲的关怀儿子的方式往往就是训话。周密高中以后迷上了摇滚乐,所有的零花钱全拿来买耳机然后写测评,一心觉得只有听摇滚乐听聋掉才是正经事,有天他父亲进他房间跟他说话,周密戴着耳机声音大得溢出来,他父亲喊了几声他都没反应,一气之下他父亲狠狠拍了下他的头,说:"你不要搞得跟西方颓废青年一样。"周密吃痛喊了一声,父亲又摸了摸他的头以示抚慰——回想起来,那竟然是他们之间少有的亲昵瞬间。

他父亲是被秘书举报的。他给一些企业放过桥贷款,所谓过桥贷款,就是企业还不上银行贷款了,就再找第三方借钱给银行,这笔钱通常是高利贷,银行拿到了钱,那么这时候企业就可以跟银行申请续贷,续贷批下来以后,再把钱还给第三方。周密父亲能帮企业尽快获得续贷,所以他放的高利贷利率也会比市面上再高 倍。出事的导火线是,他父亲的又一个升迁关头,怕落人口实,想暂时中止一下这些交易,然而秘书已经收了人家企业的钱了——秘书要拿这个钱还赌债。对方狗急跳墙,雇了黑社会，让秘书要么吐出钱来，要么说动周密的父亲帮忙。秘书最后想出的自保方法，是自首并且举报了周密父亲。从过桥贷款的案子，又轻而易举地牵扯出了从前的受贿记录，就这样，周密父亲的政治生涯宣告终结。

周密知道很多人好奇，他一个贪污犯的儿子是怎么看待自己爸爸的。没有人相信他是直到案发才知道家里的那些事情，因为他从没缺过钱，所以他不关心人们是怎么倒腾钱的。他从小到大也没有觉得自己家特别有钱，所以他知道父亲受贿数目的时候还吓了一跳，他显然并没有享受到那个规格的生活。他觉得他唯一真真切切感受到的权力的好处，就是他去北京创业，用父亲的资源给自己的理想铺路，但这在他的圈子里，百分百属于上进的行为。

他不是没有良心，要跟父亲做切割，而是他真的很茫然。说起父亲他脑子里跳出来的记忆，只有忙。父亲喜欢教训他，在家的时候会放京戏，逼他练字，吃饭时喜欢痛诉革命家史，说自己小时候如何如何不容易。就这些。可是人们热衷于看儿子指认父亲是坏人。所以就连亲戚都忍不住诱导他聊自己的父亲。那么多年里，只有叶蓁蓁的妈妈，有一年在年夜饭桌上语气平淡地说："过完年你要不去申请探视下你爸爸，叶蓁蓁一起陪着去。"

周密对此始终心存感激。

今年叶蓁蓁一个人回家。

她的行程分两截。先是飞回上海，找韩统吃顿饭，然后坐高铁回杭州。

真有趣。十年前的叶蓁蓁简直是韩统的黑粉，她高二开学的时候猛追过韩统一阵，未遂，然后就开始疯狂攻击韩统轻浮又花心。十年后她反倒觉得，韩统对朋友是好的，况且，她不仅是她的高中同学、是周密的老婆，还是陈一湛的朋友，他不会对陈一湛的朋友不好的。

韩统结婚后仍然过着满楼红袖招的热闹生活。

他这两年事业做得很好，从房地产延伸开去做酒店、做度假村，开始在各种企业家榜单上有名有姓。他自己不炫富，他老婆会替他炫，韩统老婆就靠在小红书和微博上晒各个色系的爱马仕，硬生生晒成了几万粉丝的小网红。叶蓁蓁写稿写不出来的时候，就暴躁地看她微博，然后不得不承认她属于网红界的实力派。学不来。

而且韩统长得好看，还嘴甜。他给女人发微信，统一开场白都是"我突然特别想你，你在干吗呢"。女人收到都觉得倍儿有面子，他看起来如此的一往情深。叶蓁蓁以前就跟周密吐槽说，韩统应该被五百个女人用来在五千个男人面前炫耀过。

她跟韩统约在居酒屋里吃饭。这是他俩第一次单独吃饭，叶蓁蓁一心要把自己灌醉，韩统酒量太好，所以看着她一阵乱喝，他胃里没什么感觉，心里却觉得难受。

叶蓁蓁趴在桌子上，仰头看他，说我告诉你一个秘密。

她把 Leon 的事和盘托出。她说："你记得我回国那阵子，急匆匆要你介绍男朋友吗？因为他不肯跟我正儿八经地好。我爸妈又老催我。我妈多变态啊，过年的时候当着我的面说'拜托祖宗给叶蓁蓁找个好对象'。我在家都待不下去了。"

韩统倒没有对这个故事大惊小怪。都是成年人，谁他妈心里没三两段隐秘的、需要"和酒服"的往事。他只是觉得叶蓁蓁真的不聪明。她不懂得一个词叫"等"。时间可以让很多问题变得不成问题的，她不，她没耐心，急着用新的麻烦来覆盖掉旧的麻烦。她从英国回来的时候，明明还年轻，却急着把自己交代掉了，然而结婚并不是解决问题的办法，结婚是漫长的没有中场休息的舞台剧，演员一开始精心装扮，到最后原形毕露。

韩统觉得叶蓁蓁并不真的理解周密。女人们都并不真的理解周密。她们理解的周密的全部，其实只是他的一个角落。

他们还在读大学的时候，韩统有年暑假回国找周密玩，他们当时混迹在上海静安寺旁边的一家俱乐部里。那家俱乐部周密投了钱，所以他没事就包场请朋友们喝酒。韩统记得那时候真是规矩森严。俱乐部在三楼，到了一楼，他要给保安出示他跟周密的微信记录，说是周先生的朋友，然后保安给他手上盖章，又系了个纸带子在他手腕上，韩统都快发飙了，保安才让他上楼，说您这边请。到了楼上，周密出来迎他，然后把他带到一个小房间里，小房间里有沙发也有吧台，最重要的是，外面音乐放得震天响，里面居然很安静。周密说："外面都是些朋友带来的朋友，杂七杂八，什么人都有，里面是自己人。"然后挨个给他介绍，这是谁，这又是谁。

后来那天来了个姑娘，一张脸整得，刀凿斧刻。姑娘是周密一个酒肉朋友的前女友，除了这个身份外她什么也不是。今天是她的好友把她随便带来的。姑娘一到，就娇嗔说是来捧周密的场，然而又说家教严，已经很久不喝酒。一个男生不屑地说："不喝酒，算捧什么场。"

场面陷入僵持，男生硬要敬她，姑娘硬是不喝，众人小声地心不在焉地聊天，其实目光全聚焦在他俩身上。二十来岁的男孩子，把面子看得比天都大，满脑子都是你一个没来头的姑娘凭什么挑衅我。那姑娘也是奇人，被逼得眼眶都泛红了，就是不喝。

是周密出手相救的。他说："来，你那杯是什么，借我喝一口。"然后从姑娘手里拿过杯子，喝完，虚虚地搂住她肩膀，说："谢谢你的酒。"然后他用不大不小所有人都恰巧能听见的音量说："逼女孩子喝酒也不算什么本事。"

整个过程行云流水一气呵成。

这事韩统当然不会跟叶蓁蓁说，后来他问过周密，那姑娘有没有纠缠他。周密说:"什么叫纠缠,干吗把好好一个姑娘说得那么难听。"同时嘴角泛起笑意。

韩统说:"那你为了她得罪一朋友值得吗?"周密坦然答:"是他没礼貌啊。"

从那时起,韩统就摸清了周密的性格。他们俩不一样。韩统出手泡妞是因为真的想泡妞,周密给人的感觉就是,他如此迷恋自己出手相救时的姿态,至于救的是谁、对方会不会以身相许,他并不关心,他可能救完风尘就扔下人家跑了。他只是想要帅。也许他谁也不爱。

话题陷入僵局。他们俩菜点得又太多。途中韩统接了个电话,然后他问叶蓁蓁:"我要不再叫个朋友过来?"

叶蓁蓁一愣。大年三十的中午,她不知道哪个朋友能被他叫出来。

来的是个年轻女孩。粉色外套,粉色帽子,连耳饰都是一串粉色的丁零当啷的人造宝石。宛如一个人形的凯蒂猫。

叶蓁蓁已经吃瘫,坐在榻榻米上懒洋洋地不想起身,就点头打招呼。

韩统介绍说:"这是我高中同学,叶蓁蓁,这是我朋友,心语。"

叶蓁蓁皮笑肉不笑地笑。

她的反应一点也无碍心语的热情,她先是活泼地跟叶蓁蓁说:"我知道你,你超红的,我有关注你!"

然后她对着满桌子的残羹冷炙,说:"哇,看起来好好吃哦,我也太幸福啦。"

反倒是韩统不好意思了,他喊服务员过来,说这几个再热一下,然后又要服务员把菜单拿出来给她看,说:"你再多点儿个菜吧。"

心语摆摆小手,说:"不用不用啦,这样已经好丰盛了。"

叶蓁蓁忍不住出言讽刺:"你性格真好。"

心语看向她,笑容可以称得上"天真无邪"了,她说:"真的吗?我觉得我好笨哦,很不会讲话,只有内心很善良的人,才会觉得我性格好吧。"

叶蓁蓁被这一记绵绵掌打得只能冷笑。

韩统把话题截了下来,他说:"你怎么皮肤看起来那么好,容光焕发的。"

心语先是双手捧着脸笑,说:"真的吗?我不知道哎,我都是清水洗脸的,也没什么钱买护肤品。"然后她又看向韩统,说:"你皮肤也很好啊,那你是怎么保养的?"

韩统笑得格外开怀:"我是打针的啊。"

"真的假的?!"心语惊叹,然后转头看向叶蓁蓁,"他是说真的吗?"

叶蓁蓁懒得掺和这么弱智的对话,耸肩,不置可否。

心语就继续问韩统:"真的吗?你真的打针呀?"

"是啊。"韩统把脸凑过去,"你要不要摸一下,我的脸可贵呢。"

心语又看向叶蓁蓁,仿佛在怕她不高兴,叶蓁蓁只能做个请便的手势。

于是心语小心翼翼地捏了下韩统的脸,说那你打的针一定很贵吧。

韩统大笑。

叶蓁蓁歪在座位上,她突然有点理解周密跟小助理的不清不楚了。年轻女孩百般好,有胶原蛋白,会发嗲,最重要的是,她们肯入戏。男人们多么不着边际的话,她们都愿意去信,或者假装去信。叶蓁蓁想起小时候读《围城》,方鸿渐骗孙柔嘉说,出海的时候遇到过大鲸鱼,船还开到过鲸鱼嘴巴里去。孙柔嘉问一旁的赵辛楣,说赵叔叔,方叔叔是不是在骗我。赵辛楣说孙柔嘉在装傻,孙柔嘉才是那条鲸鱼,要一口吃掉方鸿渐。以前叶蓁蓁觉得方鸿渐蠢,现在想来方鸿渐并不蠢,男人们只是很享受年轻女孩装傻发嗲的过程,毕竟到她这个年纪,装也装不像，她是在时间面前败下阵来。

心语吃得差不多了，韩统喊服务员结账。她看了眼账单，说这么贵呀。她说你们大人的生活可真潇洒。

叶蓁蓁实在是被这句"你们大人"恶心到，她反问说："你多大了？"韩统替她回答："十九岁，刚大一。"

叶蓁蓁无话可说。只是在心里想，从前她惋惜陈一湛跟韩统情深如许却还是分道扬镳，现在想来，分道扬镳反而是最好的结局。对面这个人，她身为朋友能忍，韩统的老婆或许也能忍，可陈一湛大概是忍不了的。

但她到底有一口气要替陈一湛出。在电梯里，叶蓁蓁看向女孩脚上的鞋子，是巴黎世家那双很像唱京戏的靴子，然而并没有 Logo，显而易见是假货。她存心为难她，问她："你这个鞋子什么牌子的呀？"

心语瑟缩着答："我不知道，我不留心这些的。"然后看了韩统一眼。韩统不说话。到了一楼，他跟心语说："你自己回去吧，我送她去虹桥火车站。"

上了车，叶蓁蓁斜着眼问他："女朋友？"

韩统摇头："不算。"

"那你干吗叫她一起过来吃饭？"

"要过年了，接下来好久不见，总得请人家吃个饭。"

"那还请人家吃剩饭。"

"跟你说了不是女朋友。"韩统掐了下她的脖子，"反倒是你，揭穿人家穿假货，现在好了，她回头肯定要跟我哭，我还得送她双鞋子。"

"这么有钱，送小女朋友一双鞋子算什么。你请我吃饭的钱搞不好都比鞋子贵。"

"那不能这么说，你是我好朋友。"

叶蓁蓁不为所动，继续吐槽他："你们啊，就是一边看不上这种只会发嗲的小姑娘，一边又享受人家的嗲。永远忍不住要占这种便宜。"

韩统笑了，他一点也不生气，还把车窗摇下来，一只手伸到外面感受风："挺油腻的是吧，我也觉得。"

叶蓁蓁把头靠在椅背上，望向窗外："你现在还会想起陈一湛吗？"

韩统轻轻笑了下，他说："我经常想起她，你信吗？"

"我有时候开车路过刚放学的高中，有的小女孩特别没素质，过红绿灯的时候还叽叽喳喳推推嚷嚷，我就会想起你们俩。"

"你们俩当时为什么分来着？"

"陈一湛太缺爱了。管我管太严。我们俩上大学的时候，我在美国，她在国内，她要跟我二十四小时视频，我去上课的时候也要把手机放在桌子上。刚开始是浪漫，后来就觉得是一监控摄像头了。"

"但陈一湛是真爱你。"

"是。我知道。不然我们怎么会好三年。"

"那你为什么不让着她呢？"

"叶蓁蓁。喜欢归喜欢，相处又是另一码事。不不不，我不是要跟你说相爱简单相处太难那种话。就是，我喜欢陈一湛，可我也喜欢轻松。陈一湛给人的心理压力太大了。我还记得我们那时候为啥分手来着，我出国第一年的圣诞节，我想先在美国自驾游玩一个礼拜再回国，陈一湛就觉得我不爱她，如果我爱她，我应该放假当天立马回来找她。我真的压力很大。"

"她那时候十八岁。谁十八岁谈恋爱不是要死要活的。"

"是。所以三年前，我们开同学会，你那时候没来，在英国。我在同学会上碰到陈一湛，我当时还想过重新追她。她没跟你说过这个事？"

"没。陈一湛跟我约定不能提你。谁提你名字谁就要给对方发两百块钱红包。"

"那我给你转账两千,你提,你赶紧提,你使劲跟她提我。"韩统左手把着方向盘,右手摸手机要给她转账。

叶蓁蓁啪地一下打掉他的手。

"你说下去。你后来追她为什么没追成?"

"她死活不答应,就没成呗。现在想想确实也不合适了。"

"我懂。就是你们越来越觉得自己是个人物,越来越希望女人迁就你们,而不是你们去迁就女人。"

"你这是指桑骂槐。周密估计得在家打喷嚏。"

叶蓁蓁不接他这个话,自顾自说下去:"我觉得是因为啊,陈一湛不图你的钱。她在物质上对你没什么要求,所以感情上就特别敢要。"

"是。是。"韩统点头赞同,"但其实女人不爱钱这事还挺麻烦的。她们一旦不爱钱,那就真的是决定要拿走你半条命了。有时候觉得平均一点比较好。平均一点相处起来舒服。"

"但真的娶了别人,又经常想起她。觉得哎哟有这么个傻姑娘爱过我。"

韩统摆出一副"你爱咋说咋说吧"的表情。

叶蓁蓁冷笑:"她在你心里永远有个位置,但生活里不能有。"

韩统也笑,说:"你这股刻薄劲真的挺烦人的,你最好跟周密不这样。"

快到虹桥火车站了,可是韩统突然说:"你的车票要不退了吧?我直接把你送回杭州。"

"你不是说今年在上海过年吗?你爸妈不是也接到上海来了,你回去干吗?"

"送你。"韩统面不改色地答,"顺便在外面吹吹风,我爸妈我老婆女儿都在家里,我不想一下午待在那。"

非常奇妙的体验。两个认识多年却从未深交的旧同窗,大年三十的下午,一起在高速公路上吹风。大年三十的沪杭高速并不拥堵,路上的车稀稀拉拉,韩统一路开得过瘾。他们不怎么说话,甚至根本不说话。韩统很绅士,他问她:"你要放你的歌单吗?"叶蓁蓁点头,然后她连上蓝牙,随便选了个网易云音乐首页的歌单播放。他们切了好几首根本没听过的歌之后——韩统自嘲说:"我们真的老了,已经连新的歌都没耐心再听。"他们终于切到了一首熟悉的,是卢冠廷的《一生所爱》。

叶蓁蓁年少时很不喜欢卢冠廷,觉得他唱什么都是一个调调,像一个人拖长了声音在乱哼。但此刻她听卢冠廷唱"开始终结总是没变改,天边的你漂泊白云外",听得鼻子发酸。她看向韩统,韩统脸上的肌肉绷得很紧。她想起高三晚自修的时候,韩统突然献宝一样给陈一湛拿出了一罐大核桃仁,说补脑的。叶蓁蓁羡慕嫉妒恨地问:"韩统你不会是拿嘴咬的吧,太恶心了。"韩统说:"放屁,我们家没有剥核桃的工具,我是拿门夹的,我开开关关了几百次门,手臂都酸了。"陈一湛笑着说:"你脑子也一起被夹到了吧。"可是那一罐大核桃仁,陈一湛一口都不肯分给她吃。那是十一年前的事。

叶蓁蓁那个春节过得跟噩梦一样。

南方家里开地暖,跟北方暖气一样让人燥得慌。她半夜被噩梦惊醒,拧开床头灯找水喝,然后顺便上了个卫生间,打开镜前灯,她发现自己在流鼻血。

叶蓁蓁拿纸巾去擦,然后卷了一绺纸巾堵住鼻孔,她在镜子前站了五分钟,小心地把纸巾拿出来,发现鼻血已经止住了,但纸巾大面积地被染红。

叶蓁蓁多梦。

周密对此的说法,是太闲了,白天生活密度不够,只能晚上睡觉继续凑。他们住在一起的时候,半夜叶蓁蓁一个激灵醒来,看到周密好端端地睡着，会忍不住把手放到他额头上轻轻摩挲，像是一个人在海里漂浮许久，要触摸到礁石，才敢确认靠了岸。

有一次她梦见他俩吵架，醒来竟然分不清，到底是做梦呢，还是昨晚他们吵架吵到一半她睡着了。她把周密喊醒，说："昨天我们吵架了吗？"

周密迷迷糊糊地说"没有"。

"真的没有吗？还是吵到一半然后我忘记了？"

周密挣扎着把眼睛睁开，看向她，扑哧一笑，说："你这个人怎么回事？忘了不是正好吗？你这属于没事找事的范畴啊叶蓁蓁。"

她也觉得自己有点好笑，就顺从地不再多想，继续睡了。

现在想想，他们俩也不是没有过好时候。有次叶蓁蓁在写流行的发型趋势报告，周密抱着她，在一边瞎凑热闹点评。他说："我以前觉得黑长直好看，最近发现，其实那种很清爽的短发也蛮好看。"

叶蓁蓁警觉地看了他一眼："你看到谁这个头发了？"

"没谁，"周密拖着声音嘲笑她的多疑，"我就是这么一说。"

"你肯定是看到谁剪这个头发了，不然你哪想得起来？"

"……我看到周冬雨剪这个，觉得还不错。"

叶蓁蓁不能跟周冬雨较劲，只能阴阳怪气地说："你现在接受域变广了啊，黑长直好看，短发也觉得好看了，果然一结婚，看谁都有几分可取之处。"

"也不能这么说，我看那种半长不短，还带点卷的头发，就觉得很一般。"

叶蓁蓁一开始没往心里去，又写了两行字，突然反应过来："什么半长不短还带点卷，你不就是在说我吗？！"

周密笑得那叫一个高兴，抱着她微微卷曲的头发一个劲地亲。

她还想起，刚参加完韩统小孩的百日宴的那阵子，她特别想要个孩

205

子，她有天指着一个时尚博主的朋友圈说:"你看，你看，她就是因为有个小孩，所以被奶粉品牌指定做微博代言了，周密，你害我错失多少商机！"

周密说："行行行，生生生。"

叶蓁蓁看他那副不正经的样子，就想踹他。周密一边小心闪躲，一边嬉皮笑脸地说："我也觉得有个小孩挺好的，到时候雇个阿姨，你跟孩子睡，我跟阿姨睡。"

她翻出陈桔的朋友圈，那一条还在。她简直想一鼓作气地点个赞，却又觉得，点赞就遂了陈桔的心意。

她在深夜里想，其实自己知道早晚会有这一天的。打个比方，她跟周密的关系，好像是把一张宣纸铺在一个空的大缸上，宣纸那么薄，底下又是空的，落笔稍微重点，就会把宣纸戳破，他们俩就是小心翼翼地控制着腕力，在宣纸上作画。画上也有过很多好风光，但现在宣纸已经破了。

第二天早上，叶蓁蓁被她妈喊醒，浙江人大年初一早上是很忙的，又要放开门炮，又要请天地菩萨，又要早上吃汤圆，她妈楼上楼下地乱窜，每到楼上一趟，就忍不住敲一次叶蓁蓁的门："你快点起来拜一下。过完年三十一岁了啊，叶蓁蓁，三十一岁了，要懂事了啊。"

叶蓁蓁直接把头往被子里缩。

到九点钟实在是受不了了，起床，她在楼上收拾了好一会儿，穿了件墨绿色的——是那种格外沉重的几乎发黑的绿——亮丝绒质地的裹身裙，下楼，叶蓁蓁又在心里赌气地想，要想日子过得去，大年初一穿点绿。

她妈一看到她穿裹身的裙子露出一截胸口，就开始抗议："你怎么回事？让你下来拜菩萨，你穿成这样子。"

"说不定菩萨爱看呢。"

她妈翻了个巨大的白眼。

中午是要跟亲戚吃饭的,可是十点钟了,叶蓁蓁还慢悠悠地在吃汤圆,她妈拉开椅子,坐下来问她:"周密发烧怎么样啦?"

叶蓁蓁差点"啊"了一声,她都要忘了这个随口扯的谎了。她敷衍说:"哦哦,应该好多了吧。"

"怎么突然发烧了?"她妈说这话的时候,目光炯炯地在叶蓁蓁脸上逡巡。叶蓁蓁垂着眼睛说:"流感,北京好多人都中招了。"

"那他们都不回家过年?"

叶蓁蓁一惊,抬起眼皮被迫跟妈妈四目相对。

叶蓁蓁一阵头疼。她昨天陪爸妈看了会儿春晚,然后在房间里藏了瓶贵腐酒,晚上回房间喝掉大半,此刻脑袋还沉。她没法把这小半年里的事情跟她妈交代一遍——周密多了个贴心贴肝的小助理,周密他妈要再婚,周密变成了一只刺猬逮着她就怼,周密跟助理吃饭被苏青青看到……但她也没有多余的智力来编一套谎话。她索性兵行险招,跷起二郎腿问她妈:"我们俩要是离婚了,我能回来住一阵子吗?"

叶蓁蓁说这话的时候右手还拿着勺子吃汤圆。脚趾上勾着拖鞋,一晃一晃地。拖鞋是她从北京带回来的,其实是双黑色鞋面的平底乐福鞋,一只上面用绿色的线绣了一棵柳树,别一只上用金线绣了个胖胖的月亮。

她完全没想到她妈脸色会变,她妈妈啪地一下打掉她手里的勺子,说:"这种事情也能开玩笑?大年初一开这种玩笑,你存心的是不是?"

叶蓁蓁想嬉皮笑脸说妈妈你怎么那么迷信、规矩那么多,可是她从妈妈抿紧的嘴唇和轻微颤抖的面部肌肉看出,妈妈是真的着急了。

叶蓁蓁坐端正,把手肘放到桌面上,像一个大人一样跟妈妈对视,她问她:"如果我们俩真的不好了,我离婚你会觉得很丢人吗?"

"你结婚的时候我们就觉得够丢人了。人家甩过你一次，你还要贴上去第二次，我们只不过是照顾你的自尊心没有说。而且人家为什么回头找你？好的时候看不上你，爸爸出事了才回头想到你。说白了不就是拿你当备胎吗？你结婚的时候，我跟你爸都不好意思给同事发喜糖，生怕人家问起你最后嫁的是谁。现在你又要离婚了。才几年啊，你有没有个消停？"

叶蓁蓁只觉得血往脑子里冲。她从没想过妈妈原来是这样看待她这段婚姻的。她冷笑道："为什么怕人家问最后嫁的是谁？难道不是因为你们当年虚荣心爆棚，到处跟人吹嘘我跟谁谁谁的儿子谈恋爱吗？后来人家爸爸出事了，你们就觉得没面子了。"

"我们拿你吹嘘什么？叶蓁蓁你神志清醒点。我们不靠你吃饭。你现在住的北京的房子一半钱还是我们出的。"

"那我还你们好了呀。"她不顾一切地吼道，"你给我报个账，我还你呀！"

"你三十岁的人了除了，会讲这种话你还会干什么？没个正经工作，没事闹离婚，你看看谁三十岁活得跟你一样浑浑噩噩？"

叶蓁蓁再也吃不下去了。她把盛汤圆的碗推开，起身，快步走回卧室，重重把门摔上。她太失望了。她对妈妈的失望比对周密的失望还深。

她一直以为她妈妈是那个跟她说，只要你快乐、健康、平安，我们什么都不怕的妈妈，原来妈妈还有这一面。

她还记得大学的时候，她跟周密约会回家，她妈旁敲侧击问她："你们今天去哪玩了呀？"叶蓁蓁忸怩着不说，她爸说："没事你讲，她也不是关心你，她就是八卦。"

那时候叶蓁蓁真的觉得，她拥有天底下最好、最开明、最宽容的爸爸妈妈。甚至她选择在春节前夕跟周密摊牌，也是因为她想着，没事，伤心完了就可以回爸爸妈妈家了。她总以为能躲一躲的。

现在她知道不行了。

你见过言情小说里写的那种眼睛吗？

Chapter 13

跟其他人相比，苏青青那一年的春节称得上"风调雨顺"。

她过年跟吴歌川一起，带着父母到苏梅岛度假。

苏青青这些年的出差待遇一直挺好，公司的酒店报销额度是国内一千五，国外两百刀一晚，再加上公司跟酒店又有协议价，所以差不多都能挑最贵的住。

但她父母没有。

所以进了酒店大堂，她径直往前台走，她爸妈却落在后面，等到她要拿爸妈的身份证登记的时候，才发现她妈妈正站在一个巨大的盆景旁边，让她爸爸拍照。

下意识地，她想呵斥他们过来。

工作后，苏青青自问在金钱上对父母一点都不小气，但她确实对他们缺乏耐心，她妈有时候把剩菜偷藏在冰箱里，被她发现，都能让她想起小时候的经历——爸妈舍不得把剩菜倒掉,就把各种剩菜拌到一起,味道不三不四的,也继续硬着头皮吃。她很讨厌吃花椰菜,小学有段时间,午饭天天吃花椰菜,她实在是吃不下去,所以总是一到放学的时候就饿得不行,就花五毛钱在路上买干脆面吃。有一天被她爸妈发现了,她解释说学校里实在是吃不饱,她妈说:"小孩子怎么那么挑食,我跟你说,午饭一定要吃饱,吃饱才会有力气念书,你就算是吃猪食你也给我吃下去。"

很多年后苏青青常回顾这样的细节。毫无疑问她妈爱她。然而她想不明白为什么这句话不能好好说出来,一定要是"吃猪食"这么极端的表达方式。然而她反思归反思,三十岁的时候,她发现自己继承了妈妈的语言风格,她把剩菜怼到她妈面前,尖声问她:"你这个菜为什么不扔啊?为什么不?你是要靠省这点菜钱发家致富了对吧?我跟你说哦,你要是吃这种东西吃到医院里去,我是没有空来照顾你的。你不要自以为替我省钱,你是在给我添麻烦。"

她不是不厌恶自己的刻薄。这种厌恶不仅来自道德层面的自我谴责,还因为她觉得这种市井气十足的刻薄总是在提醒她的出身。可是她转头安慰自己说,现在到底是她在养活他们,况且,她骂得也没错。

此刻吴歌川也在,她尤其不希望自己的家人在他面前露了怯,她勉强压住怒气,打算走过去把他们俩扯到前台来。然而吴歌川拦住了她,他说:"让他们拍完呗,登记入住也不着急。"他还说:"我也觉得这个酒店大堂很好看,你要拍吗?我帮你拍一张?"

苏青青有点惊讶地盯着他,不知道他是为了让她下台还是真的没见过世面——这不就是普通的酒店大堂吗?

接下来的几天,总体上风平浪静。苏青青对千篇一律的海岛风光并无兴趣,她躲在房间里睡觉,醒来就在别墅自带的泳池里泡一会儿,然后起身,躺到遮阳伞下看书。虽然是度假,她每天的微信步数却绝不超过两千步,唯一的运动量就是吃完晚饭后在私人沙滩上散个步。

倒是吴歌川，兴致勃勃地带着她爸妈到处逛，好几次，她想对他说不必如此殷勤，但看着他无怨无悔的样子，她决定由他去吧——真的没有人不想放松地被爱。

临走的前一晚，吴歌川带她爸妈去了夜市，十点多的时候，他们回来了，他爸妈喜滋滋地说："我们给你买了一顶太阳帽。"

苏青青接过来，扫了一眼就知道是夜市小摊上买的，她把帽子随手放在咖啡机旁边，打算回国的时候"不小心"遗漏在这里。

"你戴上试试嘛。"她妈倒是兴致很高。

如果不是吴歌川在，苏青青一定会呵斥说："你有完没完了啦。"

但当着吴歌川的面，苏青青勉勉强强地笑着，把太阳帽搁到了头上。真的是"搁"，就是虚虚一放希望它随时掉下来。

吴歌川说："哎呀好看。"

苏青青本来不想理他的，可是她站在房间门口，一扭身就能看到一面巨大的落地穿衣镜，她正眼瞧了一下自己的模样——居然是好看的，戴着夜市里不知道几十块钱买来的大草帽，身上穿着酒店松松垮垮的浴袍，居然也是好看的。

她爸妈已经回房了，她还站在镜子前不肯挪脚。吴歌川走得累了，又攒了一个晚上的微信没回，正坐在她身后的摇椅上看手机。

鬼迷心窍地，她想起了叶蓁蓁那个著名的问题，她面对着镜子，目光却紧紧追随着镜子里的吴歌川，她几乎要深呼吸一口气，才能把这句话说出来——她感叹说："哎，怎么会有我这么好看的人啊。"

她屏息等待吴歌川的反应。

他没有抬头，仍然看着手机，当中扑哧一笑算给了点反应。

苏青青大失所望。紧接着是尴尬和恼怒。她转过身质问他："你笑什么？哪里好笑了？你不应该跟着夸我吗？"

问到最后,她自己都觉得底气不足,她决定给自己找个台阶下,她走到衣柜里拿了换洗的内衣,说:"算了我懒得跟你吵,我要洗澡。"

　　吴歌川终于意识到事态的严重性,他急急忙忙放下手机,在浴室门口拦住她:"……我不知道刚才是要给反应的。来,重新来一遍。刚才算排练走神了。"

　　苏青青当然不能再对着镜子说出那么臭不要脸的话来。

　　吴歌川说:"来你把我当魔镜,问吧。快问,世界上为什么会有你那么好看的人。"

　　苏青青没有被逗笑。她靠着浴室门,手上拿着一件新的内衣,她不安地把内衣带子一圈圈缠在手指上,慢吞吞地说起一件小事。

　　"我跟你说过我有个高中同学,叫叶蓁蓁——对就是周密老婆。我们俩第一次见面的时候我就跟你坦白说,我习惯性地要跟她比一比。"

　　高三的时候,学校门口开了家奶茶店,每天放学都有一堆人在排队。有次韩统请邻座几个女孩子喝奶茶,苏青青和叶蓁蓁当然都有份。叶蓁蓁拿了奶茶,用吸管戳开封口正要喝的时候,一个发传单的人从背后拍了她一下,叶蓁蓁一惊,整杯奶茶掉到了地上。

　　叶蓁蓁当时没有发火,她只是傻愣愣地看着歪在地上的奶茶,然后看看那个年轻的传单小哥,她什么都没有说,甚至重新站到了队伍最后,打算再买一杯。

　　但是那个小哥主动提议说:"我买一杯赔给你吧。"

　　叶蓁蓁木讷地摆摆手,说"没事",小哥却已经把她推出队伍,开始替她排队了。

　　"我一直不太明白,为什么她总是能碰上别人对她好呢。我有时候真希望,她的傻白甜都是装的,这样我就能证明她也在用某种手段获得爱。但她偏偏大多数时候,是真的傻乎乎的,我就会特别不明白,为什么有人什么都不做,也会有人对她好。"

吴歌川突然问她："你是不是喜欢过周密？"

苏青青一惊。第一反应居然是想把浴室门关上。

吴歌川一边推着门，一边说"你怎么又来这招"。

苏青青凭借对男性群体的了解，直觉自己此刻不能认。首先没有男人乐意听女朋友感情史上的前情提要，况且他说的是"你是不是喜欢过周密"而不是"周密是不是喜欢过你"，对她的人设也并不加分。所以苏青青反问说："你怎么会那么想？"

"我第一次见你就觉得了啊。你吃饭时一直在看周密。我们俩在一辆车上的时候，你又跟我聊周密。后来餐厅碰到周密那次你拉着我就走。今天晚上你又聊周密的老婆。你是个特别不八卦的人，我真的想不出其他能让你那么关注一对普通夫妻的理由。"

"他们是我高中同学。大家后来又一直有交集。"

"喜欢过周密又不是什么丢脸的事情。你干吗那么紧张？"

"吴歌川你这样特别像我男闺密你知道吗？"

"反正你现在也不喜欢他了，我觉得聊聊没事啊。你聊完就不会对他们俩那么耿耿于怀了。"

苏青青本来想说"谁耿耿于怀"，但她终于叹了口气，说："我高中时特别不快乐。我老觉得同学都是傻子。我们班很多同学家里条件都挺好的，就算不好好念书家里也能想办法找出路，所以我那时候挺自卑的。我觉得别人都是有退路的，我没有。人家是劳逸结合素质教育，我是背水一战。我那时候真的很不开心。我跟你说我那时候一个人坐，然后我前面是叶萦萦周密伉俪，后面是我们班一个特别有钱的男生跟他喜欢的女生。就感觉除了我，没有人在认真读书。这么多年了，我其实还经常会觉得，他们享受的是人生，我什么都没有享受到。我总是想赢。可是除了赢之外，我什么都没得到。"

213

吴歌川用手捧住她的脸,说:"虽然在浴室门口谈心有点奇怪,但是青青,你现在跑赢了你那些同学们。"

"是。可是我仍然觉得很亏。"

"宝宝。"不知道为什么,苏青青觉得他喊她宝宝的样子,非常自然,一点也不恶心,她甚至希望他多喊她几声。她觉得疲惫感从脚底漫上来了。她想起好多事。她小时候父亲总跟她说,吃得苦中苦方为人上人,她真的挺苦的。工作的前两年,每个月的收入都分成两半,一半打给家里一半自用,两年后想买个小房子,问她妈家里能给出多少首付来,她妈说钱不在家呢。她问她这话的意思,她妈不说话,她回家一趟,才发现这两年打来的钱都被她妈拿去做传销了,家里没有钱,只有十几万的产品。她妈问她:"你要不问问你同事要不要?他们有钱。"

她是提着一口气在活的女人。在吴歌川之前,她有过许多短暂的约会,她的男人缘并没有大家以为的那么好。不少约会对象抱怨过她低气压,不松弛。她没有爱好,她也可以出海钓鱼或者潜水,然而这些活动对她来说都属于社交。她总觉得酒过三巡就应该聊点正事,她受不了他们来来回回只谈风月。她就连去美术馆的时候都会想,来都来了,一定要记住几个下次可以用来装 × 的知识点。

她把头靠在吴歌川胸前。她说:"如果我真的喜欢过周密,你会怎么想我?"

"能怎么想,最多觉得你这十几年都过得有点憋屈。"

"你好好说话。"

"真的没什么想法。我不怎么喜欢周密。我觉得他有点大尾巴狼。"吴歌川简要地回答,他感觉到苏青青咧嘴笑了笑,她大约觉得他是吃醋,所以安抚性地踮脚摸了摸他的头。吴歌川不想告诉苏青青,他第一次见周密,是在一个牌局上。一个四大女提到了苏青青的名字,开门见山第一句就是:"她现在跟谁好呢?"另一个年轻女孩回答说:"凭人家的手腕，谁都有可能啦，我们太笨了，只配老老实实做事给人家打工。"吴歌川对女人之间的暗流涌动很不感兴趣，也不知道苏青青是谁，只是随便一听也觉得这些人阴阳怪气的。周密当时就坐他旁边，可他心无旁骛地打牌，众人闲聊的时候他就拿出手机打游戏，完全看不出他跟苏青青其实有千丝万缕的瓜葛。吴歌川决定不告诉苏青青这些。她喜欢他那么多年，她应该得到一个比较快乐的结果。

毕竟是春节。就连平时忙得恨不得拿五个手机的人也都开始闲下来聊天或者撩骚，所以苏青青难免收到一些旧人的消息。

比如朱先生约她年后在北京见面。

朱先生这次来北京，主要是为了见个律师，顺便带来了再婚的消息。这次的对象是个比她更年轻的女孩，朱先生对她父母的背景讳莫如深，她于是只知道她拿了常春藤学位后没有工作，频频现身于各种慈善活动。她搜了下她的微博，都是什么义卖二手衣物，替失聪儿童筹集善款，底下评论里说："×× 真是人美心善呢。"

她揶揄他说："不错啊，人美心善。"

朱先生大笑说："是啊，人美心善。"

她对此没有伤心，只有失落。她想起多年前她问过他关于婚姻的问题，她当时也不妄想能嫁给他，她还特意跟他强调了是"理论探讨"，她问他："像你这样的男人会想再婚吗？"

他说："怎么会呢？一个地方去过了，失望了，都提前买机票回家了，为什么还要再去呢？"

她当时深以为然。现在她重新拿这话问他，他哈哈大笑，说："反正都去过了，知道什么样了，就不怕再去一次了。"

苏青青到底也不是小女孩了，她在桌子下轻轻踢了他一脚，说"讲人话"。

他收起笑容,说:"青青你也知道我现在自己做了个基金,这几年募资很难。我需要她父亲,况且她也不讨厌。"

苏青青心情复杂地看向他。一方面她觉得他真是对她抛开绮念拿她当朋友了,另一方面也有种神像倒塌的感觉,七八年前她刚出社会的时候,觉得朱先生是高深莫测无所不能的。

他知道她在想什么,所以拍拍她的手,说:"你不要对男人有太高的期待,行走江湖谁不认爸爸。"

苏青青跟他碰杯,她说:"所以你干脆给自己真找了个爸爸是吧。"

朱先生大笑。

叶蓁蓁也在大年初五收到了让她呼吸停顿几秒的消息。

她大年初三就回北京了,家里实在是待不下去,亲戚们见到她都要问一句"周密呢",她妈一边帮忙圆场,一边狠狠地剜她一眼。只有他们仨在家里的时候,她妈跟她爸用很轻的气声谈论她的婚姻,叶蓁蓁说:"你们俩不想让我听到就去房间里讲,想让我听到就索性坦坦荡荡,你们现在这样感觉就是专门恶心我了。"

她妈说:"你怎么现在一触即跳的。"

最难堪的是大年初二晚上,她妈凌晨一点睡不着觉,敲叶蓁蓁的门要跟她谈谈。

叶蓁蓁本来是开着窗在抽烟的,急忙伸手在外墙上把烟头捻灭,她装出被吵醒的声音,说:"干吗呀?我都睡了。"

"你起来。妈妈跟你谈谈。妈妈不跟你吵了。妈妈想了想,你三十岁了也是妈妈的宝宝,妈妈不应该凶你,妈妈跟你说点心里话。"

"你说……我真的不想爬起来了。"叶蓁蓁一边有气无力地回答她,一边拿杂志使劲扇风,希望空气流动可以快点驱散烟味。

"妈妈不是势利的人,你大学时候跟周密好,妈妈也不是图人家什么,我们踏踏实实做人,用不上他们家的关系。你们俩结婚,妈妈也没有反对,因为妈妈觉得周密本质上还是勤奋、负责任的人,你自己也喜欢他。我们都是很尊重你的选择的呀。"

"嗯。妈你大晚上这么一大段大段的,我听得都累。我们明天再说吧。"

"我睡不着。你都要离婚了,我怎么睡得着。"

"……你回去躺躺就睡着了。"

"蓁蓁你开门。妈妈要跟你好好谈。你别装了,我知道你没睡。你刚刚微博还点了个赞。妈妈不是要跟你吵架。妈妈是要给你讲道理,你三十一岁了,虚岁三十二,你离婚你是要嫁给谁呀?周密要是现在放出去有一堆小姑娘接手。你呢?"

"怎么周密就一堆小姑娘接手,我就是没人要啊。我比周密赚得少吗?我每个月转你们三四万呢。我有钱,好看,我怕什么呀我。"

"不是妈妈打击你。这种话我平时是不想跟你说的——你说你当这个时尚博主,是不被主流社会认可的。况且,这个职业的可持续性强不强呢?你今年赚一两百万,明年能保证还赚那么多吗?是,就算你有钱,好看,有的人可能愿意跟你谈恋爱,但还有体体面面的人乐意跟你结婚吗?叶蓁蓁你给我起来,我今天真的要跟你好好谈。"

她妈一边徒劳地转动门把手,一边焦急地疯狂敲门。

叶蓁蓁只能把门打开。

她妈一进房间就闻到了烟味,又看到了开着的窗户。她这时把之前要说的话全忘了,指着叶蓁蓁厉声问:"你在房间里抽烟啊。叶蓁蓁,你现在连抽烟都学会了,你接下来还有什么干不出来?你是不是要吸毒了?你干吗啊你,离婚,抽烟,你是存心不想好好做人了是不是?"

叶蓁蓁赤脚站在房间里。她根本不知道要如何应对,她其实想从窗子里跳下去。

所以大年初三下午，她爷爷的忌辰仪式过后，她爸妈送亲戚走，她迅速地收好行李箱，然后约好了出租车。

车窗外，杭州熟悉的市景迅速地后退，叶蓁蓁还是掉了眼泪，她预感到自己未来很久不会回这里了。这个城市一度对她来说是伊甸园般的存在，她在这里有家，有过轻松的明朗的校园时代，有过初恋，也有老友，但现在这个小小的伊甸园被收回了。很多事情是在叶蓁蓁的设想范围内的，比如跟周密真的离婚要怎么办，但她从没想过，有朝一日会这么灰溜溜地离开父母家。

她在出租车上给父母发微信，说"我去北京了，你们自己保重身体"。然后把父母的微信都设了消息不提醒。她不想再看到父母任何歇斯底里的谩骂，再看到一句，她都会被逼疯的。

大年初五晚上，叶蓁蓁坐在地毯上，一边对着电脑一边跟助理打电话讨论公众号选题，她其实对这份工作已经越来越厌倦，她觉得自己为了多赚点钱在孜孜不倦地生产垃圾信息。可是她依赖这份工作。她已经没有办法上班了。因为任何一份工作都会比她现在忙碌十倍，工资却无论如何也达不到她一篇广告费的高度。她一直挺想跟周密聊下这个事的，却从没找到过合适的时机。

她跟助理商讨是写"新年开运色"还是写"假胯宽的人要怎么挑裤子"的时候，屏幕上突然提醒她，进来了一封新邮件。

她点开邮件，先看到的是发件人，她怀疑自己看错了，又确认了一次，还是很难相信真的是 Leon。她去伦敦时他都没有见她，她以为他们没有后续了。

"没想到还能有今天。"

叶蓁蓁三言两语打发走了助理，屏息看邮件，正文很短，他说他决定关闭画廊，专职当画家。他想来国内发展，因为听说有海外背景的艺术家容易在国内蹿红。他知道她是网红,所以想跟她当面谈谈。他希望由她来策划怎么推销他。

叶蓁蓁盯着邮件看了一会儿。然后给韩统发消息,问他:"在吗?"

没等韩统答复,她就把邮件内容转发给他,她说:"你说他这什么意思呢?"

韩统直接给她打电话,他说:"这男的也太不怎么样了。你去英国找他他不见,现在要来国内赚钱了,记得联系你了,这摆明了是要用你资源嘛。"

叶蓁蓁专注地用手揪地毯上的长毛,不说话。

韩统嘟囔说:"这还不如周密呢。"

叶蓁蓁笑了:"周密应该不会感谢你这么替他说话。"

"那你打算见吗?"

叶蓁蓁反问他:"如果是你,你会见吗?"

韩统不知道这话要怎么说。私心里他觉得周密对叶蓁蓁并不好。不,跟见女助理这些无关。他觉得一个人如何在其他人面前描述自己的伴侣是很说明一些问题的。大学时周密跟他说起叶蓁蓁,就像说起一个宠物,可爱是可爱,亲昵是亲昵,轻蔑,也是真实的轻蔑。那时候叶蓁蓁还是个文艺女青年,雄心勃勃,要当小说家,在群里发过好几章小说,韩统拉屎的时候看,觉得还挺通顺的。他后来问周密:"她小说写得怎么样啦?"

周密说:"她啊,三分钟热度,早忘了这事了吧。"

韩统说:"她不是一心要当小说家吗?说要改良中国言情小说市场。"

周密说:"那也不是她想写就能写的。"

周密叶蓁蓁这样的入学情侣韩统认识不少,他国外的大学同学里也有这种,男女生条件都不差,认识多年,生活习惯高度合拍——总之就是花钱能花到一块去,也不存在谁图谁的钱的问题。很多这样的情侣毕业就结婚了。结婚时所有人都羡慕他们,羡慕他们可以在父辈的基础上轻轻松松享用人生。他们也以为一辈子就是这样了——秀恩爱、旅行、滑雪、冲浪、海钓、过纪念日、手拉手米其林餐厅刷星。但韩统直觉不是的。怨憎会、爱别离这些事，并不是你有钱就能躲过。

现在他三十岁，不少当年毕业就结婚的人生赢家同学都已经离婚了。

叶蓁蓁周密也不过是其中一个案例。

他知道叶蓁蓁虽然问他"要不要见"，但其实无论他怎么说，她都是会见的，问他不过是想从他这里获得精神支持和道德豁免。可是他有种悲剧来临的预感。他想跟叶蓁蓁说，她见 Leon 跟她和周密谈分手是两件事，不要混为一谈，不要把对周密的失望偷换概念变成对 Leon 的爱情。但是韩统不是爱给人讲道理的人，所以他只是说："你自己把握呗。你也三十了。"

叶蓁蓁去见 Leon。

他们已经五年不见了。他的 Ins 上都发自己的画，或者是他随手拍的照片。总之不拍脸。叶蓁蓁想过她会不会都忘了他长什么样，但她走进餐厅，刚想跟服务生报自己的手机号问订的那一桌在哪，抬头，就看到了他的脸。

他是老了一些。但跟记忆里一样好看。Echo 一开始总对这段恋情提不起了解的兴趣，直到有天叶蓁蓁偷拍了他一张照片，发给 Echo 看，Echo 说了六个字："是帅的。能理解。"

那是她迷恋过的一张脸。眼睛的颜色很深，很好看，睫毛很长，是那种亚洲人少有的特别双的双眼皮。叶蓁蓁小时候是外貌协会的，但周密不算帅，哪怕旁人都告诉她周密行情越来越好，叶蓁蓁也打从心眼里觉得，周密不过是中人之姿。可惜她的交际圈里已经很少有女人关心"帅"这件事了，帅这个字只会用来形容年轻的娱乐圈男明星们，真正考察身边男性的时候,她们关心的是职业、学历、财务状况、有没有定下来的意愿。叶蓁蓁看着Leon,突然想起来了,她从前是个花痴啊。

她看到他就会想起从前他有多迷人。他连吹口哨吹得都是《当约翰尼迈步回家时》(*When Johnny Comes Marching Home*)。他声音低沉又好听。他给她讲他到处旅行的故事。他这个人是野生的。读书时因为华人身份跟同学打过无数的架,旅行到一半没钱了,睡旅馆老板娘然后给人家画全裸写真。一辈子女人缘都好极了,曾经约会过*Vogue*杂志的模特,模特还愿意养着他。

Leon头发剪短了,他历练得风度更好。一见到她,就站起来,坦然地在餐厅里给了她一个拥抱。

叶蓁蓁不是完全不了解这个人。他文艺的皮囊下有精明的一面,比如他不愿意为她回国却愿意为了名利回来,比如他这么大张旗鼓亲昵地对她,是因为她已经结婚了。

所以叶蓁蓁故意一坐下来就告诉他,她正在跟丈夫谈离婚。

他也许看出了她的挑衅。但他看着她,诚恳地说:"我要是知道你正在经历那么难受的事情,我刚才应该多抱你一会儿。"

叶蓁蓁很希望自己能轻佻地赞许他会聊天。但她做不到。她脑子里只有一个念头,就是"完了完了",她感觉整个人又重新被激活了。

她一下子想起了她当年爱他时的样子。小心翼翼,诚惶诚恐。她刚认识他的那阵子给他发消息,写了又删,总怕自己不够有趣。他对女人总是非常绅士。她知道如果她问他,"你是不是觉得我太乖了很无聊",他一定会说"怎么会",可是她也相信,他回复她的同时也在回复其他女人。其他女人可能比她有趣,比她开放,还有比她更浓密的秀发和更适合接吻的嘴唇。没有爱过万人迷的人是不能理解那种悲凉的。你在路上看到一个女人对着手机傻笑,你都怀疑跟她对话的那个人是他。

Echo吐槽说:"Leon有一种你都不忍心让他负责任的迷人的渣男气

221

场。"叶蓁蓁没法反驳。她大学时候跟周密发脾气，周密烦归烦，还是认认真真陪她吵架。但叶蓁蓁跟 Leon 不敢，她知道只要她闹着要走，他一定会说："那既然你要走……我只能祝你以后开开心心的。"然后他比她先走。

她有次从国内飞回伦敦，因为延误，到伦敦是凌晨两点。她落地后跟室友 Echo 报平安，Echo 说："你让他去接你啊。"叶蓁蓁说："算了，他开过来再开回去，还不如我自己打车省事。"Echo 说："你问一问他呀，问一问又不会怎么样。"可是叶蓁蓁不敢问。她怕问了，他就嫌她麻烦了。

叶蓁蓁终于痛哭起来。她跟小孩一样，把手放在桌上，脸埋在臂弯里无声地呜咽，只有肩膀剧烈耸动。Leon 站起来，顶着旁边几桌人的目光，坐到她身边，他轻轻摩挲她的头发，说："我在这啊，我在呢。"

叶蓁蓁顾不上好不好看了，她抬起脸问他："你是不是早就忘了我了？你是不是因为用得着我了才见我的？"

Leon 扑哧一笑。

她是凭着那种初生牛犊的勇气在他的情史里杀出一席之地的。当年她说留下来陪他好不好的时候，他也稍稍被感动过。但这世界上有些东西是一个浪子很难承受的，比如一对一关系，比如在日复一日的相处里强行寻找乐趣，还比如年轻女人最初的、刀刀见血的爱情。

这些都让他想要退一退。

他笑完才意识到她还在等待他的回答。他说："Cathy，你走进我画廊那天，穿的是一件大红色的斗篷，我后来再也没见到其他女孩穿这个颜色穿得那么好看了。"

叶蓁蓁一边在心里痛骂这个避重就轻的浑蛋，一边一颗心酥软得一塌糊涂，一边还要泪眼蒙眬地说："嗯，因为那件斗篷是香奈儿的，特别贵。"

吃完饭两个人一起站在餐厅门前等车，叶蓁蓁叫的车先到，但司机堵在了巷口，问她能不能走两步去找他。叶蓁蓁跟他道别后就一路朝巷口处小跑，但跑了两步，还是没忍住，回头看他。

叶蓁蓁记得《旧约》里的一个故事。耶和华要毁灭索多玛城，但体恤城里面的好人罗得，就让天使指引罗得一家逃出去。天使告诫说："逃命吧，不可回头看，也不可在平原站住，要往山上逃跑，免得你被剿灭。"

但罗得的妻子到底是回头看了一眼，就是这一眼，让她变成了一根盐柱。

而叶蓁蓁往回看去，看到本来在路灯下看手机的 Leon，也同时抬头。他的眼睛真是好看。好看到叶蓁蓁后来每次看到言情小说写"黑曜石一样的眼睛"，就想说"呸！你们都是意淫，我才是真的见过"。他笑了，挥挥手，用口型说"去吧"。

耳环和少女

Chapter 14

第二天周密要来搬东西。这是他们这几天里微信谈好的。

周密结婚前在望京买了个非常小的房子，这几年都是以半租半送的价格租给一个大学同学。那是个学法律的同学，但研究生去北电学导演了。这些年参与拍摄了两部文艺片，口碑不错，就是没钱。周密把房子和家具按每月两千块钱租给他，他不好意思，就经常画一些电影里的场景送给他们。叶蓁蓁觉得神叨叨的挺好看。

周密不好意思赶人，也不想住小破房子，只能重新租一个。北京东边的好小区就那么几个，八九十平方米的房子都要一万五的月租，想住得宽敞点得两万起。周密其实有点烦。他眼看要辞职，又要凭空多一份开销。然而叶蓁蓁只跟他探讨"你搬还是我搬"的话题，周密只好搬。

他到家里的时候发现叶蓁蓁不在。他脱掉鞋子，决定趁她没回家之前再参观一会儿这个家。

灰色沙发旁边还立着那盏绿色的复古落地灯，沙发上叠着橙色的毯子，墙上挂着安迪·沃霍尔的装饰画。沙发后面摆着一个高高的柜子，柜子里摆着小说，剪下来放在广口瓶里的短短的玫瑰，还有各种颜色的香水瓶子。

有时候他下了班回家早，就坐在沙发上等她，叶蓁蓁回家的动静特别大，肯定是大力甩掉高跟鞋，然后光脚蹦到沙发上，开始叽叽喳喳地找话说。周密如果正好有事要忙，就会挪到书房去，她跟在屁股后面问："你为什么要搬啊？"

"你太烦了。"

"……我可以不说话的。"

"你不说话也烦。"

打开冰箱门有一个小企鹅。那是叶蓁蓁买回家的东西。每次一打开冰箱门，它就会用日语说"您回来了"，如果冰箱门开得太久，它还会说"找什么呢"。声音是叶蓁蓁自己录的，周密有次故意把冰箱门一直开着，想看看它会不会说点别的，终于三分钟之后，小企鹅里传出叶蓁蓁凶巴巴的声音："胖死你哦。"

餐桌上有个小收纳盒，盒子里放着各种乱七八糟的东西。叶蓁蓁的皮筋、没有钥匙的钥匙扣、湿巾纸，还有手机壳。

微信、支付宝兴起后，叶蓁蓁经常因为不带钱，被迫在街头跟人哀求转账换现金，这没什么，关键是她有天晚上，拿出一个手机壳来塞给他，说："很轻的，不妨碍手感。"周密本想拒绝的，他说："我从来不摔手机，手机上到处是坑的人只有你。"

叶蓁蓁白他一眼，说："笨蛋，手机壳里可以塞一百块钱，以后你要是忘了带现金，就可以救急啦。"

周密很想说"出门不带钱的人也只有你啊"。但看着叶蓁蓁很郑重其事地把钱叠进手机壳里的样子，他决定闭嘴。

后来连煎饼摊都有微信支付了,他就把手机壳拿下来了。男人是真的受不了这个。

卫生间里摆着的牙膏还是他惯用的那个。周密刷牙时牙龈容易出血,他自己也不怎么在意这个事,可是叶蓁蓁当时一口气买了二十支牙膏,她靠在门上得意地说:"你就一支支试过去,哪一支效果好,不出血了,我们以后就专买那个。"

周密终于鼻子一酸。有的人就连缺点都挺让你流连不舍的,而她偶尔的那一点好,很像小孩子让大人蹲下来,摸摸他的头,明明什么都不会,却硬要给他一点安慰。即便她的存在本身,已经是一种安慰了。

他在卫生间里听到门把手转动的声音,叶蓁蓁回来了。

两人面面相觑,周密只能愚蠢地发问:"你去哪了?"

"健身房。"

周密被迫夸奖她真是自律。

叶蓁蓁没有再为难他,她还语气轻松地问他:"你要坐下来喝点东西吗?要不我叫两杯星巴克?家里不太乱吧,阿姨不在,我这几天都是自己收拾的。"

周密说:"那你帮我叫一杯榛果拿铁吧。"叶蓁蓁扑哧笑了,她觉得周密为数不多的特别可爱的地方就在于爱吃甜食。然而一个男人又不好意思常吃甜食,所以就喝甜腻腻的咖啡。

叶蓁蓁点外卖的时候,周密问她:"我们真的走到这一步了吗?我们现在这个分手理由有点形而上,我都很难跟人解释啊。"

叶蓁蓁又扑哧笑了。她说:"怎么着?我们还得互相捉一回奸,才能跟亲朋好友交代是吗?"

周密也嘿嘿笑了。他顺势把头一歪,靠到她肩上,他说:"我只是前阵子真的很烦,我爸妈的事,我工作的事……我要是搬出去住,我每天都不知道穿什么,还有我也不知道怎么找阿姨、怎么训练阿姨……这些事情从前都是你在做。我确实之前太把这些当作理所当然。"

他本来想卖惨加自责的，没想到叶蓁蓁说："你一个人也不用专门雇阿姨，一个礼拜在平台上约两天小时工就行了。"

周密眼见此路不通，脸埋到叶蓁蓁的肩胛骨处，他说："真的就那么想跟我分开吗？"他注意到叶蓁蓁闪避了一下，她用一只手扳正他的头，她说："周密好好说话。"她那一刻想起了Leon。她一度迷惑过她是不是因为Leon才坚定了要分开的决心，后来她想明白了——她轻声跟周密说："我们之间太多怨恨、怀疑、忽视、疲倦，太多负面的情绪了。我知道也许一些夫妻会觉得这些理由不足以分开，可是周密，你我都是骄傲的人，所以我想骄傲地处理我们俩的关系，我不想等到鱼死网破两个人互相看着对方犯恶心那天再不得不分开。一盒三文鱼你觉得很柴很糙，你就不会吃，一段感情也应该有这个待遇。"

周密一颗心慢慢沉了下去，他说："是我不好。"

叶蓁蓁没有反驳他，但也没有接着控诉，咖啡还没来，两个人只能同时盯着茶几上一本渡边淳一的小说封面看。叶蓁蓁转移了一下目光，就碰巧看到了周密头上一根很细的纯白色的头发。她想伸手帮他拔，周密突然说话了，吓得她猛地把手一缩。

他语气很轻，他说："蓁蓁，我们先不离，分开住一阵子再看，好吗？我明天找人来搬一下我的衣服。"

叶蓁蓁沉默半晌，他大概以为她在深思熟虑，其实不是的，她在想怎么提醒他，他有白头发了。想了一会儿，抬头看到周密恳求的眼神，她才记起刚才的谈话内容，于是傻愣愣地说好。

第二天周密真的带了人来搬衣服，同时还找了个装门的师傅，一来，就要把之前的门锯掉。

叶蓁蓁被巨大的声响吓到，问怎么了。

周密指了指门说:"你以前不是老忘带门卡吗?我又不能早回来给你开门,你就只能继续出去晃荡。我想了想,给你装个指纹开锁的吧,你以后就不会进不了门了。"

然后他拎着一个装在塑料包装里的巨大的帕丁顿熊说:"你胆子小,每次看电影只要一有受伤镜头就吓到不行,抱着我乱号,以后你就抱着熊看,看到有人拿枪拿刀了,直接把眼睛挡住。当然——"他自嘲地一笑说,"我现在也不敢说百分百了解你了,可能你压根就不怕的。"

叶蓁蓁默然听他说完。

工人已经拿着箱子下去了,叶蓁蓁跑到卫生间,然后折回来,塞给他一个纸箱,他没看,问这是什么。

"你平时用的洗发水、沐浴露和面霜。你先用着,等快用完了……你自己记得买。"

"嗯。"周密接过纸箱子,深呼吸了一口气,到底还是把手放在她肩上,说,"我舍不得你,我不想你走。"

叶蓁蓁冷静地回答他:"我不走,是你走。"

"……"他们俩同时被这冷笑话呛到,对着彼此不出声地笑。

"那我走了。你自己当心。"

"嗯。"

她送他到电梯门口,电梯门眼看要关上了,她又摁开,她说:"你有白头发了,我给你拔掉吧。"周密笑了,他弯腰,说:"你拔吧。"叶蓁蓁好不容易找到那根白发,她其实没有给人拔过头发,她总怕周密疼,所以拔了三四次也没拔起来。周密说:"算了没事,我身边不少朋友都开始秃头了,一根白头发不算什么。"叶蓁蓁说:"你想得挺开。"他们就是在这样轻松活泼的氛围里告别的。

叶蓁蓁很沉着地走回家里,把灯都打开,然后拆开那个巨型的熊,把脸贴在了它的胸口上。

她有很多事情需要忙活呢。搬完东西家里乱七八糟，她得亲手收拾；她决定把大学时候连载过的小说翻出来写完；她还要替 Leon 联系评论家朋友，她要帮 Leon 尽快打入北京的艺术圈子，这个圈子里当然谁也看不起谁，可 Leon 初来乍到，需要业内大佬替他背书。她忙得要命。

但叶蓁蓁到底还是没有躲过。

第二天她买完东西，下午两点多回家，下意识想从包里翻找门卡，才想起现在只要输指纹就可以了。橘黄色的楼道灯很亮，她对着门锁上那一小块幽蓝色的莹莹的光，终于蹲下来失声痛哭。

她跟周密分居的事只有两个人知道，一个是韩统，一个是陈一湛。

叶蓁蓁告诉陈一湛纯粹是觉得陈一湛不会笑话她。陈一湛不是个势利的人。但她没想到陈一湛问她："那你一个人怕不怕？要不我请个假来陪你吧。"

叶蓁蓁被吓到了。如果把她的人际圈比作北京交通，她已经很久都不觉得陈一湛是她内环的朋友了，她一度觉得跟陈一湛没话聊了，因为陈一湛不跟她住一个城市，也不关心爱马仕配货，也不像她一些时髦女朋友那样，有跟大人物们的情感故事供她消遣。

但她从前是会宽赦自己的势利的，她会想，这是因为她们俩的世界离得越来越远呀，周密跟韩统这么多年一直是好兄弟，不是因为男人比女人讲义气，而是因为韩统现在也是个对周密有用的人。但她今天格外惭愧。她不得不承认陈一湛比她好。

陈一湛的丈夫不放心让她坐飞机，所以陈一湛是坐高铁来的。

五个小时的高铁路程里，陈一湛不止一次地想起一些年少绮梦。

高考结束后，她跟韩统抓紧一切时间黏在一起，陈一湛家里不给钱，韩统就拿压岁钱出来两人花。八月份，最热的时候，他们俩去南京玩,最后一天两人本来一起坐高铁回杭州的,可是陈一湛的爸爸给她打电话,说奶奶去世了,让她回老家奔丧。

陈一湛在高铁上一路沉默,那时候高铁上手机信号还很差,韩统就用很差的网络,不断在网上搜笑话念给她听。

到杭州站了,韩统要下车,可是陈一湛还要再坐两站才能到老家。下车前,韩统把她的行李箱从架子上取下来,放在自己的座位旁,他说:"我怕你待会搬不动箱子,就先拿下来了。你别放到自己座位跟前,这样你脚会伸展不开的,放我座位上吧,我也买了到你老家车站的票。这个座位,接下来都没人坐了,你安心放东西。"

陈一湛是在那一刻痛哭起来的。

韩统下车后没多久,有个只买到站票的人过来问:"这个座位有人吗?能让我坐一会儿吗?"

陈一湛哭蒙了,先是摇头,再是点头。

那人看座位始终没人坐,就把行李箱挪开,一屁股坐了下来。

陈一湛不好意思让他起身,可是她哭得无穷无尽的,她没有妈妈,爸爸有了新的家庭,小时候跟着奶奶住,现在奶奶也走了,韩统……很快也要走的。

十九岁的陈一湛觉得自己什么都抓不住,连韩统给她预留的放行李的位子,她也抓不住。

旁边的旅客被她哭得心里发毛,他站起来走开,嘴里念叨说:"神经病,我坐个位置你哭什么,你买下的啊?"

三十岁的陈一湛坐在座位上抹着眼泪笑,她仍然觉得韩统不是坏人。他可能是渣男,但他不是坏人。

叶蓁蓁很隆重地接待陈一湛。她甚至觉得有点太隆重了。叶蓁蓁亲自打车去北京南站接陈一湛,一到家,她就跟陈一湛邀功说,我给咱们俩点了北京最好吃的粤菜。那股热忱劲,让陈一湛恍惚觉得现在是十七岁,在军训,叶蓁蓁硬要跟她分享私藏的蒜泥牛肉。

叶蓁蓁胃口小,心情持续低落,吃两筷就吃不动了,陈一湛不想浪费食物,只能抚着肚子继续吃。叶蓁蓁一贯地没轻没重,陈一湛处于怀孕后期,小腿浮肿,叶蓁蓁拿脚趾夹她小腿上的肉玩。陈一湛索性拍拍自己的肚子说:"你要摸摸吗?"

"算了吧。我怕。"

陈一湛翻了个利落的白眼。

"哎。"叶蓁蓁做作地叹了口气,陈一湛一听这个语调就知道她接下来没好话,果不其然,她说:"问你个事哦。虽然现在说这个也没什么意思了,但你……会不会觉得跟韩统错过,有点可惜?"

陈一湛边夹菜边回答她:"不会。我们之间不是什么错过,没什么天灾人祸,就是不合适。"

叶蓁蓁一听这种冠冕堂皇的话就不得劲,她的人生是没什么"合不合适"之说的,她喜欢的,全都合适,不合适只会帮她把感情渲染出一种悲壮气氛。

陈一湛把最后一口脆皮炸仔鸡吃完。陈一湛之前看了一眼外卖的小票,觉得叶蓁蓁脑子有病。贵就算了,不在餐厅里吃,居然也堂而皇之地收了服务费。然而叶蓁蓁懒洋洋地说:"好吃呀。"然而真正努力吃的人却是她。

她用餐巾纸擦了擦嘴说:"我们最后一次见面,是三年前的同学会了。他印象里的我是那副样子,可我现在胖了将近二十斤了,韩总纵使相逢应不识。我知道他挺惦记我,但我觉得他可能理解错了他对我的感情,可能有愧疚有怀念,但跟爱不爱没关系了。当然,我也理解韩总的柔肠百转,毕竟他一直是你的言情文学的最忠实读者。"

叶蓁蓁狂笑。她听得出来,陈一湛现在喊韩统"韩总",不是那种冷冰冰的讽刺,里头有亲切的嘲笑,也有温暖的问候。她觉得太好玩了,她们好像变回了高中时候。那时陈一湛去她家过周末，晚上两个人一起睡，熄灯了，两个人还要窸窸窣窣地聊天，陈一湛让着她，由着她没完没了地讲周密，叶蓁蓁一个人讲得有点不好意思，客气地表示你也可以谈谈韩统的时候，她才会说两句。

叶蓁蓁觉得好快乐。于是她"嗷"地一声躺倒在沙发上，抱着枕头滚来滚去，然后突然坐起来，跟陈一湛说："宝宝，我要告诉你我的秘密。"

陈一湛说："你不介意我边做 PPT 边听你讲吧？"

叶蓁蓁宽容地表示可以。

然而陈一湛并不能真的做 PPT。叶蓁蓁跟讲 PPT 一样讲解了自己的爱情故事。她说 Leon 的时候强行要给陈一湛看他的照片，说到 Leon 回国的时候又要给陈一湛看他的绘画作品，陈一湛觉得她是用介绍凡·高生平的规格在介绍她的恋爱对象。过程中叶蓁蓁被手机打断了几次，陈一湛扭头看她，叶蓁蓁不耐烦地回答说："是我助理，跟我说个品牌投放的事，我跟她说别烦我，我现在没心思写稿子赚钱。"

陈一湛轻轻笑了，三十岁了，还可以为了感情理直气壮地推掉工作，她真的不能不算命好。

叶蓁蓁讲累了，邀请她说："你要不先洗个脸，我们一起做面膜。"

两个人肩并肩站立的时候，陈一湛不得不承认自己老了，叶蓁蓁还仰着脖子检查自己的颈纹，而陈一湛需要遮的细纹太多，并没有空来担心颈纹。

但她没有嫉妒。高中学农的时候，叶蓁蓁给她妈妈打电话，抱怨说："我每天要走很多路出很多汗，还只能冲个澡，热水都是限时的，我觉得我不香香了。"那时候陈一湛觉得她装，在她们时断时续的友谊里，她一直像姐姐，照顾叶蓁蓁的同时也有点受不了她，可是现在，面对着敷着面膜口齿不清地诉苦说"我怎么办呀"的叶蓁蓁，陈一湛衷心觉得很好。她不觉得叶蓁蓁在装，她的痛苦在旁人看来那么轻浮，可是那点痛苦已经足够她受的了。

叶蓁蓁揭下面膜，拿出一个美容仪往脸上捣鼓，然后她如遭电击，语气紧张地问陈一湛："宝宝，你不会因此看不起我吧？你会不会觉得我搞婚外情……我觉得你的道德底线还蛮高的。"

这事非常奇怪，在其他人面前，陈一湛都是一个温和到有点面目模糊的人。但叶蓁蓁的朋友陈一湛，却是一个犀利得有点冷酷的少女，她把面膜揉成团投进垃圾桶，然后边用纸巾擦手边回答叶蓁蓁："怎么会。你明明是想搞婚外情而不得。我同情你都来不及。"

叶蓁蓁撇撇嘴，又要哭出来了。

她坐在浴缸上，跟陈一湛说："我再跟你说个事哦。"

陈一湛脸都不抬。从叶蓁蓁嘴里你很难听说什么真的会把你吓一跳的消息。

"我觉得我爸妈不爱我。或者说，他们爱我爱得很功利。我跟我爸妈说我跟周密可能要离婚，他们俩就发疯了。我妈在这件事上表现出来的素质跟没读过书似的，一直跟我嚷嚷说'离婚了你去找谁啊'。我不是被他们说的话吓到，而是他们那种态度让我挺难受的。"

陈一湛并不诧异。大学的时候，叶蓁蓁跟她吐槽同宿舍里的一个女孩，说她爸妈离婚了，她妈妈不停交男朋友来养她，所以那个女孩自己交男朋友的时候也特别功利。陈一湛当时宽容地看着她，她听得出来叶蓁蓁那满溢出来的优越感，但她也知道那优越感是无害的，她的朋友本质上是个善良的小姑娘。她只是太坦然地活在自己的优越感里，甚至忘了陈一湛也是离异家庭的小孩。

谁没有为自己的父母痛哭过呢？只不过他们痛哭的时候，叶蓁蓁一心一意在苦恼数学，她的痛哭晚来了 1 年而已。

她拍拍叶蓁蓁的手："没事的，你听着就行。毕竟你爸妈是会替你买房子的人，这波骂挨得不亏。"

她还想说点什么，就被一阵手机震动声打断了，是一个来自杭州的号码，但她接起来以后，"喂喂"了好几声，那边毫无声响，挂掉电话，陈一湛解释说，这号码骚扰她好几次了，不知道是哪个房产中介把她信息卖出去的。

周密新家的第一个访客是陈桔。

因为搬家也因为下定决心要离职，周密大年初七没有去上班，陈桔敏锐地觉察到这个春节一些形势发生了变化。周密的朋友圈是看不出什么东西的，她本来一筹莫展，然后她在一个同事的朋友圈下面找出了蛛丝马迹——同事大年初一发了一张在三里屯一个餐厅里聚餐的图，周密问他说："这餐厅春节开着啊？"同事说是，然后问他："你不回家啊？"周密说："是啊，留守儿童。"陈桔火速翻叶蓁蓁朋友圈，她一直没有更新，她不气馁，看叶蓁蓁微博，她看到叶蓁蓁的大年初一拍了灵隐寺。

陈桔兴奋到手都有点颤抖，两个人没有一起过年，这是个重要信号。

初八周密来公司，当着陈桔的面他接了个电话，他说："我不在家，你帮我放门口吧，我知道很大，是床垫能不大吗？你竖着放，我晚上找物业的人一起搬。"

他挂掉电话，就看到陈桔过分关切的脸，她说："老板你搬家了啊。"

晚上陈桔死缠烂打要给他去暖房。周密心里暗想这是要给我暖床吧，但陈桔迅速地给他订了鲜花和香槟，周密就说不出拒绝的话了。

陈桔真的很有一套。她坐在沙发上，第二次跟他干杯的时候，就把半杯香槟洒在了毛衣上。周密简直觉得自己羊入虎口，一切都在按照她设计的剧情走——周密只能说"那你洗个澡换个衣服吧"，然后他从自己衣柜里挑T恤给她。她洗澡的时候他在沙发上自暴自弃地玩手机。周密现在意识到是他玩不过陈桔，她身段太软，简直像条蛇一样缠上了他。

她太会了。一到他家没问一句"你跟你老婆离婚了吗还是被赶出来了"这种废话，只是利利索索地替他收拾了客厅又给他炒方便面吃，周密被这份超越年龄的老到吓得服服帖帖，她在厨房里喊他名字问他方便面里要不要加蛋的瞬间，他差点就觉得要不跟她……也行？

况且窗外正在打雷。周密起身把所有的窗户关严实的时候心想，这种天气，干点什么好像第二天都能被暴雨冲刷得干干净净。

陈桔在浴室里喊他名字，周密站起来，走到浴室门口问她怎么了，陈桔说她找不到浴巾，问周密能不能给她递进来。到这里周密觉得有点索然无味了。真的，太套路了，套路得还很老套，他会觉得自己才是被睡的一方。如果不算叶蓁蓁的话，周密纠缠过的女人，开场一般都很即兴，周密有次跟人喝酒，旁边桌的女人说她耳环掉地上了，可能滚到他们这一桌沙发下面了，问周密能不能替她打个光，她找下耳环。她趴地上找了一会儿耳环，没找着，但她站起来的时候已经是周密揽着她的腰扶着她了，周密亲切地问她耳环长什么样，她就从包里拿出来剩余的一只，周密说"戴上看看"，女人戴上，周密看了一会儿，说"你耳垂真好看"。然后亲她没有戴耳环的那一只。虽然后来这蔓延成了周密婚后比较麻烦的一桩艳遇，那个女人会一直给他打电话打到他手机没电，可是无论如何，那个开头是轻快的、即兴的、让周密觉得好玩的。而陈桔不。

周密又想起，叶蓁蓁经常在浴室里乱叫。她洗澡的时候是锁门的，他拍了几下门以后，听到里面瓮声瓮气地说："我泡澡的时候鼻子进水，呛到了。"

他刚想走回客厅，又听到一阵哀号声，他只能折回去再度敲门，说怎么了。

叶蓁蓁开门了，她围着浴巾，头发还在滴水，可怜巴巴地站着，把额头指给他看："我浴室喷头没放稳，砸头上了。"

她泡完澡总要在浴室捣鼓很久，她说李嘉欣就是在洗完澡擦干后迅速地把身体乳涂遍全身，周密那时还吐槽说："那李嘉欣好看的秘诀应

235

该也不是这个吧？"叶蓁蓁是听不得这种话的。她坚信她涂二十年身体乳就能变成李嘉欣。

偶尔会有一张涂满白泥的脸审到他跟前，他嫌恶地往后靠，然后就看到叶蓁蓁笑眯眯地问他说："猜猜我是谁？"

"你是事儿妈。"

"……我是小小事儿妈。"

周密嘲笑她："不要卖萌，加'小小'两个字，并不能改善事儿妈的本质。"

但一个多小时后，周密在打电话，对方一直无人接听，他正觉得烦躁时，叶蓁蓁又审出来问他："猜猜我是谁？"

他随口说"你是小小事儿妈"，想就此打发了她，没想到叶蓁蓁不走，她站定了，补充他的话说："不对，我是超喜欢你的小小事儿妈。"

周密那时应该是笑了，他放下电话，想捏一下她，叶蓁蓁迅速往后跳了一步："不许碰我的脸，涂了晚霜，很贵的。"

这个回忆是 3D 的。周密此刻都还有身临其境之感。

想起她带着一点被自己逗乐的神气，一点想要显摆小聪明的傻气，还有洗完澡没多久，身上带着的微微热气，就这么摇头晃脑地站在他面前，她说，我是超喜欢你的小小事儿妈。

他想，如果那时他知道，以后再没有机会听到这句话的话，他肯定会不顾她的抗议，捏一捏她线条饱满流畅的脸颊。

毕竟看起来真的很好捏。

周密打了个哈欠，想把鼻腔里的一点酸意逼退。陈桔很会，但也许，叶蓁蓁也没那么"不会"，她在他面前展露的天真、鲁莽、懵懂……一半是天性，一半也许是选择。

人的性格其实是一种选择，小孩子在成长过程中，不自觉地意识到，在一个特定的环境下，什么样的性格会更利于他获得宠爱，占到便宜，于是他就把那一种性格发挥到极致。陈桔的乖巧是一种生存手段，叶蓁蓁的傻白甜——也不过是一种选择。

她选择了用这一套来对付他，也到底，奏效了。

他到底对她下不了手。有的话，他知道怎么跟别人说，但真的不知道要怎么跟她讲。比如他跟叶蓁蓁结婚的时候，婚礼照片没有屏蔽方顾珊，因为他觉得方顾珊是有素质的人，果然方顾珊也很有素质地给他点赞了。可是他设想过，如果他跟别人结婚了，他朋友圈可能不敢让她看到。

他装作不经意地跟叶蓁蓁聊起过，假使他当初选了方顾珊会怎么样，她语气轻松地说："那我就让韩统带个红包过去。"

周密乐了。说："你这么大方。"

叶蓁蓁点头："嗯，里面给你塞个男科医院的名片。"

"……"

"然后买通司仪，在你们放迎亲视频的时候，大屏幕上突然闪现你的裸照。"

周密当时吓得抱紧了被子。

"开玩笑的啦。我怎么可能让你出洋相，我应该会躲很远吧。死生不复相见。"

"死生不复相见"是《甄嬛传》里的台词，叶蓁蓁只是随口用了，但周密不知道，他有些慌，于是拍了拍她的脑袋："还死生不复相见呢，你一个扣分都要用我驾照的人，刚烈个屁。"

当时真以为两个人怎么也走不散了，才会没事找事地设想分开的场景。就像很多时候周密顾不上叶蓁蓁，也是因为，总觉得跟她还有大把的时间，这一时半刻的，往后推一推又怎么了。

他总觉得她是他不用维护的关系、走不散的人。

237

周密正在伤感的关头，陈桔已经穿着他的T恤晃荡出来了。年轻姑娘洗完澡脸上皮肤格外好，她没洗头，但发梢沾了水，边走边用毛巾擦头发的样子也足够撩人。周密在心里长叹一声请神容易送神难。他已经回过神来，免费的午餐一般是最贵的。从情感上他对她实在提不起太大热情，从物质上他最近并没有包养年轻姑娘的预算。所以他灵机一动，给韩统发微信，说："你给我打个电话，快。"

然后他假模假样地接起电话，说了两句后，周密跟陈桔说："我朋友喝多了，我今天晚上得过去照顾他。你晚上就睡这吧。东西随便用，烘干机在卧室，你把毛衣放上面烤。明天见。"

然后他拿起车钥匙飞也似的跑了。

他诚恳

Chapter 15

周密坐在车里，忍受着电话那头韩统没完没了的大笑。

他说："别笑了。那女生长了一张良家的脸，我实在是不好意思。"

周密想然后他去哪呢？他又灵机一动想陈桔能杀到他家里，他为什么不能杀去叶蓁蓁那里呢？

他熟门熟路地开进熟悉的小区，上楼，敲了三遍门，没人开。

他给叶蓁蓁打电话，她不接。发微信不回。周密看手机已经是十点半。他满脑子都是"不会吧，我这边刚拒绝了一个年轻女孩，然而我分居不到十天的老婆已经夜不归宿了"。

叶蓁蓁确实在 Leon 的住处，生闷气。

晚上他们俩一起找餐厅吃饭，叶蓁蓁的原则是不吃商场里的连锁餐厅，所以他带着她在商场排队等位子的时候，叶蓁蓁真实感受到了什么叫胸闷。

等在他们旁边的是一对年轻的学生情侣，旁若无人地拥抱在一起。男生问女孩子说："你饿不饿呀？"女孩子摇摇头，男生还是走到自动贩卖机旁边，给她买了瓶果汁。两个人都太渴了，一瓶饮料很快就见底，男生问她："你还要喝吗？"女孩子拉住他，说："不用啦，很快就排到我们，就可以进去喝水啦。"

叶蓁蓁看着这副甜蜜姿态，暗自反思自己是不是老了。她此刻被挤得毫无食欲，只想在沙发上清静地吃外卖。

Leon察觉到了她的不愉快，问她说："你也想喝果汁吗？"

叶蓁蓁断然拒绝。她已经很多年不碰任何形式的饮料了。

好不容易排到了位置，叶蓁蓁坐下来点单，她"刷刷刷"地点了五六个菜，然后听到Leon迟疑地问她："你吃得完吗？"

"……吃不完啊。"叶蓁蓁的口气里有点心虚。

"那很浪费，少点一些吧。"

她蹙着眉头看他："可是我每样都想尝一尝啊，这里又没有半份菜……"她把最后半句"况且每个菜也不贵"咽了下去。

好在她脾气好，很快就从善如流地说："那没事，我们去掉两个菜吧。"

真是运气不好，餐厅的菜做得很是粗糙，她很快就不想吃了，只能不断地拨弄着自己碟子里的西兰花。熬到Leon把饭吃完，她想着终于可以走了，却发现外面下着暴雨。

他们俩躲在商场里面打车，不断有人走进来，抖落伞上的雨水，有时会溅到叶蓁蓁的鞋面上，她忍住皱眉的冲动，从包里拿出纸巾来擦。擦鞋子的时候她仰脸问他："打到车了吗？"

"没，我前面有三十多个人在排队。"

"……"叶蓁蓁望了望四周密不透风的躲雨等车的人群，低头又看到被沾了水的鞋底迅速踩脏的商场地面,她悄悄深呼吸一口气,然后站起来,说:"我看看你打的车。"

她说:"我们叫专车吧,豪华车商务车什么都行,然后让他们打表来接,这样能快点叫到。"

他低头看了看手机,跟她说:"算了吧,叫普通的车是二十块钱,叫专车的话要一百多,等一会吧,我们前面现在只有二十八个人了。"

叶蓁蓁心里泛上来一阵又一阵的难过——不,她不是生 Leon 的气,而是生自己的气。她恨自己的娇气。她在英国的时候跟 Leon 一起坐地铁从没觉得有什么问题,那时她觉得英国打车那么贵谁坐谁有病,可是上一次去英国的时候她已经全程打车了。现在她跟他一起在商场里躲雨,周围有很多抱在一起取暖的小情侣,而她想回家去,她需要洁白的床单和干净的酒杯来安抚。

Leon 不是看不出来她的不适。

所以他们俩一起回到他家后,他跟她说:"Cathy,要不你回去吧,我们从来都不是同一种人。"

叶蓁蓁很敏感地发问说:"你是觉得我虚荣吗?"

"不是。只是我四处跑,对很多东西不讲究,你不一样,你很关注细节,这没什么不好的,我也很愿意看到你过得好,但我们想要的是两种好日子,你要的那些东西我给不了,你也没必要为了我委曲求全。"

"我没有委屈啊,"叶蓁蓁下意识想反驳,"我觉得没问题啊,跟你在一起吃什么我都很开心的。"

怕他不信,她还要急忙控诉:"今天那家餐厅是真的不好吃,不是价格的问题,可能过完年换了厨师,这个厨师他做得不好吃……"

他看着叶蓁蓁涨红的脸,觉得她像是一个讲了大话,却还在拼死撑着一口气的小孩子。她应该自我感动了吧,她觉得她正在为爱情牺牲,他都快被她的执拗所感染了,竟以为他们之间真的有可能。

他摸摸她的脑袋,叶蓁蓁头发很硬,完全不是一般女生头发的柔顺,他看着她,想这真是个倔头倔脑的小孩。

他于是语气也轻柔下来:"听话,回去吧。"

没有说出口的话是,你总会回去的,不是这一次,也有下次。

"Cathy,你从前会记得我,只是因为我们没有在一起过。现在真的相处过了,你很快就会忘掉我的。"

叶蓁蓁不气馁,她凑上去亲他的鬓发,他的眼睛,他的鼻尖,他的嘴唇,她想告诉他她很喜欢他,喜欢到什么程度呢?就是哪怕他真的把她当敲门砖,她也认了。但这些话她不能说,他听完会翻脸的,所以她只能使劲亲他,一个劲亲他。Leon 把她推开了,他说:"我很累,你今晚回自己家睡吧。"

叶蓁蓁被打发回家,电梯门打开,她看到了坐在地上的周密。

她问他"你在这干吗"的同时他问她"你干吗去了",然后对望,发现彼此都是一张一言难尽的脸。她说:"那你进来吧。"

周密站在门口没动,他说:"你干吗去了?"

叶蓁蓁说:"你能进屋说话吗?"

然而周密只会像复读机一样问她:"你干吗去了?"

"……"

周密压低声音在楼道里问她:"你告诉我你他妈见谁去了?"

他现在的样子很可怕。他瞪着她,正义凛然地瞪着她,好像他不是从另一个女人身边跑到她这儿来似的,可是叶蓁蓁笑将起来,她说:"周密你别问了。我们俩已经分居了。"

"所以你是因为别人……"

"周密楼道里有监控的。你确定我们要给保安室的人演这种狗血大戏吗?"

周密终于跟她进了屋。

赶在周密再度开口之前,叶蓁蓁说:"你能不能不要演马景涛了,就我们俩,你激动给谁看呢?"

她说:"你能坐下吗?他来北京之前我就跟你提离婚了。先回答一下你最关心的问题,你帽子没绿。"

周密冷哼说:"我到今天为止都不明白你闹离婚是为什么。"

"因为我觉得我们的关系里没有盼头了。我相信,我特别相信你对我有感情,但你是对哪个我有感情呢?你只喜欢那个不多心、不多问,每天漂漂亮亮、高高兴兴迎接你回家的我,只有我是那个形态的时候,你才是爱我的,一旦我松懈、做错事、生病……你就会立马皱眉说'你怎么事情特别多呢'。可是周密,我要老的啊,我就是会越来越松懈,做错越来越多的事,越来越频繁地生病,那时候你又会怎么看我呢?我知道你生气的点是什么,我知道我们俩不算糟糕的夫妻,当然身边比我们那啥的多了去了,你没有对我动手、没有花我的钱、也没有公然带着女朋友在外面招摇过市,你觉得我们已经战胜了百分之九十五的熟人。可是我们俩之间真的阴云密布,太不开心了,你觉得你爸妈离婚我很无动于衷,可是周密,我当年被你放鸽子、被你分手,我是怎么熬过来的你也不好意思问对吧。我觉得我们俩的问题在于,夫妻是需要对对方有一点幻想才能当下去的,我们俩之间没有幻想了。我特别清楚你如果拥有特别多选择的时候会不会选我,你也特别清楚,我对你没有期待、没有崇拜了。我们特别清楚对方是什么样子。我要是再对你发嗲,我自己都觉得恶心。至于你关心的,我今天晚上去哪的事,是这样的,周密,我以前听过一句话,叫先找老公再找真爱。我觉得也许是有道理的。因为结婚后人再挑对象就特别不势利,不会再想他会不会对我好这种事。但我还是不行。我觉得脏。所以你有空的时候,我们还是签个离婚协议吧。"

"所以……是谁？"

叶蓁蓁扑哧一笑，她都被这个求知精神感动了，她站起来，从从容容地说："真的是两条线，不交叉，也没你好，放心吧。"

看周密还是不肯走，叶蓁蓁只好说："你再问，我就得讲个缠绵悱恻的爱情故事给你听了，你真的想听吗？"

成年人的问题是感情烧完以后还有一地的灰要扫。

四月，周密喜迎母亲回国。

他跟叶蓁蓁商量好了，她还是出面陪他母亲一起吃饭，做戏做全套，当着母亲的面，就不提他们俩的事了，反正这之后周密跟母亲的见面频率也会大幅减少，她即将结婚，就不用得知儿子即将离婚的消息了。

叶蓁蓁很配合，她对周密没有仇恨。她到最后也没有把陈桔的事情摊开来跟周密对质，因为她觉得没必要。她不想跟周密比较到底是谁更早在婚姻里走神的。她甚至觉得周密有点可怜，因为她有爱情，她一直有爱情，十年来她一直怀揣着爱情生活，无论是对他的，还是对别人的，这爱情总是捉弄她，她也真的衰完再衰，可爱情到底给了她盼头。

她对周密还是友好的。她甚至又陪周密去许先生家吃过两次饭，还在许先生家下了一回厨，这些她都愿意的。

周密父亲就关押在河北。所以周密母亲的行程是先在北京逗留两天，然后前往河北，在那签完离婚协议，当晚就回杭州见故人——她要向他们显摆新的订婚钻戒，虽然仅仅八十分，但不是所有六十岁的女人都还能重新收到一枚钻戒的，她有一口气要出，"你们都说我完了，我还早着呢"。河北以后的行程是周密陪同的，但是周密毕竟还没有离职，所以不能天天不在公司，她在北京的两天就由叶蓁蓁陪着。

叶蓁蓁有鸡贼的一面。她给周密母亲安排的活动是去芳草地医美机构做脸。这样她就不用跟周密他妈大眼瞪小眼地强行聊天。

做完脸她带着她逛商场。墨尔本还是太闷了,周密母亲逛新光天地逛得健步如飞。最后她站在爱马仕门口,问叶蓁蓁:"你有配货伐?"叶蓁蓁一口气差点没喘上来。

晚上她跟陈一湛打电话吐槽:"我真的服气了,官太太到底不一样,张口问我:'爱马仕你有配货伐?'这种话,换我妈十辈子都讲不出来。"

陈一湛笑得花枝乱颤,叶蓁蓁跟周密他妈,一个三十岁的小公主和一个六十岁的小公主凑一块,不去上真人秀可惜了。

叶蓁蓁激烈地吐槽:"我跟周密之前还在想让她住我们俩谁那,我甚至想实在不行周密搬回来两天,演戏演全套,结果她一下飞机就要求住酒店。我就给她订了酒店的标准间,前台问她说要不要升套房,哎,正常老人都直接说不要的对吧,她说套房有什么好处呀,前台说房间大一倍,能看到北京标志性建筑呢,她立马就跟我说,那我喜欢这个。我快疯了陈一湛。我真的是抱着求知心态跟她一起进房间,想看看能看到什么标志性建筑,结果你猜是什么?是'大裤衩'。我服了。"

陈一湛笑到脚底板抽筋,结束通话前,她才轻描淡写地跟叶蓁蓁提了句:"哎,我妈来找我了。"

叶蓁蓁在那端吓得跳起来:"你妈?就是你那个二十多年没露面的妈?"

"嗯。她说想见见我,我就答应了。"

陈一湛对生母实在是毫无印象,她对母亲的理解来自叶蓁蓁的妈妈。高中时候她每周六去叶蓁蓁家玩,晚上在她家吃饭,跟她一床被子睡觉,甚至在她家有专门的牙刷和毛巾。因为叶蓁蓁挑食,所以她妈很自然地问陈一湛说,你有什么不爱吃的吗——不是忌口,是不爱吃,陈一湛当时差点哭出来,原来人是可以有不爱吃的东西的,家里人是会记住你的口味,按照你的口味来烧菜的。

她之前时不时接到一个陌生来电,但接起后对方总是沉默,所以当那一头有人说"我是你妈妈"的时候,她感觉惊讶大过惊喜。

打个不确切的比方,像是每个人都从上帝那购买了一个妈妈,唯有她的迟迟不发货,等到快递真到达的那天,她都忘了自己买过这么一个包裹了。

她犹豫过要不要见她。毕竟对一个五十来岁才突然记起自己也有个女儿的人来说,不肯见,就是最大的报复。但她最终还是决定去赴约。她自己也当妈妈了,她想知道自己的生母到底是什么样的,将来万一孩子问起外婆,她也好有个交代。

陈一湛把这个事情跟丈夫说了,他点头赞成,并且说:"你刚出月子,打车过去吧。"

陈一湛觉得也好。她坐在副驾驶上,一直在设想见面的场景,因为紧张,她决定跟叶蓁蓁发消息。

叶蓁蓁说:"你当然是质问她啊,问她怎么能这么心狠,怎么就能抛下你不管。你婚礼的时候你爸爸不是也通知她了吗?她还是不肯来。一个女人怎么能这么没有母性啊?"

血缘真是一种奇妙的力量。陈一湛不自觉地为生母开脱:"她来也很难堪的。我爸和我阿姨他们都在,我安排她坐哪一桌呢?我奶奶家恨死了她,她要是真来了,我还怕场面难看呢。"

"那你就问她,现在要找你干吗,不会是想靠你养老吧?"

"我不知道。"陈一湛心烦意乱地回复,"我现在没心思想这些。我好紧张。"

她忙着低头发微信,没看到左前方一个被巨大横幅遮盖的拐角处,有一辆卡车急转弯过来,出租车司机在想儿子高考的事情,他有个挺出息的儿子,想报考同济,但这个学校太好了,他听说不少家长在招生组那里活动，他想他能为儿子做点什么呢。等到他注意到卡车的时候，已经来不及踩刹车了，他眼睁睁看着超载的卡车直直地冲过来。

叶蓁蓁一直没等到陈一湛的回复。但料想她是去见她妈妈了，所以也没着急，只等她见完再询问详情。

韩统那天回家很早，他老婆给他打电话，说她在沙发里坐着，冷不丁地，看到女儿突然摇摇晃晃地困在学步车里，艰难地走了过来。她顿时哭了，边哭边给韩统打电话，说："你女儿学会走路了。"韩统在办公室里兴奋地踱了两圈，决定回家，亲眼见证这个奇迹。

他到了家，看见女儿一屁股坐在软垫上，试图抓起一个小黄鸭玩具。他蹲下来，很小心地说："来，宝宝，走两步。"

他女儿岿然不动。

他老婆也跪坐在软垫上，诱哄女儿站起来，走两步给爸爸看。

然而并没有效果。他们夫妇俩折腾了好一会儿，女儿都没有表演走路的兴趣，他老婆有些不好意思了，一个劲地说"她刚才真的会走路了，阿姨也看见的"。韩统拍拍她肩膀，说："没事的，等她想走了自然就会走。"

他于是索性洗手吃饭，吃完饭女儿坐在玩具区里，韩统坐在外头，看她一个个摔打玩具。这是个脾气暴烈的小女孩，摸索任何一件物品的方式就是啃和摔，因此塑料玩具上都是口水。韩统老婆很担心这会对乳牙发育不好，这是他们的第一个孩子，她自己也年轻，总是过分提心吊胆。她吃完饭要去给宝宝买早教图书，阿姨在洗碗，所以她要求韩统盯着孩子，一旦看到她咬玩具，就立刻夺下来。

韩统答应了，漫不经心地执行着这个任务。

这时候他手机响了。他想喊阿姨帮他把手机拿过来，然而阿姨在厨房里洗碗，水声掩盖了他的声音，于是他装模作样地跟女儿商量："这会儿千万别乱咬啊。"站起身去拿手机。

是叶蓁蓁的电话。

他第一反应是她又要跟他说 Leon 的事，本能地头疼，她跟 Leon 发展不顺利，叶蓁蓁当然没有本事让浪子泊岸。接起来以后，电话那端果不其然是"哇"的一声大哭，韩统把手机拿远些，问怎么了。

"韩统我跟你说个事，你千万冷静。"他听她在号啕声的间隔中这样说。

他还想，她的事，他有什么好不冷静的。

"陈一湛车祸，当场去了。"

韩统第一反应是叶蓁蓁神经病，开玩笑也不能这么开。

可是叶蓁蓁说下去了："她今天要去见她妈妈的，她妈联系她了，路上车祸，送到医院的时候已经没有生命迹象了。"

韩统仍然觉得她在开玩笑。

他甚至想，会不会是陈一湛跟叶蓁蓁联手恶作剧，他想骂陈一湛，为什么跟着叶蓁蓁一起发疯。

"韩统……你说句话，我明天回杭州。你说句话。"

他直接按了通话结束。

然后他给周密发微信，劈头盖脸地骂："叶蓁蓁是不是有病才说陈一湛死了来吓我。"

他很希望周密一头雾水地问怎么回事，可是那一端发过来两个字：节哀。

世界有时候可以变得很安静。

比如此刻。

韩统觉得任何东西都距离他很远，包括书桌上的那一盒烟，他想点一支烟定定神，可是不，他够不到那个。

把那种很空荡的寂静击碎的，是阿姨惊喜的声音："哎呀，宝宝走路啦！"

韩统勉力扭头看去，他的小女儿，真的跌跌撞撞地在走向他，手里还抓着一个海绵宝宝，她穿着青绿色的小连衣裙，小脸鼓鼓，肚子圆圆，像个安琪儿。

韩统能够感觉到自己在使劲动用关节——他终于蹲下身，张开手臂迎接她，也像是迎接这无常的命运："不怕，不怕，慢慢来。"

叶蓁蓁跟韩统一起去往医院，护工掀开白色的床单，他们看到了陈一湛最后的脸。

还是清清爽爽的短发，额头的几缕碎发盖住了眼睛，不过没关系对吧，反正她再也不会睁开眼了。韩统却还是忍不住伸手替她拨开。

陈一湛的家人、丈夫、孩子都在，连她的妈妈也在，是个化着浓妆的身材瘦小的中年妇女，但因为妆贴在脸上太久没卸，反倒加剧了她的枯槁。她站在走廊上，任凭陈一湛的父亲推搡，他骂她说："你这个害人精，你为什么要露面，要不是你，她怎么会去送死。"

陈一湛的丈夫一直把头埋在手掌心里哭。韩统想去拍拍他的肩，说两句安慰的话，却觉得步子沉重得迈不开。他给陈一湛拨头发的那几下，已经用完了他全部的力气。

周密没有来。他第二天要出差飞深圳。叶蓁蓁表示了谅解。

韩统浑然不在意周密有没有到场。他不在意任何人是不是在场。

周密的那一趟差真是躲不过。他跟朱先生春节寒暄，发现朱先生摇身一变成了一个基金的联合创始人，另一个创始人在业内赫赫有名——也就是朱先生的新晋岳父，朱先生知道了周密有出走单干的意向，他其实对周密的履历还是很熟悉的，所以两人一拍即合，决定谈谈。

周密在飞机上想，是不是这一趟差出错了。

249

陈一湛的死讯对他不是毫无冲击力。

他父亲入狱,母亲去澳大利亚前夕,他回杭州送行。人都散了,但家里还有那只叫蛋黄的狗没处安置。他早出晚归没余力照顾它,亲戚不想要这只狗,他们觉得晦气。他发朋友圈问谁想领养,是陈一湛带走了它。

蛋黄现在还活着。它已经是只老狗,此刻趴在卧室里陈一湛常睡的那一侧,不吃不喝地等待陈一湛回来。

在因为流量管制飞机迟迟不起飞的那两个小时里,周密在座位上有过好几次下飞机的冲动,可是他查了查,到杭州的航班也因为暴雨延误着,况且,深圳那边,都安排好了。

他坐在位子上想,叶蓁蓁会体谅他吗?他觉得叶蓁蓁真的应该去上个班的,不管钱多钱少,至少应该感受一下职场,这样她可能能理解他深深的、深深的疲惫感。背着 KPI,每天缠斗于老板同级下属之间,他真的抽不出那么多工夫来体会她那些细腻的需求。他现在不生她气了,因为她除了是他老婆,还是他高中同学,还是他初恋。他想敲醒她的脑袋说,她要的那种爱情是不存在的,他给不了别人也给不了。他怕她因为爱情上当。那些持续供给她关于被爱的幻觉的男人是危险的,凭什么人家要给她呢?

陈一湛的丧礼很小,很简单,是她父母和丈夫一手操持的。韩统不想跟旧同学打招呼,也没资格跟她的亲属寒暄,他压根不知道谁是谁,他只能跟叶蓁蓁一起缩在角落里。

他明明什么都没做,整个人却显得筋疲力尽。

叶蓁蓁在订晚上回北京的机票,她问他:"你这边结束后怎么办,回家吗?"

韩统愣了下,然后点点头。这几天他妻子不断给他发消息,都是叶蓁蓁代为回复的。到最后她已经不追问了，只是每天发一句："你什么时候回家？"

他总归要回家的。他妻子给他发了很多女儿的小视频。

"你然后怎么办呢？"

韩统摇摇头。

他不知道然后怎么办。他看向在场的所有人，他们都有然后，然后叶蓁蓁要回北京，然后旧同学各回各家过各自的人生，然后陈一湛的父母努力忘记这伤痛，他们会忘记的，毕竟陈一湛下面还有个弟弟。可是他不知道他的然后是什么。

他很想跟叶蓁蓁说："你们去找你们的然后吧，我就停在这，行不行。"

可是他怕自己的语气会吓到叶蓁蓁。于是他选择了沉默。

韩统后来压根记不清那一年是怎么过的。

他的记性迅速变坏，反应变得迟钝，女儿咿咿呀呀地指了指饭桌上的芦笋，他点头，却给她舀了一勺蛤蜊蒸蛋。他常缩在办公室里不回家，他妻子很清楚他不回家也不会出去鬼混了，可是她宁愿他跟小模特小网红们勾搭不清，也好过这种形式的安分。

他放任自己用大把大把时间记起陈一湛，甚至开始写日记，记录下各种灵光一现的细节。

他们十八岁的时候，微博好像刚火起来，上面没有网红，全是公知，微信还没出现，真正风靡的是人人网。人人网还能看到在线好友，班主任薛泽经常大半夜上人人网抽查谁在线。

陈一湛高考那天，她爸爸跟阿姨是要上班的，她爸爸走之前，问陈一湛："要不要给你打车钱？你一会儿打车去学校。"

陈一湛摇头，说："不用，我早点出门就行。"

周密爸妈特意在学校旁边订了酒店,为的就是让儿子可以少浪费一些路上的时间,周密妈妈那时作得很,让人把学校附近的酒店挨个住了一遍,不是嫌这个隔音效果差,就是嫌那个床不够软,还嫌有的酒店房间不够开阔,一副恨不能立时建一个新酒店的架势。

叶蓁蓁父母则是走人文关怀路线,给她煮鸽子汤,寓意大鹏展翅。

陈一湛什么都没有。但她那时候有韩统。韩统一早让家里司机出门,七点钟就在她家楼下等。韩统给她买好了早饭,她一上车,他一边跟她说"你就休息,放空放空",一边又在红绿灯的时候递给她一个本子,说:"这是镇海中学的老师押的题,你扫一眼。"

她进学校以后,韩统没有走。十一点钟,他下车,挤在一堆家长中间,在校门口等她,第一科语文结束后,他就看到她脚步虚浮地走出来,她说时间不够,导致作文题都没细看,匆匆忙忙落笔,估计偏题了。

韩统拥紧她说:"没事的,阅卷老师们看到后面都麻木了,没人会细究有没有离题的。"

他真替她担心,夏天,学校树上有很多鸣蝉,韩统喊一个保安说:"你能不能把那些蝉粘下来,我给你钱,两百行吗?"保安说:"谢谢您的提醒,我们保卫处会尽力保障给学生一个安静的考试环境的,但请您不要侮辱我们。"

韩统后来最怕的,就是女朋友们逼他在社交网络上发照片。可是十七岁的时候,他是真的心甘情愿地每天在人人网上写状态说:"宝宝,宝宝,我把所有的人品都给你,你一定会超常发挥的。"

哪怕陈一湛都没有人人账号。

他深知他总有一天会忘掉她的,他会的,因为接下来有大把琐事等着他,他总有一天,想记起她的样子,都要翻一翻照片。

他们说忘掉是种解脱,但他不要。他想多记住她一会儿,多惦记她一会儿,那她就会像多活了一阵子一样。这样很浪费时间,他知道,可是在这个她不存在的空间里,时间也压根就不怎么值钱。

陈一湛对他很好,她偶尔会来他的梦里坐坐。

有的梦里他们都还是少年,有的梦里,他已经知道陈一湛走了。在后一种梦里,他总是紧紧握着她的手,陈一湛说你干吗呀,他把她的手握得更紧,却焦急地不知道怎么开口——老人说,你跟死人讲你已经死了,死人就再也不会来看你了。

他急得掉眼泪。

每次梦到陈一湛,醒来他都会在床上坐一会儿,尽量回忆梦里的每一个细节,然后记下来,他几乎觉得这也是一种相处方式,有天他梦到他跟陈一湛在一个玻璃大厦的天台上,脚下都是玻璃,楼很高,八十几层,所以一眼看下去是深不见底的黑洞。天台上飘着各种颜色的气球,陈一湛要,他当然踮起脚一个个替她收集,但是陈一湛嫌他太慢了,自己跳起来要抓气球,然后韩统就看到,陈一湛跳起来的那瞬间,她脚下的那一格玻璃突然消失了,陈一湛坠落下去——他被吓醒,他恨这个梦,不知道他为什么要承受不止一次失去她的惊痛感。

周密悄悄搬去了深圳。

周密跟叶蓁蓁离婚的事情,苏青青要到很久很久以后才知情,还是朱先生说漏了嘴。

苏青青后来想,这真的是周密为她做过的最好的事情了。

她都不敢想,如果那时周密告诉她,他的婚姻正在无可挽回地走向破裂,她会不会又折回身重新拥抱他。她是真的不信任自己的意志力。这么多年,爱他爱出了惯性。

幸好他没为。可能是骄傲使然,周密骨子里还是个很自负的人,他以前就觉得找备胎是性资源缺乏的人干的事。也有可能,是他不想再给她任何有希望的错觉,她帮过他很多,而他能做的,就是让她走。

苏青青一辈子听过的情歌不多。

中学时代她没有买过MP3或者iPod,上了大学,同宿舍的姑娘在失恋的时候会听梁静茹、许茹芸,边听边哭,她嫌太烦,故意咳嗽几声。

她不知道在她用功读书的那些年里,华语乐坛经历了什么样的风云变幻,不过没关系,等她有空来决定自己的音乐品位的时候,乐坛已经衰落得差不多了。

她后来意识到,人跟人之间存在着很多微妙的鄙视链。连听歌这件事也是。苏青青没有时间去精心填充自己的曲库,她选择了最省力的做法,只听古典乐,至少怎么也不会在鄙视链中落了下风。

但还是会有些情歌,莽撞地跟她碰面。

比如她堂哥的女儿在北京上大学,因为苏青青的妈妈在,所以周末过来一起吃饭。小姑娘显然是被父母逼着来的,问一句答一句,吃完饭,苏青青的妈妈坐在沙发上看电视,她坐在沙发另一端,戴着耳机听歌。

苏青青凑趣说:"你们现在听谁的歌啊? TFboys吗?"

小姑娘摇头,说"我们也喜欢老歌",苏青青随口说:"比如呢?"

得到的答案是,周杰伦啊、蔡依林啊、孙燕姿什么的。

苏青青是真的有些恍惚,即便在她埋头苦读的少女时代,这些人的名字也频繁地刮进她的耳朵里,原来她们听过的那些都算是老歌了啊,就像她,怎么也不能再算是年轻人。

小姑娘要去卫生间,毕竟是在人家家里,带手机进厕所总显得没教养,她犹豫了下,只身站了起来。她播放时的音量太响了,以至于有声音从搁在沙发上的耳机里传出来,苏青青随手拿起一只耳机听,是一把很干脆利落的声音在唱:

静悄悄乱纷纷

都输给了时间

却没有辜负青春

他诚恳

才不让你等

你失落了黄昏

却换来平静夜深

歌手的咬字太清晰,她不得不把每一句都听清楚,比如"他诚恳,才不让你等"。

是啊。他诚恳,终于没让她再等。

尾 声

请君试问东流水

Leon 走的那天，叶蓁蓁去送他。

不是因为她真的那么心胸豁达，有的男人你是没办法跟他较真讲责任的，你只能笑眯眯地送他离开，最多心里祈祷他七老八十没有其他女人收留了能想起你来。

他走的时候已经在艺术圈里小有名气了。

其实他在北京的最后一段时间，他们俩已经不见面了，文艺女青年们对他本人的兴趣远比作品大得多，他成了她们北京地图里的一处打卡地。他忙于跟她们厮混，但最后走的时候，他还是只把航班和时间告诉了她。他不是不爱她，他想跟她说，他的爱虽然不是专一的，但也不是随便都给的，但后来又觉得算了，他希望她快点忘掉他这个浑蛋，去爱一个正常人。

况且叶蓁蓁并不是不懂他。

他走之前他们就不怎么见面了。因为他觉得如果让叶蓁蓁发现他家里有女人的卸妆水、隐形眼镜盒子，就显得他很不尊重她。可是又懒洋洋地不想让阿姨把所有女孩的物品都收起来。其他女人对这件事会放松很多。

所以她是靠一个视频采访才知道他剪短了头发的。

视频里他很松弛，可能因为对面是女记者的缘故，他对着女人总是格外松弛的。女记者说："你长在国外可中文真好。"Leon 说："是吗？我还会背诗呢。我最喜欢的一首诗，是李白写的——风吹柳花满店香，吴姬压酒劝客尝。金陵子弟来相送，欲行不行各尽觞。请君试问东流水，别意与之谁短长。写得真好啊，把离别写得这么洒脱，就他一个。"

叶蓁蓁看着看着笑起来。这是她跟他说过的话。

有时候她觉得他爱她。因为他背她最喜欢的诗。

有时她又觉得这些都算不了证据。因为李白的这首诗已经存在一千多年了，而且确实写得好，他为什么不能单纯地喜欢这首诗呢？

不过爱就是这样吧。就像她也分不清，他对她特别的部分，是因为她这个人，还是她帮扶了他。

叶蓁蓁送完他，决定顺路去奢侈品护理店拿鞋子。

五点多，正是很多人下班的高峰期，不少妈妈的自行车座椅上都带着刚放学的小孩。她过马路等绿灯的时候，有个小孩顽皮地朝她招了招手，她也不知道自己哪来的心情，还跟他打了个招呼。

走到护理店的时候，发现老板娘的儿子正在练字，临的是龚自珍最出名的那首诗，她等老板娘拿鞋子的时候看了一会儿，纠正他说："你这个'指'字写错了，不该是平时的写法，来，我写给你看。"

小朋友把毛笔递给她，叶蓁蓁在毛边纸上给他示范了一遍，写完自己退后一步，端详了一会儿，说："很久不练，都生疏了。"

看着小朋友头顶的旋儿，叶蓁蓁忍不住想，如果她大学毕业的时候没有跟周密分手，没有去英国，没有经历后来七七八八的一切，可能孩子也长到了被她载着上兴趣班的年龄。

老板娘拿着鞋子出来了，她谢过人家，推开门往家的方向走，风很大，刮得她裸露的小腿生疼，她来北京这么久了，还是不太习惯北方生硬的风。她想起小时候背过的词，是清代一个叫纳兰性德的人写的，她父亲觉得这个人的词风不振作，她倒是很喜欢，里面有一阕，写的是他在边塞的心情：因听紫塞三更雨，却忆红楼半夜灯。那首词是她对北方最初的印象。

她歪歪扭扭站在父亲面前背诗的日子都还感觉很近,然而她其实已经三十二岁了。她跟周密离婚,跟父母有接近一年的时间不往来,她失去了她高中时候最好的朋友,也可能是世上最包容她的人。现在她又告别了她的爱人。她想起很多年前那个骄纵的小女孩,觉得像梦,她因为周密的妈妈说她黑黝黝的不洋气生过气,也暗暗跟自己说虽然苏青青长得比她好看、可她没有自己会打扮呀,她以前每天都埋头在一些毫无意义的小事上。她以为她的一生就这么肤浅又轻松地过去了。

故事开始的时候,她大概预料不到自己会一次次地被放弃,更预料不到自己居然有死性不改的勇气。她三十二岁了,她成了一个不太知名的小说写手和一个过分文艺腔的时尚博主,她十八岁的时候想都想不出来三十二岁是什么样子,她那时候的想象力截止到二十五岁,年轻人是真的觉得三十岁一过,日子还有花头。她最多觉得三十二岁的自己会岁月静好得一塌糊涂,每天接送女儿上学下学学芭蕾的那种。没想到她三十二岁还在失恋。可是爱总归是好的。

人游荡在街上的时候,会想起一些不重要也不相干的事情,比如叶蓁蓁此刻,她费力从脑海里搜寻纳兰性德那首词的下半阕,快到家的时候想起来了——是"书郑重,恨分明"。

而最末一句是:"偏到鸳鸯两字冰。"

番外一

落跑伴娘

苏青青突然转身,朝酒店门外狂奔,她知道她这个伴娘缺席了,叶蓁蓁和周密婚礼也不会大乱的。

苏青青是听着"你一定会有大出息"这句话长大的。

小时候听这话她很是雀跃，青春期的时候，她最烦亲戚说这个，一群人看着他们一家，想来想去，实在没什么可恭维的，于是只能说"青青以后一定会有大出息"。后来上班了，每次老板说这一类话，她就头疼，知道要么是有棘手的任务要布置，要么就是上层内斗，逼她站队，拿这种话引诱她。

她对名利的欲望从来没有减少过，但越是往前挤，她越是疑惑，"出息"到底是什么。

她对"没出息"这个词倒是很懂。她妈就是这么形容她爸的。

四五岁的时候，他们一家人坐公交车去郊游，她妈妈环视了一圈车上的女人，下车后恨恨地说，整个车厢里，只有她一个人没有烫头染头，感觉人人都比她时髦。苏青青和爸爸沉默地跟在她身后，这沉默加剧了她的愤怒，她扭过头来，指着爸爸骂了句："还不是你没出息，我连打扮的钱都没有。"

随着她渐渐记事，这个词出现得越来越频繁——一套小房子住那么多年，是因为爸爸没出息；妈妈把二十年前的羊绒衫翻出来穿，也是因为爸爸没出息；苏青青想学古筝，但家里没钱买琴，她得觍着脸去琴行练，还是因为爸爸没出息。到最后，连热水器偶尔不出水，也怪爸爸没出息。

有没有"出息"是对比出来的，妈妈给爸爸设的比较对象，是她小姐妹的丈夫。那个小姐妹，跟她一起上学、长大，中专毕业后一起去商场卖电风扇，但是——妈妈说到这里，一定会抑扬顿挫地停一下，瞄一眼爸爸的反应，然后再语调悠扬地说下去："但是人家嫁得好啊。老公仕途那么顺，连带着她也享福。现在每天就是打羽毛球学茶艺，哪像我，手是粗糙得不成样子了。"

说完这些，妈妈就会把目光转得柔和些，看向苏青青："不过我们女儿不输人家，她只要肯好好念书，以后一定会有出息的。"

苏青青懵懵懂懂的，不知道"出息"究竟为何物。她只是想，如果她有出息的话，家里的气氛是不是就不会那么沉重而紧绷，妈妈是不是就不会常摔筷子，爸爸就不用假借散步，躲出去抽烟——当然回来被妈妈闻到烟味，又是要吵架的："我连涂脸的东西都舍不得用了，你还有闲钱买烟？"

妈妈也不是一直不打扮的。每年正月，要去她的小姐妹家拜年的那天，妈妈都会把一件水红色的大衣穿上，整整齐齐地挽好头发，擦一点口红，督促父女俩把各自最体面的衣服换上。苏青青喜欢新衣服，但不知为什么，她看着这一身簇新打扮的自己，会产生莫名的羞愧感。

印象里，妈妈去小姐妹家之前，都要提前两三天打电话约时间。他们坐公交车到小区门口，然后往里走，那一段路是妈妈最情绪化的时候，她一会儿对着空气排练脸上的表情，喃喃自语着待会要说的话，一会儿挑剔爸爸的衬衫领子不够精神——"你是不是没有好好熨，怎么都竖不起来啊？"爸爸不敢反驳，只能一遍遍用手提拉衣领。苏青青被妈妈催着一路快走，她只记得那个小区绿化率很高，不像他们住的地方，只有门前几棵低矮的松树。

妈妈的小姐妹家住在三楼，但走到二楼的时候，就能听见来自他们家的说笑声，门打开来，里面永远有其他客人，多半是在餐桌上打麻将。苏青青自己家，永远是冷冷清清的，爸妈好像都没什么朋友要来拜访。她一直不喜欢自己家的布置，地砖是白色的，灯光也是惨白的，南方的冬天，室内比室外更冷，她一回家就浑身哆嗦。但是妈妈的小姐妹家，有非常明亮温暖的橘色灯光，客厅地板上铺着花样繁复的厚重地毯，那就是苏青青对周密家的全部记忆。

对，妈妈的小姐妹的儿子，叫作周密。

那个男孩其实比她还小两天，大人们总开玩笑，要周密喊她姐姐，周密犟着头，不肯喊。大人们于是宽容一笑，让周密带她去房间里玩。苏青青在他房间里发现了一大盒橡皮泥，还附赠很多模具，胡萝卜、青菜，甚至还有肉——做得很精致，都可以印出肉的纹理来。苏青青觉得很新鲜，就跟周密说："我们一起做菜好不好，用绿色橡皮泥做青菜，用紫色的做茄子。"

周密扭过头说："不好，太幼稚了。"

苏青青不说话。

周密又说："你们女生怎么一天到晚只想做菜呢？我想打仗。给你，我给你一把冲锋枪。"

苏青青拿着枪，不知道要怎么玩。然后就看到周密绕到书桌后方，朝她"biubiubiu"开枪，说："你已经牺牲了！"

到底谁更幼稚啊。

周密清理完战场，看到苏青青的目光还粘在那盒橡皮泥上，他叹口气，说："玩吧玩吧，你说，先做青菜还是茄子？"

有一次大人安排他们一起睡午觉，两个人都睡不着，定定地看着对方的眼睛。突然周密来了主意，说："起来，我们玩荒野行军。"苏青青一脸的茫然，然后看到周密指着堆成一团的被子说："你看，这个就是一座山。"然后指着被子堆起的褶皱说："这是盘山公路，我们俩，都拿一个小兵，各自从一个山脚上去，看谁登顶得快。"

苏青青的"登山"路程很顺利，倒是周密，一边"登山"，一边还要检查她有没有作弊，是不是按照"公路"走的，磨磨蹭蹭，才走了一半。眼看苏青青快要到了，他突然大喊一声："直升机来接我了！"就"蹭"地空降到了山顶。

苏青青被这景象搞得一头雾水，"哇"的一声哭了出来。

周密慌了——苏青青后来想想，周密从小就最怕女人哭，只要你一哭，他就手忙脚乱竖白旗，他说："好了好了，虽然是我登顶得快，但我是借用高科技，你也不差的。"

苏青青不理他，继续哭。

周密没辙了，从床头柜里拿出一瓶香水，说："这个本来是要送给我妈的，那，给你好不好？"

那是苏青青第一次接触香水，她打开盖子，只闻到一阵很淡的味道，周密拿过去说："你要喷的，喷到空气里去，就能闻到香气了。"

苏青青于是闻到了那股味道。是古怪的好像有毒的甜，让她想起看过的童话书里，后妈递给白雪公主的那个苹果，咬下去，应该就是这样的气息。

但周密毕竟是个小男生，他只会对着她说："香吧？"

七岁的夏天，周密的妈妈把他俩拉到跟前，叮嘱周密说："等上了小学，你们俩就是一个班了，如果老师问起，青青是你的谁，你就说是你姐姐，知道了吗？"

周密正处于十八岁狗也嫌的时期，很不配合地反问："凭什么？她就比我大两天，再说了，她也不是我姐姐。"

周密家里对他是宽松教育，话说成这样，他妈都只是软绵绵地来一句:"周密,听话。"

这种劝诫对他当然毫无作用。真正到了学校里,老师把他俩叫到教室外边,问周密说"你们俩是姐弟呀?是堂还是表啊?"的时候,周密冷峻地回答:"她不是我姐姐,就比我大两天而已。"

老师转头向苏青青求证,年幼的苏青青不太懂老师为什么要执着于这个问题,却窘迫地摇摇头,说:"我们不是亲戚。"

晚上回家,她把这个事情随口讲给父母听,爸爸神色如常地夹着花生米,妈妈却"啪"地一下放下筷子:"你蠢啊,你当然要告诉老师,你们俩是亲戚。"

苏青青不言不语地看着她。

"周密爸妈是跟老师打了招呼的,你说你们是亲戚,以后老师当然也会特意关照你。你听他的干什么?你咬死是亲戚,老师还能不认?现在好了,我跟你爸又要多去老师家一趟。"妈妈索性起身去翻看家里还有什么可以送得出手的东西,声音却像立体音响一样环绕着餐桌:"苏青青你怎么这么会帮我花钱啊?"

小小的苏青青没有再动筷吃饭,她对着爸爸,一字一句地讲:"为什么要送东西啊?为什么要特意关照,我自己也能把书读好的。"

爸爸讪笑着,捏了一把花生米递给她:"好了,先吃饭。"

周密在少年时代堪称顽劣。

虽然老师知道了他们俩不是亲戚,但还是让他们做了前后桌。有次上课,苏青青被人从身后拍了一下,她不理,又拍了一下,她拖动椅子,往前坐了点,没想到后面的人锲而不舍地拍着她的背,苏青青强压着怒气,扭过头去,皱着眉问是谁。其实想也知道,就是坐她正后方的周密。没想到一群男生,嬉皮笑脸地抢着认错,"是我""哎是我""是我是我",她看向真正的肇事者,他无辜地摊摊手——"他们说了是他们啊,你看我干吗?"

就是这么不要脸的周密。

当然他还有更多不要脸的事迹。比如用手指在她背上写字,让她猜是什么字,连续猜对几个回合后,他就开始硬生生造字——当然周密这个人是真的很有创造力,他不仅造字,还会给每个字加上读音,还能像模像样地,给她解释这个字的意思,怂恿她写进作文里去。

多亏了周密,苏青青养成了不认识的字就翻字典的习惯,二十年后,上司夸她严谨,凡事求证,她想来想去,在心里偷偷给周密鞠了一躬。

但那都是小学时候的事情了。

初中他们仍然同班,周密开始沉迷《星际争霸》不可自拔,他跟她解释说:"这不是一款平凡的游戏,这个游戏是有世界观的。"

世界观当然比作业重要。所以周密每天变着法子跟老师交代,作业为什么又没写。

那一次他给老师的借口是:"昨天家里停电了,没法写。"苏青青忍不住扑哧一声笑出来,真要停电,他恐怕就能安心写完作业了。

就是这扑哧一笑,让老师更坐实了他压根没写的猜测。花了大半节课时间,不停地说:"有的男生不要觉得,靠一点小聪明就能混过去,初中过去了,还有高中呢,高中你也这么混?"

老师讲得太气愤,以至于忘了布置作业,又是苏青青出言提醒——"老师,今天作业是什么?"说完这句话,她明显感觉到教室里有一阵鄙夷声,他们都嫌她多事。

下课后,周密戳了戳她的肩膀,说:"你跟我出来一下。"苏青青还记着他的蹩脚借口,在走廊里开玩笑问他:"你家停电了,那你靠意念发电联机作战?"

周密没有笑,他说:"你以后不要跟人家说我们两家认识。我们就是普通同学。"

说完这话,周密就转身回教室了。他真的是说到做到,从此再也没有骚扰过她。再没有人上课拍她背,也没有人在她背上造字,她做她规规矩矩的第一名,他活他的浑不憬。苏青青也越来越讨厌去他家玩,他们搬了家,住址更隐秘,下车要走的路程更远,而且明明她念书比他好,却要忍受坐在他家沙发上,跟着父母一起天花乱坠地夸奖周密。

高中的时候,不用他提醒,她就假装他们不认识。不仅是因为她长大了,学会了识趣,还因为,她爸爸年纪大了,不想再做小区里成宿睡不了觉的保安,是周密的爸爸给他安排了一个新岗位,让他去银行保卫处,虽然偶尔也要值夜班,但福利好了许多,爸爸很感激。苏青青再也没有跟周密乱开玩笑的道理。

高一结束,她选了文科,没想到周密也选了文科,他的理由很简单——"读文科的话,更轻松就能应付过去,为什么不?"

从高二开始,周密和叶蓁蓁就坐在她前排。

跟周密一样,叶蓁蓁也是她无法理解的那一种人。上历史课永远在书上画画,给人物画像加两笔,有时候是给孔子加刘海,有时候是给胡适的褂子设计图案。语文课上正大光明地看言情小说,哭得抽抽噎噎的,还会戳一下苏青青,让她帮忙传递跟陈一湛互换的小说。数学课她倒是听得很认真,可惜不怎么听得懂。

叶蓁蓁话很多。有时苏青青做着作业,耳朵里就会飘进两句前排的聊天,印象里都是叶蓁蓁在叽叽喳喳说话,周密偶尔搭理两句。

有时候是要周密拉窗帘。叶蓁蓁高中的时候肤色偏黄,她自己解释过原因,说她妈怀她的时候喝咖啡,导致她皮肤暗沉。于是她每天活得跟吸血鬼一样,一到上午十点,就准时提醒坐在窗户边的周密,快拉窗帘,然后掏出小镜子,往脸上再抹一层防晒霜。

也有时候干脆就是问周密借作业抄。

"周密我真的不知道怎么订正这个题。"

"我给你讲？"

"你别讲了。"叶蓁蓁脆生生地拒绝他,"你讲了我也听不懂的。这种题,真正考试的时候我都放弃的,你帮我写了就行。"

"你还是尝试理解一下吧。"

"不用不用。"叶蓁蓁谦虚地摆摆手,"我不用拿满分的。"

苏青青把头稍稍一歪,看到周密把试卷利落地丢给她,懒得再跟她讲话。

她有时候是提一些无理的要求。比如叶蓁蓁政治课想睡觉,又怕被老师发现,就在桌子上堆满书,企图做个掩护。她自己的书不够,于是问周密借。

还有时候就是找碴。

有次周密在她背后贴了张纸条,写了"猪头"两个字,叶蓁蓁上课起来回答问题,于是全班都看到了赫然的猪头二字,哄然大笑。叶蓁蓁手摸到后背,揪下字条,当下没有发作。但午休的时候,周密出去打球,苏青青就看到叶蓁蓁把他抽屉里的教辅书拿出来,垫在了自己的桌脚下。

周密回来后,到处找那本教辅,问叶蓁蓁看到没,她当然一脸无辜地说没有。

因为下午第一节课就要用,周密于是只能开着抽屉继续找。苏青青被这番动静闹腾得没法看书,烦得要命,索性站起来,弯腰从叶蓁蓁的桌脚下抽出了教辅书,扔在了周密桌子上。

做完这些,她就又自己看书了,她听见叶蓁蓁嘟囔了一句:"关你什么事啊。"她不理睬,只管看书。紧接着,听见周密不轻不重地说了句:"叶蓁蓁,你无不无聊啊。"

然后叶蓁蓁就哭了。

叶蓁蓁很容易哭,苏青青对此已经麻木,但她锲而不舍地啜泣着,实在是很烦,苏青青正想敲敲她的背让她消停会儿,就听见周密说:"你哭什么呀,你把我的书藏起来,人家帮我找出来了,这你就不高兴啦?"

她还听见周密说:"好啦别哭了,书你都拿去,都垫你桌脚下,好不好?"

苏青青不知道是从什么时候开始,周密愿意把叶蓁蓁各种无聊的话题接下去的,就像她也不知道自己,是怎么就开始仔细留心起他们的聊天内容。

叶蓁蓁会突然转头看向周密,问他:"你觉得我最近有变白一点吗?"

周密愣了会儿,苏青青都以为他不会答话了,没想到他说:"嗯,白了。"

叶蓁蓁问他:"你觉得白了几个度?"

隔了好一会儿,苏青青听见他用蒙答案的口气回答:"两个?"

他们怎么那么无聊。没有正经事做吗?她也瞧不起自己,他们俩没正事,你也没有吗?

叶蓁蓁问过他各种很难答的问题。但苏青青记得最清楚的,还是那一段。到了夏天,每天中午有四十五分钟的午睡时间,也没什么老师监督,你要实在不想睡,可以干点别的,不出声就行。苏青青就从来不睡,她都会泡一杯红茶,浓得整个玻璃杯都看起来黑咕隆咚的,然后茶杯抵着下巴,一言不发地做题。

叶蓁蓁估计也睡不着,她低着声音把周密喊醒,问他:

"问你个事哦。"

"……问。"

"你态度这么差干什么?"

"不是你要问我个事吗?问啊。"

"那你态度这么冷淡干吗?"

"怎么冷淡了。这不是让你问吗?所以你到底要问什么?"

"我被你气得不想问了。"

"爱问不问。"

"你就是不想理我。"

苏青青一边惊诧于两人对话的无聊程度,一边暗暗开心,要吵架了,要吵架了。

可是她紧接着听到周密的声音:"以后想找我讲话就直接说,不要编理由。跟找碴似的。"

苏青青很努力地想忽略心里的那点不舒服,她直起了背,刻意离前排的说话声远一点。但还是避无可避地听见了叶蓁蓁软软的,像是突然困了的声音——"那你把手臂借我垫一下好不好,我自己手臂睡麻了。"

那天傍晚回家后,她没有直奔房间写作业,而是站在卫生间的镜子前,凝视了自己很久。

她其实不太清楚自己到底好不好看。学校规定要穿校服,但文科班里的大部分女生,都只是象征性地在进校门的时候穿个外套,一进教室就迫不及待地脱掉。只有她最老实,从来不脱,她也不是不懂那些小伎俩,只是她的衣服,都是她妈妈去批发市场五十一百地砍价砍回来的,她不觉得它们能给她增色多少。

她好看吗?亲戚倒都夸她漂亮,但谁知道他们的夸奖,是不是就像夸她"会有大出息"一样,属于无法证伪的客气话。

她唯一的自信心来自韩统,有次韩统翻出一本陈一湛她们租来的言情小说，那种一块钱租三天的粗制滥造的小本子，封面上一概有手绘的女主角图片。韩统对着封面惊呼一声："这不就是苏青青吗?！"

只有韩统，不分场合不顾分寸地给她捧场。班里举行辩论赛，苏青青是正方，韩统是反方，他站起来就说："对方辩友漏洞很多，但苏青青我就不反驳了，青青说什么都是对的。"

但韩统从来没夸过叶蓁蓁好看啊。

苏青青就陷在了这样的死循环里。假设把妹达人韩统拥有对"好看"这个事情的最终解释权的话，为什么周密会喜欢叶蓁蓁呢?

不，苏青青不相信"无缘无故的爱"这一套。就连她爸妈，都是在她考年级第一的时候对她更客气些，她不觉得一个人会真的毫无缘由地爱另一个人，那是傻子才会干的事。

但苦思也无果。苏青青回到自己房间里，上网搜各地的联考试卷看。她爸妈终于下决心给家里联了网，还把唯一的台式电脑搬到了她的房间里，他们丝毫不担心她会用电脑来打游戏或者追星，她活得太紧绷了，连流行歌都翻来覆去只会那两首。

苏青青本来只想下载一套试卷粗看一遍的，做选择题的时候，心里却再一次漫上来周密的名字。

她深呼吸一口气，点开周密的QQ空间，在那个社交网络不甚发达的年代，这似乎是她能想出的唯一的窥探他生活的方式。

周密的空间里没有日志，状态倒是不少，都是很日常的那种：已经起床起迟了还要不要去上课，周末还要补课真烦，转发他喜欢的歌手的MV，或者分享投篮集锦的视频。

不知道为什么，这么清汤寡水的状态，苏青青都看得满脸通红。她起身去客厅，想给自己倒杯水喝，路过沙发的时候，看到爸爸躺在藤椅上，窗户开着，爸爸睡着了，手里捏着扇子，额头上是细细密密的汗。

苏青青忍不住走近些喊醒他："爸，你要是热的话回房间，开空调睡吧。"

爸爸一下子惊醒,连连摆手:"不用。我就这么躺一会儿,我不热。你回去看书吧,记得开空调啊。"

苏青青回到房间,继续一条条浏览周密的状态,顺便关掉了自己房间里的空调,她觉得很对不起爸爸妈妈。她不应该开着空调干这么没营养的事情的。

高三就是这么到来的。

苏青青做文综选择题的时候已经娴熟到不需要过脑子,学校开始强制他们晚自修,九点结束后,苏青青回家继续温习,男生们到学校对面的肯德基玩三国杀,她有时会深夜想起周密,猜他是不是还在玩桌游,叶蓁蓁也跟在旁边看吗?

但这种胡思乱想,很快就会被父母的争吵声打断。她听见妈妈恨恨地说:"要不是女儿要高考了,我肯定拉你去离婚。"

苏青青也曾经忍不住说过:"你们实在不开心就去离吧,对我成绩也没什么影响,考纲上也没写着,单亲家庭孩子要扣分。"

客厅里的灯光永远是惨白的,直射在她妈妈脸上,显得整张脸更为疲惫,她说:"青青你不懂,你将来结婚,男方如果还过得去,他们不会要单亲家庭出来的小孩的,你以后对象会很难找的。妈妈凑合一辈子了,为你也得凑合下去。"

苏青青默然。她听妈妈絮叨着婚姻里鸡毛蒜皮的不如意,脑子却走神,想到了叶蓁蓁。

她没有这样的爸爸妈妈吧。

她没有把一切希望赌在她身上的家庭吧。

周密是因为这些,所以更喜欢她吗?

她知道怪罪父母不过是错误且无力的情绪,可是在高三的很多个夜

273

晚，苏青青都想过，如果她生长在叶蓁蓁那样的家庭就好了。如果她也可以每天对着镜子研究白了几个度就好了，那样的话，她也可以轻轻松松跟周密聊天的。

　　高考前，苏青青真的跟周密单独相处了一次。

　　那是五月底的一个傍晚。放了学，大家该出去吃的出去吃，该去食堂的去食堂，等着吃完上晚自修。教室里人不多，苏青青戴着耳机在做英语听力，突然听见周密很兴奋地喊了句："你们看那边，着火了。"

　　苏青青没有摘下耳机，眼光却不自觉地朝他指的方向望过去。

　　学校旁边是个二十世纪九十年代末修建的饭店，还有烟囱，只见此刻烟囱里冒着浓烟，饭店顶楼一片红色，确实像是着火的景象。

　　但很快苏青青就知道周密为何如此兴奋了。他把趴着睡觉的叶蓁蓁喊醒，说："我们去救火吧。别上晚自习了。"

　　教室里已经有人蠢蠢欲动，苏青青看到有人收拾书包。

　　但叶蓁蓁没有动，她拨开周密的手，嘟囔了一句："别闹了，我要睡觉，老师来了喊我。"

　　也不知道是哪来的勇气，苏青青扯了扯周密的袖子，重复了一遍他的话，她说："嗯，着火了，我们去救火吧。"

　　周密朝她笑了。苏青青不确定他这个笑容的含义是什么，是赞赏吗？还是觉得"好学生也有逃课的一天"？但这都无所谓，关键是他们俩，迅速地收拾了书包，溜出了学校。走出校门后，苏青青往饭店的方向走，周密在背后喊她："哎你去哪？"

　　"不是去救火吗？"苏青青指了指天边红彤彤的一片。

　　"你还真信啊？"，周密彻底乐了，"那是晚霞啊姐姐。"

　　"那，烟呢？"

　　"饭店不得做饭吗？那不就有烟了？"

苏青青愣在原地，问他："那你跑出来干吗？"

周密就站在她背后，扳正她的肩膀，让她往前看，然后凑到她脑袋旁边，笑得那叫一个高兴："你不想出来玩吗？你想吃什么，我请你。"

他们高中已经有一百多年的历史了，一直稳稳当当地坐落在市中心，苏青青的妈妈抱怨过很多次，说实在不像个念书的地方，难怪一本率年年跌。学校对面是一整排的餐厅，旁边是小商品市场，还邻着一条丝绸街，每天都看到小贩推着车，或者拎着一整个蛇皮袋的衣服，喊"让一让啊让一让"。

但苏青青没有挑中任何餐厅，她指着街口的一家鸡排店，说："我们就吃那个吧。"他们俩举着鸡排和可乐，无所事事地走在夕阳里。

那天的夕阳真的非常漂亮。整条街道都沐浴在蜜色光辉里，像一块巨大的琥珀，周密走在她旁边，心情很好，步履轻快。他指着缓缓下沉的巨大落日，以及它浇铸而成的金黄色街景，摸摸鼻子，朝她略微羞涩地笑笑，说："还可以哦？"

好像那落日是他变出来的一样。

很多年后的很多年里，苏青青跟新朋友喝酒的时候，都会不厌其烦地复述这个场景，人生处处得意的少年，稍带着羞涩的眼神，问她："还可以哦？"

她只恨自己无法全然模仿出周密的那个腔调。她就像一个蹩脚的小说家一样，无法精准地重现，那个男主角曾有着怎样迷人的声线。

苏青青没话找话，问他高考志愿想填哪里。

周密不假思索地说："上海吧。"

"可是我想去北京。"这是真的，苏青青很用力地想逃离爸妈，逃离生活了十八年的老旧小区，逃离南方的梅雨季，逃离家里怎么也拖不干的白色地砖。

但她舍不得周密。

周密勾住了她的肩膀，苏青青吓了一跳，动也不敢动，只看到他笑眯眯地，把她吃不完的鸡排接过去吃，然后说："没事啊，反正你去哪，就我们俩这关系，也不会失联的。"

但其实他们失联了整整四年。那一年高考，所有人得偿所愿，周密跟叶蓁蓁都到了上海，韩统出国，苏青青一个人去了北京。

苏青青上大学后很少回家，她受不了南方湿冷的冬天，寒假也一个人留在学校实习、看书，她很少听说周密的消息，他跟叶蓁蓁感情太稳固了，稳固到同学们失去了八卦的兴趣。苏青青大学里没有恋爱，她只从没完没了的搭讪里，意识到了一件事，她长得美，以及周密，还真不是个肤浅的人。

大四的那个五月，对她来说很重要。她那天去公司面试，发挥得异常好，那是最终轮的群面，她前面的那个女生，紧张到连自己叫什么都忘了说。而苏青青坐在那里，就看到一群面试官不停地瞄她，轮到她的时候，她施施然开口："在我正式介绍之前，我想先补充一点，前面的那个女生，她的名字叫×××，好了，现在开始我的部分……"

走出房间的时候，苏青青就知道，这个工作十拿九稳。她前面的女生显然沉浸在自己的失态和被苏青青抢了风头的气愤里，脸色很是不悦，出门的时候挤了她一下，苏青青不以为意，她知道的，一切别人搞砸的时候，都是她冒尖的良机。

让她去生气好了，不过是大学四年同学，就算她记恨她，又有什么关系。

那个下午，韩统还给她带来了一个更大的好消息，周密跟叶蓁蓁分手了，他现在刚到北京。

"为什么分的？"苏青青没忍住，还是问了一句。

"这有什么好奇怪的。你要是周密,谈了个女朋友,就这么二十出头,要被抓住结婚了,你愿意吗?"

"哦……"苏青青拖着尾音,没有接话,她努力让自己的声音听起来有点沉重,有点不认同,她说:"周密也真是的,那我过两天安顿了,去看看他。"

"嗯,你还可以请他吃顿饭,周密现在可苦了,在一个游戏公司上班,一个月拿五千,都不够他吃饭。"

苏青青在正式工作一周后,终于又见到了周密。那阵子她很是意气风发,领导把她的工位安排在了一个转角处,所有人去开会、去厕所、去茶水间的时候,都会路过那儿,而几乎每个男同事都会停下来跟苏青青聊两句。

她听见领导在跟别人打电话:"哎呀不要招女生,我说了不要女生,除非她好看,我才愿意替她干活,当然现在好看也没用了,我们有个苏青青在了。"

——那么好看,还不用别人替她干活,苏青青真的意识到,一条奇妙的道路正在她脚下延展开来,往前走,什么都会有的。

所以周密打电话给她,说傍晚接她吃饭的时候,她语气没有一点迟疑,很是快活地说:"好呀。"

但真正下楼的时候她还是吓了一跳。周密穿着一件亮红色的T恤——他皮肤白,特别衬得起这种颜色,他的长相跟她记忆里完全重合,咧着嘴朝她笑。

七月傍晚的京城是灰扑扑的,可是周密像刚放学回家的小男孩一样,朝她用力挥手,不断喊"青青"。

苏青青不敢让他再喊下去,麻溜地上了车。

"你这车哪来的?"

"我爸朋友借我开的，北京也太堵了，我昨天晚上十点回家，三公里路，堵了四十分钟。"

"你坐地铁呀。"

周密忙不迭地摆摆手："那我还是路上堵着吧。我受不了人挤人。"

"你来北京到底干吗来的？"苏青青到底没忍住，把这个问题扔了出来。

"我想自己过一阵子。没爹妈，也没……别的人，就自己上上班，过过日子。"

苏青青心里觉得很好笑，开着宾利上月薪五千的班，还觉得在"过日子"，但她没说什么，周密这阵子的荒唐事迹，她也有所耳闻。

听说他给一个小姑娘过生日，到了KTV里，啥也没说，一个人静悄悄在角落里坐了一晚上，看他们飙歌抢麦喝酒，互相抹蛋糕，完了把单结了。小姑娘认定他是要追她，索性约他单独出来吃饭，没想到周密推脱公司事情多，再也不肯露面。

听说周密跟一个声名狼藉的交际花混在一起，有人周六早上去他家喊他打球，是那个女人披着外套来开的门。那交际花原本是一个影视圈大佬的人，为了他决定搬出金屋，跟从前一刀两断，但不知怎么的，周密把她劝回去了，还亲自带着她跟大佬吃了顿饭，说是"完璧归赵"。

这些事情甚至传到了周密母亲的耳朵里。她很淡定，说男孩子嘛，总有叛逆期，别闹大就好。

苏青青盯着周密的侧脸，想到"叛逆期"，忍不住笑出了声。

"怎么啦？"

苏青青没把目光挪开，她努力让自己的声音显得很是戏谑，说："没什么，就听说你玩得挺大，满楼红袖招。"

周密谦虚地摆摆手："那都是以讹传讹，他们爱往夸张里说。没有的事，都是朋友。"完了还扭头朝她看一眼，继续强调："都是朋友。"

若干年后苏青青想起这一段来，还是觉得周密很可爱。男孩子们长大后，像是突然开悟了，意识到"感情生活混乱"并不是一个纯粹的贬义词，聊起一些暧昧不清的女人，都恨不得挤眉弄眼暗示自己"睡过"，只有周密，会对着一切香艳传闻摆摆手，一脸光风霁月地说："都是朋友啊，都是朋友。"

七点钟的时候，两个人毫无悬念地堵在了亮马桥。

周密不急不躁，最多偶尔翻出手机来看看，苏青青思忖再三，还是问出了那句话："叶蓁蓁呢？"

周密把手机翻了个身，从从容容地回答她："我们分手了。两个人，目前想要的东西不一样，她想结婚，我想缓一阵子。之前她爸妈想组织两家人吃饭，我没去，我觉得自己目前的状态，不是结婚的状态。"

前面的车子挪了一点，周密也紧跟着，往前动了动："叶蓁蓁九月份要出国了，挺好的，她也应该出去看看，不然总跟个小孩子似的。"

苏青青觉得问到这里就可以了。她不想真的扮作知心好友，还追问他难不难过，他无论怎么答，她都不会太高兴的。所以她恰当地收住了谈话。

等到他们真的落座的时候，周密在灯光下打量了她一会儿，然后很是诚恳地说了句："苏青青你真的越来越好看了。"

这是他第一次夸她好看。苏青青居然手足无措了一会儿，终于，模仿着他浑不憷的口气，回敬了一句"谢谢啊"。

原来周密也不瞎的。

大学四年对苏青青的影响很大，她的生活或许仍然匮乏，她仍然不是个话多或者有趣的人，但她至少学会做一个合格的捧哏了。她看着周密一脸愉悦的神色，觉得自己像是受到了褒奖，这么多年后，她终于能够轻轻松松地跟他说话了，他不会再对着她，摆出"这个你反正不懂也不感兴趣我跟你说干吗"的神情。

她很自豪。

果然，吃完饭，周密送她回公司加班，快到楼下的时候，他跟她约下次见面的时间，他说："反正我在北京认识的也都是新朋友，你可以跟大家一起玩。"

然而苏青青真正跟他朋友待在一起的时候，她只觉得不适。KTV 的包厢里不断有人抽烟，一群人拎着酒瓶子走来走去，这个人刚过来跟她玩骰子喝掉一杯，五分钟后，又晃着酒杯说"认识一下"。苏青青扭头寻找周密，发现他坐在中间，不唱歌也不聊天，一个人安安静静地啃着面前的一盘酒糟鸡翅。

周密意识到她在看他，停下手里的动作，戴着白色的塑料手套，对她招招手，示意她坐过去。

他递给她一根鸡翅，说："吃吗？"

苏青青摇头，有人在声嘶力竭地唱《浮夸》，她只能贴到他耳朵旁边说话，她问他："这些朋友都是谁啊？"

周密笑了，也贴着耳朵回答她的问题："有的是朋友，有的是朋友的朋友。"

苏青青"哦"了一下，看着乌烟瘴气的一群人，只觉得无聊，她还有一沓标书要写，她其实很想回家赶快干完活睡觉。

好不容易熬到十一点，她跟周密说，她真的要走了，周密点点头，没再留她，起身把她送到工体马路上。等车的时候，周密看着她，带点调笑意味地说："你酒量不错啊，喝了那么多，还站得挺稳的。"

苏青青很想呛他一句，不仅站得稳，回去还得干活。但是她最终什么都没说，车来了，她朝他摆摆手，说再见。

自那以后苏青青就不怎么跟周密见面了。一是她对烟味轻微过敏，实在是很想吐，二是她也越来越忙。当然忙是好事，老板不断交给你事情做，才证明你在这一行混得下去，哪天你要是清闲了，离被裁也就不远了。最忙的时候，苏青青凌晨两点下班，回家累得连卸妆的力气都没有，只能凭惯性摘掉隐形眼镜，就把自己扔到床上。半夜四点惊醒，再挣扎着去卫生间卸妆。

而周密过得风生水起。周密有个特别好的习惯，他去俱乐部也好，去酒吧也好，从来不发到朋友圈里，乍看他朋友圈，你会觉得这个人低调又话少。但周密的朋友不见得都这样，所以苏青青刷他们共同好友的朋友圈，冷不丁地，就会在合照里看到周密。

可是周密百忙之中，也没有忘掉苏青青的生日。他送了她一瓶男士香水，他说："女士香水太甜腻了，女孩子用男香，其实蛮别致的。当然，你要能找到个人，把它送出去，那就更好了。"

苏青青热爱香水的习惯，就是被周密培养出来的。无数个赶标书的夜晚，她都会在家里洒香水，然后给自己泡一杯浓得黑漆漆的红茶，她觉得这样加班都会好过很多。

她后来一直都忘了跟周密说，她很喜欢他送的那瓶男香，凛冽得近乎肃杀的香气。以至于她无法再忍受女同事的Chloe（蔻依）或者Dior（迪奥），一靠近就想打喷嚏。

所以当周密跟她说，下周他生日一起来玩吧的时候，虽然手头还有两个没结的案子，苏青青还是毫不犹豫地答应了。

苏青青是加完班再过去的，周密给她发消息说，就报他的名字，楼下的保安会让她上来的。她手腕上系了个纸环，跟着保安糊里糊涂地上了楼，往DJ背后的那几桌走，又艰难地挤过人群，走上台阶，就看到了被人群簇拥着的周密。

已经是深夜十二点了，所有人都喝得醉醺醺的，只有周密，一眼就看到了她，招呼她过去，让旁边的女孩子把包拿开，腾出地方给她坐。

苏青青小声说着"不好意思"往里走，终于坐到他身边，音乐声吵得她头疼，周密倒是怡然自得，递过来一小杯龙舌兰，问她"喝吗"，苏青青摇头，周密就不说话，靠在椅背上，懒洋洋地看着她。

苏青青抿了抿嘴，跟他说："生日快乐。"

周密笑了，他真是一点醉态都没有，眼神清明得很，他揽过苏青青，指着人群说："你看他们，好玩吧？"

苏青青很勉强地点点头。

她手机里弹出一条微信，是同事的工作微信，旁边人不断地站起坐下，她手一抖，差点把"attached please find the pitch"（随信附上文件）打成"attached please find the bitch"（随信附上泼妇），再抬头的时候，周密已经不见了，她很费劲地在人群里找他，最后终于看到他了。一个女孩子头发全部散下来了，周密在帮她挽住头发，让她慢慢翻找包里的头绳。

苏青青突然很想走，她想好了，等周密再坐回来，她就跟他告个别，回家补觉。

过了好一会儿，周密终于回来了，她正想开口说话，就看到周密放在沙发上的手机振动了下，周密右手握着杯子，左手滑动解锁打开来看，苏青青想着，等他放下手机，她就跟他说，她是真的要走了。然而周密迟迟没有动作，对着屏幕愣了很久，苏青青鼓起勇气戳了戳他的手臂，却看到周密脸上一片茫然，他转过身，把手放到她肩上，他没有意识到他用了多大的力气，俯到她耳边，说："我爸出事了。"

没有人注意到周密的异样，有人过来敬酒的时候，他甚至还跟对方调笑了几句，但苏青青再也不敢走，她就这么熬到凌晨四点，人都彻底散了，她坐在一堆气球和空酒杯中间，问他："你要不要跟我回家？"

周密说好。

苏青青那时候住在双井，从金宝街开过去，平日里要半个小时。四点钟的北京空旷得要命，苏青青看着副驾驶上一言不发的周密，只能把方向盘攥紧。

她为了防止开错路，一直开着导航，不知道为什么，本来正常的导航突然说了一句，"前方拥堵，已经为您重新规划路线"。苏青青嘟囔了句："有病吧，这个点前方能堵什么，是鬼魂在集会吗？"

这本来是个很冷的笑话，但周密低低笑了一声，气氛终于不再那么诡异了。

到了小区，周密很安静地下车，跟着她上楼，苏青青庆幸自己勤快，虽然一个人住，家里也收拾得干干净净，随时见得了人。周密进了门，坐到沙发上，歪着头，闭着眼睛，不知道是睡着了，还是纯粹不想说话。

苏青青给他泡了杯茶，放到他面前，然后试探性地问："现在情况怎么样了？"

"还在隔离审查。"

"那就还好，说不定查完了发现没什么事。"

这话并没有有效宽慰到周密。他惨淡地朝她笑笑，然后跟她说："你去睡吧，我在你家沙发上窝一晚，明天回家一趟。"

苏青青提议说，不如他去睡卧室，她睡沙发就好，周密摸着她的头发，说"别傻"。

但周密最终没有回家。他妈打了三个电话，主旨就是，不管家里发生什么，他都不要回来，他留在北京就好，还有，要是出了什么事，他爸爸从前的下属同事，通通是不顶用的，要找，就去找他爸的老领导，他们每年都见面，多少有点情分在。

周密只是不断地"嗯嗯"着。

苏青青跟他站得很近，能听见最后周密妈妈斩钉截铁的声音，她说：

"你千万不要回来,不要跟别人说这些事,你安心过你的,家里的事情你从来也不知情,跟你没关系的。"

但那毕竟是爸爸。周密父亲入狱,同年母亲离境去了澳大利亚的小姨家,父母名下的财产全部冻结,周密剩下的,仅有早些年他爸用他外公外婆的名义买的一个小公寓。

周密把自己关在房子里,谁也不见,什么也不说,就没日没夜地拼乐高。苏青青去找他,看到他自嘲地举着刚拼好的桥,对她说:"我现在连乐高积木都买山寨的。"

其实周密的爸爸隔离审查期间,他身边的人仍然对他很客气,甚至比以往更殷勤,但是真正落实后,那些人就像烟一样消散了。他也听从他妈的话,去找过爸爸的老领导。对方很客气,送了他一尊菩萨像,说是某年某月大师送的,保佑他逢凶化吉过许多次,可是周密一旦提出其他确切的要求,他就打哈哈,最后送客前,还拍着他的肩膀说:"年轻人,多历练一下也是好的。"

这些是周密告诉苏青青的,他走出老领导家门的时候,突然觉得再也迈不动一步路,恰好苏青青打电话问他要不要一起吃夜宵,他就顺势说:"你来接我吧,我走不动了。"

苏青青从没见过周密喝多,但他那天的表现,很像喝多了酒,他低垂着眼睛,偶尔抬起脸,又迅速地看向窗外。他脸上的神情——苏青青知道这个比方不恰当,但实在是,很像被人用脚踩过碾过,明明是一张干干净净的脸,却像是沾了一层灰,怎么也擦不掉。

苏青青暗暗唾骂自己,你同情人家什么呢,瘦死的骆驼比马大,他仍然住大平层开宾利呢。可她就是忍不住,她很想把他脸上那些灰色的东西都擦掉。灰扑扑的只该是十二月的北京,不是周密,他的眼鼻耳喉之间,不该散发出那种类似灰烬的气息。

那是周密啊。

周密没有沉沦太久，几个月后，韩统回国了一趟，把他介绍给了几个做手游的朋友，周密就算正式入了伙。他开始像这个城市里大多数一无所有的年轻人一样，穿五十块钱的T恤，吃十块钱一份的宫保鸡丁套餐外卖，换到了一个普普通通的小公寓里。他再也不出去喝酒了。除了上班，就是待在公寓里，除了睡觉就是拼乐高，半张床上堆着被子，半张床上是乐高。

周六的早上，苏青青会带着外卖去看看他，有次周密给她开了门，自己回卧室睡觉，苏青青边替他收拾房间边打开电视，也没留神在放什么。过了会儿，看到周密穿着睡衣跑出来了，站在客厅里发愣，直盯着电视，苏青青有点诧异地看向电视，发现是CCTV11在放京剧片段，正唱到《甘露寺》一折，"劝千岁杀字休出口"，苏青青正想打趣说"你居然爱听这个"，周密就指着电视说："我爸最喜欢这一句，他说于魁智唱这个，最见功力。"

从那以后，苏青青再去他家，总会听到他用音响在放《甘露寺》唱段，有时候是四郎探母《坐宫》那一折，"有心赠你金鈚箭，怕你一去不回还"。听得多了，苏青青都会咿咿呀呀地，跟唱两句。

也是在那一阵子，苏青青认识了朱先生。

她那时每周都要飞一次广州，有天早上在酒店吃早餐，她稀里糊涂地坐错了位置，把别人的早餐吃了个大半，突然她发现有人坐在了她对面，是一个陌生的男人，她刚想出言提醒，对方就微笑着说："这是我的位子。"

她刚想反驳，对方就从餐垫下拿出了房卡，苏青青脸一下子就红了，一迭声说"不好意思"，对方摇摇头，说："没事，看来我们选的早餐都是一样的。"

苏青青不知道说什么，只能挤出笑容看着他，对方把名片递给

285

她,说:"我在这个餐厅里看到你三次了,你是来出差的吧,说不定是同行。"

一看名片,果然是同行。苏青青窘迫地说:"我没有带名片下来。"朱先生宽容地摆摆手,说:"没事,你太容易让人记住了,不需要那些。"

回北京以后,他偶尔会约苏青青一起吃饭,他说得很少,多数是听她在讲。很奇怪,苏青青在周密面前常常不知道该说什么,对着朱先生,倒是能够滔滔不绝。潜意识里,她把他归到了"不讨厌"的范畴内。但朱先生显然不满足于此,有天他们吃完饭,朱先生提议说,他家里有些上好的祁门红茶,苏青青既然有加班喝茶的刚需,不如到他家去挑一些。

苏青青隐隐觉得有些不妥,她推脱了几句,同时给周密发消息说:"你回家了吗?我来你家玩乐高?"

隔了十几分钟,周密回复说:"还在加班呢。"

苏青青迅速地回"哦哦,那你忙吧",她突然有点不想回家,她很少这个点下班的,以至于不知道该怎么打发无所事事的长夜,于是她朝朱先生莞尔一笑,说:"那我去捡点便宜吧。"

跟苏青青担心的不一样,朱先生很客气,也很有分寸,只是详详细细地给她讲解了各种茶形的区别,苏青青从前只是为了提神,倒不知道还有这些规矩,听得也煞是有趣。临走了,她拎着纸袋,跟朱先生告别,他把手放到她的肩上,说:"你这样特别的女孩,应该有不一样的人生。"

苏青青不知道怎么接话,愣在原地。

"这些工作太无聊了,你那么好看,不应该浪费在这些事情上。"

她笑了,反问他:"那你觉得我该怎么活?"

朱先生不正面答话，只是说："太晚了，快回家吧。到家了报个平安。"

苏青青没有跟人报平安的习惯，她出了那么多趟差，一下飞机，只会联系专车司机，不需要跟任何人说明。她从前看电影《非诚勿扰》，印象最深的就是那句"起落安妥"，她有时候都会好奇，跟人说"我到了"，究竟是一种什么样的感觉。

那晚她到家后，跟朱先生老老实实地说了句："我到了，睡了啊。"

朱先生回复说："别撒谎，你明明还要过好久才睡，睡前别嫌麻烦，再跟我说一声。"

苏青青握着手机，突然对这段关系产生了一点期待。

隔了一周，他们再见面，大概因为那句"睡前别嫌麻烦，再跟我说一声"，她整个人都稍稍显得有些放肆，喝了点酒，于是说了许多平时不会讲的傻话。朱先生边替她剥蟹壳边笑，她也不知道哪来的勇气，轻轻踢了他一脚，问："你笑什么？你是不是在笑话我？"

朱先生回敬说："我哪敢，我压根就不敢多看你。"

苏青青听惯了关于她漂亮的恭维话，但听到这一句，还是不自然地喝了口水。他们说起苏青青的一个女上司，朱先生说："她这些年变好看了不少，从前可不长这样。"

"真的吗？我还以为做我们这行，老得快呢。"苏青青接过他递过来的蟹壳。

"女孩子如果状态好的话，过了三十岁，还会再漂亮一些的。"

苏青青心里暗笑，要是真如他所言，过了三十岁，还会再漂亮一截的话，他何必一番五次地请二十出头的她吃饭。但她到底没有说出来，只是挑了挑眉毛。

朱先生像是叹息般地说："怎么办啊青青，你过十年，那该好看成什么样。我那时候恐怕已经老得不好意思再见你了。"

苏青青抬起眼睛看他,他没有躲开,也没有再递给她食物,他伸出手,摸了摸她的头发:"你会有不一样的生活的,我保证。"

跟朱先生在一起以后,她不知道出于什么心理,邀请他跟周密一起吃了顿饭,介绍两人的时候,她没有说朱先生是她男朋友,倒是干脆地讲,周密是她弟弟,现在在做手游。周密没有再像小学时那样反驳她——她其实是有点盼望他说"我不是她弟弟"的,可是他很安然地接受了这个身份,还谈笑自若地跟朱先生分享了一些苏青青小时候的趣事。

吃完饭,朱先生还有会要开,又独自折返了公司,苏青青开车把周密送回家,路上沉默很久,她终于有勇气问他:"你觉得他怎么样?"

周密淡淡地说:"还不错,离婚了?"

"离了。前年离的,前妻跟女儿在新加坡。"

"那挺好的。对你好就好。"

前面是个漫长的红灯,足够苏青青扭过头问他:"那你对我好吗?"

周密没有一下子答话,这时候,苏青青的手机振动了,是朱先生的微信,他说:"周密是那个谁的儿子?"

苏青青没有回复,过了会儿,他又发来一条消息:"能帮的我都会帮,但你别跟他走太近了,这是为你好。"

苏青青到底没有听朱先生的话,一切有用的社交场合,她都把周密带上了,她总是抢先介绍说:"这是我弟弟,我们一块长大的。"

周密再没有了笑眯眯地看着人家喝醉的权利,苏青青这才知道,他酒量其实平常,胜在酒品好,喝多了也不吵不闹,只有一次发着高烧,还被人喊去喝酒,到了那儿,周密实在坐不住,想走,对方不让,说要一醉方休。

周密到底有少爷脾气,索性拿了一瓶黑方,给自己和另外几个人都斟满了,倒得一滴不剩,然后象征性地兑了一点雪碧,拉着他们碰杯,说:"来,喝。"

苏青青都还没来得及劝阻,就看到他一口气喝完了。

这下场子里的人彻底安静了。

该醉的都醉了,还没喝多的,也不敢再找他拼酒,周密潦草地跟他们点了个头,就拉起苏青青走人。

他脚步仍然跟平日没什么两样,甚至会问她说:"东西都带齐了吗?"苏青青简直要误以为他真的是海量了,但他们一路过一个卫生间,周密说了句"等我一会儿",就冲到里面去了。苏青青在外面听到了剧烈的呕吐声,过了好一会儿他出来,额头的碎发都是湿的,贴在头皮上。

小时候,他教她认识了很多凭空造出的字,长大后,他亲自教她懂得了一个词语,叫作"不舍得"。

她不舍得他变成这样。

王侯将相宁有种乎,可是苏青青觉得,周密就该坐在人群中间,像逗猴子一样指着他们说:"好玩吧?"

那真的是很艰难的几年。

他们常常各自加班到凌晨两三点,她再从公司出来,开车去接他,把他送回家,路上他有时候打盹,有时候会兴致勃勃地给她讲工作上的新进展。车窗外,是北京漂亮得跟他们无关的夜景。

好几年后,苏青青没那么忙了,她常去柏悦楼上喝酒,那家酒吧的酒水质量很平庸,可是从玻璃窗望下去,是长安街的夜景,车辆缓慢移动着,像一条发光的河流。她想,她跟周密,曾经也是那条河流的一部分。

周密的公司渐渐有了起色,他拿了钱的第一件事,就是买车,他说实在受不了出租车的那一股气味,这也实在是很周密。

苏青青很乐见他振作起来,这期间他短暂地交往过几个女朋友,但存在感都很弱,加之朱先生也忙,所以准确地说,是他们俩在互相做伴,搭伙吃饭。

周密主导的那款手游开始内测那天,他很兴奋地跟苏青青说:"晚上去你家吃饭吧,我们可以一起叫外卖,你试玩一下——青青,你都没打过游戏吧?"

苏青青是真的没玩过。她是没有青春期的人,她的高中岁月里最荒诞不经的事情,就是边做作业,边偷听周密和叶蓁蓁的聊天。

当然周密不知道。

他很耐心地教她怎么玩,怎么移动人物,怎么发动技能,什么时候又要回营补血,苏青青毕竟聪明,几局下来,就掌握得差不多了,等到攻下敌方基地的时候,整个屏幕突然像炸裂一样,出现了疯狂翻卷的绯红色和灰色交织的火烧云,其中有几道斑驳金光,像极了高三那年,他们一起逃晚自修看到的夕阳。

周密躺在沙发上,凑在她身后看她玩,苏青青坐在地毯上,背靠着沙发,她听见周密用那种熟稔的、亲切的、有点得意又想小心掩饰的语气说:"还可以哦?"

因为这句话,她转头去看周密,那种顽皮、清澈的眼神,仍然是她所熟悉的。哪怕他的眼角,隐约有了第一道细纹。

那是周密啊。

近乎鬼迷心窍地,苏青青没有再看回手机,她直直地盯着周密,其实这么多年,她一直很好奇一个事情,周密鼻子那么挺,接吻的时候会不会两个人的鼻子撞上,还有,他一个男孩子,为什么睫毛那么长?她记得高中的时候,叶蓁蓁死缠烂打,用直尺量过他的睫毛长度,苏青青没听清楚到底有多长,此刻,她很想用自己的手指丈量一遍。

她喜欢他那么多年。年少时总觉得他太耀眼,和她不是一个世界的人，后来他跌下来了，她又不忍心，总想拼命把他拼凑成完好的模样。

她喜欢他到压根不敢破坏两个人奇怪的"姐弟"关系。

苏青青在那一刻想，这么多年，她是不是值得一点奖赏。周密还想说点什么，但苏青青没有听他讲解游戏的兴趣了，她终于没头没脑地，对着他的嘴唇咬了下去。

如果那天晚上没有定外卖就好了。门铃响了，苏青青不得已起身去开门，没想到外卖小哥把塑料袋弄破了，汤洒了一地，苏青青把外卖拿进门，又找了抹布来擦地板，等搞定这一切，再回到客厅看周密时，发现他已经睡着了。

苏青青简直欲哭无泪。

她没有喊他起来吃饭，而是帮他盖好毯子，一个人静悄悄地吃掉了大部分消夜。第二天早上，她起床的时候周密还没醒，老板不在，她可以下午再去公司，索性就在浴室里泡澡。泡到一半，听到周密敲了敲浴室的门，说"那什么，我先走了"。

她以为他们很快会再见面的，没想到隔了一个多月。周密公司发行的新手游反馈很好，因此他格外忙，忙得连问她过得好不好的时间都没有。

那年九月，发生了两件事情。一件是陈一湛结婚了。苏青青没有收到请柬，她跟陈一湛不熟，印象里那就是个一天到晚跟韩统吵架的女孩子。但周密要去，他说他总要替韩统去看一看，是谁娶走了陈一湛。

第二件事情，是叶蓁蓁回国了。

这个事情其实不用同学群传播，光看她的街拍地点换了，就知道了。

苏青青其实有点不太想让周密回南方去，但也找不出什么正当理由，索性就送他去机场。这注定是一个适合怀旧的夜晚，周密玩笑般地说起叶蓁蓁，说也不知道这些年，她一个人在国外怎么过的："她很没用的，以前坐公交车，有人挤到她前面，她也不知道争，就默默往后退一点，退着退着，就退到了队伍的最末。"

苏青青实在没办法让自己的口气变得温和，她多少有些讽刺地说："她命好啊，班也不上，就有钱拿。家里又舍得让她花钱，念一堆没用的书。"

周密像是没听出她的讽刺，自顾自地说下去："她很笨。我们以前出去玩，我说你到传送带上拿行李，我去外面叫车，结果隔了半小时，她还没出来，我问怎么了，她说忘了我们的行李箱长什么样。最后是等所有行李都拿光了，才敢确认哪一个是她的，才走出来。"

苏青青不说话。

周密于是掉转话题，他问她说："你最怀念什么时候？"

苏青青很想不假思索地告诉他，她最怀念他最落魄的时候，那些朋友都不见了，他天天加班，然后等她送他回家，穿着卫衣和牛仔裤，坐在副驾驶上，跟她说有的没的。那时候他们俩最平等，也最亲密。

可是她太清楚，那是周密不想回顾的日子。他最喜欢什么时候呢？应该是少年时代吧，什么都有，什么都不担心。

于是她配合地说："我喜欢小时候去你们家玩，我记得你们家的灯光特别明亮，照得整个房间都暖洋洋的，我有一次还赖着不想走呢，你妈开玩笑说，这么喜欢我们家，就给我们做儿媳妇好了。"

周密笑了，说："真的吗？我都不记得还有这一出。"

"真的啊，我小时候最盼望的，就是来你们家玩了，你那时候还拉着我玩打仗游戏，记得吗？"

这个周密倒是记得，他甚至还能给她细细描绘出小时候最爱的玩具。

苏青青看着他兴奋的样子，突然觉得也值了。就让他最好的时光，成为他们共同的最好的时光吧。那些真实的，她曾经面对着他家、自卑、纠结、晦涩的情绪，他不必知道。

他真的不必知道。

周密去南方的那几天，她一直心神不定的，总觉得要出事，又安慰自己说，能出什么事呢？陈一湛结婚的视频她看了，很普通很温馨的一场婚礼，也没有出现什么韩统当众抢婚的闹剧。

苏青青于是跟自己说，你真的想太多了。

可惜她的直觉是对的。周密不是一个人回北京的，他带回了叶蓁蓁。

他回北京的当天没有告诉她，次日，才轻描淡写地说了句："你来家里吃饭吧，蓁蓁也在。"

时隔八年，苏青青再次见到了叶蓁蓁。

她跟从前长得不太一样了，叶蓁蓁高中的时候，整个人从五官到肤色，都像极了东南亚人，现在经过多年的钻研，终于成了……漂白过的东南亚人。

她的脸小了一圈，人也瘦了，穿着薄薄的毛衣和背带牛仔裤，站在玄关处欢迎她，一见面就拥抱她说："青青，好久不见。"

苏青青还在想，周密到底是怎么跟她交代这些年他们俩的关系的时候，就听见叶蓁蓁用那种大方、愉悦、毫无芥蒂的声音说："周密都告诉我啦，说你很照顾他。"

她毫无敌意，以至于让苏青青更确认了自己是个笑话。

晚饭是叶蓁蓁烧的，她出国几年，书念得怎么样不知道，饭倒是烧得蛮好的，周密笑话她说，她出国读的是新东方吧。

苏青青是不会，也不爱做饭的，她觉得这个事情太浪费生命，叫个外卖就能解决的事情，为什么要一身油烟味地奋战两个小时呢？

但周密显然很享受这样的生活，他在客厅跟苏青青说闲话，每隔半小时，就要去厨房跟叶蓁蓁探讨一下，这个酱油要加多少，什么时候加最好。跑进跑出，却满脸笑容，让苏青青简直问不出口那一句——你是怎么把她带回来的？

再是艰难，也问出口了。

周密迟疑了下，缓缓地说："蓁蓁回国定居了。其实这些年我都挺想她的，你看她，跟从前一个样子，冒冒失失的，我不是跟你说过吗？她永远分不清行李传送带上哪一个箱子是她的，所以这一次我看到她的箱子上贴满了凯蒂猫，她还很高兴地跟我说，这样她一眼就能分辨出来了。其实年纪也不小了，可是不知道为什么，还跟个小孩子一样。"

苏青青听见自己用空茫的语气说："所以我说她命好啊，我也想一辈子当小孩呢。"

周密反握住她的手，说："青青，你会有大出息的，你会成为那种，特别厉害的人。"

她其实很想问一问他，那这些年，她到底算是什么呢？他是真的入戏太深，把她当姐姐了吗？

但她不敢问，她怕周密会诚恳地点点头，学着叶蓁蓁的口气，说"谢谢你的照顾"。她更怕他会反问："你不是有朱先生吗？"

苏青青就是这么眼睁睁地看着他们又住到了一起，与此同时，朱先生决定把公司搬到深圳去，他说北京空气太差了，他有鼻炎，受不了。

他问苏青青"走吗"，她摇头，于是他们体面地告别，第二天清晨，苏青青在床头柜第一格里，看到了一个信封，里面是一张卡，还有一张纸条，朱先生写着：这是你的嫁妆，青青，你当我是娘家人吧，将来有什么事，都告诉我。

她彻底恢复一个人的生活后，跟周密叶蓁蓁聚得更多，周密在计划着买房子，在居酒屋里，问苏青青说："你要不跟我们住一个小区吧，还能一起看房子。"

苏青青还没答话，叶蓁蓁就凑热闹说："好呀好呀，你以后还能来我们家吃饭。"

苏青青有时候真怀疑叶蓁蓁脑子坏掉了，她怎么就没有一点对情敌的防备心理，她是瞎了吗？看不出她看周密的眼神有问题吗？还是国外待久了，太单纯，真以为有"纯洁而牢固的异性友谊"这一回事？

周密跟她碰了碰杯子，说："一起吧，我们挑个时间一起去看房子，不用带蓁蓁，她只有一个要求，房子要有大落地窗。"

苏青青突然想起，高考结束后，几个人一起去酒吧，那是他们第一次去酒吧，所以大家都有点过度兴奋。高三毕业了，都自以为是个大人了，韩统拉着周密热烈探讨一夫一妻这种腐朽的社会制度什么时候会瓦解。

哦，那天陈一湛不在，所以韩统整个人都活络了。

叶蓁蓁看着他们，笑嘻嘻地说："我没问题啊，要是有个女人愿意帮我打理家里乱七八糟的事，那你完全可以收了她做二房。"

周密不说话，很放松地看着她。

她于是说得更起劲："我真没事。一三五归她，二四六是我，周日你可以休息一下。"

周密假装蹙了蹙眉毛，问她："那一个问题就是……她如果又聪明又好看又能干，我干吗不把她扶正呢？怎么就非得你做大房？"

叶蓁蓁被这问题问倒了。稍做两秒休整，她气势汹汹地踢了周密的凳子一脚，质问说："你还真想得那么深远啊？"

苏青青从回忆里抽身，看着此刻他们俩在灯光下的影子，明明是坐在桌子的两边，却纠缠在一块，她忍不住觉得，自己还真像那个聪明好看能干，巴巴地替他们打理好一切的二房，哦，一三五他还不归她的那种。

295

所以当公司有个项目，需要去上海出差两周的时候，苏青青几乎是用逃难的心情在整理行李。

叶蓁蓁听说她要出差那么久，很是羡慕，她搬来北京以后一直不适应，隔三岔五跟他们抱怨："为什么这么干燥？"她指着小腿上的一截皮肤说，"我一天不涂身体乳，就干到起皮。"

于是周密家里凭空多了很多香薰和加湿器，云蒸雾缭的，苏青青每次过去，都觉得里面有人在修仙。

苏青青对上海很无感。叶蓁蓁口中那个"穿着高跟鞋走在马路上都会有幸福感的城市"，对她而言就是一个个出差办公点组合而成的地图。她住在黄浦江边上，每天回酒店就能看到东方明珠，但她也就端详一秒，果断拉上窗帘睡觉。

在上海的最后一天，项目已经完结，剩下的时间都可以用来闲逛，她走在南京西路上，跟同事一起很费劲地拦出租车。路过静安寺的时候，同事突发奇想，说反正下午也没事，就进去拜一拜吧。

苏青青素来是不信神佛的，更何况作为一座寺庙，静安寺有点过于金碧辉煌，让人怀疑其神力，她提议说她去对面芮欧等她，同事一把拉住她的手臂："商场有什么好逛的，上海北京不都一个样，去嘛，拜一拜上海的菩萨，说不定看着我们脸生，格外关照。"

苏青青无奈，陪她一起买票进去。同事已经毕恭毕敬地跪下，她觉得自己拎着包站在一旁双手环肩的姿态太拽了，神佛可能觉得她在挑衅，于是只能一道跪下。但，求什么呢？

她这一生，想要的都是自己拿来的，唯一的妄想，就是周密。

那个念头像风一样刮进她的脑海里，她自己都觉得邪恶，却不得不遵从内心，朝着佛像跪拜下去——"我知道这个愿望不该在庙里许，但如果可以，如果可以，我不想让周密跟叶蓁蓁，顺顺利利结婚。"

她抬起头，看向佛像，释迦牟尼稳稳当当地微笑着，好像听惯了人世间一切说不出口的贪痴嗔。

但拜完也就忘了。苏青青不觉得佛祖会真的帮她，因此也没什么内疚感。她没有想到，佛祖是真的递给了她一次机会。

冬至那天，周密邀请她去家里吃寿喜锅，苏青青本来不想动身，但周密拍食材照片给她看，说叶蓁蓁准备了雪花牛肉片、豆腐、香菇、白萝卜，最后还添了一句："好歹也是个节日，你总得跟家里人过吧。"苏青青虽然觉得这个"家"莫名其妙的，但想想，一个人回家煮速冻水饺确实有点凄凉，就答应了下来。

那天三个人都吃多了，也都喝多了，懒洋洋躺在沙发上，苏青青知道自己应该主动提出洗碗，但就是懒得动。叶蓁蓁坐在她旁边，一遍遍地刷新着微博，给他们念首页上的段子。

那一瞬间苏青青倒是真觉得，他们仨是一家人，奇奇怪怪的一家人。

叶蓁蓁过了会儿就停下来不再念了。苏青青挨着她坐，忍不住朝她手机页面看了一眼，看到首页上显示的ID，不是她的微博账号，是个由一长串字母和数字组成的ID，很像是僵尸号。她有点奇怪，但再瞥过去的时候，首页上又是叶蓁蓁自己的ID了。

过了会儿苏青青就告别走人了。叶蓁蓁追出来，塞给她一个塑料餐盒，说里面是自己炸的丸子，回家后搁冰箱里，想吃的时候放微波炉里转一下就行，苏青青推脱不掉，拿着这个餐盒打车回了家。

她脱掉高跟鞋，本来已经走到卧室，想把自己扔到床上，又想起叶蓁蓁给她的餐盒，哀叹一声，起身走到玄关处，把餐盒重新放到冰箱里去。

关冰箱门的刹那，她突然想起了叶蓁蓁手机上那个诡异的微博账号。在投行待了那么多年，她对数字早就足够敏感。虽然就扫了一眼，但已经足够苏青青记下账号的全称了。她回到床上，按照记忆输入那个账号。

它真的存在。没有关注任何人，也没有任何粉丝，很像僵尸号，但居然不是。

里面有五百多条微博。都是原创的，苏青青一开始还看得云里雾里，再往下滑，就看到了一张合照，女生是叶蓁蓁，男生，是一个苏青青从没见过的人。

她索性直接点到相册。相册里的照片都是随手拍的，全不是叶蓁蓁平时微博上的那种精修风格，但挺好看。鸡零狗碎的好看。里面有画了一半的油画，有一个男人胡子拉碴的下巴，也有他睡着的时候露出半个胸膛的样子。

苏青青突然有点反应过来。那是叶蓁蓁的小号，记录的……应该是她跟一个男人在国外的生活。

于是那些她看不懂的句子都变得顺理成章起来。就是很普通的一个女孩子的恋爱日记，里面有她跟男人的对话截图，有她甜蜜的抱怨，有她偶尔的丧气，她再次翻看最后一条微博，时间是她回国前的最后一天，她写道——"没有人知道我爱过你，但感情活过，五年、十年后，我都认的。"

不用求证都知道，这个"你"，不是周密。

苏青青突然意识到，这就是最好的机会。她只要把这个微博页面发给周密，都不需要说什么，他们的婚礼就会泡汤。

她点击了右上方的分享键，正要按发送到微信的时候，收到了来自周密的消息。他问她到家没，叮嘱她记得把丸子放冰箱。

苏青青敷衍着说好。

然后周密发来了一行字，他说："青青，我现在挺开心的。"

苏青青是躺在一片漆黑中看叶蓁蓁小号的，她看着周密的那句话，看了很久，然后终于，放任自己尖声叫了起来。

叫到最后，就是一阵巨大的号啕。

凭什么？她真的很想随便揪住一个人的衣领，说凭什么？

可是她只能坐在黑暗里，手指颤抖着，点了对叶蓁蓁的小号的关注。

你们都记得那个童话对不对？

小美人鱼爱上了掉到海里的王子，她救了他，但他永远不知道。他要跟邻国的公主结婚了，巫师给了小美人鱼一把尖刀，说："杀了他吧，你就能回到海底。"

小美人鱼没有下手，她看着王子熟睡的面容，觉得真好啊，这个人虽然不爱她，但他仍然很好。

她把尖刀扔进了海里，于是太阳升起来了，她变成了泡沫。

每个女孩子都感叹过，小美人鱼好傻啊。

为什么不要永恒的生命？为什么不报复他？

苏青青也觉得自己好傻。

第二天醒来，叶蓁蓁果然已经把那个小号上的微博删得一干二净。

从那以后，苏青青刻意躲开了他们俩，没想到叶蓁蓁会主动找她喝酒，她说："来家里吧，周密今晚加班。"

苏青青想来想去，都觉得自己不该是心虚的那一个，于是七点半准时下班赴约。

她到的时候叶蓁蓁已经喝得差不多了，招呼她坐下，然后又开了一瓶威士忌。

她碰了碰她手里的杯子，用肯定的语气说："你喜欢周密吧？别否认了，我一直都知道的。"

还没等苏青青开口，她又说："那你也该知道，其实我现在，没那

299

么喜欢周密吧？对，我是失恋了，才逃回国内的。当然，我爸妈也催我回来了。"

苏青青冷静地看着她。

"你是不是想不通，为什么我会跟着周密来北京？因为我想结婚了啊，周密也想，我们……那个词怎么说来着，一拍即合。"

"你不要用这种眼神盯着我，大家都该结婚了好吗？"

叶蓁蓁把杯子里的威士忌一饮而尽，然后盯着杯子自言自语，像是要给她解释，又像是在说服自己："周密有什么不好的呢？没什么明显的短板啊。况且我们认识那么多年。"

然后扬起脸，对着苏青青笑得又是猖狂，又是绝望："我又有什么不好的呢？他到哪再去找这么一个带得出去也带得回来的老婆？还互相知根知底——哦，他不算全知道我的底，但那又有什么关系？你别觉得你没把那个微博发给周密是放了我一马，你去问问周密，他真的在乎吗？他不在乎。"

叶蓁蓁真的喝多了，声音尖利，最后那四个字"他不在乎"，不像示威，倒像谴责。

她扬起脸来，于是苏青青特别近距离地看清了她的整张脸。她真的一点都没有变老，可是她的神情已经全然换了一副——苏青青觉得有点好笑，原来她不在周密面前扮演不谙世事的小公主的时候，整个人是有一点疲态的。

他们仨，谁都不算赢吧？

当年每天只顾着美白的小姑娘，终于也有了歇斯底里的脆弱时刻。

叶蓁蓁手托着下巴，倚在餐桌上，她对着空气说："我其实还是很想他。"

叶蓁蓁跟周密的婚礼定在了次年的五月，这是北京最好的时候，周密忙公司的事情，没怎么操心婚礼，叶蓁蓁倒是自得其乐，索性全按她的意愿办，连婚戒都是一个人选的，她笑嘻嘻地跟周密说："来吧，给个预算，我自己看着买。"

叶蓁蓁跟一个彩妆品牌联合出了个圣诞视频，前面是试妆，后面有一个快问快答环节，主持人问起感情状况，她一脸甜蜜地说："要结婚啦，是跟高中时候的初恋男友。"

主持人不停地"哇哦"，又问起她出国那几年，两个人怎么维持感情，叶蓁蓁好像是真的认真思索了一样，回答说："就是互相支持对方的事业和梦想啊。"

苏青青在同事的手机上看完了这一段视频，同事惊叹说："这么多年的感情，真是不容易。"

苏青青附和道："是啊，不容易。"

真的不容易呀。王子和公主生活在一起了。但他们幸不幸福，天知道。

叶蓁蓁在北京没什么熟人，早年的朋友，又都一个个先结婚了，于是她没办法，问苏青青说，能不能来抽空做个伴娘，她保证，她会亲自挑非常好看的伴娘服的。

那次喝完酒以后，叶蓁蓁对苏青青有了一种格外的亲昵，她们不是情敌了，永远不会是了，她们成了分享一个秘密的战友。

苏青青答应了。婚礼当天中午，她早早来到了酒店准备走台。现场还没布置完，但已经能看到有许许多多的花。她想起很多年前，她偷听周密跟叶蓁蓁聊天，叶蓁蓁确实说过，想在一片花海中结婚。

新郎新娘在台上跟司仪对台词，她慢吞吞地，从台下过道走过去。

过道很长，可是她什么也没想，她只知道周密要结婚了。他跟叶蓁蓁在认真地对台词，两个人都表情严肃，不像新人，倒像主持人。

那她算什么呢？这漫长的岁月里，她到底算什么？

她已经不恨叶蓁蓁了。真的，她们都没拿到真正想要的东西，她甚至佩服她。谁说叶蓁蓁蠢？大事上她远比苏青青聪明，她知道如今的周密又有前程又风险可控，所以愿意不计前嫌跟他回来结婚，她知道周密只要一个省事的偶尔娇嗔的新娘，所以无论心碎成什么样了，她都在他面前扮演永远的十八岁初恋。

她也辛苦了。

周密也辛苦了吧。这么多年，咬着牙关，一件件拿回曾经的东西，他很想回到那时候吧，爸爸还在位，家里永远有温暖明亮的灯光和厚厚的花样复杂的地毯。甚至，他连那时候的女孩子，都要重新带回身边。

他们都算如愿以偿吗？

可是为什么，她一点都不想走近那个幸福的幻象。

苏青青突然转身，朝酒店门外狂奔，她知道她这个伴娘缺席了，婚礼也不会大乱的，他们照样能顺顺利利地把这个酒席给办了，他们成了更圆满的人生赢家，那个"跟初恋兜兜转转十年结婚"的感人故事，今晚以后会流传在各个宾客的脑海里。

她走了也不妨碍大局。

但她就是想走。她知道她无论怎么横冲直撞，都没办法在他的生命里激起一点真实的波澜，但她就是不想按照他们给她安排的剧本，笑容得体地演完配角。

她不要。

苏青青走得还是太早了，她买了当晚的机票去日本，飞机上不能上网，她错过了朋友圈里高中同学们依次发布的婚礼小视频。

当天婚礼有两个大热点，一是少了个伴娘，二是新娘在誓词环节，哭到蹲了下来。

当然大家都说，哭也是应该的，这么多年的感情，周密又经历过这样的起落,感触一定很多。刻薄点的老同学说,她运气真好,飞走的鸭子还能自己跑回来。

没有人知道新娘到底在哭什么。

苏青青也不想知道了。

她跟着周密学会了听戏,周密喜欢老生唱段,她却很俗气地喜欢那一折"霸王别姬"。君王意气尽,贱妾何聊生。她曾经幻想过,跟周密死死地绑定在一起,什么关系都可以,但是就要永远地赖在一起。

可是苏青青脸贴着机舱里的玻璃,那一片冰凉让她格外清醒——君王意气尽,幸或不幸,她却还有一口气在。

他们想要的故事结尾,她不想要。

他不再试图寻找的地方,她还是想,再去看一看。

空姐端过来一杯橙汁,苏青青扭过头,看着窗户上映出来的自己模模糊糊的轮廓,悄悄举起了杯子,跟窗户碰了一下:"干杯。"

番外二

再续夜航

那一瞬间,韩统突然想明白,自己究竟想跟陈一湛说什么了。他真正想说的是,你哪都别去。拜托你,在原地等我,哪都别去,你再等我一会,我就想通了。就一会。

正月初五，为了参加高中同学会，韩统提前从台州老家返回杭州。

他对这种场合没抱什么希望，知道人越多，气氛越微妙。所有超过十个人的聚会都是名利场的缩影，而名利场向来不问交情。

他甚至觉得同学聚会是一件残酷的事情。十年前，他们身上的可能性比现在多得多，命运展现在面前的，还是迷人的不确定性，而十年后，他们都被死死拧在了各自的命运齿轮上，动弹不得。

包厢里的情况和他料想的没有差别。男生拉了几把椅子围坐在门口，不是"×总"就是"×老板"，一水地乱喊，还在读博的那两个，被不怀好意地称作了"×导"。再也没有报完名字就杵在台上，跟全班同学面面相觑的羞涩，每个人都在交流小道消息："最近新上手了个项目，还请×兄多多指教。"

韩统怕冷，偷摸地往屋里钻。

被围在最当中的女同学，一手托腰，另一只手轻抚着肚子，连声感叹运气好："班长真是照顾到位，要是再拖一天我就来不了了。明天一早就要去奥克兰啦，那边房子也找好了，空气好水源好，适合养胎，等孩子生下来，吃的奶粉也放心。"离她最近的女生像触碰神迹一般，轻轻按压她的肚子，语气半神半鬼："我听说哦，这个小孩子在国外生的，哪怕不是混血儿，也会眼睛大皮肤白，像外国人。"

女同学们又一片感叹声，有人问："那你老公跟去伐？"

怀孕的女生用小手指把鬓发高高挑起，继而稍稍抬了抬下巴，这个动作让韩统恍然想起，她曾经是班里的文娱委员，组织大合唱时，每当有人跑调跑得太突出，她就会下巴一扬，露出礼貌的不耐烦的神情。

"他不去的，毕竟现在才十七周嘛，太早了。等过两个月，他这边走得开了，再过来陪我。哎哟我很放心的啦，老周这个人，你放他出去玩，也玩不出什么花样的。"

韩统大半个身子探在茶几上，听着她们互相刺探、互相恭维，手指顿了顿，把积了好长一段的烟灰，耐心地，平均地，一截截敲落。

青春片总喜欢拍老同学聚在一起，重返十八岁，韩统猜想编剧是不是没有亲身参加过同学会，旧同窗们被拘在一个房间里，周身遍布着不能提的禁忌，小心避开那些敏感词——别误会，敏感词是："你房子买在哪，你公务员考得怎么样了，你在的那家创业公司……还没倒闭啊？"

前女友什么的，反而不在此列了。

譬如韩统看陈一湛，就跟看微博自动推送的模特广告一样，屏蔽吧不舍得，关注呢，也没必要。

韩统的初恋发生在初三。班里转来个因拆迁而户籍变动的转校生，就像所有初恋女主角一样，长发大眼，气质恬淡。韩统往她抽屉里塞过小零食，也放过有蟑螂的水瓶子，元旦晚会上两人被抽中表演节目，韩统主动提议唱首《蜗牛与黄鹂鸟》以示纯情，然后在"咿咿呀呀"的旋律中，愉快地接受了大家的集体起哄。

初恋毁灭得也很快。两人中考分数一样，韩统去了省立一中，女生听了家里人的话，接受了区重点中学三万块钱的奖学金，成了那个学校到处宣扬的"高分重点培养对象"。

那年暑假，家里人为了奖励韩统，带他去滑雪，在半山腰的一个小酒馆里，韩统用冻肿了的手指给她打电话，女生哽咽着说"忘了我"。韩统滑雪的时候从一个陡坡上摔了下去，他索性坐在地上，一半身体埋在雪里，望着天空哭泣。

韩统大学后谈的女朋友都很相像，美得斩钉截铁，也温驯得水到渠成。韩统记得住她们每个人最有趣的地方，一口台湾腔的Vivian一骂人就是他听不懂的温州话，亲自替四只狗洗澡的Gigi经常网购自贡兔头，最好玩的当然是Amy，自强不息的女性典范，每次跟他出国玩，都会提前朋友圈预告做代购，都快赶不上飞机了还要在机场帮人家采买口红，就为了赚二十块钱的代购费。

他喜欢她们这些轻微的不出格的有趣，喜欢看她们闹脾气，也喜欢她们的见好就收。女人是很有趣的，如果你不试着理解她们的话。

韩统永远记得初恋白皙精巧的耳垂，也记得搞定过一个混血模特，她睁着淡棕色的眼眸，说"我要给你个惊喜"，然后撩起头发，韩统看到她的脖子上，纹了他的名字。

但陈一湛实在是属于两头不靠，长得也就是娇憨，但刁蛮、难搞、任性……他俩在一起掐头去尾也就一年，却作得他十年怕井绳。

今天陈一湛当然也来了，就是那个声称"生在国外的小孩子长得特别灵气"的神婆。

吃到九点钟的样子，韩统看人渐渐走了，心内计划着告辞，恰巧女友发消息过来，说刚做好头发，要不这会儿就来接他。

其实韩统被人群缠得太紧又太久，心里懒洋洋地不怎么想见面，但这个点，人又多，车难叫，或许还有老同学要求顺路一起回去，想想就烦。有女朋友在，想来没人会不识趣地上他的车。于是他回复说好。

她回复的是一张驾驶座上的自拍，典型的收下巴假笑，眼睛瞪得滚圆。韩统喝了几杯酒，被这自拍吓了一跳，连忙退出聊天页面。

女友等了会儿，没等到他消息，就直接打电话过来了。声音是一串又一串的波浪号："宝宝，我的新发型好看吗？"

韩统把手机从耳边挪开，举到半空，仔细观察了刚发来的照片，斟酌再三，犹犹豫豫地问："你头发……染了？"

"嗯！"

女友那边脆生生地一应，韩统无声地吁了口气。这一关，好歹混过了。

"宝宝，你快问我为什么要染头发。"

"还不是因为闲的。"心里虽这么想，韩统还是无视身边周密的怪笑，学着女友的口气追问："为什么呀？"

"因为你说，你以前的女朋友都没有超过一年的。可是我们已经一年多了耶！所以我想，我换个头发颜色，你就等于换了个女朋友，这样我们的新鲜感就能维持得更久，我是不是很聪明呀？"

韩统忍不住笑了起来。

女人多有趣。世界多美好。

他闲得慌，索性把手机放到周密面前，问他："哎你觉得她好看吗？"

周密闭上眼睛，说"不想看"。

"别呀，看啊。"

周密瞥了眼，说："不好看，塑料感太强，还不如陈一湛。"

韩统本来歪在椅子上，这下气得坐直了："怎么还不如陈一湛啊，周密你看清楚再说话。"

"陈一湛挺好看的啊。你高中时上摄影课，不是老偷拍人家。"

"我那时候没见识啊。"分手后韩统落下一个毛病，一听到陈一湛的名字就烦，是生理性的烦。心头无名火"哗"一下被点燃，搅得人坐立不安。他也知道说女人坏话不好，可没办法，他非得当着外人的面贬低她两句，才觉得好过些。

周密打了个哈欠，坐直一点，拍拍他的肩膀说："行吧，来，说说这些年长了哪些见识。"

周密九点半就要走,韩统跟着他下楼,独自在大堂里等女朋友。她在电话里连连抱歉,说:"哎呀我不知道这是单行道,现在得绕一圈,宝宝你还没下来吧?"

韩统说:"没。你慢慢来吧。"

挂了电话,也懒得再上楼,就倚着一根柱子玩手机。

过了会儿才发现离他三米远,是同班的女同学们,不过她们顾不上他,快要散了,得抓紧时间交流八卦。一个个穿得跟诰命夫人似的,专心讨论着没来或者先走了的同学。

"叶蓁蓁还是没来啊。"

"怎么来啊,都要结婚了,被周密临时变卦。这脸打得那么狠,还怎么好意思见老同学。换成我也躲出去读书了。"

"她家很有钱吗?供得起她读这么多年书?"

"还行吧,陈一湛家才是真一般。她当年高考考那么砸,都没有出国,就是因为没钱吧。"

"她现在在干吗?我看她今天晚上穿得蛮一般的,我反正是认不出她的衣服牌子。"

"做家居设计吧。在上海工作。"

"上海啊。那她买房了伐?"

"怎么可能。没有买房资格,也没有男朋友。"

"哎,她当初放过韩统真是可惜。"

"怎么叫放过呢?"另一个女生笑着推搡了她一把,"那叫抓不住啊。"

韩统起先偷听得很爽,话题刚涉及陈一湛的时候,他甚至想夸奖她们观察得细致入微。但眼看她们要没完没了地聊下去,他从柱子后面绕出来,经过她们身边的时候,放重了一点脚步。

女友发消息说"快了",他索性走到酒店外面等。

从旋转门里走出去时迎面撞上的人,恰好是陈一湛。她还是像从前那样没眼色，傻呆呆堵在门口，不知道自己会妨碍到别人。

但韩统还记着女同学们议论她的话，对她有点痛恨不起来，就牵动了嘴角笑笑。

陈一湛倒是吓了一跳。脸上摆不出合适的表情。

特意离她几米远也没必要。韩统想了想，还是站在了她边上。

陈一湛瘦了些，顺便减掉了很多跋扈的气质。怕冷，手臂环着，毛衣的领口被洗大了，她看一会儿手机，就要用手拉一下领口。

"你叫车了没？"

女生没防备他会开口，愣愣地抬眼，点了下头。

"你这都等多久了，怎么还没来啊？"

"……"

手机振动，是陈一湛的。

她接起来："……对就是我定位的地方，你到了吗？……什么路，我要去什么路口等你？可是我不认识那条路啊……"

她越讲越急躁，一手握着手机，一手使劲抓头发——"我是本地人，但我不认识那条路啊，本地人就非要认路吗？我凭什么要认路啊？"

韩统笑得花枝乱颤。

还有比看陈一湛炸毛更赏心悦目的事情吗？没有了。

最后陈一湛还是上了韩统的车。

韩统坐在副驾驶上，陈一湛一个人坐后座，女朋友开车。寒暄两句后，车厢就陷入了寂静。

韩统闭眼休息的时候想，女朋友这么百里夜奔地过来，无非是想在他同学面前亮个相，现在就算观众是陈一湛，也该给她个面子了。于是打起精神，凑过去看她头发："头发到底染成什么样了？我看看。"

"哎呀你走开。黑漆隆冬的，看得清什么？"

311

"能保持多久啊？"

"看情况吧。要少洗头，洗多了就变黄了。"

韩统拖长声音"哦——"了一声，觉得聊得差不多了，重新躺到副驾驶座上。

然而女友却被激起了谈话欲。她盯着后视镜，热切地问陈一湛："韩统这个人，读书的时候就很讨厌吧？"

韩统也饶有兴趣地等着陈一湛的答案。

"还好吧，男生小时候不都那样吗？跟猴子似的。"

韩统脸色一黑。

女朋友倒是被逗得咯咯笑，笑得差不多了，继续追问她："哎，他读书时喜欢你们班的谁啊？"

韩统背后没长眼睛，但他觉得，那一刻，陈一湛看了他一下。

赶在陈一湛开口前，车子险险地擦倒了一个交通桩，底盘顺利地被卡住，女友一个急刹车。韩统确定安全带扣紧后，回身看陈一湛。她被颠了几下，两侧的头发垂下来，眼睛闭得很紧，长睫毛贴在眼睑上，像小动物碰到危险的时候，拢起了自己的羽毛。

韩统给交警队打完电话，跟女朋友说："他们一会儿就来，你就坐在这等着，有事跟我说。"然后转头看向陈一湛，"离你家也不太远了，我走路送你回去吧"。

这一段路他闭着眼睛都知道要怎么走。

路很窄，而且昏暗，有的路灯像是知道自己发不了光，主动垂得很低，也没人检修，就这么弯在路中央。附近居民楼里亮着几盏灯，微弱地照到了马路上。

走到这段路的尽头，就是陈一湛家。

就是在这段路上，他跟她吵过无穷的架。一开始是陈一湛扭头就走，他在后面追，后来就是喊，再后来他不追了，等她跑开五十米扭头怒气冲冲地跟他对视。

他们放学的时候正好也是老太太们围着唠嗑的时候，韩统都不敢细想，那一年里，他给她们提供了多少笑料。

晚上的寒气是揪住大衣也挡不住的。冬天的月亮也要瘦一点，冷淡地照着不再相爱却仍然亦步亦趋走着路的两个人。

韩统觉得说说话或许会好一点，就问她："哎，听说叶蓁蓁现在在做时尚博主？"

"对。"

"那她现在也算网红了？"

"嗯。"

"赚得多吗？"

"挺多的吧。不过开销也大，一天到晚得买衣服。"

"哦，苏青青呢，还跟她老板在一块？"

有只猫窜过来，陈一湛往他身后避了避，然后才答话："是的吧。"

"挺好的。你说那帮女生有病吧，就是嫉妒她找了个有钱男朋友。一晚上都听她们在聊苏青青，酸气冲天的。"

"同学会嘛，就是这样子的，谁不来就讲谁坏话。"

韩统突然想起他在大堂里听见的关于陈一湛家境的讨论，心里有些难过，就停下脚步，放轻声音跟她说："别跟她们一般见识。"

然而陈一湛以为他还在为苏青青打抱不平，忍不住嗤笑说："你们男生啊，就算哪天苏青青抢银行了，你们都觉得是银行欠了她钱。"

韩统在黑暗里翻了个白眼。不识好歹。

幸好分手了。

他们就这么断断续续地聊着旧日同窗的八卦。快到家的时候，韩统不自觉地抬头看了眼三楼窗户，说："你们家人还在等你啊。"

陈一湛终于直视了他一次，说："那我上楼了，你回去路上小心。"

半路韩统忍不住回头看了一眼，果然陈一湛这个死没良心的溜得比谁都快。就跟当年一样。

韩统的爸妈年纪大了之后就搬到了郊区的别墅，城西的房子专门留给韩统偶尔回来住。他这次带女朋友回来，也是住城西。他年三十晚上去父母家吃饭，爸妈不让带女朋友，说年三十带回家，就算给列祖列宗过目了，他们的婚事还没定呢，不能这么着急。韩统怎么听都怎么觉得这套理论欺人太甚，所以他琢磨着，明天中午带她回爸妈家吃个饭。

女朋友在车里闷了一晚上，一到家就去浴室洗澡了，他坐在客厅给他妈打电话。说了要带女友回家的意思后，他妈在那一头语气为难却坚决："明天你爸爸的朋友也来啊，她在也不太好，算什么身份呢，改天吧。"

韩统心里有愧，决定还是替她争取一下："她去西班牙还给你买了双平底鞋，她自己花钱买的，说特别舒服好走，让她明天一起带来吧。"

"——谁花钱带她去的西班牙啊？"

"妈你这么说话就没意思了。"

"你明天早点过来，别睡懒觉。"

"那我明天把她给你的鞋子带过来吧。"

挂掉电话，韩统坐在沙发上发呆，不知道该怎么跟女朋友说，她明天又要一个人打发时间。

正为难的时候，看到微信有人发送了好友申请，点进去一看，是陈一湛。当然是从班级群里找到他的。

他通过了她的申请。

她问他说："你到家了吗？"

"到了。"

陈一湛说:"那就好,谢谢你晚上送我。"

韩统正想说"你终于也懂点礼貌了",就看到女朋友踩着湿漉漉的拖鞋出来了,她问他:"明天我们什么时候去你爸爸妈妈家?"

韩统拉她坐下,自己蹲在地上,用一种苦口婆心的语气讲道理——"明天我们家要来很多人,乱糟糟的,我妈妈是很希望你去帮忙,但我觉得吧,你第一次去我家,怎么能让你干活呢?我想呢,不如过两天,等我爸妈清静了,我再带你回去,这样我妈也能好好招待你。"

女友被哄得一愣一愣地,从善如流地讲:"好啊。"

"明天呢,我回去应付一下那些人,然后回来陪你吃晚饭,你白天看哪个餐厅开门了,就去吃点东西,好不好?"

"嗯。"

"那我也去洗澡了。明天我一早得回家。"

韩统起身时本来想拿走手机,但女朋友看着,他觉得把手机留在客厅,她大概会比较开心,就放下了。放下前点进微信看,陈一湛还没回复他,他想了想,删掉了聊天记录,顺便设置了消息不提醒。

没想到洗完澡出来女朋友还没睡,看到他,笑嘻嘻地问:"刚才坐我们车的那个女生是谁啊?"

韩统第一反应是检查手机。但突然想起手机还搁在客厅里,就只淡淡回了句:"我高中同桌。"

"你同桌很好看啊。哎,你有没有喜欢过她啊?"

韩统走到客厅,一路高声回答女朋友的提问——"我是没有,她有没有喜欢过我,我就不知道了。可能有吧。我们高中班主任特变态,是按照成绩排座位的。你也知道,我成绩很好的,哎这么想来,她为了一直跟我做同桌,应该是付出了很多努力啊……"

走回卧室,他无视女朋友夸张的白眼,嬉皮笑脸地讲下去:"那你看,人家为了跟我同个桌,就得努力成那样,你都轻轻松松跟我睡一个被窝了,是不是应该感恩命运?"

女朋友把枕头摔到韩统脸上。他假装被砸晕,一动不动地躺着。过一会儿,他听到了女朋友很轻的呼吸声,他猜她睡着了,于是把脸上的枕头拨开,再次看了看手机,还是没有任何消息。

第二天的家宴非常无聊。

韩统跟他父母素不亲密。他读高中的时候,家里还住公寓顶楼,上层的阁楼异常宽敞,还附赠一个大阳台,他父母住楼下,他一个人独占了阁楼。但是家里通常没人,楼下永远黑漆漆的,韩统其实怕黑,也怕安静,就打开音响放音乐,然后跑上跑下,把所有的灯都打开。

他妈甚至都不清楚儿子的口味。做什么菜都放一大勺糖,韩统被甜得大口大口喝茶。他坐在父母的朋友中间,听他们高声谈论着经济形势、政策变动以及谁谁谁心脏病发走了,突然觉得像是在别人家里做客,异常孤单。

所以周密发消息问他下午要不要跟老同学一起打牌时,他激动得手一抖,全然忘了昨天自己是怎么嫌弃同学聚会的。热茶泼在了手背上,他边拿纸巾胡乱擦,边用半湿的手回复:"几点,在哪?"

也是同时,女朋友打来了电话。韩统躲到阳台上接,听见她声音软软地问:"你吃好了吗?"

"还没。我大概五点钟回家,你在干吗呢?"

"我在家啊。你晚上回来吃饭的话,我下午去买菜吧。"

"好呀。"

"给你烧玉米排骨汤、肉末茄子,还有芦笋百合。"

"不要吃肉了,每天吃肉吃得上火。"

女友在那一端低低笑了声,她说:"那我去买点小青菜吧。"

"嗯。"

她打算挂电话了,他却无端生出一点不舍来,于是主动找话说:"等回了上海,我们一起养条狗吧。"

隔着电话,韩统都能听出她的高兴:"好呀,我们回去逛宠物店吧。我知道淮海路上有一家,店里宠物都品相很好的。哎,你喜欢什么狗啊,大型犬还是小狗?"

"买条金毛吧。我出差的时候,它能陪着你。"

回到饭桌上,他继续喝茶,应付长辈的谈话,不停地看墙上时钟。他想早点去打麻将,然后回家——回自己家,女朋友做菜手艺也一般,但她记得他不爱吃甜的。

周密订的棋牌室在西湖边,从前是一个会所,后来被整顿,就改成了棋牌室。包厢很大,放了两张桌子,韩统到的时候,他们已经打了几轮,还有两三个人,坐在一旁当替补。

韩统一眼就看到了牌桌上的陈一湛。

他看向周密,周密一脸坦然地跟他对视,眼神里传递着"来都来了,你还想怎么样"的讯息。

确实不能怎么样。韩统索性站到陈一湛背后,看牌桌上的形势。

他一看就乐了。

陈一湛压根就不会打,连推麻将的手势都不专业,推成了歪歪扭扭的一条。她只会最简单的碰和杠,于是打得七零八落,看得韩统于心不忍——不忍麻将这么一门精湛的手艺就这么被她糟蹋了。

终于在她乱出牌的时候,韩统按住了她:"打这张。"

她一点不领情,看都不看他,盯着麻将,问:"为什么啊?"

韩统本来懒得跟她多说,但她头发上有一股很好闻的气味,以及,从这个角度俯视下去,恰好能看到陈一湛非常清晰好看的锁骨,他于是耐下性子,弯着腰教她怎么打。

同桌的人不乐意了，抗议说："韩总这把还没到你啊，怎么就下场了呢？"

周密迅速接腔："不是跟我们玩，韩总是亲自下场把妹。"

韩统本想回击，说这个又不是没把过。但他意识到这话一说出口，陈一湛必然会很尴尬，他有心放她一马，又不想理会他们，就假装只专注地看着牌桌。

没想到是陈一湛，语气平淡地把这话说出来了，她一边和牌，一边轻轻松松地讲："他就是看不惯我打得烂而已，你们别乱想啊，又不是没泡过。"

女生这么开得起玩笑，大家当然更开心。周密干笑两声，用幸灾乐祸的眼神看向韩统表情复杂的脸。

韩统直起身子，去一旁给自己倒了杯茶，顺势坐回到自己位子上。

有人问周密什么时候回北京，周密说明天就回，对方看了看手机上的日历，凑趣说："周老板是要赶着回去过情人节。"

周密笑而不语。

"明年同学会带过来呗。"

周密岿然不动地出牌。

陈一湛斜了他一眼，替他解围："周老板情人节早中晚饭都是约出去的。带哪个来同学会都不合适。"

周密点头："嗯，今年行情好，还有夜宵。"

满堂人哄笑。韩统没有笑。他清楚记得她曾经是怎样一个醋坛子。读书的时候，苏青青坐韩统前排，他每次只要身体前倾跟苏青青搭话，陈一湛就会冷笑。他有天被她笑得发怒了，摔铅笔盒子说："陈一湛你有病啊，我活动一下筋骨不行吗？"

她是什么时候开始会讲这些笑话的呢？

就像她学会了自嘲说，又不是没泡过。

玩到天黑，各人清点输赢打算回家，韩统上场时间不多，赢得也不多，他趁他们算钱的时候，给陈一湛发消息，说："我送你回家吧。"

女生没有回复。但韩统站起身来的时候，她也拎好了包。走廊上铺着很厚的地毯，走起路来悄无声息，韩统需要不时回头看一眼，才能确认陈一湛还跟着。他转身了三四次，自己都觉得憋屈，索性把她拉到身前："你走前面。"

到了楼下停车场，一个小女孩把他们拦住了，她举着一把暗红色的玫瑰花，说："叔叔给你女朋友买一支吧。"

韩统不由自主地看向陈一湛，他想看她如何反应。

她注意到了他的目光，于是把小姑娘拉到自己身边，说："不买了。他很穷的。"

韩统都要被气笑了。

小姑娘赖着不走，眨巴着眼睛看着这一对。

"他买不起。"

韩统不配合她。自顾自摸出钱包，把两张一百块塞给小姑娘："十块钱一支是吧，都买了。"

小姑娘放下书包，从书包里翻出一堆乱七八糟的玫瑰，语气雀跃："叔叔我还有花，你都一起买了吧。"

韩统看着手里这一堆干瘪的玫瑰，欲哭无泪。眼看陈一湛丝毫没有拿花的意思，他只好自己接了，扭头对她说："附近有个餐厅，意大利菜，应该开业了，一起吃个晚饭吧。"

点单的时候，韩统接到了女朋友的电话，问什么时候回家，她好着手烧饭。

韩统深呼吸了一口气，连说了七八个抱歉，说爸妈非要留他吃晚饭，不过……他也可以趁机跟他妈谈谈他们俩的事。果然女朋友立马说："那你们好好吃。"挂电话前,她欲言又止地说:"韩统,慢慢说,别惹叔叔阿姨生气。"

陈一湛当然知道他在打什么电话。她脸上什么起伏都没有,镇定地看着他撒谎,看他语气温存地说:"嗯,我会跟我妈多表扬你的。"

她看着他挂掉电话,然后把菜单推到他面前:"这家我没来过,你点吧。"

他其实希望她有点情绪,有点鄙视也好。总好过现在这样,她只当看一个普通的不忠的男人。

她以前脾气很差的。高三的时候,班里好些人换了苹果手机,苏青青用的还是小灵通,所以常借周密的手机玩切水果。周密当时的女朋友叶蓁蓁不高兴,跟他们抱怨过好几次,说苏青青是借机搭讪,韩统觉得这事无论如何都不算个事,可是陈一湛一听,就义愤填膺地讲:"她怎么那么过分啊!"

所以很长一段时间,周密看到陈一湛,也觉得头疼。

他很想问一问她,是在什么时候,她修炼出这样的好修养的。

这顿饭吃得很是鸡肋。菜点多了,韩统顾着说话,几乎没怎么吃,陈一湛呢,说得很少,吃得更少。

韩统把这些年,在哪上了学,去哪交换了,认识了哪些人,去哪上了班,又从哪辞了职,现在接手父亲的公司在做些什么业务,通通交代了一遍。陈一湛专心听着,讲到最后,他正有点倦意的时候,却看到她凑近了些,歪着头,手托着腮,她这样看起来还像个高中生,他差点都觉得他们还坐在高中教室里。她看他的眼神总是让他很高兴,眼睛里可以刮下一层蜂蜜来。她以前听他讲话就是这样的,其实女生远比男生早熟,韩统后来想,他高中时跟陈一湛说的那些话都蠢翻了,可她总是托着腮眼睛亮晶晶地听他讲,好像他在讲什么了不起的知识点。他想,她如果不是演技高超的话,那就是真爱他。

吃完饭他送她回家。有一段路堵车，他索性扭头看她，看见她闭着眼睛靠在车窗上，前面的车灯照进来，在她脸上投下阴影，她的眼睛、她鼻尖上的小小的痣、她的嘴唇，都笼罩在阴影里，有种雾蒙蒙的质地，看得他心痒。

可惜春节间城里的交通太流畅。很快前面的车就开动了，很快，她就要到家了。

韩统正在筹措告别用语的时候，听见陈一湛开口了。

她喊他名字。

可能是因为沉默太久没开口，也可能是因为，许多年没有喊这个名字，当他的名字被她念出来的时候，他觉得空气都有瞬间的停滞。他们都愣了下，然后陈一湛说下去："韩统。其实你跟我说的那些，我都知道。我是说，你过去那些年做了什么，发生了什么，我都知道。

"我没有跟别人打听你。但我都知道。我一直看你的人人，直到你再也不更新人人，我悄悄关注了你的微博账号，连你的每一条转发我都看。我甚至知道你的 Ins，我知道你在国外的时候，喜欢去什么餐厅，跟谁去。

"连你刚才跟我说的那些人，我都认识，我靠你们的对话，拼凑出了你身边的人际圈。"

"我本来不想跟你说的，我今天晚上装傻装得很好。我假装是第一次听说那些名字，我假装我今天才知道你大三时摔断过腿，大四的时候跟家里吵翻过。我还学会表演惊讶了。但我还是忍不住想告诉你。

"我想，我们应该不会再见面了。所以我敢跟你说这些。我喜欢过你很长一阵子，在你早已经不喜欢我之后，这个事情我认了。"

她说完这些就行云流水地关车门走人了，就像很多年前他们吵架时那样。

他接近梦游般地把车开回自己家。所幸路上空旷，他可能闯了个红灯，可能没有。但好歹平安回家了，他在车库里停好车，临上楼前，看到了放在后排的那一堆连捆都没有捆起来的丑陋玫瑰。

他慢慢地把花拿出来，按电梯，上楼，然后刷卡进门。

女朋友歪在沙发上看杂志，先是看到他，再看到他怀里的花，表情有瞬间的惊喜："你怎么今天买花啊？"

"吃完饭看到有个小孩在卖，大冷天的，怪可怜的，我就全买了，不好看，你将就着看吧。"

她接过去，细细端详一番，说其实还行。

"你随便找个花瓶搁着吧，过两天要是坏了，就直接扔了。"

她捧着花找空余的花瓶，看到韩统边走边脱毛衣和衬衫，问他："你要睡了？"

"洗个澡。"

"浴巾在衣柜第二格。"

韩统实在没有再说话的力气，拿了浴巾就躲进了浴室里。

等他出来的时候，看到女朋友跪坐在茶几前，那一捧花被摆在茶几上，她拿着剪刀在修剪枝叶。看到他出来，她笑得有点不好意思："虽然我们就在这待几天，我还是想好好修一下。不然可惜了。"

韩统走过去坐到沙发上，她整个人就蜷在他的腿边。客厅灯光是橘黄色的，均匀地洒落在她的头发上，看起来很温馨，韩统伸手摸了摸她的头，女朋友回头朝他笑。

韩统对"好男人"这种头衔毫无兴趣。但这也是生平第一次，他觉得自己那么不是人。

韩统开年回上海后一直不顺。

这一年上海的倒春寒格外漫长。韩统自觉筋骨好，只肯穿衬衫和大衣出门,很自然就重感冒了,在家里擤着鼻涕办公。

他是有晚睡晚起的习惯的。女朋友要睡美容觉,睡得早,他就一个人坐在客厅里,能开的灯全开了,茶几上是女朋友睡前给他泡的绿茶,太久了,茶叶都沉到了杯底,韩统浑身酸疼,懒得起身重新倒水。

凌晨两点的时候,他PPT改着改着叹了口气——韩统讶异地发现自己学会了叹气,他从前很烦别人叹气。他从前最不情愿跟他爸一起出去,因为他爸有叹气的习惯,他在家里可以关上房门躲起来,在车里就没办法,他爸一叹气,他就觉得整个车里的气氛都压抑了。

他被自己的叹气声搞得心烦意乱,决定重新倒杯水喝,起身的时候,却注意到沙发旁边的富贵竹叶子边缘都发黄了,他索性蹲下来,仔细查看植物的情况。

韩统侍弄花草的习惯,也是他爸培养出来的,小时候,他爸出差回来,象征性地抱他一下,就钻到阳台去看花草长势,他一直嫌韩统太闹了,说男孩子也得有些静悄悄的爱好才好。于是韩统出国念书的第一年,每周跟家里人视频一次,大半时间在给他爸汇报盆栽培育情况。

韩统拨着叶子细看的时候,无可奈何地承认,他终于活得越来越像他爸了。

小时候他嫌他爸土,觉得他爸盖的楼盘都很低级,不是什么高端小区,全是跟市政府勾勾搭搭给拆迁户盖的楼。他刚子承父业的时候,一上任就迫不及待地推出"智能家居"的概念,很时髦,然而资金链差点断裂,九死一生的时候,是周密替他找投资人注了笔钱。自那以后韩统就知道了,时髦的面子需要有不时髦的来钱方式做支撑。

茶几上的手机突然振动了下,在一片寂静里,吓了韩统一跳。
他想这时候谁还会再找他,点开一看,是周密,说要来上海。
韩统精神起来,哑着嗓子给他打电话。
"你来干吗,要不是出差的话,住我家吧。"

"一个朋友开了个健身房,还带篮球场的,让我来玩。"

"那就不是出差,来我家住吧。等我感冒好了咱们俩喝酒。"

"我才不。"周密在那头嗤笑一声,"我才不要被你金屋藏娇。"

"那你住哪,酒店订了吗?"

"四季。"

"你住四季干吗?四季风水不好……住四季的都是晦气的人,谁去那沾晦气。"

周密没有说话。韩统这才自悔失言,几年前周密的父亲因为经济问题被捕,母亲去了澳大利亚,再也没回过国,周密对这种话题很敏感。

但两人关系太好了,韩统也不能道歉。于是话就阻塞在了这里。

过了好一会儿,他听见周密用如常的语调说:"我本来也是孤臣孽子,晦气克晦气。"

韩统决定活跃一下气氛,他喝了口已经凉透了的茶,再度规劝周密:"你来跟我一起睡吧。反正我跟女朋友也差不多要分了。"

好了,这下气氛彻底活络了。周密用满是愉悦的口吻,问他这一个又怎么了。

"……也没怎么。我就是觉得,太和睦,太相敬如宾了。我最近总结了一下啊,我这几年感情老是不能长久,主要是因为她们都太顺着我了,其实我是喜欢烈一点的女人……"

周密果断打断了他:"你的分手理由很简单,我帮你归纳就行,你都是因为有下一个了。"

韩统先是大笑,然后又无力地反驳说:"这次真的不是,这次真没有。"

"韩统,"周密突然笑得很是鬼祟,"你是不是跟陈一湛,又搞到一块去了?"

"说话文明点。什么叫搞……况且也没有搞到一起去。我们没怎么联系。"

韩统确实没怎么联系陈一湛。他想不出有什么好跟她说的，说他现在的生活吗？他这两天混沌到连周几都不晓得。说他从前的经历吗？他一想到她曾一页页翻看他的动态就觉得心里堵得慌。说再早点，高中时候的事情吗——那他免不了会被她追问，当年不是觉得我很烦吗？怎么又来找我了。

什么都说不了。但不妨碍他回忆。

他怎么跟陈一湛在一起的，他是真不记得了。当时班里好看的女生就这么几个，他近水楼台，就喜欢了陈一湛。

她当时特别骄纵。他应该是哪个晚上跟她发短信告白的，第二天早上，他到学校的时候，她已经坐在座位上了，咬着吸管在喝牛奶，临时背当天要听写的单词。看到他，她没有一点羞涩，大刺刺地把手一伸："给我。"

韩统发蒙："给你什么？"

"地理作业啊，我没做，快给我抄。"

韩统把书包放到地上，问她："凭什么？"

"我是你女朋友了啊，你难道不应该给我抄地理作业吗？"

前排的苏青青转过半个身子来看热闹，韩统没忍住看了她一眼。

大概就是这一眼，更坚定了陈一湛要抄他作业的决心，苏青青都看到了，他再不给，她岂不是很没面子？她几乎蛮横地从他书包里翻出地理作业，抢过去要抄。

韩统当时年少气盛，又被苏青青笑眯眯地注视着，整个人火气也上来了，他夺回自己的地理作业本，说："原来你就是为了这个啊，那别在一起了。我反悔了。"

——从在一起的第一天开始，争吵，就伴随着他们俩。

所以分手的时候，韩统是真的烦透了。

他觉得再继续下去，他就要对女人这个物种绝望了。

而谁能想到，若干年后，他在胳膊酸得都抬不起来的夜里，对着一杯毫无滋味的绿茶，想起了她。他现在是真的觉得很好笑，到底一个地理作业，怎么就不能给她抄了？

元宵节。周密到上海的时候，已经是晚上十点了，韩统去接他。从浦东机场开到四季酒店的路上，他们俩同时看见了天上大片大片的烟花。

非常密集。恍然若烧，妖气冲天，像星星在头顶爆炸。

恰好前面就有一个漫长的红绿灯，韩统停下来，拿过手机，偷偷摸摸地背朝向周密，假装看邮件，其实是在给陈一湛发消息，他说："我刚才看到了很漂亮的烟花，想录下来给你看，但马路上这么干实在是太傻了，就发呆了两秒钟。为你。"

后半程韩统开得很快。一到停车场，他就拿出手机来看，陈一湛还是跟死人一样，什么都不回复。

开到酒店，周密下车，韩统帮他一起拿行李，兜里的手机震了下，韩统腾出手来看手机，看到是一个App的消息推送，顿时脸就垮了。周密看戏一样地笑，说他老夫聊发少年狂。

从酒店开回自己家的路上，韩统忍不住又抬头看了看光秃秃的夜空，什么都没有，没有烟花，也没有星星。

然后手机又震了。他犹豫了一下，还是决定拿起来看，这回是陈一湛发的了，她说："韩统你到底想干吗？"

这问题，韩统这两天问了自己许多遍了，到底想干吗呢？他也不知道。

他只是频繁地记起了他们吵架的细节——对，架吵得太多，怎么想都想不完，所以他有时候会一个人傻乐，觉得这有什么好吵的，有时候会帮着其中一方生气，想这事确实过分了，有时候他甚至想穿越回去，替当时还不太懂语言艺术的自己，再噎陈一湛几句。

　　她那时候真的太难搞了。他记得有次他刚到教室，就发现她怒目圆睁，问她怎么了，回说昨天做梦梦见韩统吼她。于是莫名其妙地跟他闹了一整天别扭。

　　还有一次，他也是刚到教室，问她要纸巾，她死活不肯给。他说又怎么了，陈一湛冷着声音说："你别跟我说话。"

　　韩统好言好语问了半小时，得到的答复是："昨天我说完晚安，你没回我。"

　　"那你说完晚安我不就睡了吗？"

　　"那你也应该回复完再睡啊？"

　　"为什么？"

　　"就是，你得做那个最后一个回复的人啊。"

　　"凭什么啊？"

　　"你不是喜欢我吗？"

　　韩统在车里咯咯笑出了声，怎么那么好玩啊。但他后来好歹学会了，如果你想让一个姑娘觉得你很在乎她，你就得做结束对话的那个人。

　　他们到底吵过多少架啊？怎么有那么多事情可以吵呢？陈一湛偷偷看言情小说，《冷面王爷俏皮妃》那种，韩统趁她不在，把小说拿出来，跟周密一起边看边笑，奇文共赏，没料到陈一湛提前回来了，看到他们俩前俯后仰的神态，直接把半瓶水泼了过来。

　　韩统简直想打电话问一问她："陈一湛小姐，现在还看《冷面王爷俏皮妃》吗？"

　　吵到最后，韩统每天上学前都恨不得卜一卦，问问今天到校，看到

327

的脸色是吉是凶。凶的话,是有多凶。

后来韩统出国念大学,陈一湛留在国内,他们俩就合情合理地分开了。新的人生就要展开,怎么想,都没必要每天花费半小时越洋吵架。

那时以为这就完了呢。

谁能料到,他会有现在,对着深夜上海空旷的马路,想自己到底想干吗呢。

他只知道应该跟女朋友中断一阵子。

回上海后她隔几天就说起去宠物商店挑只狗,他一直拖着。他倒是不介意花钱买条狗,就是觉得,共同养宠物这事太大了,他怕她因此产生天长地久的错觉。

他在踟蹰要怎么开口。

分手的时间场合倒是其次,关键是他找不到一个正当理由。这算劈腿吗?怎么都不算啊,他甚至摸不清陈一湛的态度——想到这里,韩统简直自豪起来了,在这年代,像自己这种没找到下家就贸贸然分手的男人,实在是太少见了,少见的纯情。

就是被这股自豪感驱使着,回到家,他发现女朋友蹲在客厅里给富贵竹浇水的时候尝试搭话:"这盆东西怎么搬进来了?"

"晒了两天太阳了,该搬进来了。富贵竹本来就是要放阴凉处的。"

"那你怎么不等我回来搬?你一个人怎么搬的?"

"谁知道你什么时候回来。再说你不是在生病嘛。"

韩统那一刻几乎就要心软,把所有的话咽下去了。但他还是艰难地开口了:"你要不坐一会儿,我跟你商量个事。"

韩统其实很怕,怕她一脸雀跃说:"是我们要养狗了吗?"那样他就真的说不下去了。可是她没有。她端端正正坐好,还给自己泡了壶茶喝。

"我想我们分开一阵子。不是分手,就是分开一阵子。"

他很小心地观察了下女朋友的脸，没什么表情，像是在听他说"我想我们明天吃糖醋小排"。

"不是你的问题，可能是我有点问题……当然问题也不大。我最近状态不太好，我们新开的项目很不顺利，我又重感冒。"韩统及时停止了说明，他自己都觉得，这个分手理由太鬼扯了。不行，得重想。

然而女朋友稳稳当当开口了："你是喜欢上别人了吧？"

韩统还没来得及大呼冤枉，就听见第二发重磅："是你高中同桌吧。"

"……"

"别瞄了，我没看你手机。"女朋友的声音此刻听起来凉凉的。"自从那天晚上送她回家后，你就整个人不对劲。还有，你们俩在一起过吧——送她回家那次，我们没有用导航，全程是你在指点我要怎么开怎么开。就算是本地人，也不会莫名其妙对一个离家那么远的老小区那么熟吧。"

韩统当然可以负隅顽抗，但他不想了，他把头仰起，靠在沙发背上，过了会儿，直起头来，说"是"。

"其实我们没怎么联系。但这几天，我确实一直想着她。"

"她没什么好的，你犯不着跟她较劲。我自己都不知道，为什么突然最近老想她。"

女朋友盘起腿，坐在沙发上，还拿过一个抱枕，舒舒服服地听他讲下去。

韩统确实想找个人说一说。找其他人自然是不合适的，就算找周密，也显得气短。周密前女友叶蓁蓁做时尚博主这事，他笑了好一阵子，还缠着周密问，在微博上一不小心刷出前任照片，是一种什么样的体验。他这样取笑过周密，所以更不想他知道，自己此刻的进退两难。

女朋友成了唯一的倾诉对象。

他很缓慢地说起很多年前的那些很小的事。他们高一的时候不同班，但是同一个化学老师，有一次做实验课，因为实验室很大，老师就把两个班合并在一起上。他的搭档就是陈一湛。陈一湛胆子特别大，做完实验，韩统就偷偷摸摸地用手机流量看篮球转播，一抬头，发现陈一湛把各种试剂倒在一起，脸跟试管凑得很近，看能沉淀出什么玩意。

韩统开始只觉得她闲得慌。

但过了一会儿，就看到她点燃了酒精灯，开始烧试管底部。韩统忍不住出言讽刺："您这炼丹呢？"

女生斜了他一眼，继续烧。

等到韩统再一次抬起头的时候，看到的已经是试管里颜色非常澄澈的紫色和蓝色液体。陈一湛像是感应到了他的目光，转过头来，得意地问他："像不像鸡尾酒？"

韩统点头，说："像。"

她于是递过来一支，还用自己手里的试管，轻轻碰了一下他的，小声说："干杯。"

他还说起那些琐碎的相处。说起陈一湛很挑食，高三的时候食堂翻新，学校就给他们统一订了外卖盒饭，每天中午送到班级门口。陈一湛不爱吃蔬菜，所以总把蔬菜给他，把他餐盒里的肉夹走。因为盒饭里的肉本来也就那么一点，于是韩统过早体会到了贫贱夫妻百事哀的意味。

当然，也说起了无休止的争吵。他自嘲地看向女朋友，说陈一湛很烦的，叽叽喳喳，政治课无聊，就逼他一起在纸上画格子，用笔画图，下五子棋。陈一湛很讨厌做眼保健操，拉着他去自动贩货机那儿买可乐，夏天，那边蚊子特别多，陈一湛索性带了两个电蚊拍，跟他比赛，谁五分钟里击毙的蚊子多。

"整个一神经病。"

韩统最后这么总结陈词。

说完，他看向女朋友，发现她的笑容明晃晃的，像是伤感，又像是讽刺，她说："韩统，你还真是不把我当外人。"

哪怕没谈过之前那么多个女朋友，韩统也知道自己刚才说错话了。

他有点抱歉地看向她，却看到她的眼泪唰地流了下来："韩统，你就这么不怕我生气吗？"

韩统本身就重感冒，晚上接周密的时候吹了风，这会儿更是加重了，本来眼睛就是酸的，他一低头，想顺势也流一点眼泪。正在酝酿的时候，听见女朋友冷声说："不必装了。"

她把腿放下来，双手交叉在胸前，眼睛红红地瞪着他，不怎么可怜，倒是有种莫名的气势，韩统知道这个想法非常不合时宜——但他确实觉得，她现在这样，挺好看的。

他索性不再尝试伤感，替她重新泡了壶茶，诚恳地对她讲："我只是觉得我们分开一阵子比较好。你这几天可以继续住家里，慢慢看房子，你新房子前三个月的房租我替你交。你之前不是想找个厂打版卖鞋子吗？我替你去找厂下单。我们还可以挑个日子，去买条金毛，你接下来一个人住，也不会太孤单。"

女朋友慢慢收住了眼泪，却还是瞪着他。

韩统平静地跟她对视。

女朋友突然发问说："我之前去西班牙，给你妈妈挑的那双鞋子，你送出去了吗？跟我说实话。"

韩统没料到她还记着这事，来不及撒谎，只能缓慢摇头，说："没有。现在放在我车后备厢里呢。"

女朋友转头，对着空荡荡的墙面，冷笑了一声。

韩统猛然间想起，跟女友的第一次会面，是在停车场的入口。前面那辆车停了，有个怒气冲冲的女人跳下来，重重地甩上车门。里面的人刚想探出头来劝，就被她抄起一只高跟鞋砸了过去，她骂不出什么内容，只是重复着几句脏话，以及拿鞋子往对方身上砸。

里面的人很快就把车开走了，女人还留在原地，手上挥舞着高跟鞋，一个劲地喊"给我滚"，全然无视对方早就滚远了的事实。

女人怒气冲冲地往停车场入口处走，一个没留神，鞋跟卡进了窨井盖的小孔里。她尝试转了下脚踝，想拔出来，未遂，只能蹲下来，用手拔鞋跟。这样的姿势很容易摔倒，在她即将失去平衡的时候，韩统扶住了她。

她问也不问就上了他的车，跟他轻轻松松地道谢后，就开始关心他车上的手工摆设。

韩统当时只是觉得她很有趣，泼辣又狡黠，前一秒还拿高跟鞋砸人、大骂脏话，下一秒就在他车上顺水推舟地讲："啊我不急着回家啦，你去哪呀？要不我也跟着换个心情。"

那晚韩统异常得像个好人。他带她去了熟人的茶室，要了一碗酒酿圆子，桌子上摆了好几个小橘子，她剥开来尝了尝，又把余下的几瓣丢进碗里。韩统无声地观察着她这一系列的动作，然后她就把碗推过来，问他要不要尝尝。韩统满当当地舀起一勺，圆子是糯的，微甜，橘子却是涩的，微酸，两种滋味一齐迸发在口腔里，并不难吃。

他也说不清，是被这个女人的哪一处打动的，现在想起来，大概是她一会儿撒泼一会儿撒娇，情绪收放自如的样子，很像陈一湛。

不对，不是她像。是她们都像。

但都是改良版的了，有逼急了就踹门的，但没人像她那样，瞪着红红的眼睛踹他的。也有拖着尾音跟他讲，出差时能不能给人家打个电话的，但不会像她那样制度森严，恨不得晨昏定省了。后来的她们讲感情也讲策略，问他要一些关怀，也要一些好处——两者是可以流通兑换的。她们都是讲道理的成年人，不像她，胡搅蛮缠，寸土不让地跟他要好多好多的爱。也不知道那些爱拿去能干什么。

真的你说人要那么多爱干吗呢？

他就是这么想着，缓慢地把女朋友脸上的泪痕擦干，他说："我们总归是朋友，你有什么事，都可以跟我说。"

接下来的三天里，韩统搬到了四季，住周密隔壁。女朋友——哦前女友——很安静，没有电话也没有短信，朋友圈没发自拍加歌词彰显心情，也没有在微博上转发伤感的晚安故事，从头到尾一声不吭。

第三天的时候，她打电话给他，让他回家一趟，说房子找好了，现在在搬。他赶回家去，发现确实她的东西都被打包收起来了。看着她淡定自若地指挥工人，韩统多少有些唏嘘，这才是正常的男女分手情形，没有讨伐也没有声嘶力竭，当年他跟陈一湛分手，隔着电话线，都能感觉到她快要掀翻太平洋的怒气，他也是怂，还会提醒她多穿衣服，胃药记得放冰箱冷藏，每日早晚要吃一粒。

他对着阳台上空荡荡的衣架笑起来，克制、礼貌、互不干扰，才是成年人感情的基本要素。而他跟陈一湛分开，那简直就是送年幼的小女儿去上全日制寄宿幼儿园。

这么想着，他决定给陈一湛打个电话，没想好要说什么，就先说自己分手了吧。

班级聚会过后，有人整理了一张表格，上面详细登记了每个同学现在的住址和电话，韩统当时觉得这得多闲的人才想得出搞这个。现在他无限感激这个拿自己的时间方便了他的同学，不然他都想不出，能跟谁问陈一湛的手机号。

但电话真的被陈一湛接起来的时候，他反倒说不出那句"我分手了"，他觉得她一定会接一句，"那关我屁事啊"。

陈一湛在上班，她声音压得很低，问是哪位。

韩统犹犹豫豫地开口，说："是我。"那边一下子就沉默了。

韩统扫了眼放在阳台上的富贵竹，决定蹲下来打电话，他说："你在哪上班？我晚上找你吃个饭吧。"

韩统听见她语气直截了当地问："你找我吃饭干吗？"

真的太不会给人台阶下了。换作几年前的韩统，绝对又要炸，她当年就是这副死样子，他们吵完架，他去楼下等她，她不肯下来，非得在电话里问："你来干吗？"

除了来求和还能干吗。那时韩统别别扭扭地，只觉得两个人抱一下哄一会儿就能解决的事情，怎么就非得开口说"我错了"，况且她没错吗？这么一想，韩统口气也不太好了，于是又是一顿争吵。

然而现在韩统已经知道认怂往往是解决问题的最佳方法了。他人蹲着，语气也跟着窝囊起来，他说："我还能干吗？我想见你。"

其实说这话的时候他还是提心吊胆地，生怕她"噼里啪啦"再来一句，"那我不想见你啊"。那他真得干出在她家楼下追围堵截的事情了。都这个年纪了，再干这种事，他觉得自己真的要无颜苟活了。

幸好她松口说："那六点，就在公司楼下的茶餐厅见好了。"

韩统站在阳台上，又想轻快地哼歌，又思忖晚上要说什么，停了会儿他决定盘腿坐在阳台上，闲着无聊，就一片片揪富贵竹的叶子玩。

他其实心里也没底。他是真的想跟她重新来过吗？可是她脾气那么坏——哪怕现在学会在棱角外面裹层蜜糖，也不过是表象，没几个回合，又露了刀锋，他一想到那些每天上学前都恨不得占卜问凶吉的日子，也觉得心有余悸。

但一切就这么过去了吗？又不舍得。陈一湛可爱的时候，跟可恶的时候一样多，他现在想想她很多可恶的样子，其实也有娇憨的成分在。他记得有次他重感冒，她就从家里带了冲剂来，逼他每一次下课都喝药，他中午想跟周密他们去打球，她在座位上大喊一声，让他站住，说先喝了药再走。男生哄笑，韩统觉得丢脸死了，自己简直跟电视广告里被老婆一次次逼着喝补肾药的中年男子一样。但此刻想想还蛮好玩的，可能是因为，后来再也没有人，逼着他喝药了。他自己的亲妈，给他挑外套的时候都想不起儿子穿几码，每一年都要发消息来问一问的。

他那时太年轻了，觉得还会遇到很多很多人呢，怎么能被一个逼着他喝药的姑娘拴死呢？而此刻韩统一片片地摘着叶子，突然产生一个吊诡的念头，万一，万一她就是最好的，怎么办呢？

当年周密想去北京创业，于是临时推掉了跟叶蓁蓁父母的见面，就是韩统替他洗清了道德上的负罪感。他说："周密，你想就这么结婚生孩子，过两年每天五点去幼儿园接小孩放学，我们周末来你家看场球还得看你老婆脸色的日子吗？你就甘心过这样的日子吗？你还那么年轻，你不想去山顶看看吗？"

"你不想去山顶看看吗"这句话，后来被周密拿来激励底下员工。韩统本人倒是对山顶没什么兴趣，他已经到了别人一跟他谈梦想就头疼的年纪，觉得做什么工作，也就是糊口而已。他那时觉得前方乌泱乌泱都是人，但他没有料到那些人会变得面目模糊起来，倒是从前那些很小的事情，被时间重新勾勒出了清晰的细节。

所以到底要跟陈一湛说什么，直到六点他准时到达她公司楼下的茶餐厅，他也没有想明白。

陈一湛上了一天班，脸色不大好看。她迅速点了两人份的烧鸭饭，然后就埋头喝店家赠送的汤。韩统看桌子油腻腻的，就不怎么想动筷子，但害怕她看出他嫌弃这个环境，于是下决心，不管待会儿端上来的是什么，他都要吃出一脸的兴高采烈。

没料到在饭菜端上来之前，陈一湛先放下了汤勺，平静地看向他，她说:"说吧,想对我说什么?"

韩统觉得自己很像课文没背出,被老师叫到办公室里的小学生。

但他还是硬着头皮开口了,前言不搭后语地,说起这些天的事情,说起他想起来的那些事情,说到最后,他决定给自己加一点同情分——"你看,我都重感冒了,还来找你。我能图什么呢?我就是想见你。"

他做好了被她冷言冷语讽刺的准备。她偷看他的动态那么多年,此刻必然有口气要出,那就出呗,现在已经没什么人骂他了,他觉得偶尔讨顿骂,也蛮好玩的。

然而陈一湛宽容地一笑,用几乎称得上温情的目光注视着他:"我惦记你那么多年,很感动对吗?我花精力花时间拼凑你的生活,很感人吧?午夜梦回,发现居然有个女人矢志不渝地爱你,觉得挺刺激对吗?现在韩总是想补偿我吗?"

"——你别这么说话。"

"你是于心不忍,觉得如此坚贞的爱值得一点回报吗?"

"……"

"还是提前进入中年危机,需要不断翻旧账,来搞点新名堂?"

"陈一湛你能不能好好说话?"

"韩统你能不能放过我啊?"

中断他们对话的是服务员,烧鸭饭上来了,她递给两人各一双筷子。

韩统闷头吃饭,等到他觉得情绪稍稍平复了,抬眼偷看陈一湛,却发现她一脸的眼泪。

她哭的样子很不好看,五官都挤到了一块,眼泪都要掉到饭里去了,却还捏着筷子,往嘴里扒饭。看到他抬头,她用近乎呜咽的声音说:"韩统你放过我吧行吗?我脾气差,你不要我,我认了,可是我没别的对不起你啊,你现在来寻我开心,又是为什么呢?"

饭吃成这样，韩统是彻底没了胃口。好不容易等到菜上完，陈一湛胡乱吃了点，他就拿起外套，说："不管怎么样，我送你回家吧。"

韩统在快到她家小区的时候，重新捡起话头，他说："其实我今天来见你，只是想跟你说我分手了。你别生气——我不是要来跟你卖个乖，我就是想跟你说一声，我还是，挺想你的。"

陈一湛只是抓着安全带，淡淡说了声"哦"。

韩统心知这大概是他们最后一次见面，闹成这样，她以后估计连同学聚会都不想去了。所以他想多说点什么。他自嘲地笑了，说这两天还在帮前女友找厂家，她要开淘宝店卖山寨鞋子了，以后也算有了稳定收入来源。然后他扭头看向陈一湛，轻声说："抱歉啊，我们在一起的时候也好，分手以后也好，我都没有帮过你什么。"

陈一湛早就收起眼泪了，她没有避开他的注视，跟他四目相对。

她说话的神情太平淡了，以至于他听不出是不是嘲讽，他听见她说："是啊。你这么大一个金龟，我放过真是可惜了。"

"哎，"韩统极力让自己的语气跟她一样平和，最好能带点戏谑的友好的味道，他发问说，"其实我高中的时候也是个不错的人了。你看你，自己也没什么钱，家里也没什么钱，你当时要是脾气好一点，我们就不会变成现在这样了。"

这话真的，太欠打了。韩统说完就懊悔了，但又觉得，也行吧，反正闹得再不可开交，这也是他们的最后一面。

陈一湛没有拿包砸他。她一脸轻松地看着窗外的旧街景，这一带从前被称为上海的下只角，是来打零工的人住的地方，她租的房子，确实也是二十年前建的了，就这样，房东还三天两头宣称要涨房租。她看他的朋友圈也知道他混得很好，比从前更好，她总能看到一群老同学给他点赞，在评论区吹捧他。

337

她轻轻笑起来，说："那时候是傻。只觉得你既然喜欢我，就应该抓紧我。"

然后她看见了自己小区门口的牌子："就停这里吧。"

在下车前，她还是扭过头去，从从容容地看着他，说："我知道你没恶意的。可是我不想再一遍遍刷你的微博动态猜你去哪了、在见谁，会不会喜欢上更闪闪发亮的人。我不想再做神经病了。我也没力气了。"

韩统就这么沉默着，看她下车，替他轻轻地关上车门。

小区门口有很多流浪的野猫，四处乱窜，韩统小心地避开它们，掉头回家。路上觉得太过安静，就旋开了电台，听那种和缓的调调，应该是一首很老的粤语歌，歌手恰好唱到那一句："你想要的，我已失散，谁要再次亲身见识，我曾受过的难。"然后音乐声就淡下去，女主播开始胡说八道，念也不知道是真是假的读者来信，韩统只觉得倦意从脚底开始漫上来，像是人踩进冰水里，浑身发冷又发懒。

但其实这不是他们的最后一次见面。真正的最后的告别，发生在六月。

韩统带一个新认识的姑娘吃饭。姑娘很年轻，脸上还有软软的金色的绒毛，讲话的时候小动作很多，托着下巴看他的时候，眼睛里可以刮下一层蜂蜜来。

她说想去一家当红的串串店吃串串，因为排队的人太多，一直吃不到。韩统于是提前花钱雇人排队，排了两个小时，没想到等他们到餐厅的时候，还是没有排到。

韩统很烦躁，但姑娘咯咯笑个不停。

他手一摊，把手里的号码给她看："怎么这么多人排队啊，大家是都没正事吗？"

姑娘歪着头，看着他笑："花两百块钱找人排队，带女孩子吃人均五十的餐厅，你泡妞的方法挺特别。"

"这不是你要吃的吗？"

"是啊，"姑娘笑得落落大方，"他们都说你很有钱，所以我为了表现自己不物质，特意选的这个餐厅。"

韩统突然觉得她很好玩。于是提议说："来都来了，继续等呗，要不在商场里逛逛？"

他已经很多年没有陪着女人在商场瞎逛了。今天也不知道哪来的兴致。他也很想知道，想表现自己不物质的姑娘，待会儿在一楼的奢侈品牌门店面前，要作何姿态。

姑娘说"好"，然后他们走往扶梯的路上，她突然停住了，指着一排娃娃机，说："你帮我抓个娃娃吧。"

韩统有点发蒙。他指着附近一个包上挂满了抓来的娃娃的女孩子，说："你不觉得她很像捡破烂的吗？"

"像啊。"姑娘脆生生地回答，然后迅速补了一句："我就想当个捡破烂的。"

话说到这份上，韩统硬着头皮也得抓。他是真的没干过这个，投了好几次币，一无所获，姑娘在旁边笑得越来越欢，也是，现在谁还能参观到他这种窘态。

"你不要笑，你一笑我更分神，闭嘴。"

"哦。"姑娘一脸贱兮兮地答应了，其实还是看好戏的神情。他突然是真的有点喜欢她了，她不怕他，不怕他生气，她就像逗小孩一样，笑眯眯地看他反应。

谢天谢地。这一次总算抓了个特别丑的娃娃上来。他看着那副丑样，不禁有些解气，塞到她怀里，说："你把它挂包上吧。"

"那也太傻了。"姑娘退后一步，不干。

"怎么傻了，你包上不挂着个东西吗？"

"韩统!"她笑骂了他一句,"这是Fendi(芬迪)的毛球,你知道多少钱一个吗?"

"我管你多少钱。你不是要表现自己清新脱俗不物质吗?来,给你个机会,换下来挂上。"

姑娘掐了他的手臂一把,然后不情不愿地把那个巨丑的娃娃挂上了。

韩统特意绕到后面观察她的包,特别开心,真的,挂着这个丑玩意儿,她的包都像是假的。

他们俩就这么互相戳来戳去地往前走。到了扶梯上,女朋友硬要跟他站在同一排。

"你这样要挡人家的道的。"

"我不管。我这个人就是没素质。"

韩统无可奈何地笑笑,向身后的人投去抱歉的眼神,然后忍不住伸手揉了揉她的脑袋。

快要到下一层的时候,姑娘发现自己的鞋跟卡在电梯缝里了。她尝试抬脚,却发现拔不出来,于是跟韩统说:"快,你蹲一下,帮我拔一下鞋子。"

"你自己不会拔?"

"我穿着裙子啊!"她像看傻子一样看向韩统,"蹲下来就走光了,笨蛋。"

她眼睛亮晶晶的样子,跟记忆有些重合,让他几乎甘心替她做一切丢脸的事情,于是他看到自己蹲下身去,帮她拔鞋跟。

姑娘顺势抱住他的脖子,在他额头上亲了一下。

这就是韩统下一段恋情的起点。他顾着帮女朋友拔鞋子,没有看向扶梯的另一边,另一台上升的扶梯上,陈一湛拎着包,无所事事地向四周看。

当然，因为他低着头，所以她也没有认出他来。

这才是他们最后一次碰面。

陈一湛是九月份结婚的。韩统没收到请柬，可有周密这样一群心思刁钻的人录小视频给他看。

周密是鬼鬼祟祟地仰拍的，可是镜头里的陈一湛仍然很好看。还是小鹿一样圆溜溜的眼睛，但没了他习惯的犟头犟脑，她在跟全场人微笑。听邓丽君的老歌，以为恋人都是笑着在春风里现身的，原来不是，有人是可以笑成一阵春风的。

周密最后传来的，是新人宣誓环节，新郎声音有点发颤，陈一湛倒是朗声讲完了"我愿意"。

韩统用一只手捂成拳头，重重地抵住鼻子，另一只手抓着手机看视频，他紧紧攥着手机的时候想起好多年前，他们难得的一次和平相处。

那是个冬天的下午，阳光特别好，仿佛像银子一样，发出叮叮当当的声响。韩统跟陈一湛坐在阶梯教室里，他照着模版练习托福写作的五段论，她在旁边塞着耳机听歌，手上剥着一个芦柑。她指甲短，于是剥得格外费力，过一会儿，她把一瓣芦柑塞到韩统嘴里，然后用干净的手背碰碰他的手腕："是不是很甜，我剥的是不是特别甜？"

韩统很困难地嚼着这一块芦柑，不出他意料，陈一湛又把两瓣连成一块塞给他了，他尝试用舌头强行分开它们，可芦柑的纤维太厚，舌头钻不开缝隙。一抬眼，就看到肇事者笑眯眯地看着他，一脸讨赏的表情。

韩统不理她，一口气咽下后，直接从书包里拿出湿纸巾，把她的手掰过来。陈一湛的指甲剪得非常幼稚，宽窄不均，两边还有棱角，完全不是一般女生的圆润，指甲缝里还有芦柑皮细末，边缘处也被深深浅浅地染黄了。她也是有最起码的羞耻心的人，挣扎着想缩回手去，韩统轻轻拍了下她的手背说："不要动。"然后用略带嘲笑的口吻，替她剔掉指甲缝里的脏东西:"看你的手,就能想到一个芦柑的凶杀案。"

陈一湛底气不足地哼了两声,韩统索性拿出随身带的瑞士军刀,替她把指甲修平:"不是光剪就够了,还要修的啊,你要拿锉刀去磨,把两边磨圆。还有,不要再把指甲剪到肉里去了,看着都疼啊。"女生大概是被他唬住了,端端正正地坐好,另一只手放在膝盖上,亮晶晶的眼睛盯着他,像一只刚孵化出来的小鸡仔。

韩统都没发觉自己已经放柔了声音,还在强行嫌弃:"跟你说了你也不懂,以后我帮你剪吧。"

陈一湛迅速地反手握住他,军刀夹在两只手当中,硌得两人都有些疼:"说好了啊,不许耍赖。"

"不要赖。"那时的韩统太生涩,连握手的动作,都会让他耳热,情急之下,只好摘过她左耳的耳机找话题:"你在听什么啊?"

是一个辨不出男女的,不羁又柔软的声音,唱着一首粤语歌。他们一时都想不出什么话来,只能像做听力一样,毕恭毕敬地等待主唱发声,看屏幕上的歌词一句句跳出来:

我喜欢九龙公园游泳池
那里我不再执着一些往事
我原是世间其中的粒子
如何冲击我都可以
就在那时我变得不再幼稚
就在那时我想重新开始
二百年后这里什么也都不是
宇宙里有什么不是暂时

韩统那时热爱重金属乐,对这类有气无力的歌一律无感,刚想摘掉耳机，陈一湛突然把脸贴到了他的胸前。她讲话声音很轻，气声弄得他整个脖子痒，连带着心也痒痒的。

她揪着韩统的一根手指讲："我喜欢你就不是，就不是。"

偌大的宇宙里确实没什么不是暂时，但当年她曾经执拗地讲，"我喜欢你就不是"。

不知道为什么，那赌气般的诺言比这冠冕堂皇的誓词，更像是真的。可是真假又有什么关系，此刻她在明亮广阔的大厅里被亲友见证，而那微弱的只有他一个人听过的话语，早就被过分冗杂的记忆叠进了褶皱里。

韩统的新女友有天下女人共有的毛病，就是爱追问他前女友的事情。以前女朋友也问过，韩统都把这个当成最佳的教育时间，给她们讲讲陈一湛的二三事，告诫她们，他很烦女人作，"秦人不暇自哀，而后人哀之"。

但这一个再问的时候，他想了想，说她们都太听话了，有点没意思，都想不起一个个什么样子了。

这个答案其实很敷衍，但所幸新女友也有一切漂亮女生共有的毛病，就是觉得自己独一无二，哪个前任在她这都不算个事儿，于是高兴得屁颠屁颠的，说："没事啊，我变态。"

韩统认同地点点头："是，你变态。"

他跟她在一起的时候总是脾气很好，哪怕嘴上要刺她几句，事实上还是按着她的意思来，一是他真的觉得，自己可能开始衰老了，二则，他有时候看着她厚颜无耻地耍赖，以及咧着嘴洋洋得意的样子，会不小心想到某个人，很多年前，她也是这副德行。她们总归是有埂的，有埂就不饶人。

但女朋友不知道这些。她认认真真跟别人传授搞定韩统的经验，她说,越是这种看起来人模狗样的男人,内心越是有受虐癖。韩统就是个受虐癖。

说这话的时候韩统就坐在她旁边。他刚想泼她冷水,就看到她歪着脑袋,一脸傻气地朝他笑,她笑起来的时候,眼睛也是弯弯的,很亮,好像星星爆炸后的碎片,都掉进她眼睛里去了,那是还没有受过苦的眼睛,里面只有稚气的得意。

他揉了揉她的头说:"对,你真厉害。"

吃完饭两个人去停车场找车,韩统忘了把车停在哪,女朋友干脆是不记路的,他们瞎走了两圈,女朋友就嚷着穿高跟鞋脚疼。

韩统跟她商量:"你就在这,站在这牌子前,哪也别去,听见了吗?我找到车了过来找你。"

女朋友喝了点酒,迷迷糊糊地。

他帮她把羽绒服的帽子戴到头上,把她整个脸严严实实地包裹起来,一边跑开一边喊:"你就站原地啊,哪都别去,等我来找你。"

小姑娘大概是真的喝多了,脑子有病,高高兴兴跳了起来,声音响亮得在整个停车场回荡:"好的!我哪都不去。"

那一瞬间,韩统突然想明白,自己究竟想跟陈一湛说什么了。他真正想说的是:"你哪都别去。拜托你,在原地等我,哪都别去,你再等我一会儿,我就想通了。就一会儿。"

那么多年后,我记起你来,跟回忆索要你的踪迹。但就像刻舟求剑,怎么用力划,就怎么偏离。

女朋友醉醺醺地坐在座位上,指给他看:"月亮。"

韩统说:"哦,月亮。"

"月亮是不是代表你的心?"

"是。"

韩统把矿泉水瓶递给她:"你喝点水吧。你今天也没喝多少啊,怎么酒量这么差。"

女朋友傻笑着看着他:"那你给我唱,月亮代表你的心,你唱一句,我喝一口。"

韩统看着她半是恳求半是捉弄的眼神,到底还是深吸一口气,清清嗓子开始唱。

你看啊,月亮升起来了,但你还是消失在了无可辩驳的黑夜里。

后　记　添酒回灯重开宴

文 / 倪一宁

　　《丢掉那少年》是我二〇一七年动笔写的小说，也是我的第一部长篇。搁置许久，二〇一九年初我把它重新修缮，再交给编辑。二〇二〇年，等到它出版的时候，"第一批九〇后都要迈入三十岁了"。

　　时隔三年，重新看自己写的小说，难免脸红。

　　但这仍然是一个被我偏爱的故事。

　　编辑跟我说，翻看前几章，以为是一个校园爱情故事，往后看，才知道我对"十几岁"的那一段并无深沉的眷恋，我关心的是，少男少女们进入生活后的故事。

　　在想法最初，我想写一个反类型的青春小说。

　　诸多关于青春的叙事，总是把少年时代描摹得优美、纯真或者狗血，总是大闹一场，然后进入安稳乏味的成年生活。但我们真正的"小时候"总是要复杂得多，可能有原生家庭的困惑，可能在集体里被孤立，只有很少一小撮人的青春期可以爱来爱去。事实上那时你很弱,什么都做不了,只能忍受。

成年生活也不像大家想象的一成不变。高考结束时,我们误以为那场考试决定了一些事,但七年后我回头看,觉得是性格,性格会指引人走上真正的道路。当年最刻苦的女孩,高考发挥不好,但最后还是去常春藤读博了;上课时偷偷写小说的人,去英国攻读政治学,对专业不感兴趣,成天在家给室友做饭吃,室友夸不错,于是她发现了兴趣所在,去法国蓝带学厨艺了。

人总归是越活越像自己的。

怀旧固然是很有情调的行为,但如果一生的高光时刻都凝结在十八九岁,那这漫长的下坡路也未免太难熬。

所以我设置了"反转"。

男女主角周密跟叶蓁蓁,高中时候是同桌,男生毒舌冷面,女生软萌有趣,学生时代悄悄摸摸地暧昧,十年后,兜兜转转又结婚。看起来真美满。王子公主从此生活在一起了,但然后呢?

然后俩人的婚姻里暗流汹涌。男的觉得挣钱加不出轨,就很像个人了,而我们这一代女性,缺乏妈妈们的奉献精神,但凡自己有点事业,能经济独立,就会对婚姻有较高的情感需求。男女对婚姻的期许不匹配,搞得双方都很委屈。又因为都是在物质条件较为宽裕的环境里长大的,所以对生活的耐受性不强,通俗的说法就是事儿逼了,玻璃心了,动不动想离婚了。

我觉得离婚率飙升也没什么不好的。劳苦功高不是好词。能分得开,说明大家都能独自站立。

更何况小说里的叶蓁蓁,还爱上了别人。我觉得一生只爱一个人跟一生爱过许多人,没什么高低分别,这种事情以质取胜,不用以量权衡。

叶蓁蓁的结尾也不算常规意义上的好结局。新翻拍的电影《小妇人》里，十九世纪的主编对女作家说，一个爱情小说的结尾，女主角必须嫁人。两个世纪过去，我想读者对女性归宿的理解已经不一样了，结不结婚没什么，被不被爱——也不是决定你价值的标尺。活着的意义是尽可能在生活这把椅子上找到你自己最舒适的坐姿。所以我让学生时代娇滴滴看起来什么都不缺的叶蓁蓁，逐渐地什么都失去，让她重逢旧爱，让她离婚，让她不被爱，让她失去父母的庇护，让她失去亲密的朋友，让她从温暖的屋子走向旷野，让她自己去摸索。

我小时候幻想长大后都市丽人式的生活，只会想到二十五岁。我觉得二十五岁是女性最自由又最好看的时候。我很怕老。我曾经是因为一条细纹大呼小叫的女孩。我曾经很渴望那种世俗的标配人生——就像小说里叶蓁蓁看到人家有孩子，觉得自己也应该有一样——不是真的对孩子有兴趣，而是从小比较乖巧顺遂长大的人，骨子里对世俗目光还是很服从的。

现在我很快要二十六岁了。坦白说我觉得自己还是好年轻。我觉得世界仍在我眼前徐徐展开。我不害怕未知了。我特别喜欢滑雪，因为享受那种俯冲下去的未知感，我第一次滑雪的时候，教练跟我说，诀窍就是别怕摔。我说那疼呀，他说一屁股坐下来，就不疼了。

我发现这话真挺管用的。

所以这个小说虽然叫《丢掉那少年》，但不是青春的挽歌。

番外篇《落跑伴娘》的最后写：

君王意气尽，幸或不幸，她却还有一口气在。

他们想要的故事结尾，她不想要。

他不再试图寻找的地方，她还是想，再去看一看。

我这些年，喜欢过不少人，因为他们换过居住地，养成过相似的习惯，培养过共同的爱好，甚至他们激发过我的好胜心和创作欲。我一直觉得是我在向爱人靠近，因为我喜欢的人总是在前面，所以我往前跑，但猛一回头，发现一些喜欢过的人驻扎不动了，一些已经远离了我的视野。我前面或许空空荡荡没有人了，但还是想去更前方看看。我觉得只要往前跑，总会有新的喜欢的人，新的好玩的事，我觉得新的体验总比回忆更带感。我并不祈祷前方一定水丰草美，是奶与蜜流淌之地，我只祝愿自己一直跑得动。

这才是真正的丢掉那少年。

图书在版编目（CIP）数据

丢掉那少年 / 倪一宁著 . -- 北京 : 中信出版社，
2020.3
ISBN 978-7-5217-1406-7

Ⅰ. ①丢⋯ Ⅱ. ①倪⋯ Ⅲ . ①长篇小说－中国－当代
Ⅳ . ① I247.5

中国版本图书馆 CIP 数据核字（2020）第 014094 号

丢掉那少年

著　　者：倪一宁
出版发行：中信出版集团股份有限公司
（北京市朝阳区惠新东街甲 4 号富盛大厦 2 座　邮编　100029）
承 印 者：北京通州皇家印刷厂

开　　本：880mm×1230mm　1/32　　印　　张：11.125
插　　页：8　　　　　　　　　　　　字　　数：277 千字
版　　次：2020 年 3 月第 1 版　　　　印　　次：2020 年 3 月第 1 次印刷
书　　号：ISBN 978-7-5217-1406-7
　　　　　　　　　　　　　　　　　　广告经营许可证：京朝工商广字第 8087 号
定　　价：49.80 元

版权所有·侵权必究
如有印刷、装订问题，本公司负责调换。
服务热线：400-600-8099
投稿邮箱：author@citicpub.com